«Der fiktive Literaturkritiker Milton Appel ist ein jüdisches Ungeheuer. Er ist ein zu Hirn und Moral geronnenes menschliches Wesen, selbstgerecht, ehrenwert und alttestamentlich-hart. Nathan Zuckerman, der fiktive Schriftsteller, ist auch ein jüdisches Ungeheuer: ein Pornograph, ein Nestbeschmutzer und ein ungebrochener Freudianer... Wie aber soll man den realen Schriftsteller Philip Roth charakterisieren? Er läßt in ‹Die Anatomiestunde› diese beiden unmenschlich-menschlichen Figuren aufeinander los und weidet sich in einer Mischung aus Sadismus und Masochismus, aus Witz und Wehmut, Schärfe und Selbstironie an ihrem Bruderzwist. Ist Philip Roth auch ein Ungeheuer?... Zuckerman erträgt den Verlust der Eltern nicht. Er fühlt sich schuldig... Er läßt sich abwechselnd von einer seiner vier Geliebten bedienen und besteigen, jammert über seine Schmerzen, über seinen Haarausfall, über seine Unfähigkeit zu schreiben und schimpft auf die engstirnigen Juden von der Sorte Milton Appels, die jüdische Selbstkritik für unzulässig halten. Doch das schlechte Gewissen ist noch größer als die Wut. Es lähmt Zuckerman... Da beschließt er, Medizin zu studieren... Zuckerman, der Schriftsteller, erlebt nichts mehr. Worüber soll er dann noch schreiben? Als Arzt und Selbstheiler könnte er es wesentlich einfacher haben, wäre alle seine Probleme los. Oder doch nicht? Es gelingt Philip Roth, diese Zwickmühle, in der Zuckerman steckt, zu zeigen...» (Der Spiegel)

«Philip Roth ist hier ein wirkliches Kunststück gelungen... Eine grauenhaft komische Geschichte, von jüdischem Witz durchdrungen, das heißt von der Fähigkeit, das kleine Unglück in einen kosmischen Raum zu stellen, in dem das Erhabene komisch wird.» (Martin Lüdke, «Frankfurter Rundschau»)

Philip Roth, geboren am 19. März 1933 in Newark/New Jersey, studierte an der Bucknell University in Lewisburg/Pennsylvania und graduierte 1955 zum Master of Arts für englische Literatur an der Universität Chicago. Von Philip Roth erschienen als rororo-Taschenbücher außerdem: «Portnoys Beschwerden» (Nr. 1731), «Goodbye, Columbus!» (Nr. 12210) sowie «Der Ghost Writer» (Nr. 12290), der ebenso wie «Zuckermans Befreiung» und «Die Anatomiestunde» ein in sich abgeschlossener Teil von Roths Zuckerman-Zyklus ist.

Philip Roth

Die Anatomiestunde

Roman

Aus dem Amerikanischen
von Gertrud Baruch

rororo

Rowohlt

Titel der Originalausgabe «The Anatomy Lesson»
Farrar, Straus & Giroux, New York, 1983

Umschlaggestaltung Jürgen Kaffer
Umschlagfoto Herbert Tobias

13.–14. Tausend November 1996

Veröffentlicht im Rowohlt Taschenbuch Verlag GmbH,
Reinbek bei Hamburg, September 1989
Mit freundlicher Genehmigung des Carl Hanser Verlag
München Wien

Gesamtherstellung Clausen & Bosse, Leck
Printed in Germany
1290-ISBN 3 499 12310 x

Für Richard Stern

Die richtige Diagnose bei Schmerzzuständen wird vor allem dadurch erschwert, daß die Symptome oft in einiger Entfernung vom Krankheitsherd auftreten.

James Cyriax: *Textbook of Orthopaedic Medicine*

I Der Kragen

Jeder Kranke verlangt nach seiner Mutter. Wenn sie nicht da ist, muß er sich mit anderen Frauen begnügen. Bei Zuckerman waren es vier andere Frauen. Noch nie hatte er so viele Frauen – und so viele Ärzte – auf einmal gehabt, noch nie so viel Wodka getrunken, so wenig gearbeitet und sich in einem so verzweifelten Zustand befunden. Gleichwohl schien er keine ernstzunehmende Krankheit zu haben. Nur Schmerzen, im Nacken, in den Armen und in den Schultern – Schmerzen, die es beschwerlich für ihn machten, weiter als bis zur nächsten oder übernächsten Straßenkreuzung zu gehen oder längere Zeit stehenzubleiben. Allein schon einen Nacken und Arme und Schultern zu haben, war so, als müßte er jemand anderen mit sich herumschleppen. Zehn Minuten unterwegs, um Lebensmittel einzukaufen, und schon mußte er schleunigst nach Hause, um sich hinzulegen. Und jedesmal konnte er bloß eine einzige, leichte Einkaufstüte heimtragen, die er noch dazu auf beide Arme nehmen und an sich drücken mußte – wie ein Achtzigjähriger. Die Tüte mit gestrecktem Arm zu tragen, machte die Schmerzen nur noch schlimmer. Es war qualvoll, sich nach vorn zu beugen und das Bett zu machen. Es war qualvoll, am Herd zu stehen und mit nichts Schwererem als einem Pfannenwender in der Hand zu warten, bis ein Ei fertiggebraten war. Er konnte kein Fenster aufmachen, bei dem man ein bißchen Kraft anwenden mußte. Also öffneten die Frauen die Fenster für ihn. Machten seine Fenster auf, brieten ihm sein Ei, machten sein Bett, kauften sein Essen ein und trugen ihm mühelos und mannhaft die vollen Tüten nach Hause. Eine einzige Frau hätte alles Nötige in ein, zwei Stunden pro Tag erledigen können, aber Zuckerman hatte keine Frau mehr. So kam es, daß er vier hatte.

Um auf einem Stuhl sitzen und lesen zu können, trug er einen orthopädischen Kragen, ein schwammartiges, rautenförmiges Gebilde in einer gerippten weißen Hülle, das er sich umbinden mußte, damit die Halswirbel sich nicht verschoben und er den Kopf nicht ungestützt hin und her bewegte. Durch den Stützkragen und die Einschränkung der Bewegungsfreiheit sollte der stechende Schmerz gelindert werden, der sich vom linken Ohr zum Nacken zog und sich unterhalb des Schulterblattes verästelte wie eine verkehrt herum gehaltene Menora. Manchmal half der Kragen, manchmal nicht, aber allein schon, ihn zu tragen, war genauso zum Verrücktwerden wie die Schmerzen selbst. Zuckerman konnte sich dann bloß noch auf sich selber und den Kragen konzentrieren.

Er hatte sich ein Buch aus seiner Collegezeit vorgenommen: *The Oxford Book of Seventeenth Century Verse.* Auf dem Vorsatzblatt, über seinem mit blauer Tinte eingetragenen Namen und dem Datum, stand in der Handschrift, die er 1949 gehabt hatte, ein Aperçu des Studienanfängers: »Metaphysischen Dichtern fällt der Schritt vom Lächerlichen zum Erhabenen leicht.« Zum ersten Mal seit vierundzwanzig Jahren nahm er sich die Gedichte von George Herbert vor. Er hatte das Buch aus dem Regal geholt, um das Gedicht *Der Kragen* zu lesen und darin vielleicht etwas zu finden, was es ihm erleichtern würde, seinen eigenen Kragen zu tragen. Das galt ja allgemein als eine Funktion großer Literatur: Leiden zu lindern mittels der Schilderung unseres gemeinsamen Schicksals. Wie Zuckerman jetzt erfahren mußte, konnten körperliche Schmerzen den Menschen schrecklich primitiv machen, falls sie nicht durch regelmäßige Dosen philosophischen Denkens bekämpft wurden. Vielleicht konnte er bei Herbert ein paar nützliche Hinweise entdecken.

». . . Soll still ich sein fortan?
Nichts andres ernten mehr als einen Dorn,
Auf daß ich blute und, was ich verlor,
Durch keine Labsal neu beleben kann?
Ja, da ist Wein gewesen,
Eh' meine Seufzer ihn vertrocknen ließen. Und Korn,
Eh' es versunken ist in meinen Tränen.
Ging mir das Jahr denn ganz verloren?
Hab' keinen Lorbeer ich, es zu bekrönen?
Und keine Blumen, keinen bunten Kranz?
Alles dahin? Alles vertan?

... Doch als ich tobte, vor Verzweiflung blind,
In Wut geriet, bei jedem Worte mehr,
War mir, als riefe jemand: *Kind!*
Und ich erwiderte: *Mein Gott und Herr.*«

So gut er es mit seinem schmerzenden Arm vermochte, schleuderte er das Buch quer durchs Zimmer. Er lehnte es ab, aus seinem Kragen oder aus den Beschwerden, die dieser lindern sollte, eine Metapher für etwas Erhabenes zu machen. Metaphysischen Dichtern mochte der Schritt vom Lächerlichen zum Erhabenen leichtfallen, Zuckerman jedoch hatte auf Grund seiner Erfahrungen in den letzten achtzehn Monaten den Eindruck, daß er sich – wenn überhaupt – in die entgegengesetzte Richtung bewegte.

Näher als bei der Niederschrift der letzten Seite eines Buches war er noch nie an das Erhabene herangekommen – und das war seit vier Jahren nicht mehr geschehen. Er konnte sich nicht entsinnen, wann er das letzte Mal eine *lesbare* Seite geschrieben hatte. Selbst wenn er den Kragen trug, war es wegen der Halsmuskelverkrampfung und der stechenden Schmerzen entlang des Rückgrats mühsam für ihn, auch nur die Adresse auf einen Briefumschlag zu tippen. Als ein Orthopäde des Mount-Sinai-Krankenhauses diese Beschwerden darauf zurückgeführt hatte, daß Zuckerman seit zwanzig Jahren auf einer mechanischen Reiseschreibmaschine herumhämmerte, hatte er sich sofort eine IBM Selectric II gekauft, doch als er sich dann zu Hause an die Arbeit machte, hatte er festgestellt, daß ihm das Tippen auf der ungewohnten IBM-Tastatur genau die gleichen Schmerzen verursachte wie das Tippen auf der letzten seiner kleinen Olivettis. Er brauchte bloß einen Blick auf die Olivetti in ihrem ramponierten Köfferchen zu werfen, das er ganz hinten in seinem Schlafzimmerschrank verstaut hatte, und schon überkam ihn ein deprimierendes Gefühl – ähnlich wie es Bojangles Robinson empfunden haben mußte, wenn er seine alten Tanzschuhe betrachtete. Wie einfach war es früher, als er noch gesund gewesen war, der Olivetti einen Schubs zu geben, um auf dem Schreibtisch Platz zu machen für seinen Mittagsimbiß oder seine Aufzeichnungen oder seine Lektüre oder seine Post. Wie gern er sie herumgeschubst hatte, diese stillen Sparringpartner, die sich nie beklagten! Und *wie* er seit seinem zwanzigsten Lebensjahr auf ihnen herumgehämmert hatte! Sie waren dabeigewesen, wenn er seine Unterhaltszahlungen überwies und die Briefe seiner Fans beantwortete; dabeigewesen, wenn er den Kopf auf die Schreibtischplatte legte – überwältigt von der Schönheit oder Häßlichkeit dessen, was er gerade geschrieben hatte; dabeigewesen bei jeder Seite, jedem Entwurf für seine vier veröffentlichten und die drei lebendig begrabenen Romane. Wenn Olivettis reden könnten, bekäme man den Romanautor nackt zu sehen. Die IBM hingegen, verordnet von seinem ersten Orthopäden, hatte nichts dergleichen zu bieten – bloß das selbstgefällige, puritanische, fachmännische Summen, mit dem sie auf sich und ihre Tugenden hinwies: Ich bin eine Correcting Selectric II. Ich mache nie etwas falsch. Ich habe keine Ahnung, *wer* dieser Mensch ist. Und allem Anschein nach weiß er selbst das auch nicht.

Mit der Hand zu schreiben, war auch nicht besser. Selbst in den guten alten Tagen hatte er, wenn er die linke Hand übers Papier bewegte, so ausgesehen wie jemand, der sich tapfer bemüht, den Gebrauch einer Prothese zu erlernen, und was dabei herauskam, war gar nicht so leicht zu entziffern. Bei nichts anderem stellte er sich so ungeschickt an wie beim Schreiben mit der Hand. Er konnte besser Rumba tanzen als mit der Hand schreiben. Er hielt den Füller zu verkrampft. Er biß die Zähne zusammen und schnitt Grimassen. Er streckte den Ellbogen von sich wie beim Brustschwimmen, dann knickte er die Hand ab, um die Buchstaben von oben statt von unten her zu formen – die Verkrümmungsmethode, mittels deren so manches linkshändige Kind sich beigebracht hat, die Wörter nicht zu verschmieren, wenn es beim Schreiben die Hand nahe dem Tintenfaß von links nach rechts bewegte. Ein renommierter Chiropraktiker war sogar zu der Überzeugung gelangt, daß genau dies die Ursache von Zuckermans Problemen sei: der ernsthafte, linkshändige Schuljunge, dessen krampfhafte Bemühungen, das Hindernis »feuchte Tinte« zu überwinden, dazu geführt hätten, daß die Wirbelsäule sich allmählich verschoben und schräg ins

Kreuzbein gebohrt habe. Zuckermans Brustkorb war schief. Sein Schlüsselbein war krumm. Sein linkes Schulterblatt stand flügelförmig ab wie bei einem Huhn. Und sogar sein Oberarmknochen steckte schief und viel zu fest in der Schultergelenkkapsel. Dem ungeschulten Auge erschien er wahrscheinlich mehr oder weniger wohlproportioniert, inwendig aber war er so mißgestaltet wie Richard III. Nach Meinung des Chiropraktikers hatte er sich seit seinem siebten Lebensjahr zunehmend verkrümmt. Seit er Hausaufgaben gemacht hatte. Seit er seinen ersten Bericht über das Leben in New Jersey verfaßt hatte. »Im Jahre 1666 bekam Robert Treat vom Gouverneur Cateret einen Dolmetscher und einen Scout zur Verfügung gestellt, die ihn den Hackensack flußaufwärts zu dem Treffen mit dem Abgesandten Oratons, des hochbetagten Häuptlings der Hackensack-Indianer, begleiteten. Robert Treat wollte Oraton wissen lassen, daß die weißen Ansiedler rein friedliche Absichten hätten.« Begonnen hatte er als Zehnjähriger mit Newarks Robert Treat und so kultivierten, wohlklingenden Wörtern wie »Dolmetscher« und »Abgesandter«, geendet hatte er mit Newarks Gilbert Carnovsky und den ordinären einsilbigen Ausdrücken »Schwanz« und »Loch«. *Das* war der Hackensack, den der Schriftsteller hinaufgerudert war, um schließlich im Hafen der Schmerzen anzulegen.

Wenn es zu qualvoll war, aufrecht zu sitzen, versuchte er, sich im Sessel zurückzulehnen und, so gut es eben ging, mit der Hand zu schreiben. Sein Hals wurde von dem orthopädischen Kragen, seine Wirbelsäule von der gepolsterten Sessellehne gestützt, und eine genau nach seinen Angaben zugeschnittene, über die Armlehnen gelegte Hartfaserplatte diente ihm als tragbare Unterlage für seine Manuskripthefte. Seine Wohnung war so ruhig, daß man sich völlig konzentrieren konnte. Er hatte die großen Fenster seines Arbeitszimmers mit Doppelscheiben verglasen lassen, damit aus dem Wohnhaus, das neben dem braunen Sandsteinhaus stand, kein Fernseh- oder Plattenspielerlärm in seine Wohnung drang. Und die Decke hatte er schalldicht machen lassen, um nicht durch das Gescharr der beiden Pekinesen in der Wohnung über ihm gestört zu werden. Das Arbeitszimmer war mit einem kupferfarbenen wollenen Spannteppich ausgelegt, und an den Fenstern hingen bodenlange cremefarbene Samtvorhänge. Es war ein behaglicher, ruhiger, von Bücherregalen gesäumter Raum. Sein halbes Leben hatte er in Räumen wie diesem verbracht. Auf dem Schränkchen, in dem seine Wodkaflasche und ein Glas standen, hatte er alte Lieblingsfotos in Plexiglasrahmen aufgestellt: seine verstorbenen Eltern als jungverheiratetes Paar im Garten hinter dem Haus seiner Großeltern; seine Ex-Ehefrauen, geknipst in Nantucket und vor Gesundheit strotzend; sein mit ihm entzweiter Bruder, aufgenommen im Jahr 1957 als Absolvent der Cornell-Universität – *magna cum laude* (und *tabula rasa)* – in Barett und Robe. Wenn er tagsüber überhaupt ein Wort von sich gab, dann nur, um mit diesen Fotos zu plaudern.

Ansonsten herrschte hier eine Stille, die selbst einem Proust genügt hätte. Zuckerman hatte Stille, Bequemlichkeit, Zeit und Geld, aber seine Entwürfe mit der Hand zu schreiben, verursachte ihm so heftige Oberarmschmerzen, daß ihm im Nu übel wurde. Während er mit der rechten Hand den Muskel knetete, schrieb er mit der linken weiter. Er versuchte, nicht an die Schmerzen zu denken. Er tat so, als ob es nicht *sein* Oberarm sondern der eines anderen wäre. Er versuchte, ihn dadurch zu überlisten, daß er zu schreiben aufhörte, dann wieder anfing, wieder aufhörte, wieder anfing. Lange genug damit aufzuhören, linderte die Schmerzen, schadete aber der Arbeit: Wenn er zum zehnten Mal aufgehört hatte, wußte er nicht mehr, worüber er schreiben sollte, und wenn es für ihn nichts mehr zu schreiben gab, hatte sein Dasein keinen Zweck mehr. Wenn er den Stützkragen herunterriß und sich auf den Fußboden warf, hätte das knirschende Geräusch, mit dem der Klettverschluß aufging, aus seinen Eingeweiden kommen können. Jeder Gedanke, jede Empfindung verstrickt in das Eigenleben des Schmerzes.

In einem Kindermöbelgeschäft in der 56. Straße hatte er eine weiche Spielmatte mit rotem Plastiküberzug gekauft, die jetzt ständig in seinem Arbeitszimmer lag, zwischen dem Schreibtisch und dem Polstersessel. Wenn er nicht mehr aufrecht sitzen konnte, streckte er sich auf der Spielmatte aus, wobei er *Roget's Thesaurus* als Kopfstütze benützte. Das meiste, was er tagsüber zu erledigen hatte, erledigte er von der Spielmatte aus. Ohne die Bürde seines Oberkörpers und die fast fünfzehn Pfund, die sein Kopf wog, tragen zu müssen, führte er hier seine Telefongespräche, empfing er Besuche, verfolgte er auf dem Bildschirm den Watergate-Skandal. Statt seiner Brille trug er Prismengläser, die es ihm ermöglichten, rechtwinklig zu sehen. Sie wurden speziell für Bettlägerige von einer Firma in Downtown Manhattan hergestellt, die ihm sein Physiotherapeut empfohlen hatte. Durch seine Prismengläser beobachtete er die Verdrehungstaktik des Präsidenten, sein höllisches Blut-und-Wasser-Schwitzen, seine tolldreiste Lügerei. Er hatte beinahe Mitleid mit ihm, dem einzigen anderen Amerikaner, den er tagtäglich zu sehen bekam und der offenbar genauso tief im Schlamassel steckte wie er selber. Auf dem Fußboden ausgestreckt, konnte Zuckerman auch sehen, welche seiner Frauen gerade auf dem Sofa saß. Was die jeweils anwesende Freundin sah, waren die rechteckigen, undurchsichtigen Rückseiten der weit vorstehenden Prismengläser und Zuckerman, der der Zimmerdecke den Fall Nixon erläuterte.

Von der Spielmatte aus versuchte er, einer Sekretärin seine Prosa zu diktieren, aber er verfügte nicht über die notwendige Geläufigkeit. Manchmal verstrich eine volle Stunde, ohne daß er ein einziges Wort diktierte. Er konnte keinen Text verfassen, ohne ihn geschrieben vor sich zu sehen. Er konnte sich zwar vorstellen, was die Sätze aussagen sollten, aber er konnte sich die Sätze nicht vorstellen, ehe er sah, wie sie sich entfalteten und aneinanderreihten. Die Sekretärin war erst zwanzig und ließ sich, vor allem in den ersten Wochen, allzu leicht von seinem Kummer anstecken. Die Zusammenarbeit war für sie beide eine Qual und endete meist damit, daß die Sekretärin ebenfalls auf der Spielmatte landete. Geschlechtsverkehr, Fellatio und Cunnilingus konnte Zukkerman mehr oder weniger schmerzfrei ertragen, vorausgesetzt, daß er flach auf dem Rücken liegenblieb und den Kopf auf das Synonymwörterbuch stützte. *Roget's Thesaurus* war gerade dick genug, um zu verhindern, daß sein Hinterkopf unter Schulterhöhe absank und die Nakkenschmerzen von neuem einsetzten. Auf dem Vorsatzblatt des Wörterbuches stand: »Von Dad – ich setze mein ganzes Vertrauen in Dich.« Und das Datum: »24. Juni 1946.« Ein Buch, das, als er die Grundschule hinter sich hatte, seinen Wortschatz bereichern sollte.

Um mit ihm auf der Spielmatte zu liegen, kamen die vier Frauen zu ihm. Sie waren das einzige, was ihm vom pulsierenden Leben geblieben war. Sekretärin-Vertraute-Köchin-Haushälterin-Gefährtin – neben der täglichen Dosis von Nixons Leiden waren sie sein Zeitvertreib. Auf dem Rücken liegend, kam er sich wie ihre Hure vor, wie jemand, der mit Sex dafür bezahlt, daß ihm die Milch und die Zeitung gebracht werden. Sie erzählten ihm ihre Probleme, zogen sich aus und senkten ihre Spalte, damit Zuckerman sie ausfüllen konnte. In Ermangelung einer anstrengenden Tätigkeit und einer ermutigenden ärztlichen Prognose ließ er alles mit sich machen, was sie wollten. Je größer seine Hilflosigkeit, desto unverhohlener ihre Begierde. Danach rannten sie weg. Wuschen sich, tranken rasch einen Kaffee, knieten sich neben ihn, gaben ihm einen Abschiedskuß und verschwanden schleunigst wieder ins wirkliche Leben. Ließen Zuckerman auf dem Rücken liegen – für den nächsten Besuch, der an der Tür klingelte.

Als er noch gesund war und arbeiten konnte, hatte er für solche Affären keine Zeit gehabt, nicht einmal wenn er in Versuchung geraten war. Zu viele Ehefrauen in zu wenigen Jahren, um sich ein solches Kebsenkonsortium leisten zu können. Die Ehe war sein Bollwerk gegen die enorme Gefahr gewesen, von Frauen abgelenkt zu werden. Er hatte um der Ordnung willen geheiratet, um der Vertrautheit und der zuverlässigen Kameradschaft und der Regelmäßigkeit des monogamen Lebens willen. Er hatte geheiratet, weil er keine Zeit mehr mit irgendeiner Affäre verplempern, sich auf Parties nicht mehr tödlich langweilen und nach einem ganzen Tag allein im Arbeitszimmer am Abend nicht mehr allein im Wohnzimmer herumhocken wollte. Abend für Abend alleine dazusitzen und sich mit der Lektüre zu beschäftigen, die er brauchte, um sich auf die einsame Schreibtischarbeit am nächsten Tag konzentrieren zu können, war sogar für einen so zielstrebigen Menschen wie Zuckerman zu viel. Darum hatte er eine Frau in sein aufreizend asketisches Leben gelockt – jeweils nur eine einzige, eine ruhige, nachdenkliche, ernsthafte, gebildete, selbstgenügsame

Frau, die nicht ausgeführt werden wollte, sondern sich damit begnügte, nach dem Abendessen ihm und seinem Buch gegenüberzusitzen und zu lesen.

Nach jeder Scheidung hatte er von neuem festgestellt, daß man als Junggeselle mit den Frauen ausgehen muß: in Restaurants, in den Park, ins Museum, in die Oper, ins Kino – und nach dem Kinobesuch mußte er auch noch mit ihnen über die Filme diskutieren. Kam es zu einer Liebesaffäre, dann war das Problem, sich morgens frühzeitig genug zu absentieren, um noch mit frischen Kräften an die Arbeit gehen zu können. Manche Frauen erwarteten, daß er mit ihnen frühstückte und sich dabei mit ihnen unterhielt wie ein normaler Mensch. Manche wollten danach wieder ins Bett. Er wollte das auch. Wieder ins Bett zu gehen, war bestimmt unterhaltsamer als an die Schreibmaschine und zu dem Buch zurückzukehren. Und viel weniger frustrierend! Dort konnte man das, was man sich vorgenommen hatte, schaffen, ohne zehnmal falsch anzufangen und sechzehn Entwürfe zu machen und immer wieder im Zimmer auf und ab zu laufen. So ließ er denn seine Bedenken fallen – und der Vormittag war im Eimer.

In solche Versuchungen war er bei seinen eigenen Frauen nicht gekommen – jedenfalls nicht, wenn die Ehe schon eine Zeitlang gedauert hatte.

Aber die Schmerzen hatten alles verändert. Wer jetzt die Nacht bei ihm verbrachte, wurde nicht nur zum Frühstück eingeladen sondern auch aufgefordert, bis zum Mittagessen zu bleiben, falls sie Zeit hätte (und falls vor dem Abendessen kein anderer Besuch zu erwarten war). Dann schob er einen nassen Waschlappen und einen Eisbeutel unter seinen Frottébademantel, und während das Eis seinen Trapezmuskel betäubte, saß er auf seinem roten Samtsessel und hörte zu. Früher, als er sich immer nur abrackerte, hatte er eine fatale Schwäche für hochherzige Partnerinnen gehabt. Jetzt verschaffte ihm seine Unbeweglichkeit eine ausgezeichnete Gelegenheit, Frauen auszuhorchen, die nicht so unzweifelhaft aufrechte Charaktere waren wie seine drei verflossenen Ehefrauen. Vielleicht konnte er etwas dazulernen, vielleicht auch nicht, jedenfalls aber lenkte es ihn ab, und nach Meinung des Rheumatologen an der New York University konnte Ablenkung – wenn der Patient sich wirklich darum bemühte –, selbst die schlimmsten Schmerzen auf ein erträgliches Maß reduzieren.

Der Psychoanalytiker, den er konsultierte, sah die Sache völlig anders. Er dachte laut darüber nach, ob Zuckerman nicht vielleicht den Kampf gegen die Krankheit aufgegeben habe, weil er seinen »Harem aus lauter Florence Nightingales« ohne große Gewissensbisse *behalten* wolle. Zuckerman nahm ihm diese Stichelei so übel, daß er beinahe hinausgegangen wäre. Aufgegeben? Was gab es denn noch, das er nicht schon versucht hatte? Seit die Schmerzen vor eineinhalb Jahren wirklich schlimm geworden waren, hatte er bei drei Orthopäden, zwei Neurologen, einem Physiotherapeuten, einem Chiropraktiker, einem Vitamindoktor, einem Akupunkturspezialisten und jetzt auch bei diesem Psychoanalytiker im Wartezimmer gesessen, bis er an die Reihe kam. Der Akupunkturexperte hatte ihm bei jeder der fünfzehn Behandlungen zwölf Nadeln hineingestochen, im ganzen also einhundertachtzig Nadeln, und keine einzige hatte etwas genützt. Jedesmal saß Zuckerman ohne Hemd in einer der achtzehn Behandlungskabinen des Akupunkturspezialisten und las, mit Nadeln gespickt, die *New York Times;* blieb folgsam fünfzehn Minuten lang sitzen, bezahlte dann seine fünfzehn Dollar und ließ sich wieder *uptown* fahren, wobei er immer wenn das Taxi über ein Schlagloch ratterte, vor Schmerzen brüllte. Der Vitamindoktor verpaßte ihm fünfmal eine Vitamin B 12-Spritze. Der Chiropraktiker zog ihm mit einem Ruck den Brustkorb nach oben, zerrte an seinen Armen und drehte ihm den Hals nach rechts und links, daß es nur so knackte. Der Physiotherapeut traktierte ihn mit heißen Packungen, Ultraschall und Massagen. Der erste Orthopäde machte ihm mehrere »Schnellschuß«-Injektionen und riet ihm, die Olivetti wegzuwerfen und die IBM zu kaufen; der zweite erzählte ihm zunächst, er habe ebenfalls Bücher geschrieben, wenn auch keine »Bestseller«, dann untersuchte er ihn (wobei der Patient sich zuerst hinlegen, dann aufrecht stehen und sich dann vorbeugen mußte), und als Zuckerman sich wieder angezogen hatte, begleitete er ihn hinaus und erklärte seiner Sprechstundenhilfe, daß er diese Woche keine Zeit mehr mit Hypochondern verplempern könnte. Der dritte Orthopäde verschrieb ihm heiße Bäder (jeden Morgen zwanzig Minuten lang) und danach verschiedene Streckübungen. Die Bäder waren ganz angenehm – Zuckerman hörte sich dabei durch die offene Tür Musik von Mahler an –, aber die Übungen, so einfach sie auch waren, verschlimmerten die Schmerzen derart, daß er schleunigst wieder zu dem ersten Orthopäden ging, der ihm wieder mehrere Schnellschußinjektionen machte, die nichts nützten. Der Röntgenologe röntge Zuckermans Brustkorb, Rücken, Nacken, Schädel, Schultern und Arme. Der erste Neurologe sah sich die Röntgenaufnahmen an und sagte, er wäre froh, wenn seine eigene Wirbelsäule in einem so guten Zustand wäre. Der zweite verordnete ihm eine zweiwöchige Krankenhausbehandlung: eine Nackenstreckung, durch die der Druck auf die Bandscheibe vermindert werden sollte – für Zuckerman zwar nicht die allerschlimmste, aber bestimmt die erniedrigendste Erfahrung, die er jemals gemacht hatte. Er wollte nicht einmal mehr daran denken, obwohl es sonst nicht seine Art war, an Dinge, die ihm passierten, egal, wie schlimm sie waren, nicht mehr denken zu wollen. Aber er war entsetzt über seine Feigheit. Daß er Beruhigungsmittel bekam (die allerdings nichts halfen) machte diese totale Hilflosigkeit für ihn nur noch erschreckender und deprimierender. Er wußte, er würde rasend werden, sobald man die Gewichte an die Gurte hängte, mit denen sein Kopf angeschnallt war. Ans Bett gefesselt, begann er am achten Morgen (obwohl niemand bei ihm im Krankenzimmer war) zu schreien: »Ich will aufstehen! Laßt mich hier raus!«, und innerhalb von fünfzehn Minuten war er angezogen und drunten am Kassenschalter, um seine Rechnung zu bezahlen. Erst als er draußen auf der Straße war und ein Taxi herbeiwinkte, dachte er: »Und wenn dir einmal etwas wirklich Furchtbares passiert, was dann?«

Jenny war vom Land in die Stadt gekommen, um ihm während der zwei Wochen, die er im Streckverband bleiben sollte, beizustehen. Vormittags besuchte sie Kunstgalerien und Museen, nach dem Mittagessen kam sie zu ihm ins Krankenhaus und las ihm zwei Stunden lang aus dem *Zauberberg* vor. Zuckerman hatte diesen berühmten Roman für genau die richtige Lektüre in dieser Situation gehalten, aber als er angeschnallt und bewegungslos in dem schmalen Bett liegen mußte, ärgerte er sich mehr und mehr über Hans Castorp und den Reifeprozeß, zu dem ihm die Tuberkulose verhalf. Und mit der luxuriösen Ausstattung eines Schweizer Sanatoriums aus der Zeit vor dem Ersten Weltkrieg konnte es Zimmer 611 des New Yorker Krankenhauses natürlich nicht aufnehmen, auch wenn man 1 500 Dollar pro Woche dafür berappen mußte. »Klingt wie eine Kreuzung zwischen den Salzburger Seminaren und der prächtigen alten ›Queen Mary‹«, sagte er zu Jenny. »Fünf große Mahlzeiten am Tag, und dann langweilige Vorträge europäischer Intellektueller – samt hochgelehrsamen Scherzen. So viel

Philosophie! So viel Schnee! Erinnert mich an die Universität von Chicago.«

Er hatte Jenny während eines Besuches bei Freunden kennengelernt, die ein Landhaus auf einem bewaldeten Hügel in Bearsville, einem Dorf am Hudson, hatten. Jenny, Tochter eines Dorfschullehrers, hatte die Kunstakademie des Cooper Union College besucht und war dann drei Jahre lang mit dem Rucksack in Europa herumgezogen. Jetzt war sie wieder dort, wo ihr Leben begonnen hatte, und hauste – mit ihrer Katze, ihren Farben und einem Franklin-Ofen – in einer Holzhütte. Sie war achtundzwanzig, robust, einsam, kraß. Sie hatte einen rosigen Teint, gesunde längliche weiße Zähne, babyfeine karottenfarbene Haare und eindrucksvolle Armmuskeln. Keine langen Verführerinnenfinger wie seine Sekretärin Diana – nein, Jenny hatte *Hände.* »Wenn Sie wollen«, hatte sie damals zu Zuckerman gesagt, »erzähle ich Ihnen irgendwann einmal Geschichten über meine Jobs: ›Meine Bizepse und wie ich sie bekam.‹« Bevor er nach Manhattan zurückgekehrt war, hatte er sie – unangemeldet – in ihrer Hütte besucht, angeblich, um sich ihre Landschaftsbilder anzusehen. Himmel, Bäume, Hügel und Feldwege, genauso kraß wie sie selber. Van Gogh ohne die vibrierende Sonne. Zitate aus van Goghs Briefen an seinen Bruder waren an ihre Staffelei geheftet, und ein Exemplar der französischen Ausgabe der Briefe, dasselbe, das sie im Rucksack durch Europa geschleppt hatte, lag bei den Kunstbüchern, die neben dem Sofa aufgestapelt waren. An den Wänden aus Holzfaserplatten hingen Bleistiftzeichnungen: Kühe, Pferde, Schweine, Vogelnester, Blumen, Gemüse – und alle verkündeten mit dem gleichen aufrichtigen Charme: »Hier bin ich und ich bin *wirklich!*«

Sie schlenderten durch den verwahrlosten Obstgarten hinter der Hütte und kosteten das verschrumpelte Obst. »Warum fassen Sie immer wieder nach Ihrer Schulter?« Zuckerman hatte gar nicht gemerkt, daß er das tat. Die Schmerzen hatten damals erst ungefähr ein Viertel seiner Existenz mit Beschlag belegt, und er hielt sie noch für so etwas ähnliches wie einen Flecken auf seinem Mantel, den man bloß abzubürsten brauchte. »Irgendeine Zerrung«, erwiderte er. »Vom Eindreschen auf die Kritiker?« »Wohl eher vom Eindreschen auf mich selber. Wie ist das eigentlich, hier oben ganz alleine zu leben?« »Viel malen, viel im Garten arbeiten, viel onanieren. Es muß schön sein, Geld zu haben und alles mögliche kaufen zu können. Was ist das Extravaganteste, das Sie jemals getan haben?« Das Extravaganteste, das Dümmste, das Schmutzigste, das Aufregendste – er erzählte es ihr, und dann erzählte sie es ihm. Stundenlang Fragen und Antworten, aber danach eine Zeitlang nichts weiter. »Unsere fabelhafte sexlose Beziehung«, nannte sie es, wenn sie nachts lange Telefongespräche führten. »Mein Pech vielleicht, aber ich möchte keine Ihrer Spielgefährtinnen sein. Ich bin besser dran, wenn ich mit meinem Hammer einen neuen Fußboden zimmere.« »Wo haben Sie gelernt, einen Fußboden zu zimmern?« »Das ist leicht.«

Einmal rief sie um Mitternacht an, um ihm zu berichten, daß sie im Garten gewesen sei und das Gemüse bei Mondschein abgeerntet habe. »Die Einheimischen hier oben sagen, wir bekommen in ein paar Stunden Frost. Ich komme hinunter nach Lemnos, um zuzusehen, wie Sie Ihre Wunden lecken.« »Lemnos? Ich erinnere mich nicht an Lemnos.« »Wo die Griechen Philoktet und seinen Fuß ausgesetzt hatten.«

Sie blieb drei Tage auf Lemnos. Sie sprühte seinen Nacken mit schmerzbetäubendem Chloräthyl ein: sie setzte sich unbekleidet auf seinen verkrampften Rücken und massierte ihn zwischen den Schulterblättern; sie kochte *coq au vin* und *cassoulet* – Gerichte, die stark nach Speck schmeckten –, dazu das Gemüse, das sie vor Einsetzen des Frostes geerntet hatte; sie erzählte ihm von Frankreich und von den Abenteuern, die sie dort mit Männern und Frauen erlebt hatte. Als er vor dem Zubettgehen aus dem Badezimmer kam, erwischte er sie dabei, wie sie in den Terminkalender auf seinem Schreibtisch spähte. »Erstaunlich verstohlen für jemanden, der sonst so geradeheraus ist«, bemerkte er. Sie lachte bloß und sagte: »Du könntest keine Bücher schreiben, wenn du nicht noch schlimmere Methoden anwenden würdest. Wer ist ›D‹? Wer ist ›G‹? Wie viele sind es denn im ganzen?« »Wieso? Möchtest du einige von ihnen kennenlernen?« »Nein, danke. Darauf möchte ich mich lieber nicht einlassen. So etwas habe ich mir dort oben auf meinem Berg abgewöhnen wollen.« Am letzten Morgen ihres ersten Besuches wollte er ihr etwas schenken – etwas anderes als ein Buch. Sein Leben lang hatte er Frauen Bücher geschenkt (samt den Vorträgen, die er darüber gehalten hatte). Er gab Jenny zehn Hundertdollarscheine. »Wozu?« »Du hast mir gerade gesagt, wie gräßlich du es findest, in die Stadt zu kommen und wie ein Bauerntrampel auszusehen. Und auch wegen deiner Neugier in puncto Extravaganz. Van Gogh hatte seinen Bruder, du hast mich. Nimm das Geld!« Drei Stunden später kam sie mit einem scharlachroten Kaschmircape, burgunderroten Stiefeln und einer großen Flasche Bal à Versailles zurück. »Ich habe bei Bergdorf eingekauft«, sagte sie etwas zaghaft, aber stolz. »Hier ist das übrige Geld.« Sie gab ihm zwei Fünfzigcentstücke, ein Zehncentstück und zwei Cents. Dann legte sie ihre gesamte Bauerntrampelgarderobe ab und zog bloß das Cape und die Stiefel an. »Ich komme mir hübsch vor.« »Du *bist* hübsch.« Sie öffnete die Flasche, betupfte sich mit dem Stöpsel und parfümierte ihre Zungenspitze. Dann wieder zum Spiegel. Betrachtete sich lange. »Ich komme mir groß vor.« Das war sie nicht und würde es auch nie sein. Am Abend rief sie aus dem Dorf an, um ihm zu berichten, wie ihre Mutter reagiert hatte, als sie ihr, in dem Cape und nach Bal à Versailles duftend, einen kurzen Besuch abgestattet und ihr erzählt hatte, das habe sie von einem Mann geschenkt bekommen. »Sie hat gesagt: ›Was wird deine Großmutter zu diesem Mantel sagen?‹« Na schön, dachte Zuckerman, ein Harem ist eben ein

Harem. »Frag deine Großmutter nach ihrer Konfektionsgröße, dann schenke ich ihr auch einen.«

Die für die Nackenstreckung vorgesehenen zwei Wochen begannen damit, daß Jenny ihm nachmittags im Krankenhaus aus dem *Zauberberg* vorlas und abends in seine Wohnung zurückkehrte, wo sie Skizzen seines Schreibtisches, seines Stuhls, seiner Bücherregale und seiner Kleidungsstücke auf ihren Skizzenblock zeichnete, um sie bei ihrem nächsten Besuch im Krankenhaus an die Wand seines Zimmers zu heften. Jeden Tag zeichnete sie für ihn eines jener altmodischen amerikanischen Tücher mit Stickereimustern und einem erhebenden Sinnspruch in der Mitte, und auch diese Skizzen heftete sie an die Wand, die er vom Bett aus sehen konnte. »Um deinen Ausblick zu vertiefen«, erklärte sie.

> Das einzige Mittel gegen Seelenschmerz ist körperlicher Schmerz. KARL MARX

> Einen Ort, wo man gelitten hat, liebt man deshalb nicht weniger. JANE AUSTEN

> Wenn man stark genug ist, gewissen Erschütterungen zu widerstehen, mehr oder weniger komplizierte körperliche Probleme zu bewältigen, dann ist man zwischen vierzig und fünfzig wieder in einem neuen, relativ normalen Fahrwasser. V. VAN GOGH

Sie entwarf eine Tabelle, die zeigen sollte, welche Fortschritte sein »Ausblick« durch diese Behandlungsmethode machte. Nach sieben Tagen sah diese Tabelle so aus:

Tag	Elan	Humor	Zurechnungsfähigkeit	Appetit	Verträglichkeit	Gleichmut	Libido	Kleinlichkeit (fehlende Anzeichen dafür)	Geschimpf und Gestöhn	Höflichkeit gegenüber Jenny
1	A	A	A	A	A	A	F	A	A	A
2	B	A	B	A	A	A	F	C	C	A
3	A	A	A	A	A	A	F	B	B	A
4	C	B	C	A	C	B	A	C	C	A
5	C	B	A	C	B	A	F	B	B	B
6	C	C	C	C	C	C	C	C	B	A
7	F	D	F	F	C	D	F	D	B	F
8										
9										
10										
11										
12										
13										
14										

Als sie am achten Nachmittag mit ihrem Skizzenblock in Zimmer 611 erschien, war Zuckerman fort. Sie fand ihn zu Hause vor, auf der Spielmatte, halb betrunken. »Zuviel Einblick, um Ausblick zu haben«, sagte er. »Zu allumfassend. Zu isolierend. Bin zusammengebrochen.«

»Ach«, sagte sie leichthin, »ich glaube nicht, daß man das als Zusammenbruch bezeichnen kann. Es kann keine Stunde gedauert haben.«

»Das Leben kleiner und kleiner und kleiner. Ich denke beim Aufwachen an meinen Nacken. Ich denke beim Einschlafen an meinen Nacken. Einziger Gedanke, zu welchem Arzt, wenn auch *das* meinem Nacken nicht helfen kann. War dort, um gesund zu werden, und habe gemerkt, es geht mir schlechter. Hans Castorp kann das alles besser als ich, Jennifer. Nichts in diesem Bett, bloß ich. Bloß ein Nacken, der Nackengedanken hat. Kein Settembrini, kein Naphta, kein Schnee. Keine glanzvolle intellektuelle Reise. Ich versuche, da herauszufinden, und gerate bloß noch tiefer hinein. Geschlagen. Beschämt.« Er tobte vor Zorn.

»Nein, *ich* war das Problem.« Sie goß ihm noch ein Glas ein. »Ich wollte, ich wäre unterhaltsamer. Wenn ich bloß nicht so ein grober Klotz wäre! Vergiß es! Wir haben's versucht, aber es hat nicht funktioniert.«

Er saß am Küchentisch, rieb sich den Nacken und trank den Wodka aus, während sie ihr speckiges Lammragout zubereitete. Er wollte sie nicht aus den Augen lassen. Vernünftige Jenny, laß uns aus der Kehrseite der

Häuslichkeit das Beste machen – leb mit mir zusammen und sei mein lieber grober Klotz! Er war nahe daran, sie zu bitten, zu ihm zu ziehen. »Im Bett habe ich mir gesagt: ›Komme, was mag – wenn ich hier herauskomme, stürze ich mich wieder in die Arbeit. Wenn's weh tut, tut's eben weh, zum Teufel damit! Nimm deinen ganzen Verstand zusammen und steh es einfach durch!«

»Und?«

»Zu simpel. Der Verstand hat überhaupt nichts damit zu tun. Sich Sorgen darüber machen, sich den Kopf darüber zerbrechen, dagegen ankämpfen, sich behandeln lassen, es zu ignorieren versuchen, dahinter kommen wollen, was es eigentlich ist – verglichen damit kommt mir meine übliche Introvertiertheit wie der Times Square am Silvesterabend vor. Wenn man Schmerzen hat, kann man nur noch daran denken, daß man keine mehr haben will. Man ist nur noch von diesem Gedanken besessen. Ich hätte dich nicht bitten sollen, herzukommen. Ich hätte allein damit fertigwerden müssen. Aber sogar in dieser Hinsicht war ich zu schwach. Du als Augenzeuge!«

»Augenzeuge wovon? *Meinem* Ausblick hat es ganz gut getan. Du kannst dir nicht vorstellen, wie sehr ich es genossen habe, hier in einem Rock herumzulaufen. Ich habe lange genug auf meine ernsthafte, polternde Art für mich selbst gesorgt. Für dich kann ich sanfter und ruhiger sein – du hast mir die Chance gegeben, mich weiblicher zu benehmen. Niemand braucht sich deshalb Vorwürfe zu machen. Es ist Zeit, sich frei von Schuld zu fühlen, Nathan, Zeit für dich und für mich. Ich werde dir beistehen, und du mir, und über die Konsequenzen sollten wir beide uns keine Sorgen machen. Das können wir getrost meiner Großmutter überlassen.«

Sich für Jenny entscheiden? Wäre verlockend – falls sie überhaupt darauf einginge. Ihr Mumm, ihre Gesundheit, ihre Unabhängigkeit, die Van Gogh-Zitate, die Willenskraft – wie beruhigend das alles auf ihn, den von seiner Krankheit Besessenen, wirkte! Aber was würde passieren, wenn es ihm wieder besser ging? Sich für Jenny entscheiden, weil sie in vieler Hinsicht mit Mrs. Zuckerman Nr. 1, Nummer 2 und Nummer 3 vergleichbar ist? Der triftigste Grund, sich *nicht* für sie zu entscheiden! Eine Wahl treffen wie ein Patient, der eine Pflegerin braucht? Die beste Entscheidung in einer solchen Zwangslage ist, keine Entscheidung zu treffen. Abwarten. Status quo.

Die tiefe Depression, in die er durch die achttägige Gefangenschaft im Streckverband (und durch den Gedanken ans Abwarten) geriet, ließ ihn zum Psychoanalytiker rennen. Aber mit dem vertrug er sich überhaupt nicht. Der redete davon, daß eine Krankheit auch ihre guten Seiten hätte, und erzählte Zuckerman vom seelischen Gewinn für den Patienten. Zuckerman räumte ein, daß in ähnlich rätselhaften Fällen vielleicht mit einem solchen Gewinn zu rechnen sei. Aber was *ihn* betreffe – er hasse es, krank zu sein. Keinerlei Gewinn könnte *ihn* für die Schmerzen entschädigen, die ihn körperlich derart behinderten. Für ihn wäre der »sekundäre Gewinn«, von dem der Analytiker gesprochen habe, beileibe kein Ausgleich für den primären Verlust. Aber, gab der Analytiker zu bedenken, es bestände doch die Möglichkeit, daß das letztlich davon profitierende Ich gar nicht das Ich sei, für das Zuckerman sich halte, sondern das unausrottbare Kind im Manne oder der sühnende Büßer, der schuldbeladene Ausgestoßene – vielleicht der reumütige Sohn seiner verstorbenen Eltern, der Verfasser von *Carnovsky*.

Es hatte drei Wochen gedauert, bis der Seelendoktor sich endlich entschloß, damit herauszurücken. Und es würde vielleicht Monate dauern, bis er sich entschloß, ihm etwas über das hysterische Bekehrungssymptom zu erzählen.

»Abbüßung durch Leiden?« sagte Zuckerman. »Die Schmerzen als ein Urteil über mich selbst und dieses Buch?«

»Stimmt das?« fragte der Psychoanalytiker.

»Nein«, sagte Zuckerman und machte drei Wochen nachdem sie begonnen hatte Schluß mit der Analyse. Er stand auf und ging.

Ein Arzt verordnete ihm zwölf Aspirintabletten pro Tag, ein anderer verschrieb ihm Butazolidin, ein anderer Robaxin, ein anderer Percodan, ein anderer Valium und wieder ein anderer Prednison. Der nächste Arzt riet ihm, sämtliche Tabletten, insbesondere das giftige Prednison, ins Klo zu werfen und »zu lernen, mit diesen Beschwerden zu leben«. An etwas zu leiden, dessen Ursache unbekannt sei und das daher nicht behandelt werden könne, gehöre eben zu den Wechselfällen des Lebens – aber derlei Beschwerden seien, auch wenn sie die Bewegungsfähigkeit einschränkten, durchaus vereinbar mit einem tadellosen Gesundheitszustand. Zuckerman sei ganz einfach ein gesunder Mensch, der Schmerzen habe. »Und ich habe es mir«, fuhr der unbeirrbare Doktor fort, »zum Prinzip gemacht, niemals jemanden zu behandeln, der nicht krank ist. Im übrigen rate ich Ihnen, von jetzt an die Psychosomologen zu meiden. Von denen sollten Sie inzwischen genug haben.« »Was ist das, ein Psychosomologe?« »Ein konfuser kleiner Arzt. Die Freudsche Personifikation jedes Schmerzes, jedes Wehwehchens ist das primitivste ärztliche Rüstzeug, das diesen Burschen seit dem Tiegel mit Blutegeln hinterlassen worden ist. Wenn Schmerzen nur der Ausdruck von etwas anderem wären, dann wäre ja alles in Ordnung. Aber so übersichtlich ist das Leben leider nicht angelegt. Schmerzen kommen zu allem anderen *hinzu*. Es gibt natürlich Hysteriker, die jede Krankheit imitieren können, aber bei denen handelt es sich um eine viel exotischere Chamäleonart, als die Psychosomologen euch leichtgläubigen Leidenden weismachen wollen. *Sie* sind keines dieser Reptilien. Klage abgewiesen!«

Kurz nachdem ihm der Psychoanalytiker zum ersten

Mal vorgeworfen hatte, den Kampf aufgegeben zu haben, setzte sich Zuckerman (der zwar noch im Vorwärtsgang, aber, weil er nicht mehr imstande war, den Kopf zur Seite zu drehen, nicht mehr im Rückwärtsgang fahren konnte) mit Diana, seiner Teilzeitsekretärin, in einen Mietwagen und ließ sich von ihr zum Long Island-Laboratorium chauffieren, wo man gerade einen elektronischen Schmerzdämpfer erfunden hatte. Im Wirtschaftsteil der Sonntagsausgabe der *New York Times* hatte er gelesen, daß das Patent von diesem Laboratorium erworben worden war, und gleich am nächsten Morgen hatte er sich telefonisch dort angemeldet. Der Direktor und der Chefingenieur warteten bereits auf dem Parkplatz, um ihn zu begrüßen. Sie waren entzückt, daß Nathan Zuckerman ihr erster »Schmerzpatient« sein würde und knipsten ihn vor dem Eingang mit einer Sofortbildkamera. Der Chefingenieur erklärte, die Idee zu dieser Erfindung sei ihm gekommen, weil er die Gattin des Direktors von ihren Migräneschmerzen befreien wollte. Man sei noch im Experimentierstadium und erforsche Möglichkeiten, das Gerät technisch so zu perfektionieren, daß es die am häufigsten auftretenden chronischen Schmerzen dämpfen würde. Er half Zuckerman aus dem Hemd und erklärte ihm die Bedienung des Gerätes. Nach der Probebehandlung fühlte sich Zuckerman weder besser noch schlechter, aber der Direktor beteuerte ihm, daß seine Frau sich bereits wie ein neuer Mensch fühle, und bestand darauf, daß Zuckerman einen

Schmerzdämpfer auf Probe mit nach Hause nahm. Er könne das Gerät so lange behalten wie er wollte.

Christopher Isherwood ist eine Kamera mit offener Blende, ich bin ein Versuchskaninchen für chronische Schmerzen.

Das Gerät war ungefähr so groß wie ein Wecker. Er stellte den Zeitmesser ein, legte zwei angefeuchtete Elektrodenpolster über und unter die schmerzende Stelle und versetzte sich sechsmal am Tag einen fünfminütigen Schwachstromschock. Und sechsmal am Tag wartete er darauf, daß die Schmerzen vergehen würden (eigentlich wartete er hundertmal am Tag darauf). Wenn er lange genug gewartet hatte, nahm er Valium ein, oder Aspirin oder Butazolidin oder Percodan oder Robaxin. Um fünf Uhr nachmittags sagte er: »Hol's der Teufel!« und begann Wodka einzunehmen. Und wie Abermillionen Russen in Jahrhunderten erprobt haben, ist das der beste Schmerzdämpfer, den es gibt.

Im Dezember 1973 schwand seine letzte Hoffnung auf eine wirksame Behandlungsmethode, ein Medikament, einen Arzt – und eine *respektable* Krankheit. Er lebte damit, aber nicht, weil er es gelernt hatte. Was er gelernt hatte, war, daß etwas Entscheidendes mit ihm passiert war und daß, aus einem unerforschlichen Grund, er und seine Existenz nicht die entfernteste Ähnlichkeit mit seinem Leben zwischen 1933 und 1971 hatten. Was Einzelhaft bedeutet, wußte er, weil er, seit er Anfang zwanzig gewesen war, fast täglich ganz allein in seinen vier Wänden gesessen und geschrieben hatte. Fast zwanzig Jahre lang hatte er, folgsam und manierlich, seine Strafe abgesessen. Aber das hier war Einzelhaft ohne Schreibarbeit, und damit fand er sich kaum besser ab als mit den acht Tagen, die er angeschnallt in Zimmer 611 zugebracht hatte. Er konnte einfach nicht aufhören, sich mit der Frage zu geißeln, die ihn seit seiner Flucht aus dem Krankenhaus verfolgte: Und wenn dir einmal etwas wirklich Furchtbares passiert – was dann?

Obzwar das alles auf der Waagschale des Elends in der Welt nicht besonders schwer wog, empfand er es als schrecklich. Er kam sich zwecklos, wertlos, bedeutungslos vor, war erstaunt darüber, daß ihm das so schrecklich erschien, wunderte sich, daß er besiegt worden war, ohne überhaupt gewußt zu haben, daß er Krieg führte. Er hatte schon in jungen Jahren die sentimentalen Ansprüche abgeschüttelt, die seine konventionelle, fürsorgliche, bewundernde Familie an ihn gestellt hatte; er hatte sich der verlockenden Lauterkeit der berühmten Universität entzogen; er hatte sich aus dem Puzzlespiel dreier leidenschaftsloser Ehen mit mustergültigen Frauen und aus der Wohlanständigkeit seiner ersten Bücher befreit. Er hatte hart gearbeitet, um sich als Schriftsteller einen Namen zu machen – als aufstrebender Zwanziger erpicht auf Anerkennung, als gefeierter Dreißiger verzweifelt um Gelassenheit bemüht –, und jetzt, mit vierzig, mußte er sich von einer grundlosen, namenlosen, nicht behandelbaren Phantomkrankheit besiegen lassen.

Es war keine Leukämie, kein Lupus, kein Diabetes; es war keine multiple Sklerose, kein Muskelschwund und auch keine rheumatische Arthritis – es war nichts. Aber dieses Nichts brachte ihn um sein Selbstvertrauen, seine Zurechnungsfähigkeit und seine Selbstachtung.

Noch dazu gingen ihm die Haare aus. Entweder wegen der vielen Sorgen oder wegen der vielen Medikamente. Wenn er nach einem Intermezzo auf der Spielmatte aufstand, sah er Haare auf dem Wörterbuch liegen. Wenn er sich vor dem Badezimmerspiegel für den bevorstehenden leeren Tag zurechtmachte, war sein Kamm jedesmal voller Haare. Wenn er sich unter der Dusche die Haare wusch, hielt er ausgegangene Strähnen in der Hand, und bei jedem Nachspülen waren es doppelt oder dreimal so viel. Er hoffte, es würde allmählich wieder besser werden, aber bei jedem Haarewaschen wurde es schlimmer.

In den Gelben Seiten entdeckte er die Eintragung »Anton und Co., Trichologische Klinik« – das am wenigsten fremdartig klingende Inserat in der Rubrik »Kopfhautpflege«. Daraufhin begab er sich ins Untergeschoß des Hotels Commodore, um festzustellen, ob Anton und Co. ihr bescheidenes Versprechen, »alle bekämpfbaren Haarprobleme in den Griff zu bekommen«, einlösen konnten. Er hatte genug Zeit, er hatte das Haarproblem, und außerdem war es für ihn fast so etwas wie ein Abenteuer, einen Nachmittag pro Woche seiner Spielmatte ade zu sagen und *midtown* zu fahren. Weniger wirksam als das, was man in den besten medizinischen Instituten Manhattans gegen seine Nacken-, Arm- und Schulterschmerzen unternommen hatte, konnte die Haarkur ja gar nicht sein. In glücklicheren Tagen hätte er sich vielleicht – wenn auch ein bißchen schockiert – mit seinem veränderten Aussehen abgefunden, aber jetzt, da sein Leben ohnehin schon stark beeinträchtigt war, sagte er sich: »Nein, *das* nicht auch noch!« Beruflich lahmgelegt, körperlich behindert, sexuell passiv, geistig träge, seelisch niedergeschlagen – aber nicht von einem Tag auf den anderen kahlköpfig, das nicht auch noch!

Die erste Beratung fand in einem hygienisch weißen Büro mit allerlei Diplomen an den Wänden statt. Beim Anblick Antons, der nicht nur Kopfhautspezialist sondern auch Vegetarier und Yoga-Anhänger war, hatte Zuckerman das Gefühl, daß er von Glück sagen konnte, wenigstens noch Zähne im Mund zu haben. Anton war ein kleiner, quirliger Mann in den Sechzigern, der wie ein Vierziger aussah. Seine Haare, die ihm fast bis zu den Brauen und den Backenknochen reichten, wirkten wie ein schimmernder schwarzer Helm. Wie er Zuckerman erzählte, war er als Junge in Budapest Meisterturner gewesen. Danach habe er es sich zum Prinzip gemacht, sich durch Turnübungen, Diät und eine moralische Lebensführung sein körperliches Wohlbefinden zu erhalten. Als er sich Zuckermans Geschichte anhörte, war er besonders über dessen starken Alkoholkonsum beunruhigt. Er fragte ihn, ob er unter übermäßigem Druck stünde – das sei nämlich eine der Hauptursachen vorzeitigen Haarausfalls. »Ich stehe unter Druck«, erwiderte Zuckerman, »weil ich an vorzeitigem Haarausfall leide.« Er wollte nicht von seinen Schmerzen sprechen, wollte nicht noch einem Spezialisten mit einer Wand voller Diplome von seinem rätselhaften Fall berichten. Wäre er bloß daheimgeblieben! Seine Haare als Mittelpunkt seines Lebens! Statt seiner Prosa plötzlich seine beginnende Glatze im Mittelpunkt!

Anton richtete seine Lampe auf Zuckermans Kopfhaut und kämmte die schütteren Haare vorsichtig von einer Seite auf die andere. Dann zog er die ausgegangenen Haare aus dem Kamm und legte sie sorgfältig auf ein Kosmetiktuch – für die Laboruntersuchung.

Zuckerman kam sich nicht größer als die kahle Stelle ganz oben auf seinem Kopf vor, als er durch einen langen weißen Korridor in die Klinik geführt wurde – ein Dutzend Kabinen mit Vorhängen und Waschbecken, eine jede gerade groß genug für einen trichologisch geschulten Assistenten und einen Patienten, dem die Haare ausgingen. Zuckerman wurde einer zierlichen jungen Frau vorgestellt, die in ihrem bis unter die Knie reichenden weißen Kittel und ihrem weißen Kopftuch wie eine gestrenge Nonne wirkte, wie die Novizin eines Krankenpflege-Ordens. Jaga stammte aus Polen. Anton buchstabierte Zuckerman ihren Vornamen. Mr. Zuckerman, erklärte er Jaga, »der bekannte amerikanische Schriftsteller«, leide unter Haarausfall.

Zuckerman setzte sich vor den Spiegel und grübelte über seinen Haarausfall nach, während Anton ihm die Behandlungsmethode erläuterte: weiße Mentholsalbe zur Kräftigung des Haarbalgs, dunkle Teersalbe zur Reinigung und Desinfektion, heißer Dampf zur Anregung der Blutzirkulation, Handmassage der Kopfhaut, dann Schwedische Elektromassage, dann zwei Minuten Ultraviolettbestrahlung. Und schließlich Lotion Nr. 7 und fünfzehn Tropfen Hormonlösung: jeweils fünf Tropfen auf den Haaransatz an den Schläfen sowie fünf Tropfen auf die Stelle, wo das Haar besonders schütter geworden war. Zuckerman sollte diese wachstumsfördernden Tropfen jeden Morgen zu Hause applizieren und dann – sparsam – die rosafarbene Lotion auftragen, die verhindern würde, daß die Haare, die ihm noch geblieben waren, sich an den Enden spalteten und abbrachen. Jaga nickte, Anton stürmte mit den Probeexemplaren ins Labor, und nun begann in der Kabine die Behandlung, die Zuckerman an einen anderen Thomas-Mann-Protagonisten erinnerte, mit dem ihn jetzt eine dubiose Verwandtschaft verband: an Herrn von Aschenbach, der sich in Venedig beim Frisör die Haare färben und sich schminken läßt.

Nach der einstündigen Behandlung wurde Zuckerman von Anton wieder ins Büro geführt. Dann saß er ihm am Schreibtisch gegenüber und erfuhr das Ergebnis der Laboruntersuchung.

»Ich habe bei der mikroskopischen Untersuchung Ihrer Haare und Kopfhautabschabsel eine sogenannte Folliculitis simplex festgestellt. Das heißt, daß sich der Haarbalg zu Entzündungsherden zusammenzieht. Mit der Zeit hat das zu Haarausfall geführt. Und da das Haar seines Talgs beraubt wird, trocknet es aus, spaltet sich und bricht – was zu weiterem Haarausfall führen kann.« Und ohne auch nur zu versuchen, den Schlag etwas abzumildern, erklärte er: »Ich fürchte, daß schon ziemlich viele Follikeln haarlos sind. Ich hoffe, daß bei einigen die Papille nicht schon zerstört sondern nur angegriffen ist. In diesem Fall kann es an den betreffenden Stellen wieder zu Haarwuchs kommen. Das wird sich aber erst im Lauf der Zeit erweisen. Ich glaube allerdings, daß in Ihrem Fall, abgesehen von den leeren Follikeln, die Aussichten günstig sind, daß Ihr Haar und Ihre Kopfhaut auf eine richtige, regelmäßige Behandlung, zu der Sie Ihren Beitrag leisten müssen, ansprechen und wieder gesunden werden. Es dürfte uns gelingen, die Bildung von Eiterherden zu unterbinden, den Talgfluß zu fördern und das Haar wieder elastisch zu machen – dann wird es wieder kräftiger werden und dichter wirken. Das Wichtigste ist, dafür zu sorgen, daß der Haarausfall aufhört.«

Es war die längste, seriöseste, detaillierteste und überlegteste Diagnose, die Zuckerman jemals über etwas, woran er litt, gestellt worden war. Und bestimmt die optimistischste in den letzten achtzehn Monaten. Er konnte sich an keinen Literaturkritiker erinnern, der sich mit einem Roman von ihm so ausgiebig und sorgfältig befaßt hatte wie Anton mit seiner Kopfhaut.

»Ich danke Ihnen, Anton«, sagte er.

»Aber...«

»Ja?«

»Es gibt ein Aber«, sagte Anton ernst.

»Was für ein Aber?«

»Was Sie zu Hause tun, ist genauso wichtig wie das, was wir hier tun, wenn Sie zur Behandlung kommen. Erstens: Sie dürfen nicht unmäßig trinken. Damit müssen Sie sofort aufhören. Zweitens: Ganz gleich, was der Grund dafür ist, daß Sie unter starkem seelischem Druck stehen – Sie müssen damit zu Rande kommen. Ich brauche kein Mikroskop, um festzustellen, daß Sie unter Druck stehen. Ich brauche Sie bloß anzusehen. Egal, was es ist, Sie müssen es aus Ihrem Leben ausmerzen. Und zwar schnell. Andernfalls, Mr. Zuckerman – das muß ich Ihnen ehrlich sagen –, kämpfen wir einen aussichtslosen Kampf.«

In dem großen Spiegel an der Badezimmertür sah er jeden Morgen einen mickrigen alten Mann, der Nathans Pyjama in der Hand hielt: kahler Kopf, schwabblige Hüften, schlaffer Bauch. Achtzehn Monate ohne die regelmäßige Morgengymnastik und die langen Nachmittagsspaziergänge, und schon war sein Körper um zwanzig Jahre gealtert. Wie immer Punkt acht Uhr wach, arbeitete er jetzt wieder – arbeitete mit der gleichen Verbissenheit, mit der er es früher geschafft hatte, einen ganzen Vormittag lang immer wieder dieselbe Seite in Angriff zu nehmen –, döste dann aber wieder ein und schlief bis Mittag. Der einst so beharrliche, zähe, zielstrebige Nathan Zuckerman, der keine halbe Stunde verstreichen ließ, ohne sich einen Schreibblock zu holen oder in einem Buch dies und das zu unterstreichen, zog sich jetzt ein Bettuch über den Kopf, um sich die Zeit bis zum Abend zu verkürzen, die Zeit, bis er zur Flasche griff. Der einst so selbstbeherrschte Zuckerman – jetzt leerte er noch eine und noch eine; der einst so disziplinierte Zuckerman – jetzt rauchte er Pot bis zum letzten Zug; der einst so selbstgenügsame Zuckerman – jetzt klammerte er sich hilflos an seinen Harem (der sich vergrößert hatte, weil jetzt auch die trichologisch geschulte Assistentin dazugehörte). Ihm war alles recht, was ihn aufmuntern oder betäuben konnte.

Seine Tröster sagten, er sei einfach zu angespannt und müsse lernen, sich zu entspannen. Es käme nur vom Alleinsein und würde vergehen, sobald er wieder nach dem Abendessen, in ein Buch vertieft, einer musterhaften Ehefrau gegenübersäße. Sie behaupteten, er fände immer neue Möglichkeiten, unglücklich zu sein, und könnte das Leben nur noch genießen, wenn er leide. Sie teilten die Meinung des Psychoanalytikers, daß seine Schmerzen eine Selbstbestrafung seien: eine Buße für den Publikumserfolg von *Carnovsky*, eine Sühne dafür, daß dieses Buch für ihn zur Goldgrube geworden sei.

Die beneidenswerte amerikanische *success story* – ruiniert durch das zürnende Zellgewebe. Zuckerman, so sagten sie, führe das Wort »Pein« auf »poena« zurück, das lateinische Wort für Strafe. Poena für das Porträt einer Familie, die man im ganzen Land für seine eigene halte; Poena für die Geschmacklosigkeit, die Millionen entrüstet, und für die Schamlosigkeit, die seinen Volksstamm empört habe. Die Verkrüppelung seines Oberkörpers als unausweichliche Strafe für sein Verbrechen. Verstümmelung als primitive ausgleichende Gerechtigkeit. Wenn dich dein Schreibarm ärgert, dann hau ihn ab und wirf ihn von dir. Unter dem ironischen Deckmantel der Duldsamkeit sei *er* der unversöhnlichste Jahwe von ihnen allen. Wer anders hätte denn so blasphemisch über die erstickende jüdische Moral schreiben können als ein daran erstickender Jude wie Nathan? Ja, deine Krankheit ist eine Notwendigkeit für dich (das war der springende Punkt ihrer Argumente), und deine Genesung wird allein durch *dich* verhindert, denn du *willst* unheilbar sein, du zwingst den dir innewohnenden Genesungswillen zur Kapitulation. Daß Zuckerman unbewußt Angst vor allem habe, war ebenfalls eine bei seinen Diagnostikern verbreitete Ansicht. Angst vor Erfolg und vor Mißerfolg; Angst vor dem Bekanntsein und Angst vor dem Vergessenwerden; Angst davor, aus der Reihe zu tanzen, und Angst davor, wie die anderen zu sein; Angst davor, bewundert zu werden, und Angst davor, verabscheut zu werden; Angst vor dem Alleinsein und Angst davor, unter Menschen zu sein; Angst (seit *Carnovsky* erschienen war) vor sich selber und seinen Instinkten; und Angst davor, Angst zu haben. Feiger Verräter seines literarischen Lebens – Kollaborateur der Feinde seines Lästermauls. Unbewußte Unterdrückung seines Talents, aus Angst davor, was es das nächste Mal anstellen würde.

Aber Zuckerman kaufte ihnen das nicht ab. Sein Unbewußtes war nicht *so* unbewußt. Nicht so konventionell. Sein Unbewußtes gehörte zu einem Schriftsteller, dessen Werke seit 1953 veröffentlicht wurden, und war deshalb mit allen Aspekten dieser Tätigkeit vertraut. Er hatte großes Zutrauen zu seinem Unbewußten – er hätte es ohne sein Unbewußtes bestimmt nicht so weit gebracht. Jedenfalls war es zäher und gewiefter als er. Und wahrscheinlich hatte ihn sein Unbewußtes vor dem Neid seiner Rivalen beschützt, vor der verächtlichen Kritik der Literaturpäpste, vor der Entrüstung der Juden und vor dem Vorwurf seines Bruders Henry, daß die Koronarthrombose, an der ihr kränkelnder Vater 1969 gestorben war, durch Nathans gehässig-sarkastischen Bestseller ausgelöst worden sei. Falls der Morse-Code der Psyche tatsächlich durch körperliche Schmerzen übermittelt wird, mußte die Botschaft doch wohl origineller sein als »Schreib keinen solchen Mist mehr!«

Eine Zwangslage wie seine konnte natürlich auch als Charaktertest verstanden werden. Aber als was waren dann zwanzig Jahre schriftstellerischer Arbeit anzusehen? Nein, er hatte es nicht nötig, seinen Charakter testen zu lassen. Er war schon so eigensinnig, daß es für ein ganzes Leben reichte. Künstlerische Prinzipien? Darin steckte er schon bis über die Ohren. Falls das ganze darauf hinauslief, daß die Schmerzen ihn dazu bringen sollten, angesichts weiterer schriftstellerischer Plackerei noch mehr grimmige Entschlossenheit aufzubringen, dann waren seine Schmerzen falsch informiert. Das konnte er auch alleine schaffen. Dazu war er schon deshalb verdammt, weil die Zeit verging. Die Geduld, mit der er ohnehin schon gewappnet war, machte sein Leben von Jahr zu Jahr qualvoller. Noch einmal zwanzig solche Jahre wie die vergangenen zwanzig, und er würde keine Frustration mehr zu überwinden brauchen.

Nein, falls diese Schmerzen zu etwas wirklich Nützlichem dienen sollten, dann nicht dazu, ihn noch hartnäckiger zu machen, sondern dazu, ihn aus diesem Würgegriff zu *befreien*. Angenommen, die Nervenstränge eines lebendig begrabenen Nathan Zuckerman funkten die Botschaft: Laß doch die anderen die Bücher schreiben! Überlaß das weitere Schicksal der Literatur anderen talentierten Schriftstellern und hör auf, einsam in deinem Zimmer zu sitzen! Das ist kein Leben, und das bist nicht *du*. Das sind zehn Klauen, die sich in sechsundzwanzig Buchstaben verkrallen. Wenn ein Tier im Zoo sich so aufführen würde, dann fändest du das entsetzlich. »Aber man könnte ihm doch einen Reifen hineinhängen, auf dem es schaukeln kann. Oder ihm ein Männchen oder

Weibchen bringen, mit dem es sich auf dem Boden wälzen kann.« Wenn du einem für geistesgestört Erklärten zuschauen würdest, wie er in seiner Zelle ächzend und stöhnend am Tisch sitzt, wie er versucht, aus qwertyuiop, asdfghjkl und zxcvbnm irgend etwas Sinnvolles zu machen, wie er über drei völlig unsinnigen Wörtern alles andere vergißt – dann wärst du entsetzt, dann würdest du den Wärter am Arm fassen und fragen: »Kann man denn gar nichts dagegen tun? Kein Antihalluzinogen? Keine Operation?« Und ehe der Wärter dir antworten könnte: »Nichts. Es ist hoffnungslos«, würde der Irre wutentbrannt aufspringen und durch das Zellengitter brüllen: »Schluß mit diesem Höllenlärm! Schreit mir nicht die Ohren voll! Wie soll ich mein großes Werk vollenden, wenn ständig Leute kommen und mich anglotzen und Lärm machen?«

Angenommen, die Schmerzen waren nicht gekommen, um ihm – wie George Herberts »Gott und Herr« – einen Dämpfer aufzusetzen oder um ihn – wie Tom Sawyers Tante Polly – zu lehren, sich zivilisiert zu benehmen oder um aus ihm einen Juden wie Hiob zu machen, sondern um Nathan Zuckerman aus dem falschen Beruf herauszuhelfen. Offerierten sie ihm nicht vielleicht das beste Geschäft, das er je gemacht hatte, einen Ausweg aus etwas, worauf er sich nie hätte einlassen sollen? Das Recht darauf, dämlich zu sein. Das Recht darauf, faul zu sein. Das Recht darauf, ein Niemand zu sein. Gesellschaft statt Einsamkeit; Stimmen statt Stille; Eskapaden statt Entwürfen; Abwechslung, Muße und Lebensgenuß statt weiterer zwanzig, dreißig, vierzig Jahre eiserner Konzentration und nagender Zweifel. Was umgeformt werden müßte, ungeformt lassen. Kapitulieren vor qwertyuiop, asdfgjkl und zxcvbnm – und diese drei Wörter alles weitere sagen lassen.

Schmerzen, um Nathan zu sinnlosem Genuß zu verhelfen. Vielleicht bedurfte es einer gehörigen Dosis körperlicher Qual, um ihn zu demoralisieren. Alkohol? Drogen? Die intellektuelle Sünde seichter Vergnügungen, selbstverursachter Besinnungslosigkeit? Na ja, wenn's sein mußte. Und so viele Frauen? Frauen, die im Schichtdienst kamen und gingen, eine davon fast noch ein Kind, eine andere die Frau seines Finanzberaters? Gewöhnlich betrügt der Bücherrevisor den Klienten, nicht umgekehrt. Aber was blieb ihm denn anderes übrig, wenn die Schmerzen es erforderlich machten? Durch seine hilflose Bedürftigkeit war er seines Kommandos enthoben, war er von allen Skrupeln befreit worden. Zuckerman hatte den Mund zu halten und zu tun, was ihm gesagt wurde: Hör auf damit, die Stunden genau einzuteilen, Triebe zu unterdrücken und jede Affäre superskrupulös unter Kontrolle zu halten – und laß dich von jetzt an *treiben,* laß dich einfach treiben und von der Hilfsbereitschaft anderer tragen, bleib auf dem Rücken liegen und sieh zu, wie von oben Trost gespendet wird. Es ist an der Zeit, dich in die Niederlage zu fügen.

Aber wenn das wirklich die Anweisung war, die seine

Psyche ihm erteilte – zu welchem Zweck? Zu welchem Zweck? Um den Zweck aller Zwecke zu erreichen? Die Rettung aus den Klauen der Selbstrechtfertigung? Um endlich zu lernen, ein Leben zu führen, das nicht verteidigt und gerechtfertigt werden mußte? Wenn das stimmt, dachte Zuckerman, wenn *das* die Zukunft ist, auf die meine Schmerzen abzielen, dann wird dies der Charaktertest werden, der alle anderen übertrifft.

II Dahin

Zuckerman hatte sein Thema verloren. Seine Gesundheit, seine Haare und sein Thema. Daß es keine Körperhaltung gab, in der er jetzt noch schreiben konnte, spielte keine Rolle mehr. Alles, was ihn zu seinen Romanen angeregt hatte, war dahin – sein Geburtsort war nur noch die ausgebrannte Szenerie eines Rassenkampfes, und die Menschen, die für ihn überlebensgroß gewesen waren, lebten nicht mehr. Der große Existenzkampf der Juden wurde jetzt mit den arabischen Staaten ausgefochten. Hier war er vorbei: Drüben am New Jersey-Ufer des Hudson – auf Zuckermans West Bank – hatte sich ein anderer Volksstamm angesiedelt. Für Zuckerman würde es kein neues Newark mehr geben – keines das so wie das erste war; keine Väter wie jene von Pioniergeist und Tabus strotzenden jüdischen Väter, keine Söhne wie ihre immer wieder in Versuchung geratenden Söhne, keine Loyalitätsprobleme, keine Ambitionen, keine Rebellionen, keine Kapitulationen, keine so heftigen Konflikte wie damals. Nie wieder würde er so zärtliche Gefühle hegen, nie wieder so erpicht darauf sein, auszubrechen. Ohne Vater, ohne Mutter und ohne Heimstatt war er kein Romancier mehr. Kein Sohn mehr, kein Schriftsteller mehr. Alles, was ihn angefeuert hatte, war ausgelöscht, nichts war übriggeblieben, was unverkennbar *ihm* gehörte und von keinem anderen beansprucht, exploitiert, vergrößert und rekonstruiert werden konnte.

Das waren die Gedanken, die ihn quälten, wenn er beschäftigungslos auf der Spielmatte lag.

Den Vorwurf seines Bruders, daß die tödliche Koronarthrombose ihres Vaters durch *Carnovsky* ausgelöst worden sei, hatte er nicht so einfach vergessen können. Erinnerungen an die letzten Lebensjahre seines Vaters, an die Spannungen zwischen ihnen beiden, an die Verbitterung und die bestürzende Entfremdung nagten an ihm ebenso wie die dubiose Beschuldigung, die sein Bruder gegen ihn erhoben und der Fluch, den der Vater mit dem letzten Atemzug gegen ihn ausgestoßen hatte. Und ebenso der Gedanke, alles, was er geschrieben hatte, nur deshalb geschrieben zu haben, weil er Anstoß erregen wollte; und daß das, was in seinem Werk zum Ausdruck kam, nicht viel mehr war als trotziges Aufbegehren gegen einen ehrenwerten Fußpfleger. Er hatte seit dem Tag, an dem sein Vater ihn zum letzten Mal im Leben geschmäht hatte, keine einzige Seite geschrieben, die etwas taugte, und war schon halbwegs überzeugt, daß er ohne die strapazierten Nerven und die strengen Grundsätze und die Engstirnigkeit seines Vaters niemals Schriftsteller geworden wäre. Ein Vater, Amerikaner in erster Generation, besessen von den jüdischen Dämonen, und ein Sohn, Amerikaner in zweiter Generation, besessen von der Austreibung dieser Dämonen – das war sein einziges Thema.

Seine Mutter, eine ruhige, schlichte Frau, hatte er, so pflichtbewußt und friedfertig sie auch war, immer für ein wenig leichtherziger und emanzipierter gehalten als seinen Vater. Historische Übelstände zu beheben, unerträgliche Irrtümer zu berichtigen, den tragischen Verlauf der jüdischen Geschichte zu ändern – all dies während des Abendessens zu vollbringen, überließ sie liebend gern ihrem Mann. Er machte den Krach und hatte das Sagen, sie begnügte sich damit, das Essen zu kochen, die Kinder zu füttern und (so lange es ging) das harmonische Familienleben zu genießen. Ein Jahr nach dem Tod ihres Mannes begann sie an einem Gehirntumor zu leiden. Schon seit Monaten hatte sie über Schwindelanfälle, Kopfweh und Gedächtnislücken geklagt. Bei ihrem ersten Krankenhausaufenthalt hatten die Ärzte einen leichten Schlaganfall diagnostiziert – mit ernsten Folgen sei nicht zu rechnen. Als sie vier Monate später wieder eingeliefert wurde, konnte sie sich, als der behandelnde Neurologe ins Zimmer kam, zwar noch an ihn erinnern, doch als er sie bat, ihren Vornamen aufzuschreiben, nahm sie ihm den Bleistift aus der Hand und schrieb statt »Selma« das Wort »Holocaust«. Ohne einen orthographischen Fehler zu machen. Das war 1970 in Miami Beach, und die Frau, die dieses Wort schrieb, hatte vorher nur Kochrezepte für ihre Kartei, etliche tausend Danke-schön-Briefchen und Strickanleitungen für ihre umfangreiche Sammlung geschrieben. Zuckerman war sich ziemlich sicher, daß sie vor jenem Morgen das Wort Holocaust noch nicht einmal ausgesprochen hatte. Ihre Aufgabe war nicht gewesen, über Greueltaten nachzugrübeln, sondern abends fleißig zu stricken und darüber nachzudenken, was am nächsten Tag alles im Haushalt getan werden mußte. Jetzt aber hatte sie einen Tumor, der so groß wie eine Zitrone war und anscheinend alles außer diesem einen Wort aus ihrem Gehirn verdrängt hatte. Nur dieses Wort konnte er nicht verjagen. Es mußte schon die ganze Zeit dagewesen sein, ohne daß jemand es geahnt hatte.

Diesen Monat waren es drei Jahre. 21. Dezember. 1970 war das ein Montag gewesen. Der Neurologe hatte ihm am Telefon gesagt, es könnte noch zwei bis vier Wochen dauern, bis sie an dem Gehirntumor sterben würde; aber als Zuckerman, der vom Flughafen direkt zum Krankenhaus fuhr, in ihr Zimmer kam, war das Bett schon leer. Sein Bruder, der eine Stunde früher mit einer anderen Maschine angekommen war, saß mit zusammengebissenen Zähnen und ausdruckslosem Gesicht auf einem Stuhl am Fenster. Der hochgewachsene, stämmige Mann wirkte wie eine Gipsfigur. Ein kräftiger Stoß, und es wären nur noch Scherben von ihm übriggeblieben. »Mutter ist dahingegangen.«

Von allen Formulierungen, die Zuckerman gelesen, geschrieben, im Gespräch verwendet oder gehört hatte, fiel ihm keine ein, die es mit dem rhetorischen Effekt dieser drei Wörter aufnehmen konnte. Nicht: sie hat uns verlassen; nicht: sie ist von uns gegangen – sondern: *sie ist dahingegangen.*

Seit Zuckerman Anfang der sechziger Jahre Vortragsreisen gemacht hatte, um sein Buch *Höhere Bildung* jeden Monat in einem anderen Tempel zu verteidigen, hatte er keine Synagoge mehr von innen gesehen. Trotzdem stellte er, der Nichtgläubige, jetzt Überlegungen an, ob seine Mutter nicht vielleicht nach orthodoxem Ritus bestattet werden sollte: Leichenwäsche, Totenhemd, schlichter Holzsarg. Schon ehe sie unter den ersten Anzeichen der tödlichen Krankheit zu leiden begann, war sie, die vier Jahre lang ihren kränkelnden Mann gepflegt hatte, so zusammengegangen, daß sie genauso aussah wie ihre verstorbene Mutter im Greisenalter. Als Zukkerman in der Leichenhalle des Krankenhauses die von einer langen Ahnenreihe ererbte vorspringende Nase in dem (für die Familie seiner Mutter typischen) kindlichkleinen Kopf anstarrte, diese sichelförmig gebogene Nase über den eingesunkenen Weichteilen des Gesichts – in diesem Augenblick dachte er an eine orthodoxe Beerdigung. Aber Henry wollte, daß sie in dem grauen Crêpe-de-Chine-Kleid bestattet wurde, in dem sie so hübsch ausgesehen hatte, als er und Carol mit ihr ins Lincoln Center gingen, um Theodore Bikel zu hören – und warum sollte Nathan sich deshalb mit ihm streiten? Er versuchte, diesem Leichnam einen Platz in der Wirklichkeit zuzuordnen, versuchte, das, was mit *seiner* Mutter geschehen war, mit dem in Zusammenhang zu bringen, was mit *ihrer* Mutter geschehen war, an deren Beerdigung er als Kind teilgenommen hatte. Er versuchte, dahinterzukommen, wo die beiden jetzt in Wirklichkeit waren. Was die Kleidung betraf, in der der Leichnam vermodern würde – sollte Henry doch seinen Willen haben! Hauptsache war, daß bei dieser letzten gemeinsamen Aufgabe möglichst wenig Gefühle verletzt wurden. Danach brauchten er und Henry sich nie mehr über etwas einig zu werden, brauchten sie nie mehr miteinander zu reden. Die Sorge um den Gesundheitszustand der Mutter war ohnehin der einzige Grund gewesen, warum sie beide in Kontakt geblieben waren. An dem leeren Krankenhausbett hatten sie sich zum ersten Mal wiedergesehen, seit ihr Vater vor einem Jahr in Florida beerdigt worden war.

Ja, jetzt gehörte sie nur noch Henry. Er stellte sein Organisationstalent unter Beweis, und der ärgerliche Unterton, der dabei mitschwang, machte jedermann unmißverständlich klar, daß Anfragen bezüglich der Beerdigung an den jüngeren Sohn zu richten waren. Als der Rabbiner in die Wohnung der Verstorbenen kam, um Einzelheiten des Trauergottesdienstes mit ihnen zu besprechen – derselbe bärtige junge Rabbiner, der bei der Beerdigung ihres Vaters die Andacht gehalten hatte –, saß Nathan etwas abseits und sagte kein Wort, während Henry, der gerade vom Bestattungsinstitut zurückgekommen war, alles mit dem Rabbiner durchsprach. »Ich würde gern ein kleines Gedicht vorlesen«, sagte der

Rabbiner. »Etwas über das Wachstum der Pflanzen. Ich weiß, wie sehr sie ihre Zimmerpflanzen geliebt hat.« Worauf alle drei zu den Pflanzen hinübersahen, als wären dies Mrs. Zuckermans verwaiste Kinder. Es war viel zu früh am Morgen, um irgend etwas klar und deutlich erkennen zu können – weder die Pflanzen auf dem Fensterbrett noch den Nudelauflauf im Eisschrank noch die Abholzettel der chemischen Reinigung, die in Mrs. Zuckermans Handtasche steckten. »Danach werde ich einige Psalmen verlesen«, sagte der Rabbiner. »Und zum Schluß möchte ich, wenn Sie nichts dagegen haben, einige persönliche Worte über die Verstorbene sagen. Ich kannte Ihre Eltern aus dem Tempel. Ich habe sie gut gekannt. Ich wußte, was für eine glückliche Ehe sie geführt haben. Und wie sehr sie an ihrer Familie hingen. »Gut«, sagte Henry. »Und Sie, Mr. Zuckerman?« fragte der Rabbiner Nathan. »Irgend welche Erinnerungen, über die Sie mit mir sprechen möchten? Ich bin gern bereit, sie in meine Ansprache aufzunehmen.« Er zog einen Notizblock und einen Bleistift aus seinem Jackett, um aufzuschreiben, was der Schriftsteller ihm zu sagen hatte, aber der schüttelte bloß den Kopf. »Die Erinnerungen«, sagte Zuckerman, »kommen erst, wenn ihre Zeit gekommen ist.« »Rabbi«, sagte Henry, »die Gedenkansprache werde *ich* halten.« Vorher hatte er gesagt, er glaube nicht, daß er in der Gemütsverfassung sei, eine Ansprache zu halten. »Wenn Sie das trotz Ihres Kummers tun könnten«, sagte der Rabbiner, »wäre das großartig.« »Und wenn ich dabei weine«, sagte Henry, »schadet es auch nichts. Sie war die beste Mutter der Welt.«

Also: Die historische Wahrheit sollte endlich wieder zurechtgerückt werden. Henry würde das verleumderische Porträt der Mutter in *Carnovsky* aus dem Gedächtnis der in Florida ansässigen Freunde Mrs. Zuckermans ausmerzen. Leben und Kunst sind zweierlei, dachte Zuckerman. Das ist allen sonnenklar. Aber *worin* der Unterschied besteht, ist ihnen absolut nicht klar. Daß Schreiben ein Akt der Einbildungskraft ist, scheint alle Welt zu verwundern und zu entrüsten.

Carol und ihre beiden ältesten Kinder trafen mit der Abendmaschine ein, und Henry zog mit ihnen in ein Hotel drüben in der Collins Avenue. Zuckerman übernachtete allein in der Wohnung seiner Mutter. Er machte sich nicht einmal die Mühe, das Bett frisch zu beziehen, sondern kroch unter das Laken, mit dem sie noch zwei Nächte zuvor zugedeckt gewesen war, und vergrub das Gesicht in ihrem Kopfkissen. »Mama, wo bist du?« Er wußte, wo sie war: im Bestattungsinstitut, in ihrem grauen Crêpe-de-Chine-Kleid. Trotzdem konnte er nicht aufhören, nach ihr zu rufen. Seine kleine Mutter, nur 1,55 groß, war in die Ungeheuerlichkeit des Todes verschwunden. Wahrscheinlich hatte sie nie zuvor einen weitläufigeren Raum betreten als L. Bambergers Warenhaus in der Newarker Market Street.

Bis zu dieser Nacht hatte Zuckerman nicht gewußt,

wer die Toten und *wie* weit entfernt sie sind. Sie flüsterte in seine Träume, aber er konnte, sosehr er sich auch bemühte, nicht verstehen, was sie sagte. Er war nur einen Fingerbreit von ihr entfernt, nichts trennte sie beide voneinander, und dennoch erreichte ihn ihre Botschaft nicht. Ihm träumte, er wäre taub. Im Traum dachte er: »Nicht dahingegangen; darüber hinaus gegangen«, und wachte im Dunkeln auf. Speichel quoll ihm aus dem Mund, ihr Kopfkissen war davon durchnäßt. »Armes Kind«, sagte er, als wäre *sie* das Kind – sein Kind. Als wäre sie im Alter von zehn und nicht von sechsundsechzig Jahren gestorben. Er spürte einen Schmerz im Kopf, eine stechende Stelle, so groß wie eine Zitrone. *Ihr* Gehirntumor.

Als er am Morgen aufwachte und den letzten Traum von etwas, das ganz nahe und zugleich ungeheuer weit weg war, abzuschütteln versuchte, machte er sich darauf gefaßt, sie neben sich liegen zu sehen. Nicht erschrekken! Zurückkommen, nur um Nathan zu erschrecken – nein, das hätte sie nie getan. Als er zur Seite rückte und die Augen aufmachte, lag keine Tote auf der anderen Seite des Bettes. Nie wieder würde sie bei ihm sein.

Er stand auf, um sich die Zähne zu putzen, dann ging er, noch im Pyjama, wieder ins Schlafzimmer, öffnete die Tür des begehbaren Wandschranks und ging hinein. Er griff in die Tasche eines Regenmantels aus Popelin, den sie offenbar kaum je getragen hatte, und fand darin ein aufgerissenes, aber noch volles Päckchen Papiertaschentücher. Ein zusammengefaltetes Taschentuch steckte in der Naht der Manteltasche. Er hielt es an die Nase, aber es roch bloß wie ein Papiertaschentuch.

Aus einem viereckigen Plastiketui, das ebenfalls in dieser Manteltasche gesteckt hatte, zog er eine durchsichtige Regenhaube. Sie war sorgfältig zusammengefaltet, nicht breiter als ein Pflaster und bloß einen halben Zoll hoch, aber das bedeutete nicht unbedingt, daß seine Mutter sie nie benützt hatte. Auf das hellblaue Etui war eine Aufschrift gestempelt: »Mit besten Empfehlungen von SYLVIA, Geschmackvolle Damenmoden, Boca Raton.« Um das S des Namens Sylvia rankte sich eine Rose. Für so etwas hatte seine Mutter eine Vorliebe gehabt. Ihre Danke-schön-Briefchen waren immer mit einer Blumenbordüre verziert gewesen. Manchmal hatten Zuckermans Ehefrauen, bloß weil sie so aufmerksam waren, ein Ferngespräch mit ihr zu führen, eines dieser blumenverzierten Briefchen erhalten.

In der anderen Manteltasche steckte etwas Weiches, Hauchdünnes. Als er es herauszog, war er einen Moment lang ganz verdattert. Es sah seiner Mutter so gar nicht ähnlich, sich wie eine Betrunkene die Unterwäsche in die Manteltasche zu stecken. Hatte der Tumor ihren Verstand getrübt, ohne daß jemand es bemerkt hatte? Aber es war weder ein Büstenhalter noch ein Schlüpfer, sondern bloß eine strumpffarbene Chiffonhaube, wie Frauen sie oft beim Nachhauseweg vom Frisör tragen. Frisch frisierte Haare, ihre Haare – das jedenfalls stellte er sich vor, als er die Haube an die Nase hielt, um irgendeinen Duft wahrzunehmen, an den er sich noch erinnern konnte. Die scharfen Gerüche, die lauten Geräusche, die amerikanischen Ideale, der zionistische Eifer, die jüdische Entrüstung – alles, was auf einen kleinen Jungen großartig, anspornend und fast übermenschlich wirkte, hatte zu seinem Vater gehört. Die Mutter, in den ersten zehn Jahren seines Lebens für ihn so ungeheuer wichtig, war in der Erinnerung für ihn genauso unauffällig wie diese hauchdünne Chiffonhaube. Eine Brust, dann ein Schoß, dann eine immer schwächer werdende Stimme, die ihm zurief: »Sei vorsichtig!« Dann eine Zeit ohne Erinnerungen, eine Zeit in der sie für ihn bloß noch ein unsichtbarer Jemand gewesen war, der sich bemühte, es allen recht zu machen, und der ihm am Telefon berichtete, wie das Wetter in New Jersey war. Dann die Übersiedlung nach Florida und die blonden Haare. Adrette Garderobe für das tropische Klima: lange rosa Baumwollhose, weiße Bluse mit Monogramm (und dazu die Anstecknadel mit der Perle, die er vor Jahren im Flughafen Orly für sie als Mitbringsel von seinem ersten Sommer in Frankreich gekauft hatte); eine kleine, sonnengebräunte, blondhaarige Frau, die im Korridor schon auf ihn wartete, wenn er mit seiner Reisetasche aus dem Fahrstuhl kam; das ungezwungene Lächeln, die verständnisvollen dunklen Augen, die rührende Umarmung – und dann die Dankbarkeit. Diese Dankbarkeit! Als wäre der Präsident der Vereinigten Staaten in die

Eigentumswohnung gekommen, um einem Glückspilz, dessen Name und Adresse aus einem Hut gezogen worden waren, seine Aufwartung zu machen.

Das letzte, was er in der Tasche ihres Regenmantels fand, war ein Ausschnitt aus der *New York Times*. Den hatte ihr sicher jemand aus Newark geschickt. Wahrscheinlich hatte sie ihn drunten am Briefkasten aus dem Kuvert genommen und auf dem Weg zum Frisör oder zum Modehaus SYLVIA in die Manteltasche gesteckt. Und dann war sie vermutlich (die wahre Ursache ihrer Kopfschmerzen und Schwindelanfälle hatten die Ärzte damals noch nicht entdeckt) an einem regnerischen Nachmittag mit einer Freundin nach Boca Raton gefahren, um sich Kleider anzusehen. Um vier Uhr hatten die beiden Witwen vermutlich beschlossen, zum »Early Bird Dinner« (das weniger kostete als das reguläre Abendessen) in ein Restaurant zu gehen. Als sie die Speisekarte studierte, hatte sie bestimmt gesagt: »*Das* hier hätte Victor bestellt. Und *das* würde Nathan bestellen. Und *das* würde Henry bestellen.« Erst dann hatte sie sich etwas ausgesucht. »Mein Mann«, hatte sie vermutlich zur Bedienung gesagt, »hat besonders gern Kammuscheln gegessen. Wenn Sie die schönen, großen haben und wenn sie frisch sind, möchte ich Kammuscheln bestellen.«

Ein kurzer Abschnitt des *Times*-Artikels war mit dikken Rotstiftstrichen umrandet worden. Nicht von ihr. Sie hätte einen frischgespitzten Stift benützt und feine

Striche gezogen. Es war ein Abschnitt aus einem Artikel im »New Jersey-Teil« der *Times,* datiert Sonntag, 6. Dezember 1970. Fünf Tage später war sie gestorben.

»Auch Newark hat viele Berühmtheiten hervorgebracht, zum Beispiel den Schriftsteller Nathan Zuckerman und den Komiker Jerry Lewis. Die berühmtesten Söhne der Stadt Elizabeth waren Soldaten: Winfield Scott, ein Armeegeneral des 19. Jahrhunderts, und Admiral William ›Bull‹ Halsey, ein Held des Zweiten Weltkriegs.«

Im Küchenschrank entdeckte er eine gelbe, mit weißen Gänseblümchen verzierte Plastikgießkanne. Er hielt sie unter den Wasserhahn, dann ging er ins Wohnzimmer, um ihre welken Pflanzen zu gießen. So krank und hilflos und vergeßlich in den letzten Wochen ihres Lebens, daß sie sogar ihren »Garten« vernachlässigt hatte! Zuckerman schaltete das Radio ein, auf dem der UKW-Sender eingestellt war, und hörte sich, während er mit der Gießkanne in der Hand am Fensterbrett stand, ihre Lieblingsmusik an: Schlagermelodien mit einem Zuckerguß aus Geigenklängen. Beim Gießen glaubte er, Zimmerpflanzen wiederzuerkennen, die noch aus New Jersey und seinen Highschool-Jahren stammten. War das denkbar? Waren sie wirklich so lange ihre Gefährten gewesen? Er zog die Jalousie hoch. Hinter der neuen Eigentumswohnanlage, die nebenan errichtet worden war, konnte man noch ziemlich viel von der Bucht sehen. Als ihr

Mann noch lebte, hatte es zu ihrem täglichen Ritual gehört, nach dem Abendessen und den Fernsehnachrichten auf dem Schlafzimmerbalkon zu sitzen und auf die Bucht hinauszuschauen. »Nathan, du hättest den Sonnenuntergang gestern abend sehen sollen – nur du hättest die richtigen Worte gefunden, um diese Farben zu beschreiben!« Nach Dr. Zuckermans Tod hatte sie es nicht ertragen können, diesen unbeschreiblich schönen Anblick allein zu genießen; sie hatte bloß noch auf den Bildschirm geguckt, egal, was gerade gesendet wurde.

Draußen waren noch keine Boote zu sehen. Es war noch nicht ganz sieben Uhr. Aber zwei Stockwerke tiefer, auf dem Parkplatz zwischen den beiden Wohnanlagen, tat bereits ein sehr alter Mann in grellgrüner Hose, grellgrüner Mütze und kanariengelbem Sweater etwas für seine Gesundheit: Mit unsicheren Schritten bewegte er sich zwischen den langen Reihen blankpolierter Autos auf und ab. Dann blieb er stehen, lehnte sich an einen neuen zweifarbigen Cadillac (vielleicht war es seiner) und blickte nach oben, wo Zuckerman im Pyjama am großen Aussichtsfenster stand. Er winkte, Zuckerman winkte zurück und zeigte ihm, ohne zu wissen, warum, die Gießkanne. Der Mann rief etwas, aber es war nicht laut genug, um die Radiomusik zu übertönen. Der UKW-Sender brachte gerade ein nicht durch Werbung unterbrochenes Potpourri aus *Finian's Rainbow:* »How are things in Glocca Morra, this fine day...?« Plötzlich wurde er von Rührung übermannt: Wo war sie, an diesem schönen Tag in Glocca Morra? Als nächstes würden sie im Radio »All the Things You Are« spielen und ihn völlig aus der Fassung bringen. Das war die Schallplatte, die sie aufgelegt hatte, um ihm den Wechselschritt beizubringen, damit er bei der Einladung anläßlich seiner Bar-Miz'wa-Feier mittanzen konnte. Wenn er seine Hausaufgaben gemacht hatte, übten sie beide die Tanzschritte auf dem blanken Fußboden zwischen den Orientteppichen des Eßzimmers und des Wohnzimmers, während Henry so tat, als ob er Klarinette bliese und Artie Shaw wäre. Und zu dem von Helen Forrest gesungenen Text bewegte Henry die Lippen – alles nur um zu zeigen, daß er mithalten konnte. Bei der Abendeinladung, die in einem Saal in der Bergen Street (etliche Stufen weiter unten als Dore Scharys Prachtvilla) stattfand, klatschte die ganze Verwandtschaft Nathan Beifall (und seine Schulfreunde bedachten ihn mit spöttischen Hochrufen) und Mrs. Zuckerman stellte sich unter die in allen Regenbogenfarben schimmernden Lampen und begann, Foxtrott zu tanzen. Als der jugendliche Kapellmeister sein Saxophon sinken ließ und schmachtend zu singen begann: »You are / The promised kiss of springtime«, sah sie ihrem dreizehnjährigen Tanzpartner stolz in die Augen (er hatte die Hand auf eine Stelle ihres Rückens gelegt, wo seiner Vermutung nach keine Gefahr bestand, daß er auch nur zufällig den Träger ihres Büstenhalters berühren könnte) und flüsterte ihm ins Ohr: »Du *bist* es, Liebling!«

Bei der Einrichtung der Wohnung, die sein Vater vor zehn Jahren gekauft hatte, war Schwiegertochter Carol behilflich gewesen. An der längsten Wand hingen zwei große Drucke in ausgeblichenen Rahmen aus Wermutholz: eine weiße Pariser Straße von Utrillo und der Hügelzug einer lilafarbenen Insel von Gauguin. Die hellen Leinenbezüge, die seine Mutter zusammen mit Carol für die Kissen der Bambus-Sitzgruppe im Wohnzimmer ausgesucht hatte, waren mit Zweigen gemustert, an denen Zitronen und Limonen hingen. Ein tropisches Eden – darauf kam's an, auch dann noch, als die Schlaganfälle ihren Mann ins Grab brachten. Sie hatte getan, was sie konnte, aber die opponierenden Organe konnten mehr, und sie hatte den Kampf verloren.

Es gab nichts mehr, das er gegen ihren Kummer tun konnte. Die Gelegenheit dazu – falls es jemals eine gegeben hatte – war dahin.

Er sah immer noch zu, wie der alte Mann auf dem Parkplatz von Autoreihe zu Autoreihe trottete, als er plötzlich hörte, daß jemand die Wohnungstür aufsperrte. Trotz des untrüglichen Sonnenglasts über der Bucht – dieses flirrenden Lichts, das die Lebenden jubeln macht: »Wem die Sonne lacht, der denkt nicht an den Tod« – hielt er ihr Wiedererscheinen noch für ebenso wahrscheinlich wie in der Nacht, als er, benommen von stundenlangen Träumen, auf ihrem Kopfkissen gelegen hatte. Vielleicht war er nach dem Aufstehen immer noch benommen.

Von einem Geist hatte man nichts zu befürchten. Sie würde ja nur zurückkehren, um nach ihm zu sehen, um sich zu vergewissern, daß er in den drei Monaten seit seinem letzten Besuch nicht abgenommen hatte; sie würde nur zurückkehren, um mit ihm am Tisch zu sitzen und ihm zuzuhören. Er erinnerte sich daran, wie er zum ersten Mal aus dem College heimgekommen war und ihr, am Mittwochabend seiner ersten Thanksgiving-Ferien, in einer Gefühlsaufwallung von den Büchern erzählt hatte, die er dort mit Begeisterung las. Vorher hatten sie beide das Abendessengeschirr gespült. Sein Bruder war schon vor dem Nachtisch zum Basketballspiel im Jüdischen Verein junger Männer gegangen, sein Vater noch einmal in die Praxis, um den Rest des täglichen Papierkrams zu erledigen. Zuckerman erinnerte sich an die Schürze seiner Mutter, ihr Hauskleid und ihre dunklen, leicht ergrauten Haare; erinnerte sich an das alte Newarker Sofa, das – in dem Jahr, als er nach Chicago ging – neu bezogen wurde: mit einem strapazierfähigen, schmutzabweisenden »Scotch Plaid«. Sie hatte sich aufs Wohnzimmersofa gelegt, hörte ihm lächelnd zu und döste dann fast unmerklich ein. Er schläferte sie ein mit diesem Gerede über Hobbes und den »Contrat social«. Aber wie glücklich sie darüber war, daß er so viel wußte! Ein gutes Schlafmittel war das, das stärkste, das sie jemals einzunehmen gewagt hatte – bis sie nach dem Tod ihres Mannes Phenobarbital verschrieben bekam.

So eine Gefühlsduselei! Kam das vielleicht nur daher,

daß er den Schaden, den er ihr angeblich mit dem Porträt der Mutter in *Carnovsky* zugefügt hatte, wiedergutmachen wollte? War das der Grund dafür, daß ihn beim Gießen ihrer Zimmerpflanzen diese zärtlichen Erinnerungen so rührten? Er fragte sich, ob dieses Pflanzengießen nicht etwas Forciertes, Gekünsteltes war, das etwas von einer Broadwayschnulze an sich hatte, genau wie die Tränen, die ihm beim Anhören ihres kitschigen Lieblingsschlagers kamen. Nicht einmal wenn ich weine, bin ich mir über das Warum klar.

Er mußte unwillkürlich lächeln, als er sah, wer hereinkam. Nicht der Geist seiner Mutter war, mit dem Wohnungsschlüssel in der Hand, von den Toten zurückgekehrt, um sich von Nathan etwas über John Locke und Rousseau erzählen zu lassen. Hereingekommen war eine ihm unbekannte kleine, durchaus irdische Frau mit einem massiven Hinterteil und einer Hautfarbe wie zartbittere Schokolade. Sie hatte einen geräumigen türkisfarbenen Hosenanzug an und trug eine schimmernde schwarze Lockenperücke. Das mußte Olivia sein, die dreiundachtzigjährige Putzfrau. Wer *er* war, dieser Mann im Pyjama, der Mrs. Zuckermans Musik mitsummte und ihre Pflanzen mit ihrer geblümten Gießkanne goß – dahinter kam sie nicht so schnell.

»Wer sind Sie?« rief sie, stampfte mit dem Fuß auf und wies ihm die Tür.

»Sie sind Olivia. Kein Grund zur Aufregung, Olivia. Ich bin Mrs. Zuckermans Sohn. Ich bin Nathan. Aus

New York. Ich habe hier übernachtet. Sie können die Tür zumachen und hereinkommen.« Er streckte ihr die Hand hin. »Nathan Zuckerman.«

»O Gott, Sie haben mich ja zu Tode erschreckt! Mein Herz bibbert nur so. Also *Sie* sind Nathan?«

»Ja.«

»Mit was verdienen Sie Ihr Geld?«

»Ich bin der Schriftsteller.«

Sie ging auf ihn zu und drückte ihm die Hand. »Sie sind aber ein gutaussehender Mann!«

»Und Sie eine gutaussehende Frau. Freut mich, Sie kennenzulernen.«

»Wo ist Ihre Mama?«

Er sagte es ihr, und sie plumpste aufs Sofa. »Meine Miz Zuckerman? Meine Miz Zuckerman? Das kann nicht sein. Hab' sie doch erst letzten Donnerstag gesehen. Piekfein angezogen. Ist ausgegangen. In dem weißen Mantel mit dem großen Kragen. Ich sag' zu ihr: ›Oh, Miz Zuckerman, wie hübsch Sie aussehen!‹ Sie *kann* nicht tot sein, nicht meine Miz Zuckerman!«

Er setzte sich zu ihr aufs Sofa und streichelte ihre Hände, bis sie sich einigermaßen beruhigt hatte.

»Soll ich trotzdem saubermachen?«

»Wenn Sie sich dazu in der Lage fühlen – warum nicht?«

»Soll ich Ihnen ein Spiegelei machen?«

»Nein danke, nicht nötig. Kommen Sie immer so früh?«

»Bin meistens immer Punkt halb sieben da. Ich und Miz Zuckerman, wir fangen gern früh an. Ach, ich kann einfach nicht glauben, daß diese Frau tot ist. Einer nach dem andern stirbt, aber man kann sich nie nicht daran gewöhnen. Die netteste Frau der Welt.«

»Es ist rasch gegangen, Olivia. Sie hat nicht leiden müssen.«

»Ich sag' zu Miz Zuckerman: ›Miz Zuckerman, Ihre Wohnung ist so sauber – schwierig für mich, sauberzumachen.‹«

»Ja, ich weiß.«

»Die ganze Zeit sag' ich zu ihr: ›Sie verschwenden Ihr Geld an mich. Hier blitzt alles nur so, ich wisch' da herum, damit's noch mehr blitzt, aber das geht ja gar nicht. Ich komm' herein, sie sieht mich, und schon umarmen und küssen wir uns. So gut zu allen Leuten, diese Frau. Sie kommen herein, die anderen Damen, und sie sitzt in ihrem Sessel – dem da drüben –, und die reden in einer Tour auf sie ein und fragen sie um Rat. Und die verwitweten Männer, die sind auch nicht anders. Sie geht mit ihnen hinunter und zeigt ihnen, wie man die Wäsche aus dem Trockner richtig zusammenlegt. Die wollen sie heiraten, praktisch schon seit dem Tag, an dem Ihr Vater gestorben ist. Der Mann in der nächsten Etage, der will sie auf eine fabelhafte Kreuzfahrt mitnehmen, und andere stehen drunten im Vestibül Schlange, wie Schuljungen, weil sie am Sonntagnachmittag mit ihr ins Kino gehen wollen. Aber sie liebt Ihren Daddy zu sehr, um sich auf derlei Getändel einzulassen. Nein, *sie* nicht! Da spielt sie nicht mit. Seit Dr. Zuckerman nicht mehr lebt, sagt sie immer zu mir: ›Ich habe mein Leben lang Glück gehabt, Olivia. Die drei besten Männer der Welt.‹ Erzählt mir alle Geschichten von früher, wo Sie und der Zahnarzt noch kleine Jungen waren. Über was schreiben Sie denn Ihre Bücher?«

»Gute Frage.«

»Okay, jetzt können Sie sich wieder ans Blumengießen machen. Ich muß mich sputen.« Als wäre sie bloß auf einen kleinen Klatsch vorbeigekommen, stand sie auf und ging mit ihrer Einkaufstasche ins Badezimmer. Als sie herauskam, trug sie eine rote Baumwollmütze und über dem Hosenanzug eine lange rote Schürze.

»Soll ich den Schuhschrank aussprühen?«

»Bitte tun Sie, was Sie sonst auch getan haben.«

»Sonst sprüh' ich ihn meistens aus. Ist gut für die Schuhe.«

»Dann tun Sie's.«

Henrys Eloge dauerte fast eine Stunde. Nathan zählte jede Seite, die Henry vorgelesen hatte und unter den Stoß schob. Siebzehn Seiten – rund fünftausend Wörter. *Er* hätte eine Woche gebraucht, um fünftausend Wörter zu schreiben, Henry jedoch hatte es über Nacht geschafft und noch dazu in einer Hotel-Suite in Gegenwart zweier Kinder und einer Ehefrau. Zuckerman konnte nicht einmal schreiben, wenn eine Katze im

Zimmer war. Das war einer der Unterschiede zwischen ihm und Henry.

Hundert Trauergäste hatten sich in der Kapelle des Bestattungsinstituts versammelt, vorwiegend einsame jüdische Witwen in den Sechzigern und Siebzigern, die, nachdem sie ihr Leben lang in New York oder New Jersey gewohnt hatten, in den Süden verpflanzt worden waren. Als Henry mit seiner Ansprache fertig war, wünschten sich alle diese Frauen, einen Sohn wie ihn zu haben – und nicht nur wegen seiner hochgewachsenen Erscheinung, seiner Haltung, seines Profils und seiner lukrativen Praxis. Ausschlaggebend war die innige Sohnesliebe. Wenn Söhne wirklich so wären, dachte Zukkerman, dann hätte ich mir auch einen zugelegt. Nicht, daß Henry darauf aus gewesen wäre, ihnen etwas vorzumachen. Es war keineswegs ein kitschig idealisiertes Porträt der Mutter – nein, sie hatte tatsächlich all diese Tugenden besessen. Aber es waren Tugenden, die geeignet sind, einen kleinen Jungen glücklich zu machen. Auf ähnliche Tugenden wie Henry zurückgreifend, schrieb Tschechow die Kurzgeschichte *Der Liebling* – nur ein Drittel so lang wie Henrys Rede. Aber Tschechow mußte ja nicht den Schaden wiedergutmachen, den *Carnovsky* angerichtet hatte.

Nach der Beerdigung gingen sie in Tante Essies Wohnung – gleich gegenüber der Wohnung seiner Mutter –, um die Trauergäste zu empfangen und zu bewirten. Einige Frauen fragten Henry, ob sie den Text der

Gedenkrede bekommen könnten. Er versprach ihnen, daß er den Text, sobald er wieder in seiner Praxis sei, von seiner Vorzimmerdame fotokopieren und absenden lassen werde. »Er ist der Zahnarzt«, hörte Zuckerman eine der Witwen sagen, »aber er kann besser schreiben als der Schriftsteller.« Einige Freundinnen seiner Mutter erzählten ihm, daß sie den Witwern beigebracht habe, die Wäsche aus dem Trockner richtig zusammenzulegen. Ein sehr vital wirkender Mann mit weißem Haarkranz und sonnengebräuntem Gesicht kam zu ihm herüber und drückte ihm die Hand. »Maltz ist mein Name. Herzliches Beileid.« »Danke.« »Wann sind Sie in New York abgeflogen?« »Gestern vormittag.« »Wie war das Wetter? Sehr kalt?« »Nicht allzu kalt.« »Ich hätte nie hierherkommen sollen. Ich bleibe, bis mein Mietvertrag ausläuft. Noch zwei Jahre. Wenn ich dann noch am Leben bin, werde ich fünfundachtzig sein. Dann kehre ich nach Hause zurück. Ich habe in Nord-Jersey vierzehn Enkelkinder. Jemand wird mich schon bei sich aufnehmen.«

Während Mr. Maltz mit ihm sprach, stellte sich eine Frau, die eine dunkle Brille trug, zu ihnen und hörte zu. Zuckerman war sich nicht sicher, ob sie sehen konnte; aber sie war offenbar ohne Begleitung gekommen. »Ich bin Nathan«, sagte er. »Freut mich, Sie kennenzulernen.« »Oh, ich weiß, wer Sie sind. Ihre Mutter hat immerzu von Ihnen gesprochen.« »Ach ja?« »Ich habe ihr gesagt: ›Selma, wenn er das nächste Mal kommt, mußt du ihn mitbringen – ich kann ihm eine Menge erzählen, worüber er schreiben könnte.‹ Mein Bruder ist Eigentümer eines Pflegeheims in Lakewood, New Jersey, und was er dort alles zu sehen bekommt, darüber könnte man ein Buch schreiben. Wäre gut, wenn die Öffentlichkeit davon erfahren würde.« »Was bekommt er denn zu sehen?« fragte Zuckerman. »Was bekommt er dort denn *nicht* zu sehen? Eine alte Dame sitzt den ganzen Tag an der Eingangstür. Wenn mein Bruder sie fragt, warum sie da sitzt, sagt sie: ›Ich warte auf meinen Sohn.‹ Wenn der Sohn das nächste Mal zu Besuch kommt, sagt mein Bruder zu ihm: ›Ihre Mutter sitzt jeden Tag am Eingang und wartet auf Sie. Warum besuchen Sie sie nicht öfter?‹ Und wissen Sie, was der Sohn sagt? Er sagt: ›Sie wissen wohl nichts von dem ständigen Verkehrsstau zwischen Brooklyn und New Jersey?‹«

Die Trauergäste blieben stundenlang. Sie redeten mit ihm, mit Henry, miteinander. Etwas Alkoholisches verlangte zwar niemand, aber aufgegessen wurde fast alles, was da war. Zuckerman dachte: »Nein, für die Leute, die sich hier unten niedergelassen haben, ist es bestimmt nicht leicht, wenn ein Wohnungsnachbar stirbt – jeder fragt sich, ob er der nächste sein wird und irgendjemand *ist* der nächste.«

Henry flog mit den Kindern zurück nach New Jersey und zu seinen Patienten und überließ es Carol, mit Nathan durch die Wohnung zu gehen und die Sachen auszusuchen, die jüdischen Wohlfahrtsorganisationen gespendet werden sollten. Überließ es Carol, damit es nur ja keinen Streit gäbe. Sie stritt sich nie mit jemandem – »die Nettigkeit in Person«, wie ihre angeheirateten Verwandten zu sagen pflegten. Sie war eine jugendlich forsche, mädchenhaft hübsche Frau von vierunddreißig Jahren, hatte kurzgeschnittene Haare und eine Vorliebe für wollene Kniestrümpfe – das war so ziemlich alles, was Zuckerman über sie sagen konnte, obwohl sie schon fast fünfzehn Jahre mit seinem Bruder verheiratet war. Ihm gegenüber tat sie immer so, als wüßte sie gar nichts, als hätte sie nichts gelesen und sich noch nie Gedanken über etwas gemacht. Wenn er im Zimmer war, wagte sie nicht einmal, einen Witz zu erzählen, obzwar Zuckerman von seiner Mutter schon oft gehört hatte, wie »fabelhaft unterhaltsam« Carol sein konnte, wenn die Verwandtschaft bei ihr und Henry zu Gast war. Aber damit Nathan nur ja nichts an ihr entdecken würde, was er bekritteln oder ins Lächerliche ziehen könnte, verbarg sie *alles* vor ihm. Was Carol betraf, so war er sich nur über eines völlig sicher: Sie wollte auf keinen Fall in einem Buch auftauchen.

Sie räumten die zwei schmalen oberen Schubfächer des Toilettentisches seiner Mutter aus, stellten die Schächtelchen und Dosen auf den Eßtisch und öffneten sie der Reihe nach. Carol gab Nathan einen Ring, an dem ein Schildchen mit der Aufschrift »Oma Schechners Ehering« hing. Er erinnerte sich daran, wie verwundert er als kleiner Junge gewesen war, als seine Mutter ihm erzählte, sie habe ihrer Mutter gleich nach deren Tod den Ehering vom Finger gezogen. Sie hatte also die Leiche berührt und war dann nach Hause gegangen und hatte das Essen für die Familie gekocht... »Behalt du den Ring«, sagte Nathan. »Die Schmucksachen sollen einmal eure Töchter tragen. Oder Leslies Frau.« Carol lächelte. Ihr Sohn Leslie war erst zehn. »Aber du mußt doch etwas von ihren Sachen bekommen. Es wäre nicht gerecht, wenn alles an uns ginge.« Sie wußte nicht, daß er schon etwas hatte – das Blatt Papier mit dem Wort »Holocaust«. »Ich wollte es nicht wegwerfen«, hatte der Neurologe gesagt. »Nicht bevor Sie es gesehen haben.« Nathan hatte ihm gedankt und das Blatt Papier in seine Brieftasche gesteckt. Und jetzt wollte *er* es nicht wegwerfen.

In einem anderen Schächtelchen entdeckte Carol die runde Goldbrosche, die seine Mutter als Anerkennung dafür bekommen hatte, daß sie, als er und Henry in die Grundschule gingen, Vorsitzende des Elternbeirats gewesen war. Auf der Vorderseite war, über einem blühenden Baum, der Name der Schule eingraviert, auf der Rückseite die Inschrift »Selma Zuckerman, 1944-45«. »Ich sollte lieber diese Brosche in der Brieftasche mit mir herumtragen«, dachte er. Aber dann sagte er zu Carol, sie sollte die Brosche Henry geben. In seiner Gedenkrede hatte sich Henry fast eine ganze Seite lang darüber ausgelassen, daß ihre Mutter Vorsitzende des Elternbeirats war und wie stolz er als Junge darüber gewesen sei.

In einer Schildpattdose fand Zuckerman einen ganzen Stoß Strickanleitungen. Aufgeschrieben von seiner Mutter, aufgeschrieben mit der ihr eigenen Genauigkeit und ihrem Sinn fürs Praktische: »1 R. feste M. rundherum zum Einhalten... Vorderteil genau wie Rücken bis zum Armloch... Ärmel 46 M. 2 links, 2 rechts, 2 ½ Zoll hoch/ am Ende jeder 5. R. beidseitig 1 M. zunehmen...« Jedes Blatt war einmal gefaltet und außen mit dem Namen der Person beschriftet, für die das Geschenk bestimmt war: dem Namen eines Enkelkindes, einer Nichte, eines Neffen, einer Schwiegertochter. Er las die Namen seiner drei Ehefrauen in der Handschrift seiner Mutter: »Weste für Betsy.« »Raglanjacke – Virginia.« »Laura – marineblauer Sweater.« »Ich glaube, ich nehme *das*«, sagte Zuckerman. Er knüpfte das Bündel mit einem hellrosa Wollfaden zusammen, den er in der Schildpattdose gefunden hatte – ein Garnmuster, dachte er, das sie ins Wollgeschäft mitnehmen wollte, um genau das gleiche Garn für eine Strickarbeit zu besorgen, die sie noch vorgestern geplant hatte. Ganz unten in der Dose lag ein Foto, ein Schnappschuß von ihm. Ernstes, unfreundliches Gesicht, dunkle Haare, tiefer Haaransatz, sauberes Polohemd, khakifarbene Bermudashorts, weiße Sportsocken, Tennisschuhe (angeschmutzt, wie es sich gehörte) – und in der Hand ein Buch: einen »Modern Library Giant«. Der langen, mageren Gestalt glaubte er die gespannte Erwartung ansehen zu können, die Neugier auf alles, was die ungeheuerlich unbekannte

Zukunft bringen würde. Auf die Rückseite des Fotos hatte seine Mutter geschrieben: »N., Labour Day 1949. Vor der Abreise ins College.« Die Aufnahme hatte sein Vater auf dem Rasen hinter dem Newarker Haus gemacht. Er erinnerte sich noch an die nagelneue Brownie-Kamera und auch daran, daß sein Vater felsenfest überzeugt war, daß die Sonne direkt auf die Linse scheinen müsse. Und er erinnerte sich auch noch an diesen »Modern Library Giant«: *Das Kapital*.

Er wartete darauf, daß Carol es sagen würde. »Und das war die Frau, die alle Welt als Mrs. Carnovsky in Erinnerung behalten wird. Diese Frau, die dich angebetet hat.« Doch als sie sah, was seine Mutter auf das Foto geschrieben hatte, bekam er diesen Vorwurf nicht zu hören. Carol legte nur die Hand über die Augen, als könnte sie den strahlenden Glanz über der Bucht nicht mehr ertragen. Jetzt wurde Nathan klar, daß auch sie die ganze Nacht aufgeblieben war und Henry geholfen hatte, die siebzehn Seiten zu schreiben. Vielleicht hatte *sie* die Rede verfaßt. Dem Vernehmen nach hatte sie ihren Schwiegereltern ja von jeder Urlaubsreise wunderbar ausführliche Briefe geschrieben, in denen alles verzeichnet war, was sie und Henry gesehen und gegessen hatten. Sie las auch ungeheuer viel – und zwar nicht jene Bücher, die zu der Maske harmloser Nettigkeit, die sie in seiner Gegenwart aufsetzte, gepaßt hätten. Er hatte sich, als er einmal das Telefon im oberen Stockwerk ihres Hauses in South Orange benützt hatte, einen Stoß

Bücher angesehen, der auf ihrem Nachttisch lag: der zweite Band einer Geschichte der Kreuzzüge, in dem ein Schreibblock mit zahlreichen Notizen steckte; eine Taschenbuchausgabe von Huizingas Werk über das Mittelalter, in der vieles unterstrichen war; und mindestens sechs Bücher über Karl den Großen – historische Studien in französischer Sprache, ausgeliehen in der Bibliothek der Seton Hall-Universität. Als Henry an jenem Abend im Jahr 1964 nach Manhattan gefahren und in Nathans Wohnung die ganze Nacht aufgeblieben war, um sich darüber klar zu werden, ob er das Recht hatte, sich wegen der Patientin, mit der er eine Affäre hatte, von Carol und den Kindern zu trennen, hatte er geradezu geschwärmt von Carols »Brillanz« und sie – in einem für ihn höchst ungewöhnlichen poetischen Anfall – »mein Gehirn«, »meine Augen«, »mein Verstand« genannt. Als er im Urlaub mit ihr ins Ausland gereist sei, hätten sie dank Carols ausgezeichnetem Französisch überall hingehen, alles besichtigen und den Urlaub so richtig genießen können. Als er seine erste bescheidene Kapitalanlage machen konnte, habe Carol sich über Aktien und festverzinsliche Wertpapiere informiert und ihm bessere Ratschläge erteilt als der Typ im Merrill Lynch-Finanzberatungsbüro. Ihren Garten mit seiner Blumenpracht – ein spektakulärer Erfolg, über den in der örtlichen Wochenzeitung ein Artikel mit Fotos erschienen sei – habe sie erst angelegt, nachdem sie einen ganzen Winter lang Pläne auf Millimeterpapier gezeichnet und Bücher über

Landschaftsgärten studiert hatte. Henry hatte herzbewegend davon gesprochen, wieviel Kraft Carol ihren Eltern gegeben habe, als ihr Zwillingsbruder im zweiten Jahr seines Jurastudiums an Hirnhautentzündung starb. »Wenn sie nur weiterstudiert und ihren Dr. phil. gemacht hätte!« Das sagte er tiefbekümmert ein dutzendmal. »Sie war für den Doktortitel wie geschaffen.« Als ob es, wenn die Ehefrau genau wie ihr Mann (oder wenn sie *statt* ihres Mannes) nach der allzu frühzeitigen Heirat drei Jahre weiterstudiert hätte, für Henry irgendwie leichter gewesen wäre, die Forderungen der Loyalität, der Gewohnheit, der Pflicht und des Gewissens – und seine Angst vor gesellschaftlicher Ächtung und ewiger Verdammnis – zu mißachten und mit seiner Geliebten durchzubrennen, deren Brillanz offenbar vorwiegend auf ihrer sexuellen Anziehungskraft beruhte.

Zuckerman wartete darauf, daß Carol ihn ansehen und sagen würde: »Diese Frau, diese rührende, harmlose Frau, die dieses Foto in dieser Dose aufbewahrt und darauf geschrieben hat: ›N. vor der Abreise ins College‹ – *so* ist sie dafür belohnt worden!« Doch Carol, die in all den Jahren noch niemals mit Nathan – weder in Englisch noch in Französisch – über den tragischen Tod ihres Bruders oder über den Herbst des Mittelalters oder über Aktien und festverzinsliche Wertpapiere oder über das Anlegen von Landschaftsgärten gesprochen hatte, Carol hatte nicht vor, ihm ihre Meinung über sein Fehlverhalten als Sohn zu offenbaren – nein, nicht einem so schießwütigen Romanschreiber wie ihm. Aber sie stritt sich ja, wie jedermann wußte, nie mit jemandem – was Henry dazu bewogen hatte, sie hier zurückzulassen, um die heikle Angelegenheit zu klären, wer *was* aus dem Toilettentisch der Mutter mitnehmen sollte. Vielleicht hatte er sie auch wegen einer noch heikleren Angelegenheit zurückgelassen: wegen seiner Geliebten (einer neuen oder vielleicht noch derselben), mit der er sich natürlich leichter verabreden konnte, wenn seine Frau noch ein paar Tage in Florida blieb. Er hatte eine mustergültige Gedenkrede gehalten, die zu Recht von allen gelobt worden war, und Zuckerman wollte die Aufrichtigkeit der Trauer seines Bruders ja auch nicht in Frage stellen; aber Henry war auch nur ein Mensch, so heroisch er sich auch bemühte, sich das nicht anmerken zu lassen. Ein Sohn mit so viel Sohnesliebe wie Henry hatte in der Leere, die ein so jäher Verlust hinterläßt, vielleicht wirklich das Bedürfnis nach einem alles andere vergessen machenden Sinnenrausch, zu dem ihm die eigene Frau, ob Dr. phil. oder nicht, bestimmt nicht verhelfen konnte.

Zwei Stunden später war Zuckerman mit seinem Handköfferchen und seinen Strickanleitungen draußen auf dem Korridor. In der anderen Hand hielt er ein kartoniertes Buch ungefähr so groß wie die Kladden, die er für seine Aufzeichnungen benützte. Carol hatte es in dem Schubfach, in dem die Unterwäsche lag, unter einigen Schachteln mit Winterhandschuhen entdeckt, die noch in der Originalverpackung steckten. Den Einband zierte die Reproduktion einer rosaroten Pastellzeichnung: ein schlafendes Baby, engelhaft blond und – selbstverständlich! – mit reizenden Löckchen, langen Wimpern und runden Bäckchen; neben der bauschigen Babydecke ein leeres Fläschchen; das eine Fäustchen, halb geöffnet, dicht neben dem kirschroten, herzförmigen Mündchen. Der Titel des Buches: *Was Sie über Babypflege wissen müssen.* Ganz unten auf dem Einband stand der Name des Krankenhauses, in dem er zur Welt gekommen war. Sicher hatte man ihr dort *Was Sie über Babypflege wissen müssen* kurz nach der Entbindung als Geschenk überreicht. Der Einband war aus dem Leim gegangen, und sie hatte ihn mit durchsichtigem Klebstreifen am Buchrücken befestigt – zwei im Lauf der Jahrzehnte bräunlich verfärbte Klebstreifen, die platzten, als Zuckerman das Buch aufschlug und auf dem Vorsatzblatt die Spuren entdeckte, die er in der ersten Woche seines Lebens hinterlassen hatte. Hier hatte seine Mutter in ihrer ebenmäßigen Handschrift Tag und Stunde seiner Geburt verzeichnet, die Namen der Eltern und den Namen des Geburtshelfers. Auf der nächsten Seite hatte sie unter der Überschrift »Entwicklung des Babys« eingetragen, wieviel er in jeder Woche seines ersten Lebensjahres wog, wann er zum ersten Mal den Kopf hob, sich zum ersten Mal aufsetzte, zu krabbeln begann, allein stehen konnte, sein erstes Wort sagte, den ersten Zahn und den zweiten Zahn bekam.

Der Text des Buches bestand aus hundert Seiten »Regeln« für die Aufzucht eines Neugeborenen. »Babypflege ist eine große Kunst«, wurde der jungen Mutter erklärt. »... diese Regeln sind das Ergebnis jahrelanger ärztlicher Erfahrung...« Im Fahrstuhl stellte Zuckerman seinen Handkoffer ab und blätterte in dem Buch. »Lassen Sie das Baby den ganzen Nachmittag in der Sonne schlafen... Das Baby muß nackt gewogen werden... Nach dem Baden wird das Baby mit weichen, warmen Handtüchern vorsichtig trockengetupft... Empfohlen werden Babystrümpfe aus Baumwolle... Es gibt zwei Arten Kehlkopfdiphtherie... Fürs Spielen ist der Morgen die beste Tageszeit...«

Der Fahrstuhl hielt, die Tür ging auf, aber Zuckerman merkte es nicht. Er betrachtete einen kleinen farblosen Fleck mitten auf der Seite, deren Überschrift »Das Stillen« lautete. »Um eine Milchstauung zu verhindern, ist sorgfältig darauf zu achten, daß beide Brüste alle vierundzwanzig Stunden völlig entleert sind. Um die Milch aus der Brust zu drücken...«

Die Milch seiner Mutter hatte auf der Buchseite einen Flecken hinterlassen. Einen sicheren Beweis dafür hatte er natürlich nicht, aber er war schließlich kein Archäologe, der über seine Forschungsarbeit referiert. Er war der Sohn, der gelernt hatte, sich im Mutterleib zu ernähren, und dieser Leib lag jetzt in einer Kiste unter der Erde. Wozu brauchte *er* einen sicheren Beweis. Wenn er – der sein erstes Wort in ihrer Gegenwart am 3. März 1934 und sein letztes Wort zu ihr am vergangenen Sonntag am Telefon gesagt hatte – glauben *wollte,* daß ein Tropfen ihrer Muttermilch auf diese Buchseite gefallen war, als sie gerade nachlas, wie eine junge Mutter ihre Brust entleeren soll – was konnte ihn daran hindern? Er schloß die Augen und berührte die Buchseite mit der Zunge. Als er die Augen wieder aufmachte, sah er, daß eine alte, abgemagerte Frau, die sich draußen in der Empfangshalle erschöpft auf ein Laufgestell aus Aluminium stützte, ihn durch die offene Fahrstuhltür betrachtete. Na schön – wenn sie wußte, was sie gerade gesehen hatte, dann konnte sie jetzt jedem im Haus erzählen, sie hätte *alles* gesehen.

In der Halle hing ein Plakat: die Einladung zu einer im Bal Harbour-Hotel stattfindenden Werbeveranstaltung für die Zeichnung israelischer Staatsanleihen. Daneben eine – inzwischen überholte – Mitteilung: Anläßlich des Chanukkafestes lud das Komitee der Eigentümergemeinschaft zu einem geselligen Beisammensein in der Empfangshalle ein. Er ging an der langen Reihe Briefkästen vorbei, dann kehrte er um und suchte nach dem seiner Mutter. »Zuckerman, S./414.« Er stellte seinen Koffer ab, legte das Babybuch daneben und strich über die erhabenen Lettern des Namensschildchens. Als der Erste Weltkrieg begann, war sie zehn. Als er endete, war sie vierzehn. Beim großen Börsenkrach war sie fünfundzwanzig. Sie war neunundzwanzig, als ich geboren wurde, und als Siebenunddreißigjährige hatte sie Pearl Harbor erlebt. Als Eisenhower in Europa einmarschierte, war sie genauso alt, wie ich jetzt bin... Aber nichts von alledem konnte eine Antwort auf die Schlüsselfrage geben: Wohin ist Mama gegangen?

Tags zuvor hatte Henry im Postamt die Anweisung gegeben, die Post seiner Mutter direkt nach South Orange weiterzuleiten. Aber im Briefkasten lag ein weißes Kuvert – vermutlich ein Beileidsbrief, den ein Nachbar am Morgen eingeworfen hatte. In der Tasche seines Jacketts hatte Nathan einen Schlüsselbund, an dem noch das Schildchen hing, auf das seine Mutter geschrieben hatte: »Zweitschlüssel für Haus und Wohnung.« Er nahm den kleinsten Schlüssel und schloß den Briefkasten auf. Das Kuvert war nicht adressiert. Es enthielt eine hellgrüne Karteikarte, auf die jemand, der anonym bleiben wollte, mit einem Füllfederhalter geschrieben hatte:

IHRE MUTTER SOLL IN DER HÖLLE
SCHWÄNZE LUTSCHEN!
HOFFENTLICH SIND SIE
AUCH BALD DORT!
SIE HABEN'S VERDIENT.
EINER IHRER
VIELEN FEINDE

In der Hölle also. Und dort etwas tun, was sie auf Erden nie getan hat – du blöder Scheißkerl! Wer konnte ihm das geschrieben haben? Am schnellsten würde er das herauskriegen, wenn er wieder hinaufging und Esther ausfragte. Die wußte über jeden Bescheid. Und sie hatte auch nichts gegen Vergeltungsmaßnahmen. Genau darauf beruhte ihr Erfolg im Leben. Er würde gemeinsam mit Essie die Liste der Hausbewohner durchgehen, so lange, bis sie ausklamüsert hatte, wer es gewesen war, wer in welcher Wohnung – und dann würde er hinüber in Meyer Lanskys Hotel gehen und sich beim Portier erkundigen, wen man für einen kleinen Job anheuern könnte. Warum zur Abwechslung nicht *so* reagieren, statt nach New York zurückzufliegen und die grüne Karteikarte unter »Mutters Tod« einzuordnen? Du kannst doch nicht ewig einer von diesen läppischen Federhelden bleiben, die mit den stärksten Gefühlen nichts anderes anzufangen wissen, als sie Romanfiguren anzudichten! Es wäre ein paar Tausender wert, die zehn Finger, die diese einundzwanzig Wörter geschrieben hatten, von den Stiefeln irgendeines Kretins zerquetschen zu lassen. Hier unten genügte wahrscheinlich die Diners-Club-Kreditkarte, um so etwas zu bestellen.

Nur: wessen zerquetschte Finger würden es sein? Was würde das Possenspiel diesmal zum Vorschein bringen? Einen jener Witwer, denen sie beigebracht hatte, wie man Wäsche zusammenlegt? Oder den alten Knacker, der auf dem Parkplatz herumgeschlurft war und zu dem Fenster hinaufgewinkt hatte, an dem Zuckerman gerade die Pflanzen goß?

Und so flog er, ein läppischer Federheld, nach Hause

zu seinen Karteien zurück. Ein rachsüchtiger und boshafter Schreiberling, der unter der Maske des Romanautors seine Mutter völlig grundlos bestraft hatte. Wahr oder falsch? In einer Diskussion mit Studenten hätte er überzeugende Argumente für beide Behauptungen vorbringen können.

Dahin. Mutter, Vater, Bruder, Geburtsort, Thema, Gesundheit, Haare – und, nach Meinung des Literaturkritikers Milton Appel, auch sein Talent. In der jüdischen Monatszeitschrift *Inquiry*, in der vor fünfzehn Jahren seine ersten Erzählungen erschienen waren, hatte Milton Appel eine Attacke gegen den Schriftsteller Zuckerman geritten, die Macduffs Rache an Macbeth geradezu halbherzig erscheinen ließ. Ein abgeschlagener Kopf genügte Appel nicht – er hackte auch die Gliedmaßen Stück für Stück ab.

Zuckerman kannte Appel nur vom Sehen. Sie waren einander nur zweimal begegnet: das erste Mal an einem Augusttag draußen in den Long Island Springs, als sie am Barnes Hole-Strand aneinander vorbeigeschlendert waren; das zweite Mal bei einem großen College-Festival, bei dem jeder von ihnen an einer anderen Podiumsdiskussion teilgenommen hatte. Damals waren seit Appels Rezension von Zuckermans erstem Buch (das als Vorabdruck in der Sonntagsausgabe der *New York Times* erschienen war) schon einige Jahre vergangen. Von dieser Rezension war Zuckerman begeistert gewesen. Appel hatte von dem sechsundzwanzigjährigen Schriftsteller, der 1959 in der *Times* vorgestellt wurde, wie von einem Wunderkind gesprochen und die Erzählungen seines Bandes *Höhere Bildung* als »erfrischend, kompetent, präzis« bezeichnet – seiner Meinung nach allerdings etwas überspitzt in der Darstellung amerikanischer Juden, die unbedingt im »gojischen Paradies auf Erden« Fuß fassen wollen. Da der junge Autor sein Weltbild noch nicht genügend durch dichterische Phantasie überhöht habe, sei das Buch, so erfrischend es auch wirke, letztlich eher eine Gesellschaftsstudie als ein literarisches Kunstwerk.

Vierzehn Jahre später, nach dem Erfolg von *Carnovsky*, revidierte Appel seine Meinung über den, wie er es nannte, »Fall Zuckerman«. Jetzt fand er, die Darstellung der Juden in *Höhere Bildung* sei bis zur Unkenntlichkeit verzerrt durch eine gewollt schmutzige Phantasie, die die gesellschaftliche Wirklichkeit und die Prinzipien des realistischen Romans weitgehend außer acht lasse. Das erste Buch des Autors sei, mit Ausnahme einer einzigen lesbaren Erzählung, tendenziöser Krampf gewesen – das Nebenprodukt einer unreflektiert feindseligen Einstellung. Die darauffolgenden drei Bücher hätten das auch nicht wettmachen können – unerfreuliche, überhebliche kleine Romane, in denen die Komplexität des Lebens verächtlich abgetan werde. Juden wie die von Zuckerman geschilderten habe es, außer in Karikaturen, nie gegeben. Als Literatur, die für erwachsene Menschen von

Interesse sein könnte, seien seine Bücher sozusagen nichtexistent: Sie seien als eine Art Subliteratur für die neuerdings »emanzipierte« Mittelklasse konzipiert, für ein »Publikum« (im Unterschied zu ernsthaften Lesern). Zuckerman sei wahrscheinlich nicht ausgesprochen antisemitisch, aber bestimmt nicht judenfreundlich eingestellt. Der Beweis dafür seien die Unflätigkeiten, von denen *Carnovsky* nur so strotze.

Da Zuckerman das meiste davon schon vorher zu hören bekommen hatte – fast durchweg im *Inquiry*, dessen Redaktion ihm schon längst ihre Bewunderung entzogen hatte –, versuchte er, fünfzehn Minuten lang vernünftig zu sein. *Er findet mich nicht komisch. Ihm zu schreiben, daß er lachen soll, wäre sinnlos. Er glaubt, ich schildere das Leben von Juden, weil ich sie herabsetzen will. Er glaubt, ich verstoße gegen den guten Ton, um der Menge zu gefallen. Für ihn ist das eine vulgäre Entweihung. Blödelei ist für ihn Ketzerei. Er hält mich für »überheblich« und »unflätig« und sonst gar nichts. Aber er ist ja nicht verpflichtet, anders über mich zu denken. Ich hab' mich nie als einen zweiten Elie Wiesel hingestellt.*

Aber nach dieser vernünftigen Viertelstunde war er noch lange schockiert und wütend und gekränkt – nicht so sehr darüber, daß Appel sein Urteil revidiert hatte, sondern vielmehr über den polemischen Overkill, diese massive Schelte, gegen die er sich einfach zur Wehr setzen *mußte*. Das ging ihm auf die Nerven. Am meisten kränkte ihn die Tatsache, daß Milton Appel seinerzeit selber ein jüdisches »Wunderkind« gewesen war, Beiträge für Rahvs *Partisan Review* geschrieben hatte, Stipendiat von Ransoms »Indiana School of Letters« gewesen und bereits mit Essays über den europäischen Modernismus und die explosionsartige Ausbreitung der amerikanischen Massenkultur hervorgetreten war, als Zuckerman noch in die High School ging, Philip Wylie las und sich von dessen Finnley Wren Lektionen in Aufsässigkeit erteilen ließ. Anfang der fünfziger Jahre, während seines zweijährigen Militärdienstes in Fort Dix, hatte Zuckerman einen fünfzehnseitigen »Brief an die Armee« verfaßt, in dem er den schwelenden Klassenhaß zwischen gerade erst aus Korea zurückgekehrten schwarzen Berufssoldaten, reaktivierten weißen Offizieren und zum Militärdienst Eingezogenen geschildert hatte, die, wie er selbst, akademisch gebildet waren. Die *Partisan Review* hatte das Manuskript zwar abgelehnt, aber über die beigefügte Mitteilung war Zuckerman fast so beglückt gewesen, wie wenn sein Manuskript angenommen worden wäre: »Lesen Sie mehr Orwell und probieren Sie's dann wieder bei uns. M. A.«

Einer der ersten in der *Partisan Review* erschienenen Aufsätze Appels (gleich nach dessen Heimkehr aus dem Zweiten Weltkrieg geschrieben) war bei Zuckermans Freunden an der Universität von Chicago eine sehr beliebte Lektüre gewesen. Ihres Wissens hatte noch nie jemand so freimütig über die Kluft zwischen grobschlächtigen jüdischen Vätern, deren Wertsystem sich im harten

Alltag des amerikanischen Einwanderermilieus herausgebildet hatte, und ihren dünnhäutigen, mit Bücherweisheiten vollgestopften Söhnen geschrieben. Über den moralischen Aspekt hinaus hatte Appel diesem Problem die Merkmale eines deterministischen Dramas gegeben. Es habe, von beiden Generationen aus gesehen, gar nicht anders kommen können: ein unvermeidlicher Integritätskonflikt. Immer wenn Zuckerman mit verletzten Gefühlen aus den Ferien in New Jersey an die Universität zurückgekehrt war, nahm er seine Fotokopie dieses Aufsatzes aus dem Ordner (»Appel, Milton, 1918– «) und las ihn noch einmal durch, um seine Zwistigkeiten mit der eigenen Familie im rechten Licht zu sehen. Er war kein Einzelfall... Er war ein gesellschaftsbedingter Typ... Seine Fehde mit dem Vater war eine tragische Notwendigkeit.

Tatsächlich aber hatte er damals das Gefühl, daß der Typ des intellektuellen jungen Juden, den Appel beschrieb und dessen Konflikte er anhand eigener schmerzlicher Erfahrungen schilderte, viel schlechter dran war als Nathan Zuckerman. Vielleicht weil es junge Juden gab, die viel intellektuellere Typen waren; vielleicht weil sie einen noch bornierteren Vater hatten als er. Jedenfalls aber bagatellisierte Appel die schmerzlichen Erfahrungen nicht. *Entfremdet, wurzellos, bedrückt, verwirrt, grüblerisch, gepeinigt, machtlos* – es klang, als schilderte er das Seelenleben eines Kettensträflings in Mississippi und nicht die mißliche Lage eines Sohnes, der sich für Bücher begeistert, die dem Vater wegen seiner mangelnden Schulbildung nichts bedeuten oder unverständlich sind. Der zwanzigjährige Zuckerman fühlte sich bestimmt nicht gepeinigt *plus* machtlos *plus* bedrückt – er wollte bloß, daß sein Vater ihn in Ruhe ließ. Obwohl er Appels Aufsatz als tröstlich empfand, fragte er sich, ob der Konflikt nicht vielleicht mehr Komödienhaftes an sich hatte, als Appel zugeben wollte.

Durchaus möglich, daß Appel in einer bedrückenderen Atmosphäre aufgewachsen war als er selber, und daß der junge Appel genau das gewesen war, was er später als einen »Fall« bezeichnet hätte. Nach seiner eigenen Schilderung hatte er es in der Pubertät als zutiefst beschämend empfunden, daß sein Vater, der seinen Lebensunterhalt auf dem Kutschbock eines Fuhrwerks verdiente, sich nur in Jiddisch ohne Schwierigkeit mit ihm unterhalten konnte. Als der Sohn die Zwanzig überschritten und es an der Zeit gefunden hatte, sich von dem ärmlichen Einwandererhaushalt abzunabeln und ein Zimmer für sich und seine Bücher zu mieten, konnte der Vater einfach nicht begreifen, wohin der Junge ziehen wollte und weshalb. Sie brüllten einander an, sie schluchzten, der Tisch wurde mit Faustschlägen traktiert, die Tür wurde zugeknallt – erst dann verließ der junge Milton sein Elternhaus. Zuckerman hingegen hatte einen Vater, der Englisch sprach und in einem Newarker Bürogebäude eine Fußpflegepraxis hatte, deren Fenster auf die Baumkronen des Washington-Parks hinausgingen; einen Vater, der William Shirers *Berlin Diary* und Wendell Willkies *One World* gelesen hatte und stolz darauf war, auf dem laufenden zu sein. Ein verantwortungsbewußter Staatsbürger, Mitglied eines – zugegebenermaßen ziemlich unbedeutenden – Ärzteverbands, aber immerhin ein Akademiker, der erste in der Familie. Vier ältere Brüder waren Ladeninhaber und Handelsvertreter. Außer Dr. Zuckerman hatte es in dieser Familiengeneration niemand über die Grundschule hinausgebracht. Nathans Problem war, daß sein Vater ihn *halbwegs* verstand. Sie schrien einander an, dann setzten sie sich hin, um vernünftig miteinander zu reden – und das ging immer so weiter. Wenn schon vom Peinigen die Rede ist: Den Vater mit einem Tranchiermesser niederzumetzeln und dann über seine Gedärme hinweg zur Tür zu gehen und zu verschwinden, kann für den Sohn möglicherweise eine rundherum barmherzigere Lösung sein als sich brav hinzusetzen und vernünftig mit ihm zu reden, wenn es absolut nichts gibt, worüber sie beide vernünftig miteinander reden können.

Appels Anthologie jiddischer Erzählungen erschien, in seiner eigenen Übersetzung, als Zuckerman in Fort Dix war. Nach jenem Aufsatz, in dem Appel in einem so angestrengt dramatischen Stil die tiefe Entfremdung von der jüdischen Vergangenheit dargestellt hatte, war diese Anthologie das letzte, was Zuckerman von ihm erwartet hätte. Inzwischen hatte Appel ja auch die kritischen Essays geschrieben, mit denen er sich in den Vierteljahreszeitschriften einen Namen machte und die ihm zuerst eine Dozentur an der »New York School für Social Research« und dann einen Lehrauftrag am hudsonaufwärts gelegenen Bard College einbrachten. Er hatte über Camus und Koestler und Verga und Gorki geschrieben, über Melville und Whitman und Dreiser, über das schlichte Gemüt, das Eisenhower bei seiner Pressekonferenz offenbarte, und über den Geisteszustand von Alger Hiss – so ungefähr über alles, nur nicht über die Sprache, in der sein Vater von seinem Fuhrwerk aus den Leuten zugerufen hatte, ihm ihren Trödel zu bringen. Dennoch konnte man Appel wohl kaum nachsagen, daß er seine Jüdischkeit verbergen wollte. Seine streitbare Haltung, seine aggressiv überspielte Empfindlichkeit, die Verleugnung jeglicher Bindung an eine Gemeinschaft, die Neigung, gesellschaftspolitische Ereignisse zu analysieren, als handelte es sich um Kunstwerke – all dies fand Zuckerman kennzeichnend für die jüdischen Intellektuellen, die damals in den Dreißigern und Vierzigern waren und deren Denkart er sich zum Vorbild nahm. Bei der Lektüre der in den Vierteljahreszeitschriften veröffentlichten Aufsätze und Erzählungen aus der Feder Appels und anderer Publizisten dieser Generation – jüdischer Söhne, die zehn oder mehr Jahre später als sein Vater in Einwandererfamilien zur Welt gekommen waren – fand Zuckerman bestätigt, was er zum ersten Mal als noch nicht zwanzigjähriger Studienanfänger in Chicago empfunden hatte: Als Nachkomme jüdischer

Einwanderer in Amerika geboren zu sein, bedeutete, eine Fahrkarte zu haben, mit der man aus dem Getto in eine Welt gelangen konnte, die dem Denken keine Schranken auferlegt. Ohne eine Bindung an die »alte Heimat«, ohne den Würgegriff, in dem Amerikaner italienischer, irischer oder polnischer Herkunft von ihrer Kirche gehalten werden, ohne sich wie die Nachkommen von Generationen von Amerikanern an die amerikanische Lebensweise gebunden zu fühlen oder aus Loyalität die Augen vor deren Auswüchsen zu verschließen – ohne solche Belastungen konnte man lesen, was man wollte, und schreiben, wie und was man wollte. Entfremdet? Das war bloß ein anderer Ausdruck für »endlich befreit!«. Ein Jude, der sich von den Juden befreit – aber nur dadurch, daß er sich seiner Jüdischkeit ständig bewußt bleibt. Das war ja das aufregend Paradoxe, das die Sache so spannend machte.

Höchstwahrscheinlich hatte Appel diese Anthologie vor allem deshalb zusammengestellt, weil es ihn faszinierte, sich mit einer Sprache zu befassen, deren Ausdruckskraft viel größer war, als er aus dem derben Jargon seines Vaters schließen konnte; aber es schien auch eine provokatorische Absicht dahinterzustecken. Weit entfernt davon, etwas so Ersprießliches und so wenig Glaubwürdiges wie die Rückkehr eines verlorenen Sohnes signalisieren zu wollen, schien sich die Anthologie *gegen* etwas zu richten. Wie Zuckerman (und sonst wohl niemand) glaubte, gegen die heimliche Scham der Assimilierten, gegen die Verkitschung durch jüdische Nostalgiker, gegen den schalen, blutleeren Glauben der in den neuen Vororten ansässigen wohlhabenden Juden – und (was höchst erfreulich war) gegen die Überheblichkeit jener berühmten Universitätsinstitute für das Anglistikstudium, in deren makellos christliche Hallen aufgenommen zu werden, literaturbeflissenen Juden (mit ihrem verballhornten, wie Kauderwelsch klingenden Englisch) bis vor kurzem strikt verwehrt worden war. Für Appels unausgegorenen jungen Bewunderer hatte die Wiederauferweckung jiddischer Schriftsteller etwas von der dynamischen Kraft einer Revolte, die ihre besondere Würze dadurch erhielt, daß sie der eigenen Revolte des jungen Milton Appel zuwiderlief. Der befreite Jude – ein von unstillbarem Hunger gepeinigtes Tier, das sich in seiner Verzweiflung in den Schwanz beißt und, während es den Geschmack seines eigenen Fleisches genießt, Zeter und Mordio schreit wegen der Wunden, die es sich mit den eigenen Zähnen geschlagen hat.

Nachdem Zuckerman Appels jiddische Anthologie gelesen hatte, verbrachte er seinen nächsten Urlaub bis zum Wecken in New York und stöberte in den Buchläden der Fourth Avenue (in denen er sich sonst immer mit gebrauchten Modern Library-Bänden, das Stück zu fünfundzwanzig Cents, eindeckte) so lange herum, bis er im Antiquariat eine jiddische Grammatik und ein englisch-jiddisches Wörterbuch entdeckte. Er nahm sie mit nach Fort Dix. Nach dem Abendessen im Speisesaal zog er sich in den ruhigen, leeren Büroraum zurück, in dem er tagsüber Presseberichte für den Informationsoffizier schrieb, setzte sich an seinen Schreibtisch und lernte Jiddisch. Jeden Abend eine Lektion – dann würde er nach der Entlassung aus dem Wehrdienst imstande sein, die Werke seiner literarischen Vorväter in der Originalsprache zu lesen. Er hielt es ganze sechs Wochen durch.

Zuckerman konnte sich nur noch vage erinnern, wie Appel damals, Mitte der sechziger Jahre, ausgesehen hatte. Rundes Gesicht, Brille, ziemlich groß, beginnende Glatze – das war alles, woran er sich entsinnen konnte. Wahrscheinlich war Appels äußere Erscheinung nicht so bemerkenswert wie seine Ansichten. Viel lebhafter erinnerte er sich an Appels auffallend gut aussehende Frau. War er noch mit der hübschen, zierlichen Dunkelhaarigen verheiratet, mit der er Hand in Hand am Barnes Hole-Strand spazierengegangen war? Zuckerman entsann sich an Gerüchte über eine ehebrecherische Liebesaffäre. Welche Rolle hatte jene Frau dabei gespielt? War sie die Abgeschobene oder die Trophäe gewesen?

Der biographischen Anmerkung in *Inquiry* zufolge, war Milton Appel, Honorarprofessor der New York University, für ein Jahr beurlaubt worden, um in Harvard zu dozieren. Wenn in den literarischen Kreisen Manhattans von Appel die Rede war, kam es Zuckerman immer so vor, als sprächen alle den Namen Milton auffallend herzlich und respektvoll aus. Er konnte niemanden entdecken, der diesem Hundsfott eins auswischen wollte. Er stöberte herum und fand nichts. In Manhattan! Unglaublich! Es wurde allerdings von einer Tochter gemunkelt, die aus dem Swarthmore College in die Gegenkultur abgewandert und drogensüchtig sein sollte. Gut! Das fraß vielleicht an ihm. Und dann hieß es, Milton Appel läge in Boston im Krankenhaus: Nierensteine. Zuckerman hätte liebend gern zugesehen, wie sie abgingen. Jemand erzählte, ein Freund habe Milton mit einem Stock in Cambridge umherhumpeln sehen. Wegen der Nierensteine? Hurra! Das befriedigte Zuckermans Groll. Groll? *Wütend* war er, schon gar als er erfuhr, daß Appel vor der Veröffentlichung seines Artikels »Der Fall Nathan Zuckerman« damit auf Achse gegangen war, Vorträge in Colleges gehalten und den Studenten und Professoren erzählt hatte, was für ein schlechter Schriftsteller Zuckerman sei. Und dann erfuhr Zuckerman drüben in der *Inquiry*-Redaktion, daß nur ein einziger Leserbrief eingegangen war, in dem Stellung *für* ihn bezogen wurde. Wie sich herausstellte, stammte dieser Brief (der von Appel mit einer einzigen Zeile abgewimmelt worden war) von einer jungen Frau, mit der Zukkerman in jenem Sommer, als er am Bread Loaf-Schriftstellertreffen teilnahm, geschlafen hatte. Na schön, auch ihm hatte es Spaß gemacht – aber wo blieben denn jetzt seine anderen Anhänger, all diese einflußreichen Verbündeten? Schriftsteller sollten – und das sagen sie nicht nur sich selber, sondern bekommen es von jedem, der kein Schriftsteller ist, immer wieder zu hören –, Schriftsteller sollten sich so etwas wirklich nicht zu Herzen nehmen; aber manchmal tun sie's eben doch. Appels Attacke – nein, Appel in Person, die ärgerliche Tatsache seiner körperlichen Existenz – war das einzige, woran Zuckerman (abgesehen von seinen Schmerzen und seinem Harem) jetzt noch denken konnte.

Welche Genugtuung dieser Trottel den Schafsköpfen verschafft hatte! Jene Fremdenhasser, jene sentimentalen, chauvinistischen, philisterhaften Juden waren in ihrer Verurteilung Zuckermans durch das schöngeistige Urteil des unangreifbaren Milton Appel bestätigt worden – jene Juden, deren politische Diskussionen, deren kulturelle und gesellschaftliche Veranstaltungen und deren Tischgespräche der Honorarprofessor keine zehn Sekunden ausgehalten hätte. Speiübel würde ihm von ihrem Kitsch werden! Ihre Vorliebe für anspruchslose Produkte der jüdischen Unterhaltungsbranche war das Thema kurzer ätzender Artikel, die er nach wie vor auf den letzten Seiten der Intellektuellenzeitschriften publizierte. Er wäre diesen Leuten genauso auf die Nerven gegangen wie sie ihm. Es wäre ihnen (hätte er diese Kritik am Kartentisch im »Jüdischen Verein junger Männer« und nicht in Zeitschriften geäußert, von denen sie noch nie gehört hatten) verrückt vorgekommen, daß er an ihre harmlosen Freizeitvergnügungen so strenge Maßstäbe anlegte. Und sie hätten die Art und Weise, wie er ihre Lieblingsshows verriß, für ausgesprochen antisemitisch gehalten. O ja, er ging hart ins Gericht mit den prosperierenden Juden, denen dieser Kitsch für Normalverbraucher gefiel. Im Vergleich zu Milton Appel hätten diese Leute Nathan Zuckerman sicher einigermaßen sympathisch gefunden. Das war ja das Komische an der Sache. Zuckerman war in der Gesellschaftsschicht aufgewachsen, die solchen Kitsch *liebte*. Er kannte diese Leute genau – aus der eigenen Familie und deren Freundeskreis –, er hatte sie immer wieder besucht, mit ihnen gegessen, mit ihnen geulkt und sich stundenlang ihre Ansichten angehört – während Appel in seinem Redaktionsbüro mit Philip Rahv disputierte oder gegenüber John Crowe Ransom den feinen Pinkel spielte. Zuckerman kannte diese Leute immer noch. Und er wußte, daß er noch nie, auch nicht in seinen sarkastischsten Jugendwerken, eine Einstellung an den Tag gelegt hatte, die vergleichbar war mit Appels Abscheu vor einem Theaterpublikum, das sich seine »Jüdischkeit« am Broadway bestätigen ließ. Woher er das wußte? Ach, so etwas weiß man eben, wenn man jemanden hassen *muß:* Er beschuldigt dich seines eigenen Verbrechens und bestraft sich dafür, indem er *dich* geißelt. Appels Abscheu vor der großen Masse, die am Altar der Delikatessengeschäfte betet und sich für *Anatevka* begeistert, war weitaus schlimmer als die schlimmsten Stellen in Zukkermans Büchern. Warum war sich Zuckerman dessen so sicher? Er haßte Appel, darum! Er haßte Appel und würde dessen heftige Angriffe weder verzeihen noch vergessen.

Früher oder später kommt für jeden Schriftsteller der aus zwei- oder drei- oder fünftausend Wörtern bestehende Peitschenhieb, an dem er nicht bloß die üblichen zweiundsiebzig Stunden sondern sein Leben lang zu würgen hat. Seinen hatte Zuckerman jetzt abbekommen: Zur lebenslangen Bereicherung seines Zitatenschatzes war diese unfreundlichste aller Rezensionen in sein Gedächtnis eingegraben, so unauslöschlich (und ungefähr genauso nützlich) wie *Abu Ben Adhem* und *Annabel Lee,* die ersten Gedichte, die er in der High School auswendig lernen mußte.

Die Veröffentlichung von Appels Artikel im *Inquiry* – und der Ausbruch von Zuckermans Haß – ereigneten sich im Mai 1973. Im Oktober, an Jom Kippur, wurde Israel von fünftausend ägyptischen und syrischen Panzern angegriffen. Da die Israelis diesmal nicht auf der Hut waren, brauchten sie drei Wochen, um die arabische Streitmacht zu vernichten und bis in die Außenbezirke von Damaskus und Kairo vorzustoßen. Doch nach der Siegesfeier – die Niederlage: Im Sicherheitsrat der Vereinten Nationen, in der europäischen Presse und auch im US-Kongreß wurde Israel der Aggression beschuldigt. Woraufhin Milton Appel auf der verzweifelten Suche nach Verbündeten ausgerechnet an den schlechtesten amerikanischen Schriftsteller die Bitte richtete, in einem Artikel Partei für den jüdischen Staat zu ergreifen.

Er wandte sich nicht direkt an Zuckerman, sondern über einen gemeinsamen Bekannten, Ivan Felt, der früher einmal sein Assistent an der NYU gewesen war. Zuckerman hatte Felt in der Künstlerkolonie in Quahsay kennengelernt und ihn im vergangenen Jahr mit seinem Verleger bekanntgemacht. Felts erster Roman sollte in Kürze erscheinen – mit einer von Zuckerman verfaßten Empfehlung auf dem Umschlag. Thema des Romans war der zerstörerische Wahnsinn der sechziger Jahre: der dummdreiste Anarchismus und die Ausschweifungen, die das Leben so vieler Amerikaner, auch solcher, bei denen man das nicht für möglich gehalten hätte, aus den Fugen brachten, während Johnson Vietnam für die Fernsehgesellschaften zerstören ließ. Felts Buch war so unausgegoren wie er selber, aber leider nur halb so anmaßend wie er. Zuckerman vermutete, daß Ivan Felt, wenn er seinen *ganzen* Vorrat an Anmaßung in seine Prosa einfließen lassen, seine halbherzige Objektivität und seinen erstaunlich langlebigen Respekt vor dem großen moralischen Thema aufgeben würde, eines Tages doch noch ein echter, gehässiger Künstler à la Céline werden könnte.

Vielleicht nicht sein Roman, schrieb Zuckerman an Felt, bestimmt aber sein Brief werde in die Annalen der Paranoia eingehen. Was sein übermäßiges Selbstvertrauen und seinen unverhohlenen Egoismus betreffe, so bleibe abzuwarten, ob sie ihm in dem langwierigen Gerangel, das ihm bevorstehe, genügend Schutz bieten könnten. Er sei erst siebenundzwanzig und noch am Anfang seiner literarischen Laufbahn.

Syracuse, 1.12.73

Nathan,

fotokopierte Passage (beiliegend) aus Briefwechsel zwischen M. Appel und mir bezüglich N. Z. (Rest der Passage betrifft eine freie Stelle an der BU – ich habe ihn ersucht und ersuche hiermit auch Sie, meine Bewerbung zu unterstützen.) Als ich vor zehn Tagen in Boston war, habe ich ihm auf seiner Kanzel in Harvard einen kurzen Besuch abgestattet. Hatte nichts von ihm gehört, seit ihm vor Wochen die Fahnenabzüge zugeschickt wurden. Er sagte, er habe ein Kapitel gelesen, sei aber nicht empfänglich für »das, was diese Art Humor bezweckt«. Mir ginge es darum, alles, was mir nicht geheuer sei, seines »Prestiges« zu entkleiden. Ich sagte, was ist denn daran so falsch, aber ihn interessierte das alles nicht. Mein Buch, sagte er, habe bei ihm keinen starken Eindruck hinterlassen – ihn beschäftigten jetzt ganz andere Probleme. Die Feinde Israels. »Die würden uns alle nur zu gern umbringen«, sagte er. Ich sagte, daß ich das alles *genauso sehe. Als ich später im Hinblick auf Israel sagte: »Wer würde sich jetzt keine Sorgen machen?«, glaubte er, ich wollte mich bloß Liebkind bei ihm machen. Woraufhin ich sofort gegen seinen ausfälligen Artikel über Sie vom Leder zog. Er sagte, wenn ich Einwände hätte, hätte ich mich an die Zeitschrift wenden sollen. Er habe jetzt keine Energie für eine Debatte und auch keine Lust dazu. »Mich beschäftigen andere Probleme.« Als ich mich verabschiedete, sagte ich, daß* Sie *ein Jude seien, der sich bestimmt große Sorgen um Israel mache. Die Folge meines Seitenhiebs: beiliegende Passage aus seinem Brief. Die zivilisierte Welt weiß, daß der gefeierte Paranoiker sofort darauf reagieren wird. Bin gespannt darauf, was die Einladung, Ihr Gewissen zu entlasten, aus einer guten Seele wie Sie hervorzaubern wird.*

Ihre öffentliche Bedürfnisanstalt

I. F.

»Aufgestauter Zorn, eine ganze Fundgrube voll davon« – dies die Meinung des jungen Dr. Felt über Zuckermans Beschwerden. Als er im vergangenen Jahr erfahren hatte, daß Zuckerman eine Woche lang im Krankenhaus gewesen war, hatte er aus Syracuse angerufen, um sich zu erkundigen, was ihm fehle, und bei seinem nächsten Besuch in New York war er vorbeigekommen – in seiner High School-Windjacke mit Kapuze. Draußen in der Diele hatte er seinen Kollegen an den Armen gepackt (die immer schwächer wurden) und – nur halb ironisch – sein Urteil verkündet.

Felt war gebaut wie ein Dockarbeiter, stolzierte einher wie ein Kraftmensch aus dem Zirkus, zog immer mehrere Kleidungsstücke übereinander an wie ein Bauer und hatte das undurchdringliche Durchschnittsgesicht eines erfolgreichen Gauners. Stämmiger Hals, praller Rükken, stoßdämpfende Beine – rollt ihn zusammen und ihr könnt ihn als Kanonenkugel verwenden. Etliche Leute aus der anglistischen Abteilung der Syracuse University würden zu diesem Zweck mit Streichhölzern und Zündstoff Schlange stehen. Ivan wäre das allerdings egal gewesen. Er war sich bereits völlig sicher über das richtige Verhältnis zwischen seiner Person und den Mitmenschen. Das war Zuckerman mit siebenundzwanzig auch gewesen: Sei ein Einzelgänger! Wie Swift und Dostojewski und Joyce und Flaubert. Hartnäckige Unabhängigkeit. Unerschütterlicher Eigensinn. Gefahrvolle Freiheit. Ein Nein mit Donnerhall.

Es war das erste Mal, daß Felt zu ihm in die Einundachtzigste Straße kam. Kaum hatte er das Wohnzimmer betreten und die Jacke, die Mütze sowie das Sortiment alter Pullover abgelegt, das er unter der Windjacke über seinem T-Shirt trug, da fing er auch schon an, alles, was er sah, ungeniert zu taxieren. »Samtvorhänge. Perserteppich. Kaminsims alten Stils. Stuckdecke und spiegelnder Parkettboden. Und trotzdem gebührend asketisch. Keine Spur von Hedonismus und doch irgendwie... *behaglich*. Sehr elegant untermöbliert, Nathan. Die Behausung eines betuchten Mönches.«

Zuckerman allerdings war an Felts sarkastischer Einschätzung der Wohnungseinrichtung weniger interessiert als an der neuen Diagnose. Sie stürmten nur so auf ihn ein, diese Diagnosen! Jeder sah das Problem anders. Die Krankheit mit den tausend Bedeutungen. Man las seine Schmerzen, als wären sie sein fünftes Buch.

»Aufgestauter Zorn?« fragte Zuckerman. »Wie kommen Sie denn auf diese Idee?«

»*Carnovsky*. Unvergleichliches Ausdrucksmittel für Ihre unstatthaften Haßgefühle. Ihr Haß hat den Flutpegel erreicht – so viel Haß kann das Gerippe nicht verkraften. Trotzdem tun Sie außerhalb Ihrer Bücher so, als wären Sie gar nicht da. Die Zurückhaltung in Person. Alles in allem spricht aus Ihren Büchern viel mehr Wirklichkeitssinn als aus Ihnen selbst. Als ich Sie zum ersten Mal sah, damals in Quahsay, als Sie – der gefeierte ›Gast des Monats‹ – in den Speisesaal kamen, da habe ich zu Gina, der lesbischen Dichterin, gesagt: ›Wetten, daß dieser Typ außerhalb seiner Bestseller niemals etwas Verrücktes tut?‹ Tun Sie's? Wissen Sie überhaupt, wie man's tut?«

»Sie sind hartgesottener als ich, Ivan.«

»Das ist eine schmeichelhafte Art, mir zu sagen, daß ich unverschämter bin als Sie.«

»Wann werden *Sie* denn zornig? Ich meine, außerhalb dessen, was Sie schreiben.«

»Ich werde zornig, wenn ich jemanden loswerden will. Wenn mir jemand im Weg steht. Zorn ist ein Gewehr. Ich ziele und drücke ab, und dann noch einmal – so oft, bis der andere weg ist. So wie Sie in Ihren Büchern sind, so bin ich innerhalb *und* außerhalb dessen, was ich schreibe. Sie halten den Mund, ich sage alles.«

Jetzt, da die Kleidungsstücke, deren sich Felt entledigt hatte, auf dem Fußboden herumlagen, sah es in der Behausung des betuchten Mönches wie nach einer Plünderung aus.

»Und wenn Sie alles sagen«, fragte Zuckerman, »dann glauben Sie wohl auch alles, was Sie sagen?«

Felt warf ihm vom Sofa her einen Blick zu, als hielte er ihn für geistesgestört. »Es spielt keine Rolle, ob *ich* es glaube. Sie sind ein so guter Soldat, daß Sie das gar nicht begreifen können. Es kommt darauf an, daß man die *anderen* dazubringt, es zu glauben. Ja, Sie sind ein guter Soldat. Sie vertreten allen Ernstes den gegenteiligen Standpunkt. Sie machen's so, *wie es sich gehört.* Sie können gar nicht anders. Und dann wundert es Sie, daß andere sich provoziert fühlen, wenn Sie die schändlichen Geheimnisse Ihres Innenlebens ausplaudern. Es bestürzt Sie. Es macht Sie traurig. Es wundert Sie, daß Sie so viel öffentliches Ärgernis erregt haben. Mich wundert's, daß Ihnen das nicht egal ist. Daß *Sie* sich vom ›Geschmacksverirrungs-Blues‹ unterkriegen lassen! Und es nötig haben, von Männern respektiert und von Frauen zärtlich umsorgt zu werden. Papas Anerkennung und Mamas Liebe. Nathan Zuckerman! Wer hätte das gedacht!«

»Und *Sie* haben gar nichts nötig? Glauben Sie das wirklich?«

»Jedenfalls lasse ich nicht ständig Schuldgefühle in mir aufkommen, wie ihr guten Soldaten das tut. Schuldgefühle haben, das heißt doch nichts anderes, als nachgiebig gegen sich selbst sein. Man verabscheut mich? Man beschimpft mich? Man stimmt mir nicht zu? Um so besser! Vorige Woche hat ein Mädchen in meiner Wohnung einen Selbstmordversuch unternommen. War mit ihren Tabletten hereingekommen, um sich ein Glas Wasser zu holen. Hat das Zeug geschluckt, während ich im Nachmittagsseminar bei meinen Strohköpfen war. Ich war wütend, als ich das Mädchen entdeckte. Rief den Notarzt an, aber keine zehn Pferde hätten mich dazu bringen können, mit ins Krankenhaus zu fahren. Wenn sie gestorben wäre? Na wenn schon. Sie hat's ja nicht anders gewollt. Ich stelle mich niemandem in den Weg, und keiner soll mir im Weg stehen. Ich sage: ›Nein, jetzt reicht's mir – das ist nichts für mich!‹ Und dann schieße ich so lange darauf, bis es weg ist. Das einzige, was man von anderen Leuten braucht, ist Geld – alles andere schafft man allein.«

»Danke für die Lektion.«

»Bedanken Sie sich nicht bei mir. Ich habe diese Lektion in der High School gelernt, als ich Ihre Bücher las. Zielen Sie, drücken Sie ab und schießen Sie so lange, bis es weg ist! Dann sind Sie im Nu ein gesunder Romanautor.«

Abschnitt aus Appels Brief, von Felt fotokopiert und an Zuckerman in New York geschickt:

»Ehrlich gesagt, glaube ich nicht, daß wir viel tun können – zuerst hat man die Juden durch Gas vernichtet, und jetzt werden sie vielleicht ein Opfer des Erdöls. Zu viele in New York

und Umgebung halten sich in dieser Angelegenheit schamhaft zurück – so, als wären sie nach der Geburt aus ganz anderen Gründen beschnitten worden. Diejenigen, die der Regierung wegen Vietnam die Hölle heiß gemacht haben, schweigen sich (mit wenigen Ausnahmen) über Israel aus. Gleichwohl möchte ich im Hinblick auf die öffentliche Meinung, oder besser gesagt auf den winzigen Bruchteil der Öffentlichkeit, den wir ansprechen können, einen Vorschlag machen, der Sie vielleicht irritieren wird. Aber ich mache ihn trotzdem. Könnten Sie nicht Ihren Freund Nate Zuckerman bitten, etwas zugunsten Israels für die Leserbriefseite der Times zu schreiben? Das würden die sicher veröffentlichen. Wenn ich mich in einem Artikel für Israel einsetzen würde, dann wäre das nicht gerade eine Neuigkeit – von mir erwartet man nichts anderes. Aber wenn Zuckerman sich mit einer freimütigen Erklärung an die Öffentlichkeit wendete, dann hätte das einen gewissen Neuigkeitswert, da er sich bei einem Publikum, das für Literaten wie uns nichts übrig hat, einen Namen gemacht hat. Vielleicht hat er bereits eine solche Erklärung abgegeben – mir ist davon allerdings nichts bekannt. Oder ist er vielleicht immer noch der Meinung, daß – wie sein Carnovsky es ausdrückt – die Juden sich ihren historischen Leidensweg in den Arsch stecken sollen? (Ich weiß natürlich, daß man zwischen einer Romanfigur und dem Autor zu unterscheiden hat; aber ich weiß auch, daß erwachsene Menschen nicht so tun sollten, als wäre der Unterschied wirklich so groß, wie sie ihren Studenten versichern.) Aber ungeachtet der Tatsache, daß ich ein Gegner seiner diesbezüglichen Ansichten bin (die in diesem Zusammenhang kei-

ne Rolle spielen), bin ich überzeugt, daß es einiges Interesse erwecken würde, wenn er eine öffentliche Erklärung abgäbe. Ich glaube, daß derzeit die ganze Welt drauf und dran ist, die Juden unter Druck zu setzen. In solchen Momenten sollten auch diejenigen, die sich völlig ungebunden fühlen, es für angebracht halten, ihre Stimme zu erheben.«

Na also, jetzt war Zuckerman auch außerhalb seiner Bücher zornig. Zurückhaltung? Nie davon gehört! Er holte ein Exemplar von *Carnovsky* aus dem Regal. Hatte er in diesem Roman wirklich geschrieben, die Juden sollten sich ihren Leidensweg – Anführungszeichen, Ausführungszeichen? Hatte er wirklich eine derart gehässige Bemerkung fallen lassen – einfach so, wie man einen Schuh fallen läßt? Er suchte nach der Stelle, von der Appel so angewidert war – und fand sie, als er ein Drittel des Buches durchgeblättert hatte: die allerletzte Zeile der zweitausend Wörter umfassenden, nahezu hysterischen Auflehnung gegen eine Familie, in der das Minderheitenproblem zum Verfolgungswahn geworden ist – die Unabhängigkeitserklärung, die der vierzehnjährige Carnovsky abgibt, als er mit seiner Schwester allein in seinem Schlafzimmer ist.

Also: Unbeeindruckt von allem, was erwachsene Menschen ihren Studenten weismachen wollen, hatte Appel den rebellischen Aufschrei eines an Klaustrophobie leidenden Vierzehnjährigen dem Autor persönlich angelastet. Und so was durfte sich Literaturkritiker nennen! Nein, das war ein überreizter Polemiker für die Sache der gefährdeten Judenheit. Der Brief hätte von dem Vater in *Carnovsky* stammen können. Oder von Zuckermans Vater. Oder, wenn er in Jiddisch geschrieben wäre, von Appels Vater, dem Trödler, dem ungebildeten Einwanderer, der dem jungen Milton – falls er ihn nicht sogar noch verrückter gemacht hatte als Vater Carnovsky seinen Sohn – ganz zweifellos das Herz gebrochen hatte.

Wie jemand, der einen Prozeß zu führen hat, brütete Zuckerman über dem Briefabschnitt und las immer wieder die Stellen, die ihn am meisten wurmten. Dann rief er Diana im College an. Etwas Dringendes zu tippen! Sofort herkommen! Zorn ist ein Gewehr, und Zuckerman eröffnete das Feuer.

Diana Rutherford studierte am Finch College, dem College für reiche Mädchen, das nur einen Katzensprung von Zuckermans Wohnung entfernt war und in das die Nixons ihre Tochter Tricia geschickt hatten. Zuckerman war Diana zum ersten Mal begegnet, als er zum Briefkasten gegangen war. Sie trug die Standardkleidung aus Denim – Cowboyjeans und -jacke –, die auf den sonnengebleichten Steinen des Rio Grande erst einmal tüchtig eingehen muß, bevor sie in den Norden versandt und bei Bonwit verkauft wird. »Mr. Zuckerman«, hatte sie gesagt und ihn auf die Schulter getippt, als er gerade seinen Brief einwarf, »darf ich Sie für unsere Schulzeitung interviewen?« Bloß ein paar Schritte weit entfernt bogen sich zwei Studentinnen vor Lachen über die Unverfrorenheit ihrer Zimmergenossin. Offenbar war sie das College-Original. »Schreiben Sie für die Schulzeitung?« fragte er. »Nein.« Eingestanden mit einem treuherzigen Lächeln. Treuherzig – wirklich? Na ja, mit zwanzig kann man noch treuherzig sein. »Begleiten Sie mich nach Hause«, sagte er, »dann sprechen wir darüber.« »Prima!« sagte das College-Original. »Was macht ein kluges Mädchen wie Sie in einer Töchterschule wie Finch?« »Meine Eltern meinen, ich sollte lernen, wie man die Beine übereinander schlägt, wenn man einen Rock anhat.« Aber als sie den Katzensprung bis zu seiner Wohnung mitgegangen war und er sie einlud, mit hinaufzukommen, war es mit ihrer Unverfrorenheit doch nicht so weit her: Sie spurtete zurück zu ihren Freundinnen.

Als es am nächsten Nachmittag bei ihm klingelte, fragte er durch die Sprechanlage, wer da sei. »Das Mädchen, das nicht für die Schulzeitung schreibt.« Als er sie hereinließ, zitterten ihre Hände. Sie zündete sich eine Zigarette an, zog den Mantel aus und begann unaufgefordert, seine Bücher und Bilder zu betrachten. Sie ging von Zimmer zu Zimmer und sah sich alles an. Zuckerman trottete hinterher.

Im Arbeitszimmer fragte sie: »Haben Sie denn gar nichts Unpassendes in der Wohnung?«

»Bloß Sie.«

»Hören Sie mal, wenn Sie gleich so hypersarkastisch werden, brauchen wir uns gar nicht zu unterhalten.« Ihre Stimme schwankte, aber ihre Meinung sagte sie trotzdem. »Jemand wie Sie braucht doch vor jemandem wie mir keine Angst zu haben.«

Im Wohnzimmer nahm er ihren Mantel vom Sofa und bevor er ihn in den Schrank hängte, sah er sich das eingenähte Etikett an: »Gekauft in Mailand.« Dafür hatte jemand mehrere hunderttausend Lire springen lassen.

»Sind Sie immer so verwegen?«

»Ich schreibe eine Prüfungsarbeit über Sie.« Sie hatte sich auf die Sofakante gesetzt und zündete sich die nächste Zigarette an. »Nein, das war eine Lüge.«

»Dann ist das also ein geselliges Beisammensein?«

»Ich dachte mir, Sie sind jemand, mit dem ich reden kann.«

»Worüber?«

»Männer. Die hängen mir allmählich zum Hals heraus.«

Zuckerman machte Kaffee, und sie begann, von ihrem Freund, einem Jurastudenten, zu erzählen. Er vernachlässigte sie, und sie wußte nicht, warum. Mitten in der Nacht rief er bei ihr an und sagte ihr schluchzend, daß er sich nicht mehr mit ihr treffen, sie aber auch nicht verlieren wolle. Schließlich hatte sie ihm geschrieben und gefragt, was denn mit ihm los sei. »Ich bin jung«, erklärte sie Zuckerman, »und ich möchte bumsen. Wenn er's nicht tun will, komme ich mir häßlich vor.«

Diana war lang und schmal, hatte ein winziges Hinterteil, kleine, kegelförmige Brüste und jungenhaft kurzgeschnittene dunkle Locken. Ihr Kinn war kindlich rund, ihre dunklen Indianeraugen ebenfalls. Sie war langgestreckt und zugleich kurvig, geschmeidig und zugleich eckig – und bestimmt nicht häßlich, wenn man einmal davon absah, daß sie, so bald sie sich über etwas beklagte, einen Flunsch zog und den Gesichtsausdruck eines verwahrlosten Straßenbengels bekam. Sie war so angezogen, als ob sie noch ein Kind wäre: winziger Wildlederrock über schwarzer Strumpfhose und (aus Mamas Schrank stiebitzt, um vor den anderen Mädchen damit anzugeben) schwarze zehenfreie Stöckelschuhe mit pailettenbesetzten Binderiemchen. Ihr Gesicht war eigentlich auch sehr kindlich – bis sie zu lächeln begann, ein breites, ansprechendes Lächeln. Wenn sie lachte, wirkte sie wie eine Frau, die schon alles erlebt und alles unversehrt überstanden hat – eine Fünfzigjährige, die von Glück sagen kann.

Was sie erlebt und überstanden hatte, waren die Männer. Seit ihrem zehnten Lebensjahr waren sie hinter ihr her.

»Also schon Ihr halbes Leben lang«, sagte Zuckerman. »Was haben Sie daraus gelernt?«

»Alles. Sie machen sich an dich ran, sie wollen dich auf den Hintern patschen, sie rufen dich vom Büro aus an und bringen dich dazu, an dir herumzufummeln, während du deine Hausaufgaben machst. Ich habe keine

Illusionen mehr, Mr. Zuckerman. Seit ich in die siebte Klasse ging, hat mich ein Freund meines Vaters alle vier Wochen angerufen. Mit seiner Frau und seinen Kindern versteht er sich prächtig, aber mich ruft er an, seit ich zwölf war. Er verstellt seine Stimme und sagt jedesmal den gleichen Scheiß: ›Möchtest du nicht mal hoppe-hoppe-Reiter auf meinem Schwanz machen?‹«

»Was tun Sie dagegen?«

»Anfangs wußte ich nicht, was ich tun sollte – da hab' ich mir das bloß angehört. Es hat mir Angst gemacht. Ich habe mir eine Trillerpfeife gekauft. Um damit ins Telefon zu blasen. Damit ihm das Trommelfell platzt. Aber als ich dann wirklich damit ins Telefon geblasen habe, hat er bloß gelacht. Es hat ihn nur noch mehr aufgegeilt. Das ist jetzt acht Jahre her. Einmal im Monat ruft er mich im College an. ›Möchtest du nicht mal hoppe-hoppe-Reiter auf meinem Schwanz machen?‹ Worauf ich sage: ›Ist das alles?‹ Dann sagt er nichts mehr. Natürlich nicht. Weil das tatsächlich alles ist. Weil er's gar nicht tun sondern bloß sagen will. Zu mir.«

»Jeden Monat, acht Jahre lang – und Sie haben nichts anderes dagegen getan als sich eine Trillerpfeife zu kaufen?«

»Was soll ich denn tun? Die Polizei holen?«

»Was ist passiert, als Sie zehn waren?«

»Der Chauffeur hat an mir herumgespielt, wenn er mich zur Schule gefahren hat.«

»Ist das wahr?«

»Der Verfasser von *Carnovsky* fragt mich, ob das wahr ist!«

»Sie könnten sich das doch ausgedacht haben, um sich interessant zu machen. So was kommt oft genug vor.«

»Schriftsteller haben's nötig, sich etwas auszudenken, Mädchen nicht, das können sie mir glauben.«

Nach einer Stunde war Zuckerman zumute, als wäre Faulkners Temple Drake per Anhalter aus Memphis in den Norden gekommen, um mit Nathaniel Hawthorne über Popeye zu reden. Er war baff. Es fiel ihm ein bißchen schwer, alles zu glauben, was Diana erlebt hatte – oder was so klang, als hätte sie es erlebt.

»Und Ihre Eltern?« fragte er. »Was sagen die denn zu all diesen schauderhaften Abenteuern mit all diesen gräßlichen Männern?«

»Eltern?« Sie sprang auf. Dieses eine Wort genügte, um sie aus ihrem kuscheligen Nest aus Sofakissen zu katapultieren. Die langen Beine in der schwarzen Strumpfhose, die herausfordernden Bewegungen der schmalen Hände, die mokant-aggressive Haltung, die sie einnahm, bevor sie zustach – ein angehender weiblicher Matador, sagte sich Zuckerman. Entsprechend kostümiert sähe sie bestimmt fabelhaft aus. Vielleicht würde sie anfangs vor Angst schlottern – aber er konnte sich durchaus vorstellen, daß sie in die Arena gehen und es *tun* würde: »Los, versucht doch, mich unterzukriegen!« Sie will ausbrechen und tapfer sein – oder sie will dazulernen, indem sie das Schicksal herausfordert. Es liegt in ihrer Natur, einerseits erotisch anziehend wirken zu wollen, und andererseits in Zorn und Verwirrung zu geraten; aber alles in allem hat sie etwas an sich, das beeindruckender ist als bloße Teenager-Draufgängerei. Hinter einer Art Selbständigkeitswahn verbirgt sich ein sehr interessantes, überempfindliches Mädchen (das Frau und Kind zugleich ist). Er wußte noch gut, wie das ist, wenn man sagt: »Los, versucht doch, mich unterzukriegen!« Das war natürlich lange bevor sie ihn untergekriegt hatten. Bevor *es* ihn untergekriegt hatte. Egal, wie man es nennen wollte – etwas hatte ihn untergekriegt.

»Wo haben *Sie* denn gelebt?« fragte Diana. »Es *gibt* keine Eltern mehr. Eltern sind passé. Wissen Sie, ich hab' die Sache mit dem Jurastudenten wirklich ernstgenommen. Ich dachte, er könnte mir helfen, mich auf diese alberne Schule zu konzentrieren. Er lernt eifrig, er joggt, er hält nicht viel von Dope und er ist erst dreiundzwanzig – für *mich* ist das jung. Ich habe mir verdammt viel Mühe gegeben, ihm seine Komplexe auszutreiben – und jetzt will er nichts mehr mit mir zu tun haben. Ich weiß nicht, was mit diesem Jungen los ist. Ich brauche ihn bloß ein bißchen schief anzuschauen, und schon benimmt er sich wie ein kleines Kind. Angst, nehme ich an. Die völlig normal Veranlagten langweilen einen zu Tode, und bei denen, die man faszinierend findet, stellt sich heraus, daß sie nicht alle Tassen im Schrank haben. Wissen Sie, wozu mich das noch treiben wird? Womit ich mich fast schon abgefunden habe? Zu heiraten! Zu heiraten und mir ein Kind machen zu lassen und dem Bauunternehmer zu sagen: ›Der Swimmingpool kommt da drüben hin!‹«

Zwanzig Minuten nachdem Zuckerman im College angerufen hatte, saß Diana bei ihm im Arbeitszimmer, um den Brief zu tippen, den er an Appel schicken wollte. Er hatte vier lange gelbe Manuskriptseiten vollgeschrieben, bevor er sich vom Stuhl wieder auf die Spielmatte sinken ließ. Auf dem Rücken liegend, versuchte er, die klopfenden Schmerzen in seinem Oberarm durch Kneten des Muskels zu dämpfen. Auch der untere Teil seines Nakkens brannte wie Feuer: der Preis, den er für das längste Stück Prosa zahlen mußte, das er – in *einem* Zug und aufrecht sitzend – seit mehr als einem Jahr geschrieben hatte. Und in der Gewehrkammer steckten noch mehr Kugeln. Angenommen, ich beweise mittels sorgfältiger Analyse der frühen Aufsätze Appels, daß er Zuckerman nur deshalb so hart verurteilt, weil er seinen eigenen Konflikt mit Papa noch nicht ganz aufgearbeitet hat; daß ihn nicht nur die islamische Bedrohung dazu veranlaßt hat, seine Meinung über den »Fall« Zuckerman zu revidieren, sondern auch Ocean Hill-Brownsville und der Antisemitismus der Schwarzen, die Verurteilung Israels im Sicherheitsrat und womöglich auch der Streik der New Yorker Lehrer; und das Medien-Tamtam jüdischer Yippies, deren kindische Ambitionen Appel groteskerweise mit mir in Zusammenhang bringt. Und nun zu meinem revidierten Urteil über ihn. Der springende Punkt ist nicht, daß er jetzt glaubt, Zuckerman im Jahre 1959 falsch beurteilt zu haben. Oder im Jahre 1946 seine eigene Wurzellosigkeit. Na schön, er hat seine Meinung geändert – so weit, so gut. Die »Meinung« kann sich ändern, aber niemals der leidenschaftliche Eifer des Inquisitors, vernichtende Urteile zu fällen. Trotz der bewunderungswürdigen Flexibilität, mit der Fälle wiederaufgenommen werden, ist der theoretische Unterbau nach wie vor aus bombensicherem Beton: Keiner von uns so *serjoznyi* wie Appel. »Der unwiderlegbare Sinneswandel des Milton Appel.« »Gerecht und streng – in jedem Jahrzehnt.« »Polemische Zuckungen eines Richters, der mit dem Todesurteil schnell bei der Hand ist.« Solche Titel hätte sich Zuckerman dutzendweise ausdenken können.

»Noch nie hab' ich jemanden am Telefon so reden gehört wie dich«, sagte Diana. Sie war bis zum Kinn eingehüllt in ihre Sekretärinnenverkleidung – formloser Overall, dicker Pullover –, deren ursprünglicher Zweck es war, ihm das Diktieren zu erleichtern. Wenn sie in ihrem Kinderröckchen aufkreuzte, wurde nie viel diktiert und getippt. Dieses Röckchen war für ihn ein weiterer Grund, aufzugeben. »Wenn du dich sehen könntest!« sagte sie. »Diese Prismengläser und das verzerrte Gesicht! Du solltest mal sehen, wie du aussiehst! Du nimmst dir so etwas zu Herzen, und dann schaukelt es sich so lange auf, bis du den Kopf verlierst. Mitsamt den Haaren. Genau das ist der Grund, warum dir die Haare ausgehen. Und warum du diese Schmerzen hast. Schau dich doch an! Hast du dich mal im Spiegel betrachtet?«

»Wirst *du* denn nie zornig über etwas? Ich *bin* zornig.«

»Natürlich kann ich zornig werden. Im Hintergrund gibt es immer jemanden, der einem auf die Nerven und an die Nieren geht. Aber ich tu etwas *Vernünftiges* dagegen. Ich mache meine Yoga-Übungen. Ich laufe um den Block herum, ich spiele Tennis und versuche, meinen Ärger loszuwerden. Sonst hätte ich zeitlebens einen verdorbenen Magen.«

»Du verstehst das nicht.«

»O doch! So etwas lernt man in der Schule.«

»Man kann *das* doch nicht mit der Schule vergleichen.«

»Kann man schon. Im College muß man auch solche Schläge einstecken. Und man kommt verdammt schwer darüber hinweg. Zumal wenn man sie für völlig ungerechtfertigt hält.«

»Tipp den Brief!«

»Ich lese ihn lieber erst durch.«

»Nicht nötig.«

Während er durch die Prismengläser ungeduldig zusah, wie sie den Brief las, knetete er seinen schmerzenden Oberarm. Dem Deltamuskel tat der elektronische Schmerzdämpfer manchmal ganz gut. Aber würde sein Nervensystem den Schwachstromschock überhaupt registrieren, wenn sein Gehirn mit Starkstrom-Zorn aufgeladen war?

»Diesen Brief tippe ich nicht. Nicht, wenn *so etwas* drinsteht!«

»Was, zum Teufel, geht's dich an, was drinsteht?«

»Ich weigere mich, diesen Brief zu tippen, Nathan. Du bist nicht zurechnungsfähig, wenn du dich über solche Dinge ausläßt, und dieser Brief *ist* verrückt. ›Wenn die Araber morgen an Hitzschlag eingingen, würden Sie keinen Gedanken mehr an meine Bücher verschwenden.‹ Du spinnst ja! Das ist reiner Blödsinn. Was er über deine Bücher geschrieben hat, hat er geschrieben, weil es seine Meinung ist. Punktum. Warum kümmert dich die Meinung dieser Leute, wenn du, Nathan, *du* bist, und sie eine Null sind? Schau dich doch an! Dieser wehleidige Zug um deinen Mund! Dir stehen tatsächlich die Haare zu Berge. Wer *ist* er denn, dieser Kläffer? Wer ist denn schon Milton Appel? Ich hab' noch kein Buch von ihm gelesen. In der Schule bekommt man nichts über ihn zu hören. Es ist mir schleierhaft, wieso jemand wie du so darauf reagiert. Du bist ein kultivierter, hochintelligenter Mensch – wie kannst du dich von solchen Leuten in die Falle locken und derart durcheinanderbringen lassen?«

»Du bist ein zwanzigjähriges Mädchen aus einem ultraprivilegierten christlichen Connecticut-Milieu, und ich sehe ein, daß du nicht verstehen kannst, worum es hier geht.«

»Eine Menge Leute, die älter als zwanzig sind und nicht aus einem ultraprivilegierten christlichen Connecticut-Milieu stammen, würden es auch nicht verstehen, wenn sie dich in diesem Zustand sähen. ›Daß jene Juden in *Höhere Bildung,* deren Porträts Sie im Jahre 1959 fast zu authentisch fanden, jetzt plötzlich Ausgeburten einer schmutzigen Phantasie sein sollen, kommt daher, daß Sie im Jahre 1973 den Standpunkt vertreten, für Juden dürfe es nur ein einziges Angriffsziel geben: Ägypten, Syrien und die PLO.‹ Nathan, du glaubst doch nicht im Ernst, daß er diesen Artikel wegen der PLO geschrieben hat!«

»O doch! Gäbe es diesen Jasir Arafat nicht, dann hätte mich Appel bestimmt nicht in den Hintern getreten. Du hast keine Ahnung, wie aufgerieben die Nerven der Juden sind.«

»Aber es wird mir allmählich klar. Bitte nimm eine Percodantablette! Rauch ein bißchen Pot! Trink einen Wodka! Damit du dich *beruhigst!«*

»Du setzt dich jetzt an den Schreibtisch und tippst den Brief! Ich bezahle dich schließlich fürs Tippen.«

»So gut auch wieder nicht. Nicht gut genug für *so etwas.«*

Wieder begann sie, aus dem Brief vorzulesen. ›Ihrer Ansicht nach wird uns ja gar nicht vom innerlich zerrütteten Islam oder vom saft- und kraftlos gewordenen Christentum der Todesstoß versetzt werden, sondern von jüdischen Dreckskerlen, die, beladen mit dem ererbten Fluch des Selbsthasses, solche Bücher schreiben wie ich. Bloß um damit ein Geschäft zu machen. Sechs Millionen tot – sechs Millionen verkauft. So sehen Sie das doch, stimmt's?‹ Nathan, das ist völlig absurd! Du bist ein Mann von vierzig, aber du schlägst um dich wie ein Schuljunge, der in der Ecke stehen muß.«

»Geh nach Hause! Ich bewundere die Gelassenheit, mit der du mir die Leviten liest, aber ich möchte, daß du jetzt gehst.«

»Ich bleibe, bis du dich beruhigt hast.«

»Ich werde mich *nicht* beruhigen. Ich bin lange genug ruhig gewesen. Geh!«

»Hältst du es wirklich für richtig, so nachtragend zu sein, weil dir jemand so *furchtbar* unrecht getan hat?«

»Ach, ich soll ihm wohl vergeben?«

»Ja. Ich bin nämlich eine Christin. Ich glaube an Jesus Christus. Und an Menschen wie Gandhi. Aber *du* kehrst geradewegs zu eurem entsetzlichen Alten Testament zurück. Zu diesem steinharten Alten Testament. Auge um Auge, Zahn um Zahn. Niemals einem anderen vergeben. Ja, ich glaube daran, daß man seinen Feinden vergeben soll. Ich kann nicht glauben, daß es letzten Endes nicht für alle das beste sein wird.«

»Versuch bloß nicht, mir ›Frieden und Liebe‹ zu verschreiben! Ich gehöre nicht zu deiner Generation.«

»Gandhi hat auch nicht zu meiner Generation gehört. Jesus auch nicht. Und der heilige Franz von Assisi auch nicht. Und wie du verdammt gut weißt, gehöre auch *ich* nicht zu meiner Generation.«

»Aber ich bin weder Jesus noch Gandhi noch Franz von Assisi noch du. Ich bin ein kleinlicher, wutschnaubender, rachsüchtiger, nachtragender Jude, der einmal zu oft von einem kleinlichen, wutschnaubenden, rachsüchtigen, nachtragenden Juden beleidigt worden ist – und wenn du vorhast, hierzubleiben, dann tipp gefälligst, was ich geschrieben habe, weil ich nämlich mit höllischen Gelenkschmerzen dafür bezahlen muß, daß ich's niedergeschrieben habe.«

»Okay. Wenn du *so* ein Jude bist und wenn dir *solche* Juden so wichtig sind, daß sie deine Gedanken völlig beherrschen – was mir wirklich unerklärlich ist –, und wenn dir Israel etwas bedeutet, dann tippe ich den Brief, aber nur, wenn du mir einen Artikel über Israel für die *New York Times* diktierst.«

»Du verstehst nicht. Daß er das von mir erwartet, nach allem, was er in *Inquiry* über mich geschrieben hat, setzt seinen Beleidigungen die Krone auf. Früher hat er den Redaktionsstab von *Inquiry* angegriffen und jetzt greift er in derselben Zeitschrift Leute wie mich an!«

»Es *ist* aber keine Beleidigung. Er hat diese Bitte an dich gerichtet, weil die Leute wissen, wer du bist und weil man dich so leicht mit den amerikanischen Juden *identifizieren* kann. Ich verstehe einfach nicht, warum du dich darüber so aufregst. Entweder du tust, worum er dich ersucht, oder du tust es nicht – aber sei nicht beleidigt über etwas, das nicht als Beleidigung gemeint war.«

»Als was *war* es denn gemeint? Er möchte, daß ich einen Artikel schreibe, aus dem hervorgeht, daß ich kein Antisemit mehr bin und daß ich Israel von ganzem Herzen liebe – und daß er sich darauf etwas einbilden kann.«

»Nein, er will bestimmt nicht, daß du so etwas schreibst.«

»Diana, wenn jemand, der über mich und meine Arbeit und die Juden so etwas gesagt hat, plötzlich eine Kehrtwendung macht und sagt, warum schreiben Sie zur Abwechslung nicht mal was Nettes über uns – wieso kannst du dann nicht verstehen, daß ich das als besonders kränkend empfinde? ›Etwas zugunsten Israels schreiben.‹ Und die feindselige Einstellung zu den Juden, die angeblich jedem Wort zugrundeliegt, das ich veröffentliche? Eine solche Karikatur in *Inquiry* zu propagieren, *mich* öffentlich als den Karikaturisten zu verdammen – und mir dann privat einen solchen Vorschlag zu machen und zumindest halbwegs zu erwarten, daß der verkappte Antisemit darauf eingeht! ›Er hat sich bei einem Publikum, das für Literaten wie uns nichts übrig hat, einen Namen gemacht.‹ Beim Abschaum also, auf dessen Geschmack seine Romane zugeschnitten sind. Wenn Zuckerman, ein Jude, der beim Abschaum so populär ist, weil ihm Juden offenbar auch so unangenehm und widerlich sind wie diesem Abschaum, sich jetzt mit Argumenten *für* die Juden an diesen Abschaum wenden würde, ›dann hätte das einen gewissen Neuigkeitswert‹. Und ob! Genau wie ein Fall von Schizophrenie einen gewissen Neuigkeitswert hat! Von Appel hingegen ›erwartet man nichts anderes‹, als daß er in einer jüdischen Krise die Stimme erhebt. Ein Zeichen für persönliches Engagement und – natürlich! – für tiefes menschliches Mitgefühl. Absolut kennzeichnend für den guten jüdischen Sohn – den besten, den verantwortungsbewußtesten von allen. Diese Juden, diese Juden und ihre verantwortungsbewußten Söhne! Zuerst sagt er, daß ich unter dem Deckmantel des Romanautors Juden verunglimpfe, und dann will er, daß ich mich als ihr Lobbyist an die *New York Times* wende! Das Komische dabei ist, daß diejenigen, die einen eingefleischten Haß auf die jüdische Bourgeoisie haben und für deren Alltagsleben nur Verachtung empfinden, eben diese vielschichtigen Superintellektuellen sind. Sie verabscheuen die jüdische Bourgeoisie. Und das jüdische Proletariat können sie auch nicht riechen. Plötzlich strömen sie über von Sympathie für die Gettowelt ihrer traditionsbewußten Väter – jetzt, da ihre traditionsbewußten Väter in den Gräbern des Beth Moses Memorial Park in sicherer Verwahrung sind. Als sie noch lebten, hätten ihre Söhne sie am liebsten erwürgt, weil die Väter, diese dusseligen Einwanderer, sich doch tatsächlich einbildeten, mitreden zu können, obwohl sie bei der Lektüre von Proust nicht über *In Swanns Welt* hinausgekommen waren. Und das Getto – alles, was das Getto von diesen Söhnen zu sehen bekam, war ihre Rückseite. Hinaus, hinaus! Luft, Luft, um über große Juden wie Ralph Waldo Emerson und William Dean Howells zu schreiben! Aber jetzt, wo die ›Weathermen‹ da sind und ich und meine Freunde Jerry Rubin und Herbert Marcuse und H. Rap Brown – jetzt heißt es: Wo, ach wo ist die sagenhafte Ordnung der guten alten Tage in der Hebräisch-Schule? Wo ist das Linoleum? Wo ist Tante Rosa? Wo ist die wunderbar unbeugsame väterliche Autorität (gegen die sie früher am liebsten mit dem Messer losgegangen wären)? Es ist doch wohl klar, daß ich gegen die Vernichtung der Juden bin. Das zu bezweifeln, wäre doch unsinnig. Aber ich bin keine Autorität in puncto Israel. Ich bin eine Autorität in puncto Newark. Nein, nicht einmal in puncto Newark, sondern nur, was das Weequahic-Viertel von Newark betrifft. Um die Wahrheit zu sagen, nicht einmal das ganze Weequahic-Viertel. Nicht unterhalb der Bergen Street.«

»Aber es geht doch nicht darum, ob du eine Autorität bist. Es geht darum, daß die Leute lesen, was du schreibst, weil du zur Zeit sehr berühmt bist.«

»Sammy Davis ist das auch. Und Elizabeth Taylor ebenfalls. Die sind sogar noch berühmter. Und wirklich gute Juden, die ihr Ansehen nicht dadurch ruiniert haben, daß sie ordinäre Bücher schreiben. *Sie* haben nicht diese unerlaubten Kräfte freigesetzt, die jetzt die Kultur verderben. Warum wendet er sich nicht an sie, wenn er auf berühmte Leute aus ist? Sie würden sofort darauf eingehen. Außerdem: Daß ich berühmt bin und *wofür* ich es bin, macht mich in Appels Augen ja so verwerflich. Eben *deshalb* beschimpft er mich. Offenbar hat er dieses Buch tatsächlich wie ein Manifest des Trieblebens gelesen. Als hätte er noch nie etwas von Zwangsneurosen gehört. Oder von repressiven, an Zwangsneurosen leidenden Juden. Als ob er nicht selbst einer wäre, dieser scheißregressive Spinner! Diana, was Appels Ersuchen betrifft, so habe ich zum Thema Israel nichts zu sagen. Ich kann einen Essay über einen Romancier schreiben – selbst dazu würde ich sechs Monate brauchen –, aber ich kann keinen Artikel über internationale Politik verfassen, für niemanden. Das hab' ich noch nie getan und das tu ich auch jetzt nicht. Ich bin doch nicht Joan Baez. Ich bin kein großer Denker wie Leonard Bernstein. Ich bin keine politische Persönlichkeit – Appel schmeichelt mir, wenn er so tut, als wäre ich eine.«

»Aber du bist eine jüdische Persönlichkeit, ob du willst oder nicht. Aber da du es offenbar sein willst, solltest du auch einen Artikel schreiben. Was ist denn daran so schwierig? Du brauchst doch nur deine Meinung zu äußern. So einfach ist das. Deinen Standpunkt.«

»Ich will nicht auf der Leserbriefseite Buße tun für Bücher, die Appel mir zum Vorwurf macht. Ich habe ein paar Witze über Piepelspielchen in Newark gerissen, aber man könnte glauben, ich hätte die Knesset in die Luft gesprengt. Versuch jetzt bloß nicht, mich mit deiner angelsächsisch-protestantischen Nüchternheit – ›das ist doch kein Problem!‹ – durcheinanderzubringen! Es *ist* ein Problem! Es ist nicht das erste Mal, daß ich in der Zeitschrift *Foreskin* als der ›sich selbst verachtende Jude des Monats‹ apostrophiert werde.«

»Das ist doch bloß eine kleinkarierte Gettokabbelei, die *niemanden* interessiert. Wie viele Juden können auf einem Stecknadelkopf tanzen? *Wen kümmert das schon?* Du kannst doch nicht alles im Gedächtnis behalten, was irgendeine alberne Zeitschrift über dich geschrieben hat – dann hättest du ja bloß noch solchen Quatsch im Gehirn. Wenn diese Zeitschrift so schlecht ist, wie du sagst, warum machst du dir dann überhaupt Gedanken darüber? Noch dazu ist das eine Thema so wichtig und das andere so unwichtig, und daß beide auf so merkwürdige Weise bei dir zusammengekommen sind, kann ich einfach nicht verstehen, auch wenn du alle möglichen Erklärungen dafür hast. Ich habe den Eindruck, daß du aus einer Mücke einen Elefanten machst. Also wirklich, wenn mir, bevor wir uns kennenlernten, jemand gesagt hätte, daß du *so* bist... oder daß Juden so sind... Früher dachte ich, ihr seid halt Einwanderer, punktum. Nein, ich begreife es nicht. Vielleicht, weil ich erst zwanzig bin. Du bist vierzig. Wird man wirklich so, wenn man die Vierzig erreicht hat?«

»Und ob! Dann hat man die Schnauze voll, das kannst du mir glauben. Zwanzig Jahre seines Lebens hat man gearbeitet, und immer noch wird öffentlich darüber diskutiert, ob man's richtig macht oder nicht lieber die Hände davon lassen sollte! Und immer noch eigene

Zweifel. Ich bin mir nicht einmal sicher, ob Appel nicht vielleicht recht hat. Sind meine Bücher vielleicht wirklich so schlecht, wie er behauptet? Ich hasse ihn wie die Pest, und offensichtlich ist er, seit er in die Sechzig gekommen ist, spleenig geworden, aber ein Dummkopf ist er deshalb noch lange nicht. Jedenfalls ist er einer der wenigen, die nicht bloß Geschwafel von sich geben. Seien wir ehrlich – auch die schlimmste Kritik enthält ein Körnchen Wahrheit. Kritiker entdecken immer etwas, das man verbergen will.«

»Aber er übertreibt. Er sieht die Dinge nicht im richtigen Verhältnis. Was gut ist, übersieht er. Er gibt nicht einmal zu, daß du komisch bist. Das ist einfach lächerlich. Er prangert nur deine Schwächen an. Jeder Mensch hat seine Schwächen.«

»Angenommen, er hat recht. Angenommen, meine Bücher sind völlig unnötig. Unnötig sogar für mich selber. Bin ich komisch? Wenn ja – na und? Das sind die Ritz Brothers auch. Wahrscheinlich komischer als ich. Angenommen, er befürchtet zu recht, daß ich mit meiner schmutzigen Phantasie das Verständnis der Leser für die jüdische Wirklichkeit vergiftet habe. Angenommen, das stimmt auch nur halbwegs. Dann wären zwanzig Jahre Arbeit in meinem Beruf nichts anderes gewesen als zwanzig Jahre zwanghafter Hilflosigkeit – Unterwerfung unter einen primitiven, albernen, von mir aber zur Maxime meines Denkens und Handelns erhobenen Zwang, der sich gar nicht so sehr von dem unterscheidet, was meine Mutter dazu getrieben hat, täglich fünf Stunden lang die Wohnung zu putzen. Wenn es so ist, was bleibt mir dann noch übrig? Paß auf, ich werde Medizin studieren.«

»Wie bitte?«

»Medizinstudium. Ich bin ziemlich sicher, daß ich alle Voraussetzungen mitbringe. Ich möchte Arzt werden. Ich gehe wieder nach Chicago an die Universität.«

»Halt doch die Klappe! Bisher ist dieses Gespräch bloß deprimierend gewesen. Jetzt ist es idiotisch.«

»Nein. Mir geht das schon lange im Kopf herum. Ich möchte Geburtshelfer werden.«

»Ach wirklich? In deinem Alter? In zehn Jahren bist du fünfzig. Entschuldige, aber dann bist du schon ein alter Mann.«

»Und in sechzig Jahren bin ich hundert. Aber darüber werde ich mir erst dann Gedanken machen. Warum kommst du nicht mit nach Chicago? Dein Studium am Finch College wird dir dort angerechnet. Dann können wir unsere Hausaufgaben gemeinsam machen.«

»Willst du nun einen Artikel über Israel schreiben oder nicht?«

»Nein, ich möchte Israel vergessen. Ich möchte die Juden vergessen. Das hätte ich schon an dem Tag tun sollen, als ich von zu Hause fortging. Man braucht bloß in der Öffentlichkeit seinen Penis herauszuziehen, und schon kommt die Funkstreife... Aber es ist wirklich schon ein bißchen zu lange so gelaufen. Auf diese Weise wollte ich mich von allen Fesseln befreien, die mir in meiner Kindheit angelegt wurden, aber es hat nur dazu geführt, daß ich noch mit vierzig ein Gefangener bin. Schluß mit dem Schreiben! Schluß mit dem Kritisiertwerden! Rebellion, Gehorsam – Beschuldigungen, Widerspruch – Trotz, Scham – nein, diese ganze gottverdammte Sache war ein Riesenfehler. Das ist nicht der Platz, den ich im Leben einnehmen wollte. Ich möchte Geburtshelfer werden. Wer hadert schon mit einem Geburtshelfer? Sogar der Arzt, der Bugsy Siegel ans Licht der Welt verholfen hat, legt sich nachts mit reinem Gewissen schlafen. Er holt eben alles heraus, was herauszuholen ist, und alle Welt liebt ihn. Wenn das Baby herauskommt, schreit ihn niemand an: ›*Das* nennen Sie ein Baby? Das *ist* kein Baby!‹ Nein, was er den Leuten hinlegt, nehmen sie mit nach Hause. Sie sind dankbar dafür, daß er überhaupt dagewesen ist. Stell dir diese Wickelkinder mit ihren Schlitzäugelchen vor, Diana! Stell dir vor, wie es die Stimmung hebt, so etwas vor sich zu sehen – es *jeden* Morgen sehen zu dürfen anstatt zwei weitere fragwürdige Manuskriptseiten aus sich herauspressen zu müssen. Konzipieren, schwanger gehen, Geburtswehen haben? Alles Sache der Mutter. Der Geburtshelfer wäscht sich bloß die Hände und nimmt das fertige Produkt in Empfang. Zwanzig Jahre hier oben in den literarischen Sphären sind genug – jetzt hinein ins volle Menschenleben! Jubel, Trubel, Heiterkeit. Das ganze Drum und Dran. Keine Wörter mehr, bloß noch das Drum und

Dran. Die trivialste Literaturgattung: das Leben selbst. Du hast verdammt recht – ehe ich mich versehe, werde ich fünfzig sein. Schluß mit den Wörtern! Auf zum Kreißsaal, bevor es zu spät ist! Hals über Kopf in die *cloaca maxima* und alles, was sie ausströmt! Laß das Finch College sausen und komm mit nach Chicago! Du kannst an meiner Alma mater zur Schule gehen.«

»Wenn ich Finch sausen lasse, verliere ich mein Treuhandvermögen. Du brauchst mich ja gar nicht. Du brauchst ein Kindermädchen. Du brauchst eine Gouvernante.«

»Würde es etwas ändern, wenn ich dir einen Heiratsantrag machen würde?«

»Leg mich nicht aufs Kreuz.«

»*Würde* es etwas ändern?«

»Ja, natürlich. Dann tu's doch! Jetzt gleich! Dann können wir heute abend heiraten. Und dann laufen wir beide vor deinem Leben hier davon, und du kannst Arzt werden und ich eine Arztfrau. Ich werde die Telefonanrufe entgegennehmen und den Leuten sagen, wann sie in die Sprechstunde kommen sollen. Ich sterilisiere deine Instrumente. Zum Teufel mit meinem Treuhandvermögen! Also, bringen wir's sofort hinter uns. Dann können wir noch heute abend den Bluttest machen lassen und uns die Heiratsgenehmigung besorgen.«

»Heute abend tut mir mein Nacken zu weh.«

»Hab' ich's mir doch gedacht! Du bist ein Scheißkerl, Nathan. Für dich gibt's gar keine andere Möglichkeit als *weiterzumachen.* SCHREIB EIN NEUES BUCH! *Carnovsky* bedeutet nicht das Ende der Welt. Du kannst dir nicht das ganze Leben wegen eines Buches vermiesen, das, ob's dir paßt oder nicht, ein Bombenerfolg geworden ist. Du *darfst* dich davon nicht derart aus der Bahn werfen lassen. Steh vom Fußboden auf, laß dir wieder Haare wachsen, bieg deinen Nacken zurecht und schreib ein Buch, das *nicht* von diesen Juden handelt. *Dann werden dich die Juden auch nicht verrückt machen.* Ein Jammer, daß du dich nicht davon losmachen kannst. Daß es dich immer noch so erregt und kränkt. Mußt du dich *ständig* gegen deinen Vater auflehnen? Ich weiß, daß es wie ein Klischee klingt und in den meisten Fällen sicher bloß ein Klischee ist, aber in deinem Fall trifft es, glaube ich, zu. Ich blättre in den Büchern, die in deinen Regalen stehen, in deinem Freud, deinem Erikson, deinem Bettelheim, deinem Reich – und siehe da, jede einzelne Zeile, die sich auf einen Vater bezieht, ist unterstrichen! Aber wenn du mir etwas von deinem Vater erzählst, habe ich nicht den Eindruck, daß er besonderes Format gehabt hat. Er ist vielleicht der renommierteste Fußpfleger in Newark gewesen, aber doch wohl kaum eine dominierende Persönlichkeit. Daß ein hochintelligenter Mensch wie du, ein Mensch, der ein völlig unabhängiges Leben führen kann... daß du dich *davon* unterkriegen läßt! Daß du wegen dieser Juden so niedergeschlagen bist! Du haßt den Kritiker Appel? Du willst ihn dein Leben lang hassen? Er hat dir furchtbar unrecht getan? Okay, dann zum

Teufel mit diesem verrückten Vierseitenbrief! Geh zu Appel und hau ihm eine runter! Oder haben Juden Angst vor tätlichen Auseinandersetzungen? Wenn mein Vater sich von ihm derart beleidigt fühlte, dann würde er zu ihm gehen und ihm einen Kinnhaken verpassen. Aber du bist nicht Manns genug, so etwas zu tun, und auch nicht Manns genug, die Sache zu vergessen. Du bist nicht einmal Manns genug, einen Leserbrief an die *New York Times* zu schreiben. Statt dessen liegst du mit deinen Prismengläsern da und denkst dir allerlei Märchen aus – über ein Medizinstudium und eine Arztpraxis, wo das Foto der Arztfrau auf dem Schreibtisch steht; und übers Nachhausekommen von der Arbeit und übers Ausgehen, UM DICH ZU ENTSPANNEN, und darüber, daß du, wenn jemand im Flugzeug ohnmächtig wird und die Stewardeß die Passagiere fragt, ob ein Arzt unter ihnen sei, aufstehen und sagen kannst: Ich bin Arzt.«

»Und warum, verdammt noch mal, nicht? Wenn jemand ohnmächtig geworden ist, kommt niemand *hierher,* um zu fragen, ob vielleicht ein Schriftsteller anwesend sei.«

»Wieder eine Kostprobe deines schwarzblauen Humors. Geh wieder zur Schule, studier fleißig, um dich beim Professor Liebkind zu machen und vom Dekan in die Bestenliste aufgenommen zu werden, besorg dir eine Leserkarte für die Bibliothek und einen Studentenausweis für alle möglichen Veranstaltungen. Mit vierzig

Jahren! Weißt du, warum ich dich nie heiraten würde? Ich würde *nein* sagen, weil ich keinen heiraten könnte, der so ein Schwächling ist.«

III Die Station

Ein paar Tage später, an einem sehr deprimierenden Morgen im Dezember 1973, ging Zuckerman (der in der Nacht vergeblich versucht hatte, eine vernünftigere Antwort an Appel auf Tonband zu sprechen) hinunter zu seinem Briefkasten, um nachzusehen, warum der Briefträger geläutet hatte. Er trug seinen orthopädischen Kragen. Drunten tat es ihm leid, daß er seinen Mantel nicht mitgenommen hatte: Er spielte mit dem Gedanken, hinaus in die Kälte zu gehen, bis zur nächsten Ecke zu laufen und sich dann vom Dach des Stanhope-Hotels zu stürzen. Er fand, daß es sich nicht mehr lohnte, weiterzuleben. Ein schmales Heizkissen über den Nackenwirbel gebunden, hatte er von ein Uhr bis vier Uhr morgens weitere fünfzehn Runden mit Appel ausgefochten. Und jetzt der neue Tag. Was für eine vergleichbar nützliche Betätigung gab es denn für ihn, um die endlosen Stunden des Tages durchzustehen? Cunnilingus, das wäre so ungefähr alles. Komm her und setz dich nieder! Für etwas anderes taugte er nicht mehr. Das löschte alles andere aus. Das und der Haß auf Appel. Von Müttern schier erdrückt werden und auf Juden einschreien. Ja, die Krankheit hatte es geschafft: Zuckerman war Carnovsky geworden. Die Journalisten hatten es von Anfang an gewußt.

Der Haken war nur, daß man sich, wenn man vom Dach springt, den Schädel einschlägt. Bestimmt kein angenehmes Gefühl. Und wenn er auf der Hotelmarkise landete und sich bloß das Rückgrat brach, dann wäre er zeitlebens ans Bett gefesselt – ein Los, das hunderttausendmal schlimmer wäre als alles, was ihn jetzt schon so elend machte. Andrerseits: Ein mißlungener Selbstmordversuch, der ihn nicht völlig zum Krüppel machen würde, könnte ihm ein neues Thema liefern – und das wäre immerhin etwas. Aber wenn die Schmerzen verschwänden, bevor er unten aufschlug – wenn sie so plötzlich aufhörten wie sie begonnen hatten, wenn sie während des Sturzes aus seinem Körper wichen, was dann? Wenn alles, was er dabei empfinden würde, der Anstoß zu einem Buch, zu einem neuen Anfang sein könnte? So etwas passiert einem wahrscheinlich mitten im Hinunterfallen. Vielleicht, so sagte er sich, gehe ich erst einmal probeweise zum Stanhope-Hotel. Falls die Schmerzen nicht weg sind, bevor ich an der Ecke angelangt bin, gehe ich ins Hotel und warte auf den Fahrstuhl. Falls die Schmerzen nicht weg sind, bevor ich den Lift betrete, fahre ich ins oberste Stockwerk und gehe durch den Notausgang aufs Dach hinaus. Dort gehe ich sofort zum Geländer und schaue hinunter auf den Straßenverkehr sechzehn Stockwerke unter mir. Und wenn dann die Schmerzen kommen, um sich zu vergewissern, daß ich nicht spaße und daß sechzehn Stockwerke eine sehr beträchtliche Entfernung sind und daß es nach eineinhalb Jahren *an der Zeit ist, mich in Ruhe zu lassen,* dann beuge ich mich übers Geländer und sage zu den Schmerzen, und zwar allen Ernstes: »Noch eine Minute, dann springe ich!« Ich *zwinge* sie dazu, vor lauter Angst zu verschwinden.

Aber mit solchen Gedanken jagte er bloß sich selber Angst ein.

Zwei große Kuverts im Briefkasten – derart hineingezwängt, daß er sich bei dem Versuch, sie herauszuzerren, die Knöchel aufschürfte. Die Broschüre der medizinischen Fakultät und die Bewerbungsformulare! Er hatte Diana nicht gestanden, daß er schon vor Wochen an die Universität von Chicago geschrieben hatte. Während er in den Wartezimmern der Ärzte herumsaß und die Patienten kommen und gehen sah, war ihm dieser Gedanke gekommen. Warum eigentlich nicht? Vier Jahrzehnte, vier Romane, beide Eltern tot, ein Bruder, mit dem ich nie mehr reden werde – sieht ganz so aus, als hätte ich die Teufelsaustreibung hinter mir. Warum nicht in einem neuen Beruf ein neues Leben beginnen? Als Arzt führt man täglich mit fünfzig Hilfsbedürftigen ernsthafte Gespräche. Von morgens bis abends wird man mit Geschichten bombardiert, und keine davon braucht man selber zu erfinden. Geschichten, die einen klaren, praktischen Zweck haben: *Heilen Sie mich!* Man hört sich jede Einzelheit genau an, dann macht man sich an die Arbeit. Die Aufgabe ist entweder lösbar oder unlösbar. Meine dagegen ist bestenfalls beides, meistens aber ist sie unlösbar.

Er riß das dickere der beiden Kuverts auf. So gespannt war er nicht mehr gewesen, seit er im Herbst 1948 die ersten Zuschriften von Colleges erhalten hatte. Damals war er jeden Tag nach Schulschluß sofort nach Hause gerannt und hatte sich, während er seine Milch trank, begeistert über das Leben, das auf ihn zukam, informiert. Nicht einmal die Übersendung der ersten gebundenen Ausgabe seines ersten gedruckten Buches hatte in ihm so viel Hoffnung auf völlige Emanzipation geweckt wie diese Collegebroschüren. Auf dem Einband der Broschüre, die er jetzt in der Hand hielt, war die Reproduktion einer Radierung: ein Universitätsturm – ein in den Himmel ragender Felsen von Gibraltar, genau das richtige Symbol für die unangreifbare Solidität des Arztberufs. Auf der Innenseite des Einbands der Universitätskalender. *4.-5. Januar: Einschreibung für das Winterquartal ... 4. Januar: Kursbeginn ...* Er blätterte hastig weiter bis zu der Überschrift »Zulassungsbedingungen«, überflog den Text, bis er bei »Auswahlkriterien« angelangt war – dem Passus, der sein ganzes Leben verändern würde.

»Das Zulassungskomitee ist bestrebt, seine Entscheidungen aufgrund der wissenschaftlichen und charakterlichen Qualifikation und der Motivation der Studienbewerber zu treffen. Rasse, Hautfarbe, Konfession, Familienstand, Alter, Herkunft, Nationalität und Wohnsitz des Bewerbers haben keinen Einfluß auf die Zulassung zum Studium an der Pritzker School of Medicine.«

Es macht ihnen nichts aus, daß ich schon vierzig bin! Ich bin drin!

Aber auf der vorhergehenden Seite schlechte Nachrichten: Sechzehn Stunden Chemie, zwölf Stunden Biologie, acht Stunden Physik – nur um sich zu qualifizieren. Doppelt so viele Unterrichtsstunden wie er erwartet hatte. In naturwissenschaftlichen Fächern! Na ja, je eher desto besser. Bei Kursbeginn am 4. Januar werde ich dort sein und meinen Bunsenbrenner anzünden. Ich packe meinen Koffer und fliege nach Chicago. In einem Monat gucke ich ins Mikroskop! Eine Menge Frauen in meinem Alter tun das gleiche – was also soll mich davon abhalten? Ein Jahr Plackerei als *undergraduate,* vier Jahre Medizinstudium, drei Jahre Klinikpraktikum – dann würde er also mit achtundvierzig eine eigene Praxis eröffnen können. Dann blieben ihm fünfundzwanzig Jahre, um zu praktizieren, vorausgesetzt, daß sein Gesundheitszustand es erlaubte. Aber gerade durch diesen Berufswechsel würde er ja wieder *gesund* werden! Die Schmerzen würden vergehen – und wenn nicht, dann würde er sich selber heilen. Dann stand es ja in seiner Macht. Bloß nie wieder Ärzten ausgeliefert sein, die weder genug Interesse noch genug Geduld aufbrachten oder ganz einfach nicht neugierig genug waren, um einem so rätselhaften Fall wie dem seinen auf den Grund zu kommen.

Dann würde sich seine schriftstellerische Vergangenheit als nützlich erweisen. Ein Arzt sagt sich: »Jeden erwischt es einmal, ich kann da nichts mehr tun. Der Patient stirbt, ich kann ihn nicht am Leben erhalten.« Ein guter Schriftsteller hingegen überläßt eine Romanfigur nicht einfach ihren Schmerzen oder irgendwelchen Betäubungsmitteln oder dem Tod. Er kann sie nicht einfach mit dem Hinweis darauf, sie wäre ja selber an ihrem Leiden schuld, ihrem Schicksal überlassen. Ein Schriftsteller lernt, daß er bei ihr ausharren muß, um ihrem unheilbaren Leben einen Sinn zu geben, um den Verlauf des Leidens, mit dem sie gestraft ist, auch dann aufzuzeigen, wenn es unerklärlich ist. Seine Erfahrungen mit den Ärzten, die den Gehirntumor seiner Mutter im Anfangsstadium falsch diagnostiziert hatten, und mit den Ärzten, die seiner eigenen Krankheit nicht auf den Grund kommen konnten, hatten Zuckerman davon überzeugt, daß er, auch wenn er als Schriftsteller erledigt war, als Arzt nicht schlechter sein würde als sie.

Er stand noch im Vestibül und zog gerade die Bewerbungsformulare aus dem Kuvert, als ein Paketbote die Haustür öffnete und ihm ein Päckchen aushändigte. Ja, jetzt schien sich das Blatt gewendet zu haben: Wenn das Schlimmste überstanden ist, sind sogar die Päckchen wieder für dich. Alles ist wieder für dich. Die Selbstmorddrohung hatte eine Schicksalswende bewirkt. Eigentlich eine blödsinnige Idee, aber Zuckerman glaubte daran.

In dem Päckchen war ein Urethankissen, etwa fünfundvierzig Zentimeter lang und dreißig Zentimeter breit. Vorige Woche war ihm dieses Kissen empfohlen worden, aber das war ihm völlig entfallen. Alles war ihm in der Monotonie dieser leeren, beschäftigungslosen fünfhundert Tage entfallen. Die allabendliche Dosis Marihuana konnte daran auch nichts ändern. Seine geistige Aktivität beschränkte sich auf das Problem, wie er mit seinen Schmerzen und seinen Frauen zu Rande kommen sollte: Entweder er überlegte, welche Tabletten er einnehmen sollte, oder er tüftelte einen Fahrplan aus, um der Gefahr eines Zusammenstoßes vorzubeugen.

Den Hinweis auf das Urethankissen hatte er in seiner Bank bekommen. Als er vor dem Schalter anstand, um einen Scheck einzulösen – Dianas Honorar für Schreibarbeiten –, und versucht hatte, sich trotz des stechenden Schmerzes entlang seines linken Schulterblattes in Geduld zu üben, hatte ihn ein auffallend kleiner weißhaariger Herr, dessen freundliches Gesicht gleichmäßig sonnengebräunt war, auf die Schulter getippt. Er trug einen schicken zweireihigen taubengrauen Mantel. In der Hand hielt er einen taubengrauen Hut. Seine Handschuhe waren aus taubengrauem Wildleder. »Ich weiß, wie Sie das loswerden können«, sagte er und deutete auf Zuckermans orthopädischen Kragen. Ganz leichter Akzent der alten Heimat. Verständnisvolles Lächeln.

»Wie denn?«

»Mit Dr. Kotlers Kissen. Vertreibt chronische Schmerzen, die sich während des Schlafens einstellen. Basiert auf Dr. Kotlers Forschungsarbeit. Ein wissenschaftlich entwickeltes Kopfkissen, das vornehmlich für Schmerzgeplagte wie Sie hergestellt wird. Wenn jemand, der so breite Schultern und einen so langen Hals hat wie Sie, auf einem gewöhnlichen Kopfkissen schläft, klemmt es ihm die Nerven ein und verursacht starke Schmerzen. Ihre Schultern auch? Zieht es sich bis in die Arme?«

Zuckerman nickte. Überall Schmerzen.

»Und auf den Röntgenbildern nichts zu entdecken? Keine Spuren von Peitschenhieben, kein Unfall, kein Sturz? Einfach davon befallen worden – unerklärlicherweise?«

»Ganz recht.«

»Kommt alles beim Schlafen. Dr. Kotler hat das herausgefunden und deshalb dieses Kissen entwickelt. Mit Hilfe seines Kissens werden Sie wieder schmerzfrei leben können. Zwanzig Dollar einschließlich Zustellungsgebühr. Ein seidener Kissenbezug wird mitgeliefert. Nur in Blau erhältlich.«

»Sie sind nicht zufällig Dr. Kotlers Vater?«

»War nie verheiratet. Keine Ahnung, wessen Vater ich bin.« Er zog ein unbeschriebenes Kuvert aus der Tasche und reichte es Zuckerman. »Darauf schreiben Sie Ihren Namen und die Adresse. Morgen schicke ich Ihnen ein Kissen. Per Nachnahme.«

Na schön, er hatte alles andere schon ausprobiert, und dieser nette alte Herr meinte es bestimmt gut mit ihm. Mit seinem weißen welligen Haar, dem nußbraunen Gesicht und dem matten Taubenblau seiner Kleidung kam er Zuckerman wie jemand aus einer Kindergeschichte vor, wie einer jener gnomenhaften alten Juden mit herzförmigen Ohrmuscheln, langen Buddha-Ohrläppchen und dunklen Ohrlöchern, die an Mauselöcher erinnern. Für jemanden, der Zuckerman kaum bis zur Brust reichte, hatte er eine Nase von beachtlicher Länge – eine Nase, die sich nach unten hin so verbreiterte, daß die keineswegs kleinen, halbmondförmigen Nasenlöcher fast von der breiten Nasenspitze verdeckt wurden. Seine Augen waren alterslos – funkelnde braune Glupschaugen, wie man sie oft auf Fotos von Wunderkindern sieht, die schon mit drei Jahren Geigenvirtuosen sind.

Der alte Herr sah zu, wie Zuckerman seinen Namen auf das Kuvert schrieb. »N. wie Nathan?«

»Nein. N wie Nacken.«

»Aber natürlich! Sie sind der Bursche, der mich so oft zum Lachen gebracht hat! Ich war mir vorhin nicht sicher, ob Sie's wirklich sind. Seit ich das letzte Mal ein Foto von Ihnen gesehen habe, sind Ihnen ziemlich viel Haare ausgegangen.« Er streifte den einen Handschuh ab und streckte Zuckerman die Hand hin. »Ich bin Dr. Kotler. Fremden gegenüber lasse ich meinen Namen lieber aus dem Spiel, aber Sie, N. Zuckerman, sind für mich kein Fremder. Ich habe viele, viele Jahre in Newark praktiziert. Habe dort angefangen lange bevor Sie geboren wurden. Hatte meine Praxis drunten an der Ecke

Clinton und High Street, im Hotel Riviera, bevor Father Divine es für seine Sekte gekauft hat.«

»Im ›Riviera‹?« Zuckerman lachte und dachte ein Weilchen nicht mehr an sein Schulterblatt. N. wie Nostalgie. Das hier *war* eine Figur aus einer Kindergeschichte: seiner eigenen. »Im ›Riviera‹ haben meine Eltern das Wochenende nach ihrer Hochzeit verbracht.«

»Beneidenswertes Paar! Damals war das ein Grandhotel. Meine erste Praxis war in der Academy Street, nahe beim *Newark Ledger*. Angefangen habe ich mit dem Hexenschuß der Jungs von der Zeitungsredaktion und einem Untersuchungstisch, den ich beim Altwarenhändler gekauft hatte. Ein paar Häuser weiter hatte die Freundin des Feuerwehrhauptmanns ein Wäschegeschäft. Mike Shumlin, dem Bruder des Theaterproduzenten Herman Shumlin, gehörten die ›Japtex‹-Läden. *Sie* sind also unser Schriftsteller! So wie Sie Ihre kurzen, raschen Schläge austeilen, hätte ich eher vermutet, daß Sie auch so ein Bantamgewicht wie ich sind. Ich habe das Buch gelesen. Von diesen Penisgeschichten hatte ich, offen gesagt, beim fünfhundertsten Mal genug, aber was für eine Flut von Erinnerungen an diese frühen Jahre Sie heraufbeschworen haben! Auf jeder Seite etwas, das mich geradezu elektrisiert hat! Sie erwähnen den ›Laurel Garden‹ in der Springfield Avenue. Dort habe ich Max Schmelings dritten Boxkampf in den USA gesehen – veranstaltet von Nick Kline, Januar 1929. Schmelings Gegner, ein Italiener namens Corri, war in der ersten Runde

k. o., nach nur eineinhalb Minuten. Alle in Newark ansässigen Deutschen waren da – die hätten sie hören sollen! Und ich war dabei, als Willie La Morte damals im Sommer den Kampf gegen Corporal Izzie Schwartz gewann – Meisterschaft im Fliegengewicht, fünfzehn Runden. Sie erwähnen das Empire-Varieté, Washington Street nahe Market Street. Ich kannte den alten Knaben, der den Laden gemanagt hat, ein Graukopf namens Sutherland. Hinda Wassau, die polnische Stripteasekönigin – die hab' ich persönlich gekannt. War Patientin bei mir. Ich kannte auch den Produzenten Rube Bernstein, den Hinda geheiratet hat. Sie erwähnen die ›Newark Bears‹ von damals. Der junge Charlie Keller hat sein Knie von mir behandeln lassen. George Selkirk, der Manager der ›Bears‹, war einer meiner besten Freunde. Sie erwähnen den Newarker Flughafen. Als er eröffnet wurde, war Jerome Congleton Bürgermeister. Ich war bei der Eröffnung dabei. Damals stand dort nur ein einziger Hangar. An dem Morgen, als der Pulaski Skyway eröffnet und das Band durchschnitten wurde, war ich dabei. Was für ein Anblick – ein altrömischer Viadukt hoch über dem Marschland von New Jersey! Sie erwähnen das Bradford-Theater. Da bin ich besonders gern hingegangen. Hab' dort die ersten Shows gesehen, mit Charley Melson und seiner Band. Joe Penner und seine ›Wanna Buy a Duck‹-Nummer. Ja, Newark war damals mein Tummelplatz. Roastbeef bei ›Murray‹, Hummer bei ›Dietsch‹. Die U-Bahn-Station, das Tor zu New York!

Die Rubinien entlang der Straße – mit ihren ledrigen, gekrümmten Hülsen. Der Radiosender WJZ mit Vincent Lopez. WOR mit John B. Gambling. Jascha Heifetz im ›Mosque‹. Das B. F. Keith-Theater – früher ›Proctor's‹ –, wo Nummern direkt aus dem ›Palace‹ am Broadway gebracht wurden. Kitty Doner mit ihrer Schwester Rose und ihrem Bruder Ted. Ted sang, Rose tanzte. Mae Murrays großer Auftritt. Alexander Moissi, der große österreichische Schauspieler, im Shubert-Theater in der Broad Street. George Arliss. Leslie Howard. Ethel Barrymore. War damals wirklich eine tolle Stadt, unser liebes Newark. Groß genug, um erstklassige Abwechslung zu bieten, klein genug, um es uns leicht zu machen, herumzuschlendern und überall Bekannte zu begrüßen. Das ist jetzt alles vorbei. Alles, was mir etwas bedeutet hat, verschwunden in der Gosse des zwanzigsten Jahrhunderts. Meine Geburtsstadt Wilna von Hitler dezimiert und dann von Stalin eingesteckt. Newark, *mein* Amerika, von den Weißen aufgegeben und von den Farbigen zerstört. In jener Nacht im Jahre 1969, als die Häuser in Brand gesteckt wurden, dachte ich: Zuerst der Zweite Weltkrieg, dann der Eiserne Vorhang und jetzt der Brand von Newark. Ich habe geweint, als die Krawalle ausbrachen. Mein schönes Newark. Ich habe diese Stadt geliebt.«

»Wir alle haben sie geliebt, Dr. Kotler. Was machen Sie in New York?«

»Gute Frage. Ich lebe hier. Seit acht Jahren. Ein Mann

im Exil. Ein Kind dieser Zeit. Ich habe meine schöne Praxis und meine lieben Freunde aufgegeben, meine Bücher und meine Erinnerungen mitgenommen und mich mit siebzig Jahren hier niedergelassen. Im achten Jahrzehnt meines Erdenlebens noch einmal angefangen. Jetzt gehe ich ins Metropolitan Museum. Mich fasziniert der große Rembrandt. Ich studiere seine Meisterwerke – einen kleinen Ausschnitt nach dem anderen. Macht viel Mühe. Aber es lohnt sich. Der Mann war ein Zauberer. Außerdem studiere ich die Heilige Schrift. Ackere die Übersetzungen durch. Erstaunlich, was da alles drinsteht. Aber der Stil gefällt mir nicht. Die biblischen Juden waren ständig in hochdramatische Ereignisse verwickelt, haben aber nie gelernt, gute Dramen zu schreiben. Im Gegensatz zu den Griechen, wie ich finde. Die Griechen brauchten bloß irgendwo ein Niesen zu hören und schon haben sie etwas Aufregendes daraus gemacht. Derjenige, der geniest hat, wird der Held des Dramas, und derjenige, der berichtet hat, daß geniest worden ist, wird der Bote, und die anderen, die das Niesen gehört haben, werden der Chor. Viel Jammer, viel Schrecken, viel Nervenkitzel, viel Spannung. Dergleichen haben einem die Juden in der Bibel nicht zu bieten. Da wird bloß rund um die Uhr mit Gott verhandelt.«

»Mir scheint, Sie halten sich gut in Schwung.«

Wenn ich das doch auch von mir sagen könnte! Ich wollte, er würde mir das beibringen, dachte Zuckerman kindisch.

»Ich tu, was mir gefällt, Nathan. Hab' ich immer getan. Hab' mir nie etwas versagt, was wirklich für mich gezählt hat. Und ich glaube, ich weiß, was zählt. Und für andere hab' ich auch einiges tun können. Mein Soll und Haben könnte man es nennen. Ich möchte Ihnen ein Kissen schicken. Kostenlos. Zum Dank für die wundervollen Erinnerungen, die Sie wieder zum Leben erweckt haben. Sie müssen diese Schmerzen loswerden. Ich hoffe, Sie liegen beim Schlafen nicht auf dem Bauch.«

»Auf der Seite oder auf dem Rücken, soviel ich weiß.«

»Die gleiche Geschichte hab' ich schon tausendmal gehört. Ich schicke Ihnen ein Kissen mit Überzug.«

Da war es also. Und in der Schachtel steckte ein kurzes Begleitschreiben, getippt auf einen Briefbogen des Doktors: »Denken Sie daran, daß Dr. Kotlers Kissen nicht auf ein gewöhnliches Kopfkissen gelegt werden soll. Es kann alles aus eigener Kraft schaffen. Falls in zwei Wochen keine wesentliche Besserung eingetreten ist, rufen Sie bitte bei mir an: RE 4-4482. In langwierigen Fällen kann es erforderlich sein, zunächst einmal mit einigen Handgriffen nachzuhelfen. Bei Rückfällen empfiehlt sich eine Hypnosebehandlung.« Die Unterschrift lautete: »Dr. Charles L. Kotler, Dolorologe.«

Und wenn das Kissen es wirklich aus eigener Kraft schaffen würde, die Schmerzen zu vertreiben? Er konnte nicht darauf warten, daß es Nacht wurde und er das Kissen mit ins Bett nehmen konnte. Er konnte nicht auf den

Kursbeginn am 4. Januar warten. Er konnte nicht auf 1981 warten, das Jahr, in dem er seine Praxis eröffnen würde. Oder 1982 – spätestens. Nein, er würde das Kissen sofort mit nach Chicago nehmen – und seinem Harem den Rücken kehren. Mit Gloria Galanter war er zu weit gegangen, selbst für jemanden, der körperlich so stark behindert war. Wenn er *Roget's Thesaurus* unter seinem Kopf liegen und Gloria auf seinem Gesicht hocken hatte, begriff Zuckerman, wie wenig man sich darauf verlassen kann, daß der Mensch durch Leiden geläutert wird. Sie war die Frau, die verhätschelte und unersetzliche Gattin des genialen Zauberkünstlers, der Zuckerman davon abgebracht hatte, sein Geld in festverzinslichen Wertpapieren anzulegen, und der es geschafft hatte, Zuckermans Kapital innerhalb von drei Jahren fast zu verdoppeln. Marvin Galanter war ein so begeisterter *Carnovsky*-Fan, daß er sich anfangs geweigert hatte, sich von Zuckerman für seine Dienste bezahlen zu lassen. Bei ihrem ersten Zusammentreffen hatte der Finanzberater erklärt, er werde, falls der Fiskus Anstoß an Nathans Steuernischen nähme, die Strafgebühren aus der eigenen Tasche berappen. *Carnovsky,* so behauptete Marvin, sei seine eigene Lebensgeschichte, und es gäbe nichts, das er für den Verfasser dieses Buches nicht tun würde.

Ja, er mußte sich zumindest von Gloria trennen. Der Haken war nur, daß er ihren Brüsten nicht widerstehen konnte. Wenn er allein auf der Spielmatte lag und sich, dem Rat des Rheumatologen folgend, von seinen

Schmerzen abzulenken versuchte, dachte er manchmal an nichts anderes als an ihre Brüste. Gloria war diejenige seiner vier Haremsdamen, der gegenüber seine Hilflosigkeit den absoluten Tiefpunkt erreichte, während sie die Fröhlichste und – auf eigentümliche und hinreißend verspielte Weise – die Unabhängigste dieser vier war, obwohl ihr seine erbärmlichen Bedürfnisse nicht viel Spielraum ließen. Sie lenkte ihn mit ihren Brüsten ab und besorgte ihm seine Essen: Greenbergs Schokoladenkuchen, Mrs. Herbsts Strudel, Zabars Pumpernickel, Beluga im Töpfchen aus der »Caviarteria«, Huhn in Zitronensauce aus Pearls Chinarestaurant, heiße Lasagna aus dem »21«. Sie schickte den Chauffeur sogar bis in die Allen Street, um in »Seymour's Parkway« gefüllte Paprikaschoten zu besorgen, die sie dann im Auto mitbrachte, um sie für Nathan zum Abendessen aufzuwärmen. In ihrem Rotfuchs-Kosakenmantel stürmte sie in die Kochnische, und wenn sie mit dem dampfenden Topf herauskam, hatte sie nur noch ihre Stiefel an. Sie war Ende Dreißig, eine stämmige Brünette mit strotzenden, an Zielscheiben erinnernden Brüsten, elektrifizierendem Haarwuchs und einem Gesicht wie eine spanische Mulattin: Mandelaugen, breites, imposantes Kinn, volle, an den Rändern eigentümlich aufgeworfene Lippen. Auf ihrem Hintern waren Striemen. Zuckerman war nicht der einzige Primitive, den sie bemutterte, aber das machte ihm nichts aus. Er aß das Essen und leckte die Brüste. Er aß das Essen *von* ihren Brüsten.

Gloria vergaß nie, in ihrer Einkaufstasche alles mögliche mitzubringen: einen BH, der die Brustwarzen unbedeckt ließ; einen Schlüpfer ohne Mittelteil; eine Polaroidkamera; einen Vibrationsdildo; K-Y-Gelee; eine Gucci-Maske; einen Strick aus geflochtenem Samt; und als besonderen Leckerbissen – an Nathans Geburtstag – ein Gramm Kokain. »Wie sich die Zeiten geändert haben«, sagte Zuckerman, »seit man nur einen Pariser brauchte.« »Ein Kind ist krank«, sagte sie, »also bringt man ihm Spielzeug.« Stimmt. Und früher hat man dionysischen Riten tatsächlich eine heilende Wirkung auf körperliche Leiden zugeschrieben. Und es gab ja auch die uralte Behandlungsmethode, die man »Handauflegen« nennt. Gloria hatte die Geschichte des klassischen Altertums auf ihrer Seite. Die Heilmethode, die seine Mutter angewandt hatte, bestand darin, daß sie sich, wenn er Fieber hatte, zu ihm aufs Bett setzte und mit ihm »Kasino« spielte. Und um mit ihrer Hausarbeit nicht in Rückstand zu kommen, stellte sie das Bügelbrett bei ihm im Schlafzimmer auf und tratschte beim Bügeln mit ihm über die Schule und seine Freunde. Er liebte den Geruch des Bügelns immer noch.

Gloria schmierte ihren Finger ein, steckte ihn in seinen After und erzählte von ihrem Eheleben mit Marvin.

»Gloria, du bist das verkommenste Weibsstück, das mir je begegnet ist.«

»Wenn *ich* das verkommenste Weibsstück bin, das dir je begegnet ist, dann kannst du mir leid tun. Ich ficke zweimal in der Woche mit Marvin. Ich lege mein Buch hin, mache meine Zigarette und das Licht aus und rutsche hinüber.«

»Auf dem Rücken?«

»Wie denn sonst. Und dann steckt er ihn rein, und ich tu, was nötig ist, damit's bei ihm kommt. Und er murmelt etwas von Titten und Liebe, und dann kommt er. Danach schalte ich das Licht wieder ein, rutsche auf meine Seite des Bettes, zünde mir eine Zigarette an und lese weiter. Ich lese gerade das Buch, von dem du mir erzählt hast. Jean Rhys.«

»Was tust du, damit's bei ihm kommt?«

»Drei kreisende Bewegungen so herum und drei andersherum und mit dem Fingernagel über sein Kreuz fahren – dann kommt's bei ihm.«

»Du machst also sieben Bewegungen.«

»Stimmt. Sieben. Und er nuschelt etwas über meine Titten und über Liebe, und dann kommt er. Dann schläft er ein, und ich mach' das Licht wieder an und lese. Diese Jean Rhys jagt mir Angst ein. Kürzlich habe ich nachts die Geschichte von dieser beschissenen Frau ohne einen Pfennig Geld gelesen, und da bin ich zu ihm hinübergerutscht und habe ihn geküßt und gesagt: ›Ich liebe dich, Schatz!‹ Aber es ist schwierig, mit ihm zu ficken. Und es wird immer schwieriger. Als Ehefrau denkt man ständig: ›Schlimmer kann's gar nicht werden.‹ Aber nächstes Jahr ist's noch schlimmer. Es ist die abscheulichste Pflicht, die ich je erfüllen mußte. Manchmal, wenn er sich bemüht, fertigzuwerden, sagt er zu mir: ›Gloria, Gloria, sag was Ordinäres!‹ Dann muß ich mir erst etwas einfallen lassen, aber ich tu's. Er ist ein wunderbarer Vater und ein wunderbarer Ehemann und verdient, daß ich ihm in jeder Beziehung behilflich bin. Trotzdem habe ich eines Nachts wirklich das Gefühl gehabt, daß ich's nicht mehr ertragen kann. Ich hab' mein Buch hingelegt und das Licht ausgemacht und dann hab' ich's ihm gesagt. ›Marv‹, hab ich gesagt, ›mit unserer Ehe ist etwas nicht mehr in Ordnung.‹ Aber da hat er schon fast geschnarcht. ›Sei still‹, hat er gemurmelt. ›Pssst! Schlaf doch!‹ Ich weiß nicht, was ich tun soll. Ich *kann* einfach nichts tun. Das Sonderbare und das Schreckliche und das Verwirrendste an der Sache ist, daß Marvin zweifellos meine große Liebe war und ich zweifellos seine große Liebe, und daß wir, obwohl wir nie wirklich glücklich miteinander waren, zehn Jahre lang eine leidenschaftliche Ehe geführt haben. Mit allem Drum und Dran – Gesundheit, Geld, Kinder, Mercedes, Küchenspüle mit Doppelbecken, Sommerhäuser und so weiter. Wie kann man so unglücklich mit jemandem sein, an dem man so hängt? Unbegreiflich. Und jetzt habe ich diese Alpträume, drei fürchterliche Alpträume: Kein Geld haben, der Tod und das Altern. Ich kann ihn nicht verlassen. Es würde mich kaputtmachen. Es würde ihn kaputtmachen. Die Kinder würden durchdrehen, und die sind ohnehin schon ein bißchen meschugge. Aber ich brauche die sinnliche

Erregung. Ich bin achtunddreißig. Ich brauche Extrabedienung.«

»Dafür hast du ja deine Affären.«

»Die sind wirklich mörderisch. Man kann dabei seine Gefühle nicht immer unter Kontrolle halten. Und die des Partners auch nicht. Derzeit habe ich einen, der mit mir nach Britisch-Kolumbien durchbrennen will. Er sagt, dort könnten wir vom natürlichen Reichtum des Landes leben. Er sieht gut aus. Er ist jung. Buschiges Haar. Sehr ungestüm. Er kam zu uns, um Antiquitäten zu restaurieren, und hat als erstes mich restauriert. Er haust in einer gräßlichen Dachwohnung. Er sagt: ›Ich kann einfach nicht glauben, daß ich dich bumse.‹ Während er mich bumst. Das heizt mich an, Nathan. Ich geh' mit ihm zusammen in die Badewanne. Macht Spaß. Aber soll ich *deshalb* aufhören, Adams und Tobys Mutter und Marvins Frau zu sein? Wenn die Kinder irgend etwas verlegt haben, wer soll es denn suchen, wenn ich in Britisch-Kolumbien bin? ›Mammi, wo ist mein Radiergummi?‹ ›Eine Sekunde, Liebling, ich bin im Badezimmer. Wart einen Moment, dann suche ich ihn.‹ Jemand vermißt etwas, ich helfe beim Suchen – so *sind* Mütter nun einmal. Man hat etwas verlegt, und ich habe es zu suchen. ›Mammi, ich hab' ihn gefunden!‹ ›Da bin ich aber froh, Liebling!‹ Und ich bin's wirklich, wenn der Radiergummi wieder da ist, Nathan – ich bin glücklich darüber. Auf diese Weise habe ich mich in Marvin verliebt. Bei meinem allerersten Besuch in seiner Wohnung waren noch keine fünf Minuten vergangen, als er mich fragte: ›Wo ist mein Feuerzeug, Gloria, mein gutes Feuerzeug?‹ Ich stand auf, suchte danach und fand es. ›Hier ist es, Marvin.‹ ›Oh, gut!‹ Und schon hatte er mich an der Angel. So war das. Weißt du, ich gehe für mein Leben gern mit meinem italienischen Bambino und seinem buschigen Haar und seinen stahlharten Bizepsen in die Badewanne – aber wie könnte ich diese drei verlassen und ihnen zumuten, die Dinge, die sie verlegt haben, alleine wiederzufinden? Die Sache mit dir ist okay, mit dir ist es wie mit einem Bruder. Du brauchst's, und ich brauch's. Außerdem weißt du genau, was du an diesem hochaufgeschossenen Collegegirl, dieser schlauen kleinen Hure, hast.« Gloria war Diana zufällig begegnet, als sie eines Nachmittags unangemeldet erschienen war, begleitet von ihrem Chauffeur, der eine Zimmerpalme hereinschleppte, mit der die Krankenzimmeratmosphäre etwas aufgeheitert werden sollte. »Sie ist einfach perfekt für dich. Eine Minderjährige aus der Oberschicht, und so richtig nuttenhaft in diesem Spielröckchen – so knakkig, wie wenn man in einen frischen Apfel oder eine gute Birne beißt. Ihr Flunsch gefällt mir. Raffinierter Kontrast zu ihrem hohen IQ. Als ich mit dir darüber debattierte, wo wir die Palme hinstellen sollten, habe ich durch den Flur sehen können, wie sie sich im Badezimmer zurechtgemacht hat. Wenn dort eine Bombe explodiert wäre, hätte sie es gar nicht bemerkt. An deiner Stelle würde ich sie nicht fallenlassen.«

»Ich bin gar nicht in der Lage«, sagte Zuckerman, noch immer festgenagelt von Glorias Finger, »jemanden fallenzulassen.«

»Um so besser. Manche Frauen könnten dich nämlich als Beute betrachten. So manche ist auf nichts anderes aus als auf einen Mann, der mit einem Leiden geschlagen, aber gut situiert ist. Falls die Behandlung anschlägt, hält *sie* sich das zugute, und falls er, Gott bewahre, die Behandlung nicht übersteht, gehört *ihr* auch sein Leben nach dem Tod. Zeig mir *eine* Frau, die nicht liebend gern die Witwe eines berühmten Mannes wäre! Weil ihr dann *alles* gehört.«

»Sprechen wir über all diese anderen Frauen oder über dich?«

»Wenn es Gottes Wille ist, daß es geschieht, Nathan, dann kann ich mir nicht vorstellen, daß es eine Frau gibt, die *nicht* so eingestellt wäre. Zum Glück ist dieses Mädchen zu jung und zu rotzig, um zu wissen, worum es wirklich geht. Die soll ruhig frech zu dir sein, wenn du zu winseln anfängst. Das ist bestimmt besser für dich. Eine jüdische Mutter wie ich wäre nie imstande, deine morbiden Beschwerden nicht ernst zu nehmen. Lies *Carnovsky*, falls du mir nicht glaubst. Jüdische Mütter wissen, wie sie es anstellen müssen, Besitz von ihren leidenden Söhnen zu ergreifen. An deiner Stelle wäre ich auf der Hut.«

Bei jener ersten Behandlung in »Antons trichologischer Klinik« war ihm Jaga mit ihrem weißen Kopftuch und dem langen weißen Kittel wie die Novizin eines Krankenpflege-Ordens vorgekommen. Und ihr slawischer Akzent hatte ihn – ebenso wie ihr Klinikhabit und die etwas abgestumpft wirkende Routiniertheit, mit der sie sich der Pflichtübung unterzog, seine Kopfhaut zu massieren – an die Ärztinnen in *Krebsstation* erinnert, einem der Bücher, aus denen er während der Woche im Streckverband eine grimmige Lehre gezogen hatte. Er war als Jagas letzter Patient am Tag eingetragen, und als er nach der zweiten Behandlung das »Commodore« verließ und sich auf den Heimweg machte, sah er sie etwas weiter vorn über den Vanderbilt Place gehen. Sie trug einen verwitterten schwarzen Pelzmantel, dessen rot bestickter Saum hinten aufgegangen war. Daß ihr Mantel, der früher einmal woanders modisch gewesen war, so schäbig aussah, nahm ihr ein wenig von der kühlen Überlegenheit, die sie zur Schau stellte, wenn sie in der Behandlungskabine mit einem kahlköpfigen Mann allein war. Sie ging so hastig, als wollte sie vor etwas davonlaufen. Vielleicht wollte sie's wirklich: davonlaufen vor Fragen, wie er sie ihr während der angenehmen Fingerspitzenmassage gestellt hatte. Sie war klein und zerbrechlich, hatte einen magermilchfarbenen Teint und ein auffallend kleines, spitzes, abgespanntes Gesicht, das ein bißchen rattenhaft wirkte – bis sie nach der Behandlung ihr Kopftuch aufknüpfte und ihre aschblonden Haare zum

Vorschein kamen, die genauso schimmerten wie die »Seide« von Maiskolben. Und da war noch etwas Köstliches, das sich vorher hinter dieser schmalen, angespannten Maske verborgen hatte: Plötzlich waren ihre rätselhaften violetten Augen erstaunlich schön.

Trotzdem versuchte er nicht, sie auf der Straße einzuholen. Wegen der Schmerzen konnte er nicht rennen, und der Gedanke daran, wie sarkastisch sie auf seine freundlichen Fragen reagiert hatte, hielt ihn davon ab, ihren Namen zu rufen. »Um anderen zu helfen«, hatte sie gesagt, als er gefragt hatte, wie sie zur Trichologie gekommen sei. »Ich helfe gern Menschen, die Probleme haben.« Warum sie nach Amerika ausgewandert sei? »Ich habe schon immer von Amerika geträumt.« Wie sie es hier finde? »Alle Leute sind so nett. Alle wünschen einem einen guten Tag. So nette Leute gibt es in Warschau nicht.«

Als er sie eine Woche später zu einem Drink einlud, sagte sie ja – so barsch, als hätte sie nein gesagt. Sie habe es eilig und könne bloß auf ein Glas Wein mitkommen. In der Bar goß sie drei Glas Wein hinunter, dann erzählte sie, ohne daß er danach gefragt hatte, warum sie nach Amerika gegangen sei. »Ich fand es langweilig in Warschau. Ennui. Ich wollte eine Abwechslung haben.« In der folgenden Woche sagte sie wieder ja (und wieder klang es wie nein), und diesmal kippte sie fünf Glas Wein. »Schwer zu glauben, daß Sie bloß aus Langeweile fortgegangen sind.« »Werden Sie nicht banal! Ich brauche Ihr Mitgefühl nicht. Der Klient braucht Mitgefühl, nicht die Expertin, die genug Haare auf dem Kopf hat.« Eine Woche später kam sie in seine Wohnung, und er sah durch die Prismengläser zu, wie sie die Flasche Wein leerte, die er ihr zum Entkorken gegeben hatte. Wegen der Schmerzen war er nicht mehr imstande, eine Weinflasche zu entkorken. Er schlürfte Wodka durch ein gebogenes Glasröhrchen.

»Warum liegen Sie auf dem Boden?« fragte sie.

»Zu langweilig, das zu erklären.«

»Hatten Sie einen Unfall?«

»Nicht daß ich wüßte. Hatten Sie einen, Jaga?«

»Sie sollten Ihr Leben mehr auf andere Menschen einstellen.«

»Woher wollen Sie wissen, wie ich leben sollte?«

Obzwar beschwipst, versuchte sie, beim Thema zu bleiben. »Sie müssen lernen, *durch* andere zu leben.« Wegen des Weines und wegen ihres Akzents waren zwei Drittel von dem, was sie sagte, nicht zu verstehen.

An der Tür half er ihr in den Mantel. Er stellte fest, daß sie, seit er sie über den Vanderbilt Place hasten sah, den Mantelsaum wieder angenäht hatte. Aber was ihr Mantel dringend nötig hatte, war ein neues Futter. Sie selber schien überhaupt kein Futter zu haben. Sie sah aus wie etwas, das aus der Rinde geschält worden ist, etwas halb durchsichtiges Weißliches: kein Zellgewebe mehr sondern bloß noch die fahlen Fasern ihres Seins. Wenn ich sie berühren würde, dachte er, würde sie vor lauter Empfindlichkeit schreien.

»Mit uns beiden ist etwas faul«, sagte sie.

»Wie meinen Sie das?«

»Monomanen wie Sie und ich! Ich darf nie mehr hierherkommen.«

Schon bald kam sie jeden Abend auf dem Heimweg bei ihm vorbei. Sie gewöhnte sich an, Lidschatten aufzulegen und ein aufreizendes Parfüm zu benützen. Und ihr Gesicht wurde nur noch dann rattenhaft spitz, wenn er ihr wieder einmal blödsinnige Fragen stellte. Sie erschien in einer neuen Seidenbluse, die so blaßviolett wie ihre Augen war. Obwohl sie den obersten Knopf offengelassen hatte, machte sie keine Anstalten, zur Spielmatte hinüberzugehen. Statt dessen machte sie sich's auf dem Sofa bequem, kuschelte sich unter die Wolldecke und goß sich ein Glas Rotwein nach dem anderen ein – und dann machte sie sich schleunigst auf den Weg in die Bronx. Oft stieg sie in Strümpfen auf die Leiter vor den Bücherregalen und schmökerte. Von der obersten Sprosse aus fragte sie, ob sie ein Buch ausleihen dürfe, und dann vergaß sie, es mit nach Hause zu nehmen. Jeden Tag landete ein amerikanischer Klassiker auf dem Stapel, der ganz hinten auf Zuckermans Schreibtisch lag. Offenbar in der Absicht, sich über sich selbst, über ihn, seine Bibliothek, seine Leiter und über jeden Menschheitstraum, jedes menschliche Bestreben lustig zu machen, nannte sie die Stelle, wo sie die Bücher stapelte, halb verächtlich »mein Fleckchen«.

»Warum nehmen Sie die Bücher nicht mit?« fragte Zuckerman.

»Nein, nein, nicht diese grandiosen Romane. Für diese Art Verführung bin ich zu alt. Warum erlauben Sie mir überhaupt, zu Ihnen in dieses Heiligtum der Kunst zu kommen? Ich bin keine ›interessante Romanfigur‹.«

»Was haben Sie in Warschau gemacht?«

»Das gleiche wie hier.«

»Jaga, wollen Sie mir denn nie eine Chance geben? Wie wär's zur Abwechslung einmal mit einer vernünftigen Antwort auf eine läppische Frage?«

»Falls Sie nach interessanten Typen Ausschau halten, über die Sie schreiben können, dann laden Sie doch eine von den anderen ein, die bei Anton angestellt sind. Die sind jünger und hübscher und alberner, die werden sich geschmeichelt fühlen, wenn Sie läppische Fragen stellen. Die haben aufregendere Dinge zu erzählen als ich. Bei denen können Sie unterm Rock landen, und die landen dann in Ihren Büchern. Falls Sie mich herumkriegen wollen – ich bin nicht daran interessiert. Ich verabscheue Sex. Widert mich an. Ich kann die Gerüche und Geräusche nicht leiden. Einmal oder zweimal mit jemandem – meinetwegen; aber wenn's darüber hinausgeht, ist es bloß noch ein schmutziges Verhältnis.«

»Sind Sie verheiratet?«

»Ja, das bin ich. Ich habe eine dreizehnjährige Tochter.

Sie lebt bei ihrer Großmutter in Warschau. Wissen Sie jetzt alles über mich?«

»Was macht Ihr Mann?«

»Was er ›macht‹? Er ist kein Graphomane wie Sie. Weshalb stellt ein intelligenter Mensch so dumme Fragen? Warum wollen Sie wissen, was andere ›machen‹? Weil Sie Amerikaner oder weil Sie so ein Graphomane sind? Falls Sie gerade ein Buch schreiben und von mir Antworten erwarten, die Ihnen dabei nützen können – Fehlanzeige! Ich bin zu borniert. Ich bin eben nur die Jaga mit ihren ›Ressentimentskis‹. Wenn Sie die Antworten, die Sie bekommen, für ein Buch benützen wollen, dann sind *Sie* borniert.«

»Ich stelle Ihnen nur zum Zeitvertreib Fragen. Ist Ihnen das zynisch genug?«

»Ich verstehe nichts von Politik. Ich interessiere mich nicht für Politik. Ich will keine Fragen beantworten, die sich auf Polen beziehen. Polen kann mir gestohlen bleiben. Zum Teufel mit alledem! Ich bin nach Amerika gegangen, um das alles hinter mir zu lassen, und ich wäre Ihnen dankbar, wenn Sie mich nicht mehr an Dinge erinnern würden, die der Vergangenheit angehören.«

An einem windigen Novemberabend, als Regen und Graupeln an die Fenster prasselten und die Temperatur unter den Nullpunkt gesunken war, wollte Zuckerman Jaga zehn Dollar für ein Taxi geben. Sie warf ihm das Geld vor die Füße und stürmte hinaus. Ein paar Minuten später kam sie zurück. Ihr schwarzer Pelzmantel war bereits durchnäßt. »Wann soll ich wieder zu Besuch kommen?«

»Das steht bei Ihnen. Wenn Sie wieder genug Ressentiments haben.«

Als ob sie ihn beißen wollte, schnappte sie plötzlich nach seinen Lippen. Am nächsten Nachmittag sagte sie: »War das erste Mal seit zwei Jahren, daß ich jemanden geküßt habe.«

»Nicht einmal Ihren Mann?«

»Nicht einmal *das* tun wir mehr.«

Der Mann, mit dem sie aus Polen geflüchtet war, war nicht ihr Ehemann. Das erfuhr Zuckerman, als Jaga zum ersten Mal die anderen Knöpfe ihrer Seidenbluse aufmachte und sich neben ihn auf die Spielmatte kniete.

»Warum bist du mit *ihm* geflüchtet?«

»Eigentlich hätte ich dir nicht einmal *das* erzählen sollen. Ich sage ›geflüchtet‹, und schon bist du ganz aufgeregt. Eine interessante Romanfigur. Das Wort ›geflüchtet‹ erregt dich mehr als mein Körper. Mein Körper ist zu mager.« Sie zog die Bluse und den BH aus und warf sie auf den Schreibtisch neben den Bücherstapel. »Mein Busen ist nicht groß genug für einen amerikanischen Mann. Das weiß ich sehr wohl. Und er hat auch nicht die richtige amerikanische Form. Du hast nicht erwartet, daß mein Körper so alt wirkt.«

»Ganz im Gegenteil – es ist ein kindlicher Körper.«

»Ja, kindlich. Sie hat unter den Kommunisten gelitten, das arme Kind – ich mache eine Romanfigur aus ihr.«

»*Mußt* du's so schwierig machen?«

»*Du* machst es so schwierig! Warum läßt du mich nicht einfach herkommen und deinen Wein trinken und Bücher ›ausleihen‹ und, wenn mir danach ist, dir einen Kuß geben? Jeder mitfühlende Mensch würde das tun. Hin und wieder solltest du an etwas anderes denken als immer bloß ans Bücherschreiben. Da...« Sie schlüpfte aus ihrem Rock, zog ihren Slip aus, drehte sich im Knien um, beugte sich nach vorn und stützte sich auf ihre Handflächen. »Da, jetzt kannst du meinen Hintern betrachten. Männer mögen das. Du kannst es von hinten mit mir treiben. Das erste Mal, und schon kannst du mit mir machen, was du willst. Alles, wozu du Lust hast, *aber stell mir bloß keine Fragen mehr.*«

»Warum haßt du es so, hier zu leben?«

»Weil ich hier ausgeschlossen bleibe! Natürlich hasse ich es, hier zu leben, du Dummkopf. Ich lebe mit einem Mann zusammen, der ausgeschlossen bleibt. Was kann er denn hier tun? Daß *ich* in einer Haarklinik arbeite, ist in Ordnung. Aber für einen Mann ist es das nicht. Wenn er einen solchen Job annähme, wäre er in einem Jahr zugrundegerichtet. Aber er ist auf *meinen* Wunsch mit mir geflüchtet, um mich vor diesem Wahnsinn zu retten, und deshalb kann ich nicht von ihm verlangen, daß er in New York Fußböden scheuert.«

»Was hat er gemacht, bevor ihr euch abgesetzt habt?«

»Du würdest es falsch verstehen, wenn ich dir das sagen würde.«

»Vielleicht verstehe ich nicht so viel falsch wie du glaubst.«

»Er hat mich vor denen gerettet, die mein Denken vergiftet haben. Jetzt muß ich ihn vor dem Exil retten. Er hat mich vor meinem Mann gerettet. Er hat mich vor meinem Liebhaber gerettet. Er hat mich vor denen gerettet, die alles zerstören, was ich liebe. Und hier in Amerika bin ich seine Augen, seine Stimme, seine Überlebenschance. Es würde ihn umbringen, wenn ich ihn verließe. Es geht nicht darum, geliebt zu werden, sondern darum, zu lieben – ob du's glaubst oder nicht.«

»Niemand hat verlangt, daß du ihn verlassen sollst.«

Jaga entkorkte noch eine Flasche Wein, die sie, während sie nackt neben ihm saß, zur Hälfte leerte. »Aber ich möchte ihn verlassen.«

»Wer ist er?«

»Ein Junge. Ein Junge, der unvernünftig war. Die gleiche Frage hat mein Liebhaber in Warschau gestellt. Er entdeckte uns in einem Café und ging wütend auf ihn zu. ›Wer sind Sie?‹ hat er den Jungen angebrüllt.«

»Und was hat der Junge geantwortet?«

»›Das geht Sie nichts an‹, hat er gesagt. Du findest das sicher nicht sonderlich heldenhaft. Ist es aber, wenn der eine halb so alt ist wie der andere.«

»Er ist mit dir geflüchtet, weil er ein Held sein wollte, und du bist mit ihm geflüchtet, weil du flüchten wolltest.«

»Und jetzt glaubst du zu verstehen, warum ich mein

Fleckchen auf deinem Schreibtisch so liebe. Jetzt glaubst du zu verstehen, warum ich mich mit deinem teuren Rotwein vollaufen lasse. ›Sie plant, ihn gegen mich einzutauschen.‹ Aber das stimmt nicht. Trotz meiner Emigrantenverletzlichkeit werde ich mich nicht in dich verlieben.«

»Gut.«

»Von mir aus kannst du alles mit mir machen, was du willst, aber verlieben werde ich mich nicht in dich.«

»Na schön.«

»Gut? Schön? Nein, in meinem Fall ist das *fabelhaft*. Weil es nämlich kaum eine andere gibt, die so anfällig dafür ist, sich in den falschen Mann zu verlieben, wie ich. In den kommunistischen Ländern halte ich den Rekord. Entweder sind es verheiratete Männer oder Mörder oder Männer wie du, bei denen es mit der Liebe vorbei ist. Freundlich, sympathisch, immer bereit, Geld und Wein zu spendieren – ansonsten aber ist man für sie nur als ›Material‹ für ein neues Buch interessant. Warmes Eis. Ich weiß Bescheid über Schriftsteller.«

»Ich frage dich nicht, wieso. Sprich nur weiter!«

»Ich weiß Bescheid über Schriftsteller. Schöne Gefühle. Sie können einen mitreißen mit ihren schönen Gefühlen. Aber wenn man nicht für sie posiert, sind ihre Gefühle schnell dahin. Sobald sie sich ein Bild von dir gemacht und es zu Papier gebracht haben, kannst du gehen. Das einzige, was sie für dich empfinden, ist Interesse.«

»Ist doch gar nicht so übel.«

»Ach ja, so viel Interesse! Schön für das Modell – solange das Interesse anhält.«

»Was hast du in Polen beruflich gemacht?«

»Hab' ich dir doch schon gesagt. Ich war Landesmeisterin in der Kunst, sich in den falschen Mann zu verlieben.« Und wieder erklärte sie sich bereit, jede Position einzunehmen, in der sie ihn sexuell erregen und befriedigen könnte. »Laß es kommen, wann du willst, du brauchst nicht auf mich zu warten. Das ist für einen Schriftsteller besser als Fragen zu stellen.«

Und was ist besser für dich? Es fiel ihm schwer, ihr den Gefallen zu tun, nicht zu fragen. Was Jaga über Schriftsteller gesagt hatte, stimmte: Von Anfang an hatte Zuckerman gehofft, daß er, falls sie ihm genug von sich erzählte, auf etwas stoßen würde, das ihn wieder zum Schreiben anspornte. Sie beleidigte ihn, sie beschimpfte ihn und manchmal wurde sie, wenn es Zeit zum Nachhausegehen war, so zornig, daß sie sich zusammennehmen mußte, um nicht auf ihn einzuschlagen. Sie wollte hilflos zusammenbrechen und gerettet werden, sie wollte tapfer sein und sich behaupten; und anscheinend haßte sie ihn vor allem deswegen, weil er merkte, daß ihr weder das eine noch das andere gelang. Zuckerman, aus den Fugen gehender Schriftsteller, bemühte sich, einen klaren Kopf zu bewahren. Bloß nicht Vergnügen und Arbeit durcheinanderbringen! Er war da, um zuzuhören. Zuhören war die einzige Behandlungsmethode, die er zu bieten hatte. Sie kommen, dachte er, und erzählen mir alles mögliche, und ich höre zu und sage dann und wann: »Ich verstehe vielleicht mehr als du glaubst« – aber eine Heilmethode für ihre Leiden habe ich den Patienten nicht zu bieten, die, gebeugt unter der Last ihres Kummers, meinen Weg kreuzen. Monströs, daß alles Leid der Welt mir insofern zustatten kommt, als es Wasser auf meine Mühle ist; daß ich, wenn jemand mir seine Geschichte erzählt, immer nur darauf aus bin, sie als *Material* zu verwenden. Aber wenn man von so etwas besessen ist, dann ist man eben besessen. Dieser Beruf hat eine dämonische Seite, von der das Nobelpreiskomitee nicht viel redet. Wäre schön, wenn man als Schriftsteller, zumal Hilfsbedürftigen gegenüber, so uneigennützig handeln könnte wie andere Leute, aber das ist leider nicht drin. Der einzige Patient, den der Schriftsteller behandelt, ist er selber.

Als Jaga gegangen war und Gloria ihm sein Abendessen gebracht hatte – und ein paar Stunden bevor er sich eine weitere Erwiderung auf Appels Ansinnen ausdachte und auf Tonband sprach –, sagte er sich: »Fang gleich heute abend damit an!« Und dann begann er alles aufzuschreiben, was ihm von dem Wortschwall in Erinnerung geblieben war, den Jaga am Nachmittag, während er auf der Spielmatte unter ihr lag, von sich gegeben hatte. Ihr Becken hatte sich so mechanisch auf und ab bewegt wie ein tickendes Instrument, wie das Pendel eines Metronoms. Leichte, unermüdliche Stoßbewegungen, regelmäßig wie Pulsschläge und von peinlicher Genauigkeit; und währenddessen hatte sie unaufhörlich geredet, mit der gleichen kalten Sinnlichkeit, mit der sie fickte – so, als ob er ein Mann wie jeder andere und als ob dies ein Akt wäre, den sie noch nicht völlig verabscheute. Er war sich vorgekommen wie ein Sträfling, der mit einem Löffel einen Tunnel gräbt.

»Ich hasse Amerika«, hatte sie gesagt. »Ich hasse New York, ich hasse die Bronx. Ich hasse den Bruckner Boulevard. In Polen gibt es in jedem Dorf mindestens zwei Renaissancebauten. Hier gibt's nur häßliche Häuser, eins neben dem andern, und Amerikaner, die einem direkte Fragen stellen. Mit niemandem kann man sich hier über geistige Dinge unterhalten. Ich hasse es, daß man hier nicht arm sein darf.« Ticktack. Ticktack. Ticktack. »Du hältst mich für morbid und psychopathisch. Die verrückte Jaga. Du denkst, ich sollte wie eine Amerikanerin sein – typisch amerikanisch: energisch, positiv, talentiert. Wie alle diese intelligenten amerikanischen Mädchen mit ihrer Überzeugung: ›Ich kann Schauspielerin werden; ich kann Dichterin werden; ich kann eine gute Lehrerin werden. Ich denke positiv, ich entwickle mich weiter – in meinen Entwicklungsjahren habe ich mich nicht weiterentwickelt, aber jetzt entwickle ich mich weiter.‹ Du denkst, ich sollte eine dieser ach so netten, langweiligen Amerikanerinnen werden, die so naiv daran glauben, daß es nur darauf ankommt, gut und energisch und talentiert zu sein. ›Wie ist es möglich, daß ein Mann wie Nathan Zuckerman zwei Wochen lang in mich verliebt ist und mich dann plötzlich sitzenläßt? Ich bin doch so gut und energisch und talentiert und positiv und entwicklungsfähig – wie *kann* das nur möglich sein?‹ Keine Sorge, ich bin *nicht* so naiv – ich kann in mein Dunkel zurückkehren. Aber wenn *die* etwas Dunkles hinter sich haben, wird es ihnen vom Psychiater erklärt, und dann gehört es für sie zum seelischen Gesundungsprozeß. Selbstverwirklichung. Sich weiter entwickeln. Das kaufen sie ihm ab. Und manche von ihnen, die besonders Talentierten, verkaufen es weiter. ›Aus der Beziehung, die ich hatte, habe ich etwas gelernt. Das hilft mir, reifer zu werden.‹ Wenn es in ihrem Leben etwas Dunkles gibt, dann ist es etwas nettes Dunkles. Wenn einer mit ihnen schläft, lächeln sie. Und sie machen es fabelhaft.« Ticktack. »Sie machen es wundervoll.« Ticktack. »Warm und zärtlich machen sie's.« Ticktack. »Sie machen's *liebevoll*. Ich bin nicht mit diesem schönen amerikanischen Optimismus gesegnet. Ich kann's nicht ertragen, jemanden zu verlieren. Ich *kann* es nicht ertragen. Und ich lächle nicht. Und ich entwickle mich nicht weiter. Ich verschwinde!« Ticktack. Ticktack. »Nathan, hab' ich dir schon erzählt, daß ich vergewaltigt wurde? An dem Tag, an dem es so geregnet hat, als ich hier wegging.« »Nein, das hast du mir nicht erzählt.« »Ich wollte im Regen zur U-Bahn gehen. Ich war betrunken. Ich dachte, ich würde den Weg nicht schaffen – ich war so betrunken, daß ich nicht mehr richtig laufen konnte. Ich wollte ein Taxi herbeiwinken, um mich zur U-Bahn-Station fahren zu lassen. Und da hielt diese Limousine. Ich kann mich nicht genau erinnern. Es war der Fahrer. Ich weiß noch, daß er ebenfalls einen polnischen Namen hatte. Im Auto muß ich Mattscheibe gehabt haben. Ich weiß nicht einmal, ob ich irgend etwas Aufreizendes getan habe. Er fuhr und fuhr und fuhr. Ich dachte, er fährt mich zur U-Bahn. Dann hat er gehalten und gesagt, er bekäme zwanzig Dollar von mir. Aber ich hatte keine zwanzig Dollar bei mir. Ich sagte: ›Ich kann Ihnen nur einen Scheck geben.‹ Er sagte: ›Woher soll ich wissen, ob der Scheck gedeckt ist?‹ Ich sagte: ›Sie können ja meinen Mann anrufen.‹ Das hätte ich bestimmt nicht gesagt, wenn ich nicht so betrunken gewesen wäre. Und dann habe ich ihm deine Nummer gegeben.« »Wo seid ihr zu diesem Zeitpunkt gewesen?« »Irgendwo. Auf der West Side, glaube ich. Er hat gesagt: ›Okay, rufen wir Ihren Mann an. Da drüben ist ein Restaurant, da können wir telefonieren.‹ Ich bin hineingegangen, aber da war kein Restaurant, bloß ein Treppenhaus. Und da hat er mich auf den Boden gezerrt und mich vergewaltigt. Danach hat er mich zur U-Bahn gefahren.« »War es gräßlich für dich oder war es dir egal?« »Aha, du sammelst ›Material‹. Es war mir egal. Ich war zu betrunken, um etwas zu empfinden. Danach hatte er Angst, ich würde die Polizei verständigen. Weil ich ihm damit drohte. Ich sagte: ›Sie haben mich vergewaltigt, und dafür werden Sie büßen! Ich bin nicht aus Polen nach Amerika gekommen, um mich hier von einem Polen vergewaltigen zu lassen.‹ Worauf er sagte: ›Es gibt Hunderte von Männern, mit denen du's getrieben haben könntest. Niemand würde dir glauben.‹ Ich hatte gar nicht vor, zur Polizei zu gehen – die hätten mir ja doch nicht geglaubt. Ich wollte ihm bloß klarmachen, daß er etwas Abscheuliches getan hatte. Er war ein Weißer, er hatte einen polnischen Namen, er sah gut aus und war jung – weshalb also? Was treibt einen Mann dazu, eine Betrunkene zu vergewaltigen? Was für ein Lustgefühl kann ihm das denn verschaffen? Auf der Fahrt zur U-Bahn-Station hat er gefragt, ob ich okay bin und in den Zug einsteigen kann. Dann hat er mich sogar zum Bahnsteig hinunterbegleitet und mir eine Münze gekauft.« »Sehr großzügig.« »Und er hat nicht bei dir angerufen?« »Nein.« »Tut mir leid, Nathan, daß ich ihm deine Nummer gegeben habe.« »Macht nichts.« »Diese Vergewaltigung war mir ziemlich gleichgültig. Ich bin nach Hause gegangen und habe mich gewaschen. Aber zu Hause fand ich eine Postkarte vor. Von meinem Warschauer Liebhaber. Und da sind mir die Tränen gekommen. *Das* war mir nicht gleichgültig. Mir eine Postkarte zu schicken! Endlich schreibt er – aber bloß eine Postkarte! Als ich sie gelesen hatte, sah ich plötzlich mein Elternhaus vor mir, mein Elternhaus vor dem Krieg – alles sah ich vor mir, was für immer dahin ist. In deinem Land geht es vielleicht gesitteter zu als in Polen, aber auch wir, auch *wir*... Kommt's dir jetzt?« »Auch wir...?« »Auch wir hätten etwas Besseres verdient als *das*. Fast von Anfang an ist mein Leben nicht in normalen Bahnen verlaufen. Ich bin kein ›normaler‹ Mensch. Ich hatte einmal ein kleines Kind, das mir gesagt hat, daß ich gut rieche und daß meine Fleischklopse die besten in der Welt sind. Auch das ist vorbei. Jetzt habe ich nicht einmal mehr ein halbes Zuhause. Jetzt habe ich gar kein Zuhause mehr. Ich will damit nur sagen: Wenn du es einmal satt hast, mich zu bumsen, dann werde ich das einsehen. Aber bitte...«, sagte sie – genau in dem Moment, als ihm sein Körper wieder einmal einen Streich spielte und ohne jede Vorwarnung explodierte – »... bitte laß uns dann wenigstens gute Freunde bleiben.«

Und jetzt kämpfte er gegen die Nachwirkungen dessen an, was er mit Jaga hatte trinken und mit Gloria hatte rauchen müssen. Er rappelte sich hoch, setzte sich auf seinen Stuhl und versuchte – das aufgeschlagene Notizheft auf dem Schreibbrett und den orthopädischen Kragen um den Hals – das, was er immer noch nicht herausgefunden hatte, zu erfinden. Er verglich sein kleines Exil mit Jagas Exil. Und ihres mit dem Exil Dr. Kotlers. Solche Exile sind auch eine Krankheit. Entweder ist sie in zwei, drei Jahren überstanden oder sie wird chronisch und man leidet zeitlebens daran. Er versuchte, sich ein Bild von Polen, einer Tochter und einer Postkarte zu machen, als könnte er seine Heilung herbeiführen, wenn er begänne, Geschichten zu schreiben, die überhaupt nichts mit seinem eigenen Leben zu tun hatten. *Jagas Leiden*.

Aber er brachte nichts zustande. Daß überall auf der Welt Menschen weinen, weil sie Folterqualen, Grausamkeiten, schmerzliche Verluste und die Vernichtung ihrer Existenz erleiden müssen, bedeutete nicht, daß er sich ihre Lebensgeschichten aneignen konnte, so aufwühlend und ungeheuerlich sie ihm auch im Vergleich zu seinen trivialen Problemen erschienen. Als Schriftsteller kann man sich von einer Geschichte genauso packen lassen wie als Leser, aber Leser sind keine Schriftsteller. Der Mut der Verzweiflung hilft einem auch nicht weiter: Eine Geschichte kann man nicht in einer einzigen Nacht vollenden, auch wenn man sie in einem Zug niederschreibt. Außerdem: Wenn Nathan Zuckerman über etwas schriebe, das er nicht aus eigener Erfahrung kannte, wer sollte dann über das schreiben, was er aus eigener Erfahrung wußte?

Aber was *wußte* er denn? Das Thema, das er beherrscht und das seine Gefühle versklavt hatte, war dahin. Jagas Geschichten waren nicht seine Geschichten, und seine Geschichten waren auch nicht mehr seine.

Um sich darauf vorzubereiten, die Spielmatte zu verlassen und die Achthundert-Meilen-Reise nach Chicago anzutreten (nachdem er seit einem Jahr nicht weiter weg gewesen war als drüben in Long Island, um sich den Schmerzdämpfer zu besorgen), verbrachte Zuckerman fünfzehn Minuten unter der neuen Hundert-Dollar-Duschtrommel, die dem Benutzer, wie die Firma Hammacher Schlemmer garantiert hatte, die Schmerzen mittels heißen Wassers austreiben würde. Was herauskam, war bloß ein schwaches Getröpfel. Vermutlich war gerade irgendwo in dem alten Sandsteinhaus eine Spülmaschine in Betrieb, oder jemand ließ Wasser in die Badewanne laufen. Als Zuckerman aus der Dusche kam, war er zwar krebsrot, aber wohler fühlte er sich nicht. Wenn das Wasser genug Druck hatte und vorschriftsmäßig auf ihn herabprasselte, fühlte er sich nach dem Duschen allerdings auch nicht wohler. Er wischte den Beschlag vom Spiegel des Medizinschränkchens und betrachtete seinen geröteten Körper. Nichts wies auf einen gehässigen organischen Widersacher hin. Kein Stigma war zu entdecken. Nur daß sein Oberkörper, auf den er früher stolz gewesen war, noch genauso schwächlich aussah wie nach dem regulären morgendlichen Duschbad, das seine im Bett steifgewordenen Muskeln wieder lockern sollte. Auf den Rat des Physiotherapeuten stellte er sich dreimal täglich unter die kochend heiße Brause. Durch die Hitze und das kräftige Trommeln der Wasserstrahlen sollte die Verkrampfung gelöst und ein Gegenreiz gegen seine Schmerzen erzeugt werden. »Hypalgesie«. Genau das sollten auch die Akupunkturnadeln bewirken und die Eisbeutel, die er sich nach dem Duschen auflegte – und der Plan, vom Dach des Stanhope-Hotels zu springen.

Beim Abtrocknen tastete er sich mit den Fingerspitzen ab, bis er ungefähr in der Mitte des oberen linken Trapezmuskels die Stelle fand, an der die Schmerzen am ärgsten waren; dann die überempfindliche Stelle oberhalb der Dornfortsätze und rechts vom dritten Halswirbel; und dann die Stelle am Sehnenansatz des linken Bizeps, wo er, wenn er den Arm bewegte, die schlimmsten Schmerzen hatte. Die Muskeln zwischen der achten und neunten Rippe taten jedenfalls nicht mehr so weh wie vor zwei Stunden, als er sie das letzte Mal abgetastet hatte, und der dumpfe Schmerz im linken Deltamuskel war einigermaßen erträglich – jedenfalls nicht schlimmer als bei einem Baseballpitcher, der an einem kalten Septemberabend neun *innings* geschlagen hat. Wenn ihm lediglich der Deltamuskel weh täte, dann könnte er als glücklicher Mensch durchs Leben gehen. Wenn er doch irgendwie mit der »Quelle aller Schmerzen« einen Vertrag schließen und sich – wenn's sein mußte auf Lebenszeit – verpflichten könnte, die Trapezmuskelschmerzen *oder* die Halswirbelbeschwerden auf sich zu nehmen – irgend*eines* aus der Vielzahl der Symptome, unter der Bedingung, dafür von allen anderen Beschwerden befreit zu sein...

Zum zweiten Mal an diesem Morgen sprühte er den Nackenansatz und den Schultergürtel mit Äthylenchlorid ein (Geschenk seines letzten Chiropraktikers). Er legte sich den Stützkragen (angepaßt von seinem Neurologen) wieder um den Hals. Beim Frühstück hatte er eine Percodan (ihm nur ungern von seinem Rheumatologen verschrieben) eingenommen und mit sich selber – feiger

Leidender gegen gewissenhaften Erwachsenen – darüber debattiert, ob er schon wieder eine Tablette schlukken sollte. Monatelang hatte er versucht, sich jeden zweiten Tag auf vier Percodantabletten zu beschränken, um nicht davon abhängig zu werden. Kodein machte ihn schläfrig und verursachte Verstopfung, Percodan hingegen halbierte die Schmerzen und verschaffte ihm zudem durch die leicht aufputschende Wirkung ein dumpfes Gefühl des Wohlbefindens. Percodantabletten einzunehmen war für Zuckerman das gleiche wie Steine zu lutschen für Becketts Molloy: Ohne sie konnte er nicht weitermachen.

Obwohl sein früheres Ich ihn dringend davor warnte, hatte er nichts mehr dagegen, schon so früh am Tag an einer Marihuanazigarette zu ziehen: Achthundert Meilen zu reisen, war zu nervenaufreibend, um sich anders zu entscheiden. Er hatte ein Dutzend Joints griffbereit im Eierfach des Kühlschranks liegen und bewahrte eine Unze Marihuana (von Diana aus dem Arzneimittelvorrat des Finch College besorgt) in Plastik verpackt im Butterfach auf. Einen tiefen Zug falls er ein Taxi bekam, in dem er nicht durcheinandergerüttelt wurde: Die Taxis, in denen er mit seiner Nackenstütze fuhr, schienen samt und sonders importierte Gebrauchtwagen eines Taxiunternehmens in Brazzaville zu sein. Obzwar er sich nicht darauf verlassen konnte, daß Marihuana ähnlich schmerzlindernd wirkte wie Percodan, verhalfen ihm ein paar Züge zumindest dazu, daß er manchmal eine halbe Stunde lang nicht mehr ausschließlich an seine Schmerzen dachte. Bei der Ankunft am Flughafen würde die zweite Percodantablette (die er trotz allem Wenn und Aber geschluckt hatte) ihre Wirkung tun, und während des Flugs würde ihm das, was von dem Joint noch übrig war, weiterhelfen. Noch zwei rasche Züge – nach dem ersten tiefen Zug –, dann drückte er die Zigarette vorsichtig aus und legte sie in eine Streichholzschachtel, die er in seine Jackentasche steckte.

Er packte seinen Koffer: grauer Anzug, schwarze Schuhe, schwarze Socken. Von der Innenseite der Schranktür nahm er einen seiner gedeckten Seidenschals, aus der Kommode eines seiner blauen Buttondown-Hemden. Die Uniform für das Vorstellungsgespräch in der Medical School – für alle öffentlichen Auftritte seit fast fünfundzwanzig Jahren. Zur Bekämpfung des Haarausfalls packte er die Hormontropfen, die rosa Lotion Nr. 7, eine Flasche mit Antons speziellem Konditionierungsbalsam und eine Flasche seines Shampoos ein, zur Schmerzbekämpfung den elektronischen Schmerzdämpfer, drei verschiedene Arten Tabletten, eine versiegelte Sprühflasche Äthylenchlorid, seinen großen Eisbeutel, zwei Heizkissen (das schmale, das er sich wie eine Schlinge um den Hals und das lange schwere, das er sich über die Schultern legen konnte) sowie die elf übrigen Joints aus dem Kühlschrank und eine mit seinem Monogramm verzierte silberne Tiffany-Taschenflasche (Geschenk von Gloria Galanter), die er bis zur

Tülle mit hochprozentigem russischem Wodka gefüllt hatte (Geschenk der Firma ihres Ehemannes Marvin: eine Kiste Stolichnaja und eine Kiste Champagner zu Nathans vierzigstem Geburtstag). Zuletzt packte er Dr. Kotlers Kissen ein. Früher hatte er immer bloß einen Füller, einen Schreibblock und ein Buch als Reiselektüre nach Chicago mitgenommen.

Telefonisch verabschieden wollte er sich erst vom La Guardia-Flughafen aus. Oder lieber überhaupt nicht. Keine seiner Frauen hätte ihm lange in den Ohren liegen müssen, um ihn zurückzuhalten, schon gar nicht, wenn er an die Taxis aus Brazzaville und die Schlaglöcher auf dem East River Drive und die unvermeidliche Verzögerung im Flughafen dachte. Angenommen, er mußte sich anstellen. Angenommen, er mußte seinen Koffer ins Flughafengebäude tragen. Es war ihm heute morgen schon schwer gefallen, die Zahnbürste bis zum Mund zu heben. Und das Koffertragen würde nur der Anfang all dessen sein, was er nicht schaffen konnte. Sechzehn Stunden organische Chemie? Zwölf Stunden Biologie? Acht Stunden Physik? Er begriff ja nicht einmal die Artikel in *Scientific American*. Seine mathematischen Kenntnisse reichten nicht einmal zum Verständnis der Firmenbilanzberichte in *Business Week*. Ein naturwissenschaftliches Studium? Das konnte doch nicht sein Ernst sein!

Zudem war er sich nicht ganz sicher, ob er noch voll zurechnungsfähig war oder bereits jenes Stadium chronischen Leidens erreicht hatte, das man »hysterische Suche nach Wunderheilung« nennt. Vielleicht ging es bei dieser Reise nach Chicago um nichts anderes als eine läuternde Pilgerfahrt zu einem geheiligten Ort. Wenn ja, dann Vorsicht! Dann war es nicht mehr weit zur Astrologie. Schlimmer noch: zum christlichen Glauben. Gib dem Lechzen nach medizinischen Wundern nach, und du wirst dich bis an die äußerste Grenze menschlicher Torheit tragen lassen, bis zum absurdesten aller Hirngespinste einer leidenden Menschheit: den Evangelien, dem Kissen unseres führenden Dolorologen, des Voodoo-Heilers Dr. Jesus Christus.

Um seinen Muskeln nach dem anstrengenden Kofferpacken etwas Ruhe zu gönnen und um wieder genug Mut für den Flug nach Chicago aufzubringen – beziehungsweise um sich aus den Fängen der verrückten Idee zu befreien, die ihn vielleicht *zwingen* würde, zu fliegen (nämlich vom Dach des Stanhope-Hotels hinunter) – legte er sich im dunklen Kubus seines Schlafzimmers auf das ungemachte Bett. Das Zimmer ging auf den schachtartigen Hinterhof hinaus. In der ansonsten hübschen und komfortablen Wohnung war dies der einzige düstere Raum: zu klein, schlecht beheizt, fast so wenig Tageslicht wie in einer Krypta. Die beiden Fenster, die nicht geputzt werden konnten, waren durch Gitter gegen Einbrecher gesichert. Das seitliche Fenster wurde vom Stamm des absterbenden Baumes im Hinterhof noch mehr verdunkelt, und das hintere Fenster war halb verdeckt von einer Klimaanlage. Auf dem Teppich ringelte sich ein Gewirr von Verlängerungsschnüren: für den elektronischen Schmerzdämpfer und die Heizkissen. Auf dem Nachttisch hatte sich bereits die Hälfte von Zuckermans Küchengläsern angesammelt (Wasser zum Tablettenschlucken), daneben lagen das Gerät zum Zigarettendrehen und ein Päckchen Zigarettenpapier. Auf einem Papierhandtuch waren grüne Cannabiskrümel verstreut. Die beiden Bücher, die aufgeschlagen aufeinanderlagen, stammten aus einem Antiquariat des Londoner Strand: ein 1920 erschienenes englisches Lehrbuch der Orthopädie, das furchterregende Operationsfotos enthielt, und Grays vierzehnhundert Seiten umfassende *Anatomy* in der Ausgabe von 1930. Seit Monaten las Zuckerman medizinische Bücher, aber nicht, um für ein Zulassungskomitee zu büffeln. Der eingebuchtete Rechtsanwalt stapelt seine abgegriffenen Fachbücher unter dem Bett und an der Zellenwand; desgleichen der Patient, der eine Strafe abbrummen muß, zu der er, wie er glaubt, fälschlicherweise verurteilt wurde.

Der Kassettenrecorder, den Zuckerman neben sich liegen hatte, als er um vier Uhr morgens eingeschlafen war, lag noch auf der unbenützten Hälfte des Doppelbettes. Desgleichen die Akte Milton Appel, die er in der Nacht an Stelle von Diana umklammert gehalten hatte. Er hatte Diana angerufen und sie gebeten, zu ihm zu kommen, nachdem Gloria nach Hause zu Marvin gegangen, Jaga unter Tränen in die Bronx zurückgefahren war und er – abwechselnd auf dem Stuhl und auf dem Fußboden – versucht hatte, sich aufgrund von Jagas Hinweisen eine Geschichte auszudenken, die *ihre* und nicht *seine* Geschichte war. Hoffnungslos – nicht nur wegen des Pots und des Wodkas. Wenn du deinem eigenen Ich entfliehst, kannst du kein Schriftsteller sein, denn was dich bewegt, weiterzumachen, ist die persönliche Komponente. Und wenn du dich noch länger an die persönliche Komponente klammerst, wirst du bald in deinem eigenen Arschloch verschwunden sein. Dante ist dem Inferno leichter entkommen, als du Zuckerman-Carnovsky entfliehen kannst. Du willst nicht Jagas Warschau schildern sondern das, *wofür* ihr Warschau steht: Leiden, die nicht halb komisch sind; eine ganze Leidensgeschichte statt deiner Nackenschmerzen. Krieg, Zerstörung, Antisemitismus, Totalitarismus, Literatur, von der das Schicksal einer Kultur abhängt, schriftstellerische Arbeit inmitten des Umbruchs, ein Märtyrertum, das einigermaßen sinnvoll ist – sinnvoller jedenfalls, als Gast in der Dick Cavett-Show zu sein und das Cocktailpartygeplauder ertragen zu müssen. Gekettet an Selbstzweifel. Gekettet an Erinnerungen. Gekettet an mein eigenes kleines Drama bis ich sterbe. Jetzt Geschichten über Milton Appel schreiben? Geschichten über meinen Haarausfall? Bloß das nicht! Von mir aus über anderer Leute Haare, aber nicht über meine. »Diana, komm herüber und bleib heute nacht bei mir!« »Nein.« »Warum nicht? Warum nicht?« »Weil ich dir nicht zehn Stunden hintereinander auf deiner Spielmatte einen blasen möchte, um dich dann weitere zehn Stunden lang auf Milton Appel schimpfen zu hören.« »Das ist doch alles vorbei.« Aber sie hatte schon aufgelegt: Er war einer ihrer gräßlichen Männer geworden.

Er schaltete den Kassettenrecorder ein und spulte um. Dann schaltete er auf »Play«. Als er seine Stimme hörte – gespenstisch und leiernd, weil der Hörkopf defekt war –, dachte er: Ebensogut hätte ich auf »Regress« schalten können. Mit mir geht's rückwärts.

»Sehr geehrter Professor Appel«, leierte seine Geisterstimme, »mein Freund Ivan Felt hat mir Ihr an ihn gerichtetes sonderbares Ersuchen zugesandt, mich aufzufordern, einen Leserbrief betreffs Israel zu schreiben. Vielleicht war es gar nicht so sonderbar. Vielleicht haben Sie Ihre Meinung über mich und die Juden geändert, seit Sie Elsa Stromberg auf den Unterschied zwischen Antisemiten wie Goebbels (mit dessen Schriften sie meine Werke auf der Leserbriefseite des *Inquiry* verglichen hatte) und Antisemiten wie Zuckerman hinwiesen, der ›uns bloß nicht leiden kann‹. Das war ein äußerst gütiges Zugeständnis.«

Er drückte »Stop«, dann »Fast Forward«, dann wieder »Play«. So dämlich, wie er auf diesem Tonband klang, *konnte* er doch nicht sein! Das Problem war die Bandlaufgeschwindigkeit.

»Sie schreiben an Felt, daß wir ›erwachsenen Menschen‹ uns nichts vormachen sollten (den Studenten können wir ruhig etwas vormachen) bezüglich des Unterschieds ›zwischen einer Romanfigur und dem Autor‹. Aber steht das denn nicht im Widerspruch zu...«

Er lag da und hörte zu, bis das Band abgelaufen war. Jeder, der sagt: »Aber steht das denn nicht im Widerspruch zu...«, sollte erschossen werden. Sie sagten, ich hätte gesagt. Er sagte, Sie hätten gesagt. Sie sagte, ich hätte gesagt, Sie hätten gesagt. Und das alles in diesem leiernden, pedantischen, gespenstischen Ton. Mein künstlerisches Leben.

Nein, Streit war nicht das, was er jetzt nötig hatte. Was er dringend nötig hatte, war eine Versöhnung, aber nicht mit Milton Appel. Er konnte es immer noch nicht fassen, daß er sich mit seinem Bruder entzweit hatte. Sicher, so etwas kann passieren, aber wenn man von Familien hört, in denen Brüder nicht mehr miteinander sprechen, dann kommt einem das so furchtbar, so borniert vor, daß man es kaum für möglich hält. Er konnte nicht glauben, daß Henry ein Buch tatsächlich für eine Mordwaffe hielt. Einen derart bornierten Standpunkt konnte ein so intelligenter Mensch wie Henry doch nicht vier Jahre lang vertreten. Vielleicht wartete er nur darauf, daß Nathan als der Ältere ihm schreiben oder ihn anrufen würde. Zuckerman konnte einfach nicht glauben, daß Henry, sein kleiner Bruder, der stets ungemein freundlich und aufmerksam gewesen war und schon immer ein zu großes und zu gutes Herz gehabt hatte, Jahr um Jahr nur noch Haß auf ihn empfand.

Ohne einen Beweis dafür zu haben, sah Zuckerman in Carol seinen wahren Feind. Ja, sie verstanden sich darauf, zu hassen, diese verhuschten Typen, die einem nie direkt in die Augen schauen konnten. Laß die Finger von ihm, hatte sie Henry gesagt, sonst landest du als Karikatur in einem Buch – und ich und die Kinder ebenfalls. Vielleicht war aber auch das Geld der Grund. Wenn Verwandte sich so entzweien, dann gewöhnlich nicht aus literarischen Gründen. Carol ärgerte sich darüber, daß die halbe Hinterlassenschaft von Henrys Eltern an Nathan gegangen war: Nathan, dem die *Diffamierung* seiner Wohltäter eine Million eingebracht hatte, waren hunderttausend Dollar (nach Abzug der Erbschaftssteuer) zugeflossen! Nein, nein, das sah Carol nicht ähnlich. Carol war eine liberale, gewissenhafte, wohlmeinende Frau, die stolz darauf war, keine Vorurteile zu haben. Aber wenn es für Henry keinen Hinderungsgrund gab, warum hatte er dann seinem Bruder nicht einmal zum Geburtstag gratuliert? Seit seinem ersten Jahr im College war Nathan an seinem Geburtstag von Henry angerufen worden. »Na, Natey, wie fühlt man sich denn mit siebzehn?« Mit fünfundzwanzig. Mit dreißig. Auf die Frage: »Mit vierzig?« hätte Zuckerman gesagt: »Ich würde mich wohler fühlen, wenn wir den ganzen Quatsch vergessen und uns zum Lunch treffen würden.« Aber der wichtigste aller Geburtstage war gekommen und vergangen ohne einen Telefonanruf oder eine Karte oder ein Telegramm von Nathans letztem Familienangehörigen.

Bloß Marvins Champagner am Vormittag und Marvins Ehefrau am Nachmittag. Und am frühen Abend die betrunkene Jaga, die das Gesicht auf die Spielmatte gepreßt, ihm ihr Hinterteil hingehalten und gerufen hatte: »Nagle mich, nagle mich ans Kreuz mit deinem jüdischen Schwanz!« – während Zuckerman noch immer darüber nachgrübelte, wer törichter gewesen sei: Henry, weil er versäumt hatte, diesen Meilenstein im Leben seines Bruders zum Anlaß zu nehmen, den Waffenstillstand zu erklären, oder er selber, weil er erwartet hatte, sein vierzigster Geburtstag würde Henry ganz automatisch von dem befreien, was es bedeutete, Nathan Zukkerman zum Bruder zu haben.

Er hob den Hörer des Nachttischtelefons ab, war aber zu erschöpft, um auch nur eine Zahl der Vorwahlnummer wählen zu können. Das war ihm früher auch schon passiert, wenn er drauf und dran gewesen war, Henry anzurufen. Die eigene Sentimentalität ging ihm genauso auf die Nerven wie die Rechtschaffenheit Henrys und Carols. Nein, beides zusammen konnte er nicht haben – nicht *diesen* Bruder und *dieses* Buch.

Die Nummer, die er dann wählte, war Jennys Nummer. Ein Anruf bei jemandem, dem er – bislang – noch keine Erklärung schuldig war.

Er ließ es klingeln. Sie war vermutlich mit ihrem Zeichenblock im Obstgarten, um Schneewehen zu zeichnen, oder mit ihrer Axt im Schuppen, um Holz zu hacken. Tags zuvor hatte er einen Brief aus Bearsville erhalten, einen langen, bezaubernden Brief, in dem sie schrieb: »Ich habe das Gefühl, du bist nahe daran, etwas Verrücktes zu tun«, und den er immer wieder zur Hand nahm, um sich zu vergewissern, daß sie wirklich geschrieben hatte, »etwas Verrücktes zu tun« und nicht »verrückt zu werden«. Sich nach einem *echten* Nervenzusammenbruch wieder aufraffen zu müssen, wäre schrecklich. Das könnte so lange dauern wie ein Medizinstudium. Noch länger. Selbst nach der Auflösung seiner Ehen – ein dreimaliger Schiffbruch, den er immer noch nicht mit einem so ordentlichen Menschen, wie er es war, in Einklang bringen konnte –, war er weder verrückt geworden noch unter die Räder gekommen. Er hatte, so schlimm es auch gewesen war, jedesmal einen klaren Kopf behalten und weitergemacht, bis sich eine neue Verbindung ergab und die alten Verhältnisse wiederhergestellt waren. Erst während des letzten halben Jahres war sein Talent, ein stetiges, regelmäßiges Leben zu führen, durch erschreckende Anfälle von Verwirrung allmählich untergraben worden, und die Ursache dafür waren nicht nur die Schmerzen. Es kam auch daher, daß er kein Buch aufzupäppeln hatte, das wiederum ihn aufpäppeln konnte. Früher hatte er sich gar nicht vorstellen können, daß er es auch nur eine Woche aushalten würde, ohne etwas zu schreiben. Er hatte sich oft gefragt, wie die Milliarden Menschen, die sich nicht schriftstellerisch betätigen, den täglichen Wirbelsturm ertragen können – alles, was auf sie einstürmt, diese Übersättigung des Gehirns, und noch so wenig davon bekannt oder benannt. Wenn er keine hypothetischen Zuckermans züchtete, hatte er so wenig Möglichkeiten, seine Existenz zu entziffern, wie ein Hydrant. Aber entweder war keine Existenz mehr da, die es zu entziffern galt, oder er hatte nicht mehr genug Vorstellungskraft, um das, was aus seiner Existenz geworden war, in seine Prosa der scheinbaren Selbstenthüllung umzuformen. Ein rhetorisches Polster war nicht mehr da; er war gefesselt und geknebelt von nackten Tatsachen, reduziert auf sein nicht hypothetisches wahres Selbst. Er konnte nicht mehr so tun, als wäre er jemand anderer, und als Medium für seine Bücher existierte er nicht mehr.

Atemlos vom Rennen meldete sich Jenny, als das Telefon zum fünfzehnten Mal geläutet hatte, aber Zuckermann legte sofort auf. Wenn er ihr gesagt hätte, wohin er reisen wollte, dann hätte sie wahrscheinlich, genau wie Diana, versucht, ihn davon abzubringen. Jetzt, da es endlich einen Lichtblick für ihn gab, würden alle versuchen, ihn davon abzubringen. Jaga würde ihn – in ihrem dumpfen Akzent – mit polnischer Verzweiflung überschütten. »Du willst wie die Leute sein, die glühend nach etwas ganz Gewöhnlichem streben. Du willst schöne bürgerliche Gefühle haben. So, wie manche Menschen Verbrechen gestehen, die sie gar nicht begangen haben, so möchtest du Arzt werden. Hallo, Dostojewski! Sei doch nicht so banal!« Gloria würde lachen und etwas Komisches sagen: »Vielleicht solltest du ein Kind haben.

Ich werde Bigamistin, dann schaffen wir uns eines an. Marvin hätte bestimmt nichts dagegen – er liebt dich mehr als ich.« Die wirklich lebenskluge Jenny aber würde ihn tatsächlich dazu bringen, seinen Plan aufzugeben. Er verstand eigentlich gar nicht, warum sie sich immer noch um ihn kümmerte. Und warum die anderen drei sich noch um ihn kümmerten. Für Gloria war es vermutlich eine willkommene Abwechslung, jede Woche ein paar Nachmittage bei ihm zu verbringen und sich in ihrem winzigen »Lendenschurz« zu räkeln. Und Diana, die angehende Matadorin, wollte halt *alles* einmal ausprobieren. Und Jaga brauchte eine Zufluchtsstätte irgendwo zwischen Antons Klinik und ihrem Zuhause, das kein Zuhause war – und etwas Besseres als seine Spielmatte hatte sie leider noch nicht finden können. Aber warum gab sich Jenny noch mit ihm ab? Jenny war der langen Reihe vernünftiger Ehefrauen zuzuzählen, Schriftstellerfrauen, die sich darauf verstanden, die schauderhafte Paranoia und den Mißmut eines Schriftstellers so geschickt wie ein Sprengstoffexperte zu entschärfen und die im Arbeitszimmer üppig sprießenden widersprüchlichen Wünsche regelmäßig zu beschneiden – wunderbare Frauen, die einem nie die Eier abbeißen würden, wunderbare, vernünftige, zuverlässige Frauen, die pflichtbewußten Töchter aus Familien mit eigenen Problemen, mustergültige Frauen, von denen *er* sich dann scheiden ließ. Was willst du mit deinem Alleingang beweisen, wo es doch Jenny mit ihrer ungeheuren Bereitwilligkeit und ihrem unverzagten Herzen gibt?

Bearsville, N. Y.
Frühes Pleistozän

Lieber Nathan,

ich bin gut bei Kräften und zuversichtlich und pfeife – wie so oft, wenn ich mich wohlfühle – Marschlieder, und Du wirst immer verzagter. Auf Deinem Gesicht ist derzeit ein Ausdruck, der nur nach dem Geschlechtsverkehr verschwindet, und auch dann bloß für fünf Minuten. Ich habe das Gefühl, Du bist nahe daran, etwas Verrücktes zu tun. Ich weiß das, weil etwas in mir ist, das sich Deiner Natur anpaßt (das klingt obszöner als es tatsächlich ist). Es gibt vieles, was Du nicht zu tun brauchst, um mich zu befriedigen. Meine Großmutter (von der ich Dir ausrichten soll, daß sie Mantelgröße 16 hat), pflegte zu sagen: »Ich wünsche dir nur, daß du glücklich wirst«, und das hat mich jedesmal geärgert. Damals habe ich mir mehr *gewünscht als nur glücklich zu sein. Wie fade! Später ist mir der tiefere Sinn aufgegangen, der darin und in der schlichten Gutherzigkeit überhaupt liegt. Du hast ein Mädchen gefunden, das Du glücklich machen könntest. Ich bin so eine Natur – falls es Dich interessiert.*

Ich habe Dir nie erzählt, daß ich nach meiner Rückkehr aus Frankreich, als ich so durcheinander war, zu einem Psychoanalytiker gegangen bin. Er sagte mir, daß Männer und Frauen mit besonders heftigem Sexualtrieb oft zu extremen Formen der Verdrängung neigen; wäre ihr Sexualtrieb weniger stark, dann wären sie wohl eher bereit, das Tier in sich freizulassen. Dies als weitere Erklärung dafür, was ich damit meine, daß etwas in mir Deiner Natur angepaßt ist. (Was das Erotische angeht, so treffen wir Frauen schon frühzeitig die Entscheidung, ob wir Priesterin oder Opfer sein wollen. Und wir halten uns daran. Aber mitten in unserer Laufbahn sehnen wir uns danach, umzusatteln – und genau diese Chance hast Du mir mit den tausend Dollars geboten, die ich bei Bergdorf ausgegeben habe. Dies zur weiteren Erklärung.)

Eingeschneit. 10 Zoll Neuschnee auf den 12 Zoll von gestern nacht. Für heute vorhergesagte Höchsttemperatur auf diesem Berg: Null. Uns steht eine nette neue Eiszeit bevor. Ich male sie. Fremdartig und lunar. Bin darauf gefaßt, im Spiegel zu sehen, daß mir Säbelzähne gewachsen sind. Lebst Du noch, geht's Dir gut, wohnst Du noch in New York? Ich habe es bezweifelt, als wir am Montag miteinander telefonierten. Ich legte auf und dann dachte ich an Dich wie an jemanden, den ich früher einmal gekannt habe. Ist Milton Appel wirklich das letzte Wort? Wir sollten ihn Tewje nennen, dann regst Du Dich vielleicht nicht mehr so über ihn auf. Er glaubt, Du tust das, was Du tust, nur um des sadistischen Vergnügens willen? Ich finde, daß in Deinem Buch ein genialer Trick auf den anderen folgt. Ich wundere mich über Deine Zweifel. Meiner Ansicht nach ist ein guter Romancier weniger einem Hohepriester der weltlichen Kultur als einem intelligenten Hund vergleichbar. Außergewöhnlicher Sinn für bestimmte Anreize, ähnlich dem Geruchssinn eines Hundes, und eine begrenzte Auswahl der Mittel, diese Anreize mitzuteilen. Diese Kombination er-

zeugt keine sprachliche Kommunikation sondern Gebell, Gewinsel, heftiges Gescharre, Wittern, Geheul, Im-Dreck-Wühlen und so weiter. Guter Hund, gutes Buch. Und Du bist *ein guter Hund. Genügt das nicht? Du hast einmal einen Roman mit dem Titel* Gemischte Gefühle *geschrieben. Warum liest Du ihn nicht? Lies wenigstens den Titel! Für jemanden, der sein Werk und sein Schicksal auf gemischte Gefühle gegründet hat, gemischte Gefühle gegenüber seiner Familie, seinem Land, seiner Religion, seiner Schulbildung und sogar gegenüber seinem eigenen Geschlecht ... nein, lassen wir's gut sein. Ich kann's Dir nicht sagen, und wenn ich's zu mir selbst sage, ist es nicht das gleiche.*

Hier oben ist ein kleines Haus zu vermieten, das Dir gefallen würde. Nicht primitiv wie meines, sondern warm und behaglich. Und ganz in der Nähe. Ich könnte dafür sorgen, daß Du Dich hier wohlfühlst. Ich könnte Dich mit den Leuten in dieser Gegend bekanntmachen. Ich könnte Dich mit der Natur bekanntmachen. Die Natur ist nicht zu übertreffen: in der abstraktesten Malerei werden Farben benützt, die in der Natur vorkommen. *Du bist vierzig – die Mitte des Lebens – und Du bist erschöpft. Dies soll keine sarkastische Diagnose sein, aber Du krankst an Dir selber, Du krankst daran, Deinen dichterischen Zwecken zu dienen und die Zwecke der jüdischen Appels zu bekämpfen. Hier oben kannst Du über das alles hinwegkommen. Und falls Du über Deine Schmerzen* nicht *hinwegkommst, kannst Du zumindest die Bürde loswerden, die Dir Deine verflixte Würde und die ständige Suche nach Motiven, ob gut oder schlecht, auferlegen. Ich schlage Dir meinen weißen Zauberberg nicht für eine siebenjährige Kur à la Castorp vor. Aber warum probierst Du's nicht sieben Monate lang aus? Ich kann mir nicht vorstellen, daß man sich in New York zu Hause fühlen kann. Ich glaube nicht, daß Du es tust oder jemals getan hast. Jedenfalls lebst Du dort nicht so. Eigentlich* lebst *Du dort gar nicht. Du bist in eine Isolierstation eingesperrt. Hier in den Wäldern überkommt einen selten das Gefühl, isoliert zu sein. Meistens ist es eine nützliche Einsamkeit. Hier draußen hat es einen* Sinn, *abgesondert von der Menge zu leben. Und ich wohne ja hier. Wenn alle Stricke reißen, kannst Du mit* mir *reden. Es bringt mich allmählich aus der Fassung, daß ich nur für mich selber und eine Katze zu sorgen habe.*

Noch zwei Zitate für Deinen »Ausblick«. (Auch intelligente Menschen sind sentimental).

»Nel mezzo del cammin di nostra vita
mi retrovai per una selva oscura,
che la diritta via era smaritta.«

Dante

»Es ist gut, im Winter tief im Schnee zu sein, im Herbst tief im gelben Laub, im Sommer im reifen Korn, im Frühling im Gras; es ist gut, immer bei den Mähern und den Bauernmädchen zu sein, im Sommer unter dem weiten Himmel, im Winter am Feuer, und zu spüren, daß es immer so gewesen ist und immer so sein wird. Auch wenn man auf Stroh

schläft und Schwarzbrot ißt – das kann einen nur gesünder machen.«

van Gogh

Herzlichst!
Ein Bauernmädchen

P. S.: Tut mir leid, daß Dich Deine Schulter immer noch so plagt – ich glaube allerdings nicht, daß Du Dich davon bremsen läßt. Wenn ich ein Teufel wäre, der mit seinen Handlangern einen Plan ausheckt, um Zuckerman zum Schweigen zu bringen, und einer dieser Handlanger würde sagen: »Wie wär's mit fürchterlichen Schulterschmerzen?«, dann würde ich sagen: »Nein, ich glaube nicht, daß es damit zu erreichen ist.« Ich hoffe, die Schmerzen lassen nach; und ich glaube, Du würdest, wenn Du hier heraufkämst, schon bald spüren, daß die innere Anspannung sich löst. Und wenn sie sich nicht löst, wirst Du eben mit *ihr leben und schreiben müssen. Das Leben ist wirklich stärker als der Tod. Wenn Du mir nicht glaubst, dann komm und schau Dir meinen dicken neuen Bildband (32 Dollar!) über den holländischen Realismus im siebzehnten Jahrhundert an. Wenn Jan Steen einen Polsternagel malte, dann war damit nichts anderes gemeint als eben ein Polsternagel.*

Nein, er würde ihr nicht sagen, was er vorhatte, und er würde das Haus ganz in der Nähe nicht mieten. Nach meiner Vitalität sehne ich mich, nicht nach noch größerer Abgeschiedenheit! Es geht mir darum, wieder ein sinnvolles Leben unter Menschen zu führen, nicht darum, mir in der Kunst, alleine zu überleben, einen akademischen Grad zu erwerben. Selbst die Gespräche mit dir und der Winter am Feuer und der weite Sommerhimmel werden es nicht schaffen, einen neuen Menschen aus mir zu machen – sie werden uns einen kleinen Jungen bescheren. Und dieser kleine Junge werde *ich* sein. Nein, ich kann mich in diesem warmen, behaglichen Haus nicht bemuttern lassen. Ich will dem Gefasel des Psychoanalytikers über »Rückkehr zu infantilem Verhalten« keinen Vorschub leisten. Jetzt gilt's, der Entsagung zu entsagen, mich wiederzuvereinigen mit dem Menschengeschlecht!

Aber wenn Jennys Schwarzbrot die Heilung für mich wäre? *Es gibt vieles, was Du nicht zu tun brauchst, um mich zu befriedigen. Du hast ein Mädchen gefunden, das Du glücklich machen könntest. Es bringt mich allmählich aus der Fassung, daß ich nur für mich selber und eine Katze zu sorgen habe. Du würdest spüren, daß die innere Anspannung sich löst.*

Ja, aber was wird sein, wenn sich ihr Gefühl, mich kurieren zu können, abnützt? Zweifellos hat Gloria recht damit, daß ein leidender Mann (der ansonsten gutsituiert ist) für manche Frauen eine große Versuchung darstellt; aber was passiert, wenn es mit der allmählichen Heilung nicht klappt und die liebevolle Belohnung ausbleibt? Dann wird Jenny jeden Morgen Punkt neun im Atelier verschwinden und erst zum Mittagessen wieder auftauchen – bekleckst mit Farbe, den Kopf voller Malprobleme und nur darauf aus, rasch ein Sandwich hinunterzuschlingen und dann gleich weiterzuarbeiten. Ich kenne dieses Vertieftsein in die Arbeit. Meine geschiedenen Frauen kannten es auch. Wäre ich gesund und auf ein Buch festgenagelt, dann würde ich mich vielleicht zu diesem Schritt entschließen, mir einen Parka und Schneestiefel kaufen und dort oben bei Jennifer Bauer werden. Tagsüber getrennt voneinander konzentriert arbeiten, sich wie Ackerknechte abrackern mit dem widerspenstigen Geistesprodukt; und abends nach getaner Arbeit zusammenkommen und Essen und Wein und Gespräche und Sex miteinander teilen. Aber es ist leichter, Sex miteinander zu teilen als Schmerzen zu teilen. Das würde ihr bald aufgehen, und dann müßte ich mit meinem Eisbeutel daliegen und die *ART news* lesen und Hilton Kramer hassen lernen, während sie sich Tag und Nacht in ihrem Atelier mit van Gogh abgeben würde. Nein, er durfte nicht, statt Künstler zu sein, zum Künstleranhängsel werden! Er mußte alle diese Frauen loswerden. Auch wenn an denen, die sich mit jemandem wie ihm abgaben, nichts Fragwürdiges war, so war es für ihn selber bestimmt das Falsche, sich an sie alle zu klammern. Mit ihrer Mildtätigkeit, ihrer Nachsicht und ihrem Eingehen auf meine Bedürfnisse, bringen sie mich um das, was ich am dringendsten nötig habe, um aus diesem Abgrund herauszukommen. Diana ist die

Schlagfertigere, Jenny ist die Künstlerin, und Jaga leidet *wirklich*. Und in Gegenwart von Gloria komme ich mir meistens wie Kafkas Gregor Samsa vor, wenn er auf dem Fußboden unter dem Schrank darauf wartet, daß seine Schwester ihm sein Fressen bringt. All diese Stimmen, dieser eindringliche Chor, der mich daran erinnert (als ob ich's vergessen könnte!), wie unvernünftig ich bin, wie müßig und hilflos und überprivilegiert, wieviel Glück ich trotz meines Unglücks habe. Wenn mir eine Frau noch einmal eine Predigt hält, bin ich reif für die Gummizelle.

Er rief Dr. Kotler an.

»Hier ist Nathan Zuckerman. Was bedeutet eigentlich die Bezeichnung ›Dolorologe‹?«

»Hallo, Nathan! Sie haben also mein Kissen erhalten. Jetzt geht's aufwärts mit Ihnen.«

»Es ist angekommen – vielen Dank. Sie bezeichnen sich als Dolorologen. Ich liege gerade auf Ihrem Kissen und wollte Sie um eine Definition bitten.«

Tatsächlich aber rief er an, um Näheres über die Hypnosebehandlung bei Rückfällen zu erfahren. Er rief an, weil die orthodoxen Behandlungsmethoden der renommierten Ärzte keine Linderung bewirkt hatten, weil er es sich nicht leisten konnte, eine Heilmethode nur deshalb für aussichtslos zu halten, weil der betreffende Arzt alt und exzentrisch oder zufällig ein nostalgischer Exilant aus dem gleichen Schutthaufen wie er selber war. Jederman stammt von irgendwoher, wird alt und hat diesen oder jenen Akzent. Die Heilung würde weder von Gott noch vom Mount Sinai-Krankenhaus kommen, das jedenfalls war ihm klar. Es mit Hypnose zu versuchen, kam ihm zwar, nachdem er das hypnotische Phänomen jahrelang auf eigene Faust zustandegebracht hatte, wie ein schrecklicher Abstieg vor, aber falls jemand wirklich *direkt* mit den Schmerzen reden konnte, ohne nach der tieferen Bedeutung zu suchen, ohne all diese durch das Ego bewirkten statischen Störungen...

»Ist Dolorologie ein von Dr. Kotler geprägtes Wort oder ein echtes medizinisches Fachgebiet, das man studieren kann?«

»Es ist etwas, das jeder Arzt täglich studiert, wenn der Patient hereinkommt und sagt: ›Herr Doktor, es tut weh.‹ Allerdings betrachte ich die Dolorologie als *mein* Spezialgebiet, und zwar auf Grund meiner Behandlungsmethode: keine Medikamente, keine Apparaturen. Ich beschränke mich auf das Stethoskop, das Thermometer und die Zange. Für alles andere hat man zwei Augen, zwei Ohren, zwei Hände, einen Mund und das allerwichtigste Instrument: ärztliche Intuition. Schmerz ist einem weinenden Säugling vergleichbar: Er kann nicht sagen, was er nötig hat. Und das macht der Dolorologe ausfindig. Chronische Schmerzen sind ein Rätsel, für das wenige meiner Kollegen Zeit haben. Die meisten fürchten sich davor. Die meisten Ärzte haben Angst vor dem Tod und vor den Sterbenden. Menschen, die im Sterben liegen, brauchen ungeheuer viel Beistand.

Und den kann ihnen ein Arzt, der Angst hat, nicht geben.«

»Hätten Sie heute nachmittag Zeit für mich?«

»Für Nathan Zuckerman habe ich Tag und Nacht Zeit.«

»Ich möchte Sie aufsuchen und mit Ihnen besprechen, was ich tun soll, wenn das Kissen nichts hilft.«

»Sie klingen verzagt, mein Junge. Kommen Sie doch zum Lunch zu mir! Meine Fenster gehen auf den East River hinaus. Als ich hier einzog, dachte ich, daß ich täglich vier, fünf Stunden auf den Fluß hinausschauen würde. Aber jetzt bin ich so beschäftigt, daß ich manchmal wochenlang gar nicht merke, daß dort unten der Fluß ist.«

»Ich möchte mit Ihnen über Hypnosebehandlung sprechen. In Ihrem Brief schreiben Sie, in Fällen wie meinem könnte Hypnose manchmal von Nutzen sein.«

»Ohne das, woran Sie leiden, herunterspielen zu wollen: Sie ist auch in weit schlimmeren Fällen von Nutzen. Asthma, Migräne, Kolitis, Dermatitis. Ich habe erlebt, daß ein dem Selbstmord naher Patient, der an Trigeminus-Neuralgie – attackenweise auftretenden entsetzlichen Gesichtsschmerzen – litt, durch Hypnose neuen Lebensmut fand. Leute, die alle anderen Ärzte bereits abgeschrieben hatten, sind in meine Praxis gekommen, und jetzt kann ich die vielen Briefe gar nicht beantworten, die ich von Patienten erhalte, die als unheilbar galten und die ich durch Hypnose geheilt habe. Meine Sekretärin braucht eine Sekretärin, so viel Post geht bei mir ein.«

»Ich bin in einer Stunde bei Ihnen.«

Aber eine Stunde später lag er auf dem ungemachten Bett in dem kleinen Zimmer und wählte die Nummer in Cambridge, Massachusetts. Schluß mit dem ängstlichen Ducken vor der Attacke! *Aber ich ducke mich ja gar nicht, und es ist nicht die erste Attacke. Ob er am Telefon bleiben und zuhören wird, wenn ich in aller Ausführlichkeit und mit viel Geduld seine hundert Irrtümer auseinanderklaube? Du erwartest, daß er Reue empfindet? Du bildest dir ein, er wird dir seinen Segen geben, wenn du ein Ferngespräch mit ihm führst und ihm sagst, daß er nicht lesen kann? Er äußert die richtigen Ansichten über Juden, und du äußerst die falschen Ansichten über Juden, und nichts, was du ihm ins Ohr schreist, kann daran etwas ändern.* Aber es sind diese Appels, die mit ihrem jüdischen Bösen Blick meine Muskeln verhext haben. Sie stoßen die Nadeln hinein und ich schreie »au!« und schlucke ein Dutzend Percodantabletten. Der Böse Blick muß mit einem brennenden Stock ausgetrieben werden! *Aber er ist nicht der Stellvertreter meines Vaters und erst recht nicht der große Häuptling, bei dem der junge Nathan so gern Anklang gefunden hätte und den er dann doch gegen sich aufbrachte. Ich bin nicht der junge Nathan. Ich bin ein vierzigjähriger Klient von Antons trichologischer Klinik. Wenn einem die Haare ausgehen, hat man's nicht mehr nötig, »verstanden« zu werden. Der Vater, der dich auf dem Sterbebett »Bastard« genannt hat, ist tot, und die Bindung an das, was man »Jüdischkeit« nennt, entzieht sich dem moralischen Urteil anderer. Darauf hat mich Milton Appel gebracht – in einer seiner Inkarnationen. Aber das brauche ich ihm nicht zu erzählen.*

Zu spät, um sich's anders zu überlegen. Er hatte Harvard am Telefon und wartete darauf, mit der Anglistikabteilung verbunden zu werden. Angeregter Gedankenaustausch, das ist die beschissene Seite der Literatur; aber wenn ich Scheiße aufrühren muß, damit's mir endlich besser geht, dann steige ich eben in die Scheiße. Außer meinen Schmerzen habe ich nichts zu verlieren. *Aber mit diesen Schmerzen hat Appel doch nichts zu tun. Die haben ein Jahr vor seinem Artikel angefangen. Es gibt keinen jüdischen Bösen Blick, und den »double whammy«, den doppelten Bösen Blick, gibt's nur in den Comics. Krankheit ist ein organischer Zustand. Krankheit ist etwas so Natürliches wie Gesundheit. Das Motiv dafür ist nicht Rache. Es gibt überhaupt kein Motiv. Es gibt nur Nervenzellen, zwölf Milliarden Nervenzellen, und jede einzelne kann dich, ohne daß eine Buchbesprechung mithilft, wahnsinnig machen. Laß dich hypnotisieren! Es ist nicht ganz so primitiv wie das hier. Wenn du auf eine regressive Lösung deines Problems aus bist, dann mach den orakelhaften kleinen Dolorologen zu deiner guten Fee! Iß bei ihm zu Mittag! Sag Gloria, sie soll kommen, dann kannst du mit ihr Blindekuh spielen. Zieh hinauf in die Berge! Heirate Jenny! Aber bloß nicht mehr an das Appel-Gericht appellieren.*

Die Sekretärin der Anglistikabteilung verband ihn mit

Appels Büro, wo sich ein Student meldete und ihm sagte, der Herr Professor sei nicht da.

»Ist er zu Hause?«

»Weiß ich nicht.«

»Haben Sie seine Privatnummer?«

»Er ist jetzt nicht zu erreichen.«

Zweifellos ein Jünger, der alle Ansichten des Honorarprofessors, auch dessen Meinung über mich, heilighält.

»Hier spricht Nathan Zuckerman.«

Er stellte sich vor, wie der feixende Appel-Jünger einem anderen feixenden Jünger einen Zettel mit einer spöttischen Bemerkung zuschob. Solche Jünger mußte Appel dort oben dutzendweise haben. Ich war auch einmal einer.

»Es handelt sich um einen Artikel, den ich auf Appels Ersuchen schreiben soll. Ich rufe aus New York an.«

»Er hat sich nicht wohlgefühlt«, erklärte der Jünger. »Sie müssen sich gedulden, bis er zurück ist.«

»Kann ich nicht. Fühle mich selber nicht wohl«, sagte Zuckerman und rief sofort die Bostoner Auskunft an. Während die Telefonistin in den Vorortverzeichnissen nachschlug, breitete Zuckerman den Inhalt der Appel-Akte auf dem Bett aus. Er schubste seine medizinischen Bücher hinunter auf den Teppich und arrangierte alle unvollendeten Briefe, die er handschriftlich aufgesetzt hatte, auf dem Nachttisch. Er konnte sich nicht darauf verlassen, daß ihm alles aus dem Stegreif einfallen würde, jedenfalls nicht, wenn er so erregt war. Aber wenn er wartete, bis er wieder vernünftig denken und reden konnte, würde er dieses Telefongespräch überhaupt nicht führen.

In Appels Wohnung in Newton meldete sich eine Frau am Telefon. Die hübsche dunkelhaarige Ehefrau vom Barnes Hole-Strand? Die war jetzt sicher schon weißhaarig. *Alle außer mir werden mit zunehmendem Alter weiser. Du wirst ihm am Telefon nur einen Beweis für seinen Scharfblick liefern. Du wirst dich am Telefon wie einer dieser Verrückten aufführen, von denen du selber oft genug angerufen wirst. Als du ihn damals am Strand vorbeischlendern sahst, warst du da wirklich so beeindruckt von seinen schmalen Schultern und seiner glatten weißen Taille? Natürlich verabscheut er dein Werk. So viel verspritztes Sperma ist nicht mehr nach seinem Geschmack. War es noch nie – jedenfalls nicht in Büchern. Du und er – ihr seid die perfekte Mesalliance. Du läßt dich von deinen Lastern zu Geschichten anregen, du erfindest Doubles für deine Dämonen; für ihn ist Kritik die Stimme der Tugend, die Kanzel, von der aus er unsere Schwächen geißelt. Tugendhaftigkeit kommt mit dem Wahlrecht. Tugendhaft zu sein, ist das große Ziel. Er lehrt, er urteilt, er korrigiert – Rechtmäßigkeit ist alles. Und du handelst unrechtmäßig, indem du unverzeihliche Begierden mit pseudoliterarischen Mitteln darstellst und das kulturelle Verbrechen der Entgeistigung begehst. Deshalb die Fehde – so banal ist das: Du sollst aus deinem Geschlechtsleben keine jüdische Komödie machen. Überlaß das Abspritzen solchen Gojim wie Genet. Sublimie-*

re, mein Junge, sublimiere – wie die Physiker, denen wir die Atombombe verdanken.

»Hier ist Nathan Zuckerman. Kann ich Milton Appel sprechen?«

»Er hat sich hingelegt.«

»Die Sache ist ziemlich dringend.« Als er keine Antwort bekam, sagte er in düsterem Ton: »Es geht um Israel.«

Unterdessen blätterte er die Briefe durch und suchte nach einem wirkungsvollen Eröffnungssatz. Er wählte (wegen ihres streitbar-markigen Tons), verwarf (wegen ihrer Takt- und Respektlosigkeit) und erwog von neuem (eben wegen dieser Mängel) drei Sätze, die er in der vergangenen Nacht geschrieben hatte, als ihm zum Thema Jaga nichts mehr eingefallen war. Über Jaga hatte er nicht einmal drei Wörter schreiben können. *Professor Appel, ich bin überzeugt, daß öffentlich bekundete Selbstgerechtigkeit und Tugendhaftigkeit jene Eigenschaften eines Menschen oder einer Gruppe sind, die Gewalttätigkeit auf Grund neurotischer Schuldgefühle geradezu herausfordern. Die Wurzeln des Antisemitismus sind tief und verschlungen und nur schwer unschädlich zu machen. Aber falls durch öffentliche Erklärungen von Juden die Ansichten und Vorurteile der Nichtjuden überhaupt beeinflußt werden können, dann würden uns die auf Toilettenwände geschriebenen Worte »Juden wichsen täglich« sicher mehr nützen als der Artikel, den ich Ihrer Meinung nach für die Leserbriefseite schreiben soll.*

»Hier Milton Appel.«

»Hier Nathan Zuckerman. Tut mir leid, daß ich Sie beim Ausruhen gestört habe.«

»Weshalb rufen Sie an?«

»Haben Sie ein paar Minuten Zeit?«

»Worum geht's denn?«

Wie krank ist er? Kränker als ich? Er klingt abgespannt. Bedrückt. Vielleicht klingt er immer so, aber vielleicht hat er etwas Schlimmeres in den Nieren als bloß Steine. Vielleicht funktioniert der Böse Blick auch andersherum, und ich habe ihm eine bösartige Krankheit angehext. Kann nicht behaupten, daß ich ihn dafür nicht genug gehaßt hätte.

»Mein Freund Ivan Felt hat mir den Brief übersandt, in dem Sie ihm empfehlen, mich aufzufordern, etwas über Israel zu schreiben.«

»Felt hat Ihnen diesen Brief geschickt? Dazu war er nicht berechtigt.«

»Er hat's aber getan. Hat den Abschnitt fotokopiert, der sich auf seinen Freund Nate Zuckerman bezieht. Ich habe den Text vor mir liegen. ›Könnten Sie nicht Ihren Freund Nate Zuckerman bitten ...‹ und so weiter. ›Oder ist er vielleicht immer noch der Meinung, daß die Juden sich ihren historischen Leidensweg in den Arsch stecken sollen?‹ Ein merkwürdiges Ersuchen. Sehr merkwürdig. Für mich in diesem Zusammenhang aufreizend merkwürdig.« Zuckerman hatte begonnen, aus seinen nicht zu Ende geschriebenen Briefen vorzulesen. »Sie haben Ihre Meinung über meinen ›Fall‹ ja regelmäßig geändert, und mir scheint, daß Sie einen weiteren Flexibilitätsanfall hatten, seit Sie in *Inquiry* darauf hinwiesen, daß zwischen Antisemiten wie Goebbels und Leuten wie Zuckerman, ›die uns bloß nicht leiden können‹, zu differenzieren sei.«

Schon jetzt hatte er seine Stimme nicht mehr in der Gewalt – sie bebte derart vor Zorn, daß er bereits mit dem Gedanken spielte, das Tonband von gestern abend einzuschalten und so lange als sein Double ins Telefon sprechen zu lassen, bis er seine Stimme wieder so modulieren konnte, wie es sich für einen vernünftigen, selbstsicheren, kompetenten erwachsenen Menschen gehört. Nein! Zur Entschlackung bedarf es stärkerer Turbulenzen als dieser – andernfalls kannst du dich gleich wieder auf Dr. Kotlers Kissen legen und zur Flasche greifen. Nein! Treib die Schmerzen mit deinem klopfenden Herzen aus – so, wie ein Klöppel den Klang aus einer Glocke herausschlägt. Er versuchte, sich vorzustellen, wie sich das abspielen würde. Schmerzwellen, die seinem Körper entsprangen, an ihm hinunterliefen, sich über den Fußboden schlängelten, über das Mobiliar, durch die Jalousien und dann durch das ganze Haus glitten und alle Fenster zum Rattern brachten – das in ganz Manhattan widerhallende Gedröhn seines sich entladenden Leidens, und dann die Schlagzeile der *Evening Post:* »ZUCKERMAN ENDLICH SCHMERZFREI. Achtzehnmonatige Qual endet mit Überschall-Knall.«

»Wenn ich Ihren Brief – in dem Sie Felt ersuchen, mich

um etwas zu ersuchen, worum Sie mich lieber nicht persönlich ersuchen wollen – richtig verstehe, dann halten Sie es offenbar für möglich (natürlich nur privat und nicht in Zeitungsartikeln oder Vorlesungsreihen), daß ich – einmal ganz abgesehen davon, daß ich Juden nicht mag, ›weil sie Juden sind‹, und daß ich sie in meinem Werk auf krankhafte Weise verunglimpfe – mir tatsächlich über die Sorgen der Juden Sorgen machen könnte...«

»Moment mal! Sie haben durchaus das Recht, sich zu ärgern, aber nicht in erster Linie über mich. Der Abschnitt, den Felt Ihnen freundlicherweise übersandt hat, stammt aus einem Brief, den ich ihm als Privatmann geschrieben habe. Felt hat nicht bei mir angefragt, ob er ihn an Sie weitergeben darf. Als er es tat, hat er bestimmt gewußt, daß es Sie nur noch mehr gegen mich aufbringen würde, denn was ich in diesem Brief geschrieben habe, war gewiß nicht korrekt, sondern wohl eher ein Ausbruch persönlicher Empfindungen. So ähnlich wie Felt hätte sicher auch diese Figur in dem Buch gehandelt, das er so klumpfüßig geschrieben hat. Ich betrachte seine Handlungsweise als feindselig, provozierend und niederträchtig – uns beiden gegenüber. Was immer Sie von meinem Aufsatz über Ihr Werk oder von meinen Ansichten überhaupt halten mögen – Sie werden mir sicher zugestehen, daß ich, wenn ich direkt an Sie geschrieben und Sie um einen Artikel über Israel gebeten hätte, korrekter vorgegangen wäre und nichts geäußert hätte, worüber Sie, ob zu Recht oder zu Unrecht, entrüstet gewesen wären.«

»In einem direkt an mich gerichteten Brief wären Sie also ›korrekter‹ gewesen, obwohl Sie über mein Werk so geurteilt haben wie in diesem Artikel...« Wortklauberei. Pedanterie. Ich darf nicht extemporieren und den Faden verlieren.

Er suchte überall auf dem Bett nach den drei ätzenden Sätzen von gestern abend. Das Blatt mußte hinuntergefallen sein. Um es aufzuheben, streckte er den Arm aus, ohne den Hals abzubiegen oder den Kopf zu wenden, und erst als er wieder mit seiner Attacke begonnen hatte, merkte er, daß er Appel die falsche Seite vorlas. »Es ist *eine* Sache, zu glauben, daß Sie Ihren Studenten etwas vormachen, wenn Sie ihnen sagen, man müßte zwischen Romanfigur und Autor unterscheiden (falls Sie die Sache heute so sehen) – aber den Ton des Buches völlig zu ignorieren, die Umstände des Plots, die Dynamik der Handlung, den Kontext, der einem Thema überhaupt erst Geist, Würze und Leben...«

»Hören Sie, ich fühle mich nicht kräftig genug für ›Literatur 101‹.

»Schmeicheln Sie sich nicht. Ich habe von Lektüre als Heilmittel gesprochen. Und legen Sie nicht auf – ich habe noch mehr zu sagen.«

»Tut mir leid, aber lange kann ich Ihnen nicht mehr zuhören. Ich habe nicht erwartet, daß Ihnen gefällt, was ich über Ihr Werk geschrieben habe. Mir gefallen schlechte Rezensionen über das, was ich schreibe, auch nicht. In solchen Situationen sind Spannungen unvermeidlich. Aber ich glaube, wir beide hätten uns diese Erbitterung ersparen können, wenn Felt etwas mehr Anstand bewiesen hätte. Ich schrieb ihm, nachdem er mich hier besucht hatte, einen persönlichen Brief. Ich kann mit Fug und Recht erwarten, daß ein persönlicher Brief nicht ohne meine Erlaubnis weitergegeben wird. Felt hat mich nicht um Erlaubnis gebeten.«

»Zuerst beschimpfen Sie mich, jetzt beschimpfen Sie Felt.« Und deshalb ist *er* krank, sagte sich Zuckerman. Dem Schimpfen verfallen. Er hat eine Überdosis davon genommen. So viele Verrisse, so viele Verdikte – was ist gut für die Kultur, was ist schlecht für die Kultur –, und damit hat er sich schließlich vergiftet, daran wird er sterben. Hoffentlich.

»Lassen Sie mich ausreden«, sagte Appel. »Felt hat mir Grund zu der Annahme gegeben, daß Ihnen das Schicksal Israels tatsächlich am Herzen liegt. Es wird Ihren Ärger sicher nicht mildern, von mir zu hören, warum ich den Brief geschrieben habe, aber Sie sollten zumindest wissen, daß mein Vorschlag keine Provokation sein sollte. So etwas überlasse ich unserem Freund Ivan, dessen Begabung, soweit ich das beurteilen kann, einzig und allein auf diesem Gebiet liegt. Mein Brief war nur für ihn bestimmt. Wenn Felt sich anständig verhalten hätte...«

»Wie Sie. Natürlich. Manierlich, höflich, wohlanständig, gesittet – ach, was für einen prachtvollen Toramantel Sie über Ihre Fleischerhaken werfen! Wie *sauber* Sie sind!«

»Und *Ihr* Toramantel? Bitte keine Beschimpfungen mehr! Geht es bei diesem Anruf denn um etwas anderes als um Ihren Toramantel? Hätte Felt sich anständig verhalten, dann hätte er Ihnen geschrieben: ›Appel meint, es wäre zweckmäßig, wenn Sie für die Leserbriefseite einen Artikel über Israel schrieben, weil die Lage bedrohlich ist und weil er glaubt, daß Sie, Zuckerman, andere Leserkreise ansprechen können als er.‹«

»Und was für Leserkreise sind das? Leute wie ich, die die Juden nicht leiden können? Oder Leute wie Goebbels, die sie vergasen? Oder Leute, deren Lastern ich Vorschub leiste, indem ich – wie Sie es in *Inquiry* so höflich und anständig und gesittet ausgedrückt haben – für ein ›Publikum‹ schreibe und nicht, wie Sie und Flaubert, für ›Leser‹? Mein berechnender subliterarischer Mumpitz und Ihre makellose Kritikerseele! Und *Sie* nennen Felt feindselig und niederträchtig! Was bei Felt verabscheuungswürdig ist, ist bei Appel eine Tugend – bei Ihnen ist es sogar tugendhaft, jemandem unehrenhafte Motive zu unterstellen. In diesem blutrünstigen Artikel haben Sie doch tatsächlich die Chuzpe, *meine* moralische Einstellung ›überheblich‹ zu nennen! Sie werfen mir ›Verzerrung‹ vor, und dann verzerren Sie mein Buch, um zu zeigen, wie verzerrt es ist! Sie pervertieren meine Intentionen, und dann nennen Sie mich pervers! Sie machen sich mit Ihrer Zehn-Tonnen-Schwerkraft über meine Komödie her und verwandeln sie in eine Travestie! Meine schmutzige, rachsüchtige Phantasie, Ihr ehrenwerter, idealistischer Humanismus! Ich bin ein Verräter, der sich an die Pop-Porno-Kultur verkauft hat, Sie sind der Verteidiger des Glaubens! Die westliche Zivilisation! Die große Tradition! Der ernsthafte Standpunkt! Als ob Ernsthaftigkeit nicht genauso borniert wie alles andere sein kann! Sie salbungsvoller Bastard, haben Sie jemals einen geistigen Standpunkt vertreten, der etwas anderes als ein moralischer Richtspruch war? Ich bezweifle, daß Sie dazu überhaupt im Stande wären. Ihr unbefleckten, unverdorbenen, selbstlosen, loyalen, verantwortungsbewußten, hochherzigen Juden, ihr guten, zuverlässigen jüdischen Staatsbürger, die ihr die Bürde des jüdischen Volkes auf euch nehmt, um die Zukunft des Staates Israel besorgt seid – und wie ein Bodybuilder Klimmzüge an eurer Tugendhaftigkeit macht! Milton Appel, der Charles Atlas der Rechtschaffenheit! Ach, wie erquicklich diese schwierige Rolle ist! Und wie gut Sie sie spielen! Sogar mit einer Maske der Bescheidenheit, um uns Dussel auf den Holzweg zu führen! Ich bin ein ›Modeschriftsteller‹, Sie schreiben für die Ewigkeit. Ich verzapfe Mist, meinen *Sie*. Meine beschissenen Bücher sind in Beton gegossen, Sie revidieren Ihr Urteil darüber. Ich bin ein ›Fall‹, ich habe eine ›Karriere‹, Sie aber haben natürlich eine Berufung. Ich kann Ihnen sagen, was Ihre Berufung ist: Präsident des Rabbinischen

Vereins für die Unterdrückung des Lachens zugunsten höherer Werte! Minister für den offiziell erlaubten Stil jüdischer Bücher, ausgenommen das Handbuch für Beschneidung. Vorschrift Nummer eins: Sprich nie von deinem Schwanz. Sie Einfaltspinsel! Wie wär's denn, wenn ich mit Ihrem jugendlichen Essay aufwarten würde, in dem steht, Sie seien für Ihren Papa und die Juden nicht jüdisch genug gewesen, und den Sie schrieben, bevor Sie sich auf Ihren militanten ›Wir sind doch erwachsene Menschen‹-Standpunkt versteiften? Was wohl die koscheren Metzger in der Redaktion der *Inquisition* dazu sagen würden? Ich finde es höchst sonderbar, daß Sie sich nicht mehr an Ihren grandiosen *cri de cœur* erinnern wollen, den Sie zu Papier brachten, ehe Ihre Person so einwandfrei und Ihr Herz so rein wurde – wo Sie doch meine ersten Erzählungen nicht vergessen können!«

»Mr. Zuckerman, Sie haben das Recht, von mir zu denken, was Sie wollen, und ich muß versuchen, damit zu leben, wie ja wohl auch Sie es geschafft haben, mit dem zu leben, was ich über Ihre Bücher gesagt habe. Was *ich* sonderbar finde, ist die Tatsache, daß Sie zu dem Vorschlag als solchem – ungeachtet Ihres Ärgers auf den, der ihn gemacht hat – anscheinend nichts zu sagen haben. Was den Juden vielleicht bevorsteht, ist ein weitaus wichtigeres Problem als das, was ich von Ihren Büchern, ob früheren oder späteren, halte, oder was Sie von meinen Ansichten halten.«

Ach, wenn er doch vierzehn und Gilbert Carnovsky

wäre, dann würde er Appel schon sagen, daß er sich das, was den Juden vielleicht bevorstand, in den Arsch stekken sollte. Aber er war vierzig und Nathan Zuckerman und deshalb legte er (um wenigstens sich selber zu beweisen, daß zwischen Romanfigur und Autor zu unterscheiden ist) den Hörer auf – und stellte dann natürlich fest, daß er alles andere als schmerzfrei war. Auf dem mit Papierkram übersäten Bett stehend, die geballten Fäuste zur Decke des kleinen dunklen Zimmers gereckt, schrie er und schrie, weil es ihm jetzt, da er Appel angerufen und seiner Wut Luft gemacht hatte, noch schlechter ging.

IV Fegefeuer

Ein doppelter Wodka vor dem Start, dann – über irgendeiner Wasserstraße in Pennsylvania – in der Toilette des Flugzeugs drei Züge an einem Joint, und Zuckerman war wieder einigermaßen im Gleis. Nicht viel mehr Schmerzen, als er zu Hause gehabt hätte, wo er nichts anderes tat, als seine Schmerzen zu pflegen. Und immer wenn seine Entschlossenheit ins Wanken kam und er sich sagte, daß ihn nur eine plötzliche lächerliche Regung dazu gebracht habe, davonzulaufen, daß er sich in etwas flüchtete, das weder sinnvoll war noch Erleichterung versprach, daß er vor etwas ausriß, dem er ja doch nicht entfliehen konnte – immer dann schlug er den Universitätskatalog auf und las auf Seite 42 den Stundenplan für Medizinstudenten im ersten Studienjahr.

Fünf Tage in der Woche wird um acht Uhr dreißig mit Biologie 310/311 begonnen. Von neun Uhr dreißig bis zwölf: Klinische Unterweisung 300 und 390. Eine Stunde Mittagspause. Jeden Nachmittag von eins bis fünf: Anatomie 301. Und abends werden die Hausaufgaben gemacht. Tage und Nächte nicht von ihm mit dem bißchen, was er wußte, ausgefüllt, sondern von anderen mit alledem, was er *nicht* wußte. Er blätterte weiter und las die Beschreibung von »Klinische Unterweisung 390«.

KENNENLERNEN DES PATIENTEN. Dieser Kurs steht im ersten Studienjahr auf dem Programm... Jeder Student führt in Anwesenheit der anderen Kursteilnehmer ein Gespräch mit einem Patienten, wobei er sich auf folgendes zu konzentrieren hat: gegenwärtige Beschwerden; Ausbruch der Krankheit; Reaktion des Patienten auf die Krankheit und den Krankenhausaufenthalt; veränderte Lebensbedingungen des Patienten, Charaktereigenschaften, Art und Weise der Problembewältigung usw....

Klingt vertraut. Klingt wie erzählende Literatur, nur daß die Charaktereigenschaften und die Art und Weise der Problembewältigung zu irgendwelchen stationären Patienten gehören. Zu anderen Leuten. Von denen hätte man mir schon vor langer Zeit erzählen sollen.

360. SCHWANGERSCHAFTSMEDIZIN. Der Student arbeitet ganztägig in der Wochen- und Entbindungsstation. Es ist erforderlich, daß er sich mit der Literatur über Methoden und Techniken vertraut macht, die bei der Aufzeichnung der bei Mutter und Fötus während der Wehen und der Entbindung auftretenden physiologischen Veränderungen angewandt werden...

361. GEBURTSHILFE: Kreißsäle. Dieses Wahlfach umfaßt vorwiegend stationäre Geburtshilfe, insbesondere die Ausbildung im Kreißsaal. Eine gewisse Kontinuität kann durch Postpartum-Untersuchung ausgewählter Patientinnen erzielt werden...

Erst über Michigan kam Zuckerman dahinter, daß man als Hauptfach Gynäkologie studieren muß, wenn man Facharzt für Geburtshilfe werden will. Tumorbildung. Infizierte Fortpflanzungsorgane. Na schön, das würde eine neue Perspektive auf eine alte Zwangsvorstellung eröffnen. Und zudem war er das, nach *Carnovsky*, den Frauen schuldig. Nach allem, was er in der feministischen Presse über sein Buch gelesen hatte, konnte er damit rechnen, daß sein Foto auf einem Plakat im Postamt neben der Visage des Marquis de Sade prangen würde, so bald die militanten Feministinnen Washington erobert hatten und damit begannen, die tausend schlimmsten Weiberfeinde in Literatur und Kunst zu guillotinieren. Bei denen würde er nicht besser wegkommen als bei den entrüsteten Juden. Noch schlechter sogar. Sie hatten sein Foto auf dem Titelblatt einer ihrer Zeitschriften gebracht. WARUM HASST DIESER MANN DIE FRAUEN? Mit diesen Frauen war nicht zu spaßen – sie wollten Blut sehen. Also gut, er würde den Spieß umdrehen und die Regelwidrigkeiten, die bei *ihren* Blutungen auftraten, behandeln. Menstruationsbeschwerden zu heilen, wiegt in jedermanns Wertsystem schwerer als »er sagte, sie hätte gesagt, ich hätte gesagt, Sie hätten gesagt«. In Erinnerung an die Mutter, der er keinen Schaden zufügen wollte. Im Namen seiner Ex-Gattinnen, die sich verdammt angestrengt hatten. Für seinen diensteifrigen Harem. Wo ich Unzucht getrieben habe, dort werde ich diagnostizieren, verschreiben, operieren und heilen. Es lebe die Kolposkopie, nieder mit Carnovsky!

Daß ich Medizin studieren will, ist doch eine Verrücktheit, die Illusion eines Kranken, sich selbst heilen zu können. Und Jenny hat es kommen sehen. Ich hätte nach Bearsville gehen sollen.

Aber er *war* kein Kranker – er *kämpfte dagegen an,* sich für krank zu halten. Jeder Gedanke und jede Empfindung verstrickt in das Eigenleben der Schmerzen – Schmerzen, die unaufhörlich um sich selber kreisen und alles andere reduzieren, ausgenommen die Isolation. Zuerst sind es die Schmerzen, die das Leben seines Sinnes berauben, dann sind es die Anstrengungen, diese Schmerzen zu überwinden. Er weigerte sich, das noch einen Tag länger hinzunehmen.

Andere Menschen. So sehr damit beschäftigt sein, die anderen zu diagnostizieren, daß dir keine Zeit zum Überdiagnostizieren deiner selbst bleibt. Das nicht untersuchte Leben – das einzige, das zu leben sich lohnt.

Der Mann, der neben ihm auf dem Platz am Mittelgang saß, ordnete die Schriftstücke, mit denen er sich während des ganzen Flugs beschäftigt hatte, in seine Aktentasche ein. Als die Maschine zum Sinkflug ansetzte, fragte er Zuckerman in gutnachbarlichem Ton: »Geschäftlich unterwegs?«

»Ja.«

»Welche Branche?«

»Pornographie.«

Der Mann schien sich über diese ungewöhnliche Antwort zu amüsieren. »Verkauf oder Einkauf?«

»Ich veröffentliche Pornographie. Treffe mich in Chicago mit Hefner. Hugh Hefner. *Playboy.*«

»Ja, natürlich. Wer Hugh Hefner ist, weiß doch jeder. Kürzlich habe ich im *Wallstreet Journal* gelesen, daß sich sein jährliches Bruttoeinkommen auf hundertfünfzig Millionen beläuft.«

»Reiben Sie es mir nicht unter die Nase«, sagte Zukkerman.

Sein Nachbar lachte freundlich und schien das Gespräch als beendet zu betrachten. Bis ihn die Neugier übermannte. »*Was* veröffentlichen Sie denn?«

»*Lickety Split.*«

»Ist das der Titel?«

»Was, Sie haben *Lickety Split* noch nie gesehen? Nicht an Ihrem Zeitungsstand?«

»Nein, ich glaube nicht.«

»Aber den *Playboy*, was?«

»Ja, den sehe ich manchmal.«

»Und Sie schauen auch mal hinein, stimmt's?«

»Gelegentlich.«

»Ich finde den *Playboy* langweilig. Eben deshalb verdiene ich keine hundertfünfzig Millionen brutto. Weil *mein* Magazin nicht so langweilig ist. Okay, ich gebe zu, daß ich Hefner um seinen Zaster beneide. Er genießt gesellschaftliches Ansehen und vertreibt sein Magazin landesweit. Mein *Lickety Split* ist immer noch im Porno-

Getto. Kein Wunder, daß Sie es noch nie gesehen haben. *Lickety Split* ist kein Magazin für den Massenvertrieb, dafür ist es zu schmutzig. Es hat keine Beiträge von Jean-Paul Sartre, die es koscher machen könnten, damit ein Typ wie Sie es am Zeitungsstand kaufen und damit nach Hause gehen und auf die Titten abspritzen kann. Davon halte ich nichts. Hefner ist in erster Linie Geschäftsmann. Auf mich trifft das, glaube ich, nicht zu. Natürlich ist es ein sehr einträgliches Geschäft, aber Geld ist für mich nicht das Wichtigste.«

Inwieweit der »Typ wie Sie« sich durch die Anspielung beleidigt fühlte, war nicht genau zu erkennen. Er war groß, grauhaarig und fit, ein Mann in den Fünfzigern, der einen grauen Nadelstreifenanzug trug und der, auch wenn er anscheinend nicht an solche saloppe Sticheleien gewöhnt war, nicht den Eindruck machte, als nähme er die provozierenden Bemerkungen eines gesellschaftlich unter ihm Stehenden allzu ernst. Ungefähr so wie ihn stellte sich Zuckerman Dianas Vater vor.

»Darf ich fragen, wie Sie heißen?« fragte sein Nachbar.

»Milton Appel. A-p-p-e-l. Betonung auf der zweiten Silbe. Je m'appelle Appel.«

»Ich werde nach Ihrer Zeitschrift Ausschau halten.«

Eine deutliche Abfuhr. »Ja, tun Sie das«, sagte Zukkerman. Sein Nacken schmerzte. Er stand auf und ging zur Toilette, um den Joint zu Ende zu rauchen.

Sie waren über dem See, noch hoch über dem grauen,

gekräuselten Wasser und den zickzackförmigen Eisschollen, als er sich wieder auf seinen Platz setzte. Große Flächen waren völlig zugefroren und mit Eisbrocken übersät – eine Wüste aus Scherben, die so aussah, als wären die Splitter von Abermillionen mattierten Glühbirnen vom Himmel geprasselt. Zuckerman hatte erwartet, daß sie jetzt bereits über die »Gold Coast Towers« fliegen und den Sicherheitsgurt anlegen würden. Vielleicht hatte vorhin nicht die Maschine mit dem Niedergehen begonnen sondern er selber. Wahrscheinlich hätte er die wiedereinsetzenden Schmerzen ertragen sollen, statt sich nach den Tabletten und dem Wodka auch noch mit Pot vollzupumpen. Aber er hatte nicht vor, sich nach der Landung für den Rest des Tages ins Bett zu legen. Im Verzeichnis der medizinischen Fakultät war er auf den Namen eines seiner ältesten Freunde gestoßen: Bobby Freytag. Während ihres ersten Studienjahres waren sie Zimmergenossen drüben in der Burton Judson Hall gewesen. Jetzt war Bobby Professor für Anästhesiologie an der Pritzker School of Medicine und Narkosearzt im Billings Hospital. Mit Bobbys Hilfe würde alles viel schneller gehen. Ein Glücksfall für ihn – der erste seit eineinhalb Jahren. Jetzt konnte ihn nichts mehr bremsen. Er würde New York aufgeben und wieder nach Chicago ziehen. Seit seinem Abschlußexamen waren über zwanzig Jahre vergangen. Wie glücklich er hier gewesen war! Achthundert Meilen zwischen ihm und zu Hause: Pennsylvania, Ohio, Indiana – die besten

Freunde, die ein Junge je gehabt hat. Schon nach dem ersten Tag hatte er davon geträumt, für immer in Chicago zu bleiben. Es war, als ob er im Planwagen von der Ostküste hierher getreckt wäre, so gewaltig kam ihm die Entfernung vor – so endgültig. Er wurde ein echter, baumlanger Amerikaner und zugleich ein verächtlicher Bohemien. In den ersten Weihnachtsferien kam er zwölf Pfund schwerer nach Hause – und bereit, sich mit dem nächstbesten Philister anzulegen. Während seines ersten Jahres in Chicago ging er oft zum See und gab, allein in sternklaren Nächten, seltsame Laute von sich: Gants Bocksschrei, von dem er in *Von Zeit und Strom* gelesen hatte. In die Hochbahn nahm er *Das wüste Land* mit und las darin bis zur Clark Street, wo Mädchen, nicht älter als er, in den Striptease-Bars ihre Kleider auszogen. Wer ihnen, wenn sie vom Laufsteg herunterkamen, einen Drink spendierte, dem taten sie den Gefallen, seinen Schwanz in die Hand zu nehmen. In manchen Briefen, die er schrieb, berichtete er davon. Er war siebzehn und dachte immerzu an seine Kurse, seinen Schwanz und seine Kumpane Pennsylvania, Indiana und Ohio. Hätte ihm damals jemand geraten, Medizin zu studieren, dann hätte er ihn ausgelacht: Er hatte nicht vor, sein Leben damit zu verbringen, Medikamente zu verschreiben. Dafür war sein Leben viel zu grandios. Anregende Lehrer, undurchdringliche Texte, neurotische Klassenkameraden, Streitfragen, semantische Haarspalterei (»Was meinen Sie mit ›meinen‹«?) – sein Leben war *enorm*. Er traf Gleichaltrige, die glänzend begabt, aber entsetzlich deprimiert waren, morgens nicht aus dem Bett kamen, den Unterricht schwänzten, Kurse nicht abschlossen. Er lernte sechzehnjährige Genies kennen, die schon nach zwei Quartalen das College absolviert hatten und bereits Jura studierten. Er lernte Mädchen kennen, die nie die Kleider wechselten, schwarzes Augen-Make-up benützten und Tag für Tag in derselben Rive-Gauche-Aufmachung erschienen – unverfrorene, redselige Mädchen mit langen Haaren, die ihnen bis zu den schwarzen Strümpfen reichten. Er hatte einen Zimmergenossen, der ein Cape trug. Er selber trug eine Feldbluse und eine Khakihose – wie der letzte Ex-GI. In Stineway's Drugstore sah er weißhaarige Leute, die lange vor dem Krieg mit dem College begonnen hatten und immer noch hier herumlungerten, über ihr Nachhinken nachdachten und versuchten, jemanden aufzureißen. Er trat dem Filmclub bei und sah *Fahrraddiebe, Rom, offene Stadt* und *Die Kinder des Olymp*. Diese Filme waren für ihn eine Offenbarung. Genau wie Professor Mackauers »Geschichte der westlichen Zivilisation« – genau wie das Schwelgen in der Fäkalsprache bei der Rabelais-Lektüre und wie die derb-drastischen Ausdrücke in Luthers *Tischreden*. Er lernte jeden Abend von sechs bis zehn, dann ging er zu »Jimmy's«, wo er mit seinen Freunden darauf wartete, daß eines von den flotteren Mitgliedern des Lehrkörpers aufkreuzte. Ein Soziologe der Pop-Kultur, der früher einmal – in der untergehenden Kultur – für die Zeitschrift *Fortune* gearbeitet hatte, zechte manchmal mit ihnen, bis das Lokal schloß. Noch faszinierender war sein Lehrer im Kurs »Humanities 3«, ein »veröffentlichter Lyriker«, der für das Office of Strategic Services über dem besetzten Italien mit dem Fallschirm abgesprungen war und immer noch einen Trenchcoat trug. Er hatte eine gebrochene Nase und las im Unterricht Shakespeare vor; alle Mädchen (und auch der junge Zuckerman) schwärmten für ihn. Er nahm mit ihnen die *Poetik* und die *Orestie* durch, *Auf der Suche nach Indien, Der Alchimist, Jugendbildnis, König Lear, Lebensbeschreibung des Benvenuto Cellini* – nahm all diese Werke wie heilige Bücher mit ihnen durch. Im naturwissenschaftlichen Einführungskurs hielt Enrico Fermi einen Vortrag, wobei er vorne an der Tafel die liebenswürdige »Nummer« zum besten gab, daß jemand ihm beim Rechnen helfen sollte. Als die Studenten sich nach der Vorlesung um ihn scharten, um die bei Besuchen von Berühmtheiten üblichen dummen Fragen zu stellen, hatte der junge Zuckerman den Theoretiker der Atombombe kühn gefragt, womit er sich jetzt beschäftige. Fermi lachte. »Mit nichts besonders Wichtigem. Ich bin ja noch in Prä-Fermi-Physik ausgebildet worden.« Es war die schlagfertigste Bemerkung, die der junge Zuckerman je gehört hatte. Auch er selber war jetzt im Gespräch mit anderen schlagfertig, clever, spaßig, selbstgefällig – und voller Verachtung für das Land und sein Wertsystem. Es waren die schlimmsten Tage des Kalten Krieges, und im sozialwissenschaftlichen Kursus befaßten sie sich mit dem *Kommunistischen Manifest*. Nicht nur, daß er ein Jude im christlichen Amerika war – jetzt gehörte er auch noch zu einer anderen ungeliebten, suspekten Minderheit: zu den »eggheads«, über die sich die *Chicago Tribune* mokierte, zur kulturellen Fünften Kolonne in der kommerzialisierten Gesellschaft. Wochenlang schmachtete er ein großes blondes Mädchen an, das einen karierten Flanellrock trug und abstrakte Bilder malte. Er war am Boden zerstört, als er erfuhr, daß sie lesbisch war. Er wurde zwar immer weltläufiger (wenn er es sich leisten konnte, im Restaurant zu essen, bestellte er jetzt nicht mehr Manischewitz und Velveta sondern »Wein und Käse«, und statt Weißbrot verlangte er Baguette), aber eine *Lesbierin?* Darauf wäre er nie gekommen. Allerdings hatte er dann, wenn auch nur kurz, eine Freundin, die Mulattin war. Wenn er im Souterrain der »Ida Noyes Hall« wie verrückt unter ihrem Sweater herumfummelte, konnte er trotzdem noch klar genug denken: »Das ist das wahre Leben« – obwohl ihm noch nie etwas so seltsam vorgekommen war. Er freundete sich mit einem etliche Jahre älteren Studenten an, einem Stammgast von Stineway's Drugstore, der sich bei einem Psychologen analysieren ließ, Marihuana rauchte, ein Jazzfan und ein selbsternannter Trotzkist war. Im Jahre 1950 war das für einen Jugendlichen eine tolle Sache. Sie gingen in einen Jazzclub in der Sechsundvierzigsten Straße, zwei wißbegierige weiße jüdische Studenten, die, umgeben von dunklen, unfreundlichen, gar nicht wißbegierigen Gesichtern, der Musik lauschten. An einem aufregenden Abend hörte er Nelson Algren im »Jimmy« über die Preisboxer-Wettkämpfe sprechen. Während seines ersten Studienjahres kam Thomas Mann nach Chicago. *Er* sprach in der Rockefeller Chapel. Großes Ereignis: Zweihundertjahrfeier von Goethes Geburtstag. Mit deutschem Akzent sprach Thomas Mann das ausdrucksstärkste Englisch, das der junge Zuckerman je gehört hatte. Er redete *Prosa,* elegant und kraftvoll und klar – mit überwältigender Urbanität, mit so eindringlichen, treffsicheren Schilderungen der Genialität Bismarcks, Erasmus' und Voltaires, als wären es Kollegen, die gestern abend bei ihm diniert hatten. Goethe sei »ein Wunder«, sagte er – aber das wahre Wunder war, in der zweiten Reihe zu sitzen und von dem guten Europäer droben auf dem Podium die eigene Sprache sprechen zu lernen. Das Wort »greatness« verwandte Thomas Mann an diesem Nachmittag fünfzigmal. Größe, mächtig, erhaben. Hingerissen von so viel gelehrter Bildung rief der junge Nathan am Abend zu Hause an, aber in New Jersey wußte keiner, wer Thomas Mann war; die kannten ja nicht einmal Nelson Algren. »Tut mir leid«, sagte er, als er den Hörer aufgelegt hatte, »tut mir leid, daß es nicht Sam Levenson war.« Er lernte Deutsch. Er las Galilei, Augustinus, Freud. Er protestierte gegen die Unterbezahlung der Neger, die in der Universitätsklinik arbeiteten. Der Koreakrieg begann, und Nathan und sein bester

Freund erklärten sich zu Feinden Syngman Rhees. Er las Croce, er bestellte Zwiebelsuppe, er steckte eine Kerze in eine Chiantiflasche und gab eine Party. Er entdeckte Charlie Chaplin und W. C. Fields und Dokumentarfilme und die obszönsten Shows in Calumet City. Er ging hinüber zur Near North Side und sah verächtlich auf die Typen aus der Werbebranche und auf die Touristen herab. Am »Point« ging er gemeinsam mit einem Anhänger des logischen Positivismus schwimmen. Er schrieb bissige Buchbesprechungen über Beat-Romane für *The Maroon,* er kaufte seine ersten Schallplatten mit klassischer Musik (Budapester Streichquartett) bei einem homosexuellen Verkäufer im Co-op, den er mit Vornamen anredete. Er begann, in Gesprächen »man« statt »ich« zu sagen. Ach ja, alles war wundervoll – ein Leben, so grandios und aufregend man es sich nur vorstellen konnte. Und dann machte er seinen ersten Fehler: Noch als *undergraduate* veröffentlichte er seine erste Kurzgeschichte (ein »Atlantic First«) – zehn Seiten über eine jüdische Newarker Familie, die in einem Logierhaus an der Küste von New Jersey mit einer jüdischen Familie aus Syracuse aneinandergerät; eine Geschichte, zu der er sich von einer Fehde anregen ließ, die ein hitzköpfiger Onkel heraufbeschworen und von der ihm bei einem Besuch zu Hause sein Vater erzählt hatte. Ein »Atlantic First«. Und es sah ganz so aus, als wäre das Leben jetzt noch grandioser geworden. Die schriftstellerische Arbeit würde alle Erlebnisse noch intensiver machen. Sie war, wie Thomas Mann – nicht zuletzt durch sein eigenes Beispiel – bezeugt hatte, das einzig wirklich Erstrebenswerte, die unübertreffliche Erfahrung, die erhebende geistige Anstrengung. Und um zu schreiben, mußte man so etwas wie ein Fanatiker sein. Ohne Fanatismus konnte in der erzählenden Literatur nie etwas Großes geschaffen werden. Er hatte die denkbar höchste Vorstellung von der gigantischen Fähigkeit der Literatur, das ganze Leben zu umfassen und zu läutern. Er wollte mehr schreiben, mehr veröffentlichen – dann würde das Leben kolossal werden.

Aber was dann kolossal wurde, war die nächste Seite. Er glaubte, sich für das Leben entschieden zu haben, tatsächlich aber hatte er sich für die nächste Seite entschieden. Er stahl sich Zeit, um Geschichten zu schreiben, fragte sich aber nie, ob die Zeit nicht vielleicht *ihm* etwas stahl. Nur ganz allmählich empfand er das Bestreben, den eisernen Willen eines Schriftstellers zu entwickeln, als Ausweichen vor der echten Erfahrung, und die Aufgabe, seine Phantasie spielen zu lassen, Leben zu belichten, zu enthüllen und zu erfinden, als die rigoroseste Form der Einkerkerung. Er glaubte, sich für die Intensivierung allen Erlebens entschieden zu haben, statt dessen aber hatte er sich für ein mönchisches Leben entschieden. Daß seinem Entschluß etwas Paradoxes innewohnte, hatte er nicht vorausgesehen. Als er sich etliche Jahre später eine Inszenierung von *Warten auf Godot* ansah, sagte er nach der Aufführung zu der Frau, die damals seine einsame Ehefrau war: »Was ist denn daran so qualvoll? So ergeht's jedem Schriftsteller bei der täglichen Arbeit. Nur daß unsereins keinen Pozzo und keinen Lucky hat.«

Chicago hatte ihn dem jüdischen New Jersey entkommen lassen, dann gewann die Literatur die Oberhand und expedierte ihn schnurstracks zurück. Er war nicht der erste: Andere waren schon aus Newark, New Jersey, aus Camden, Ohio, aus Sauk Centre, Minnesota, aus Asheville, North Carolina, geflohen; sie konnten die Ignoranz nicht ertragen, die Zwistigkeiten, die Langeweile, die Selbstgerechtigkeit, die Frömmelei, die immer gleichbleibenden engstirnigen Typen; sie konnten die Kleinkariertheit nicht ertragen; und dann verbrachten sie den Rest ihres Lebens damit, nur noch *darüber* nachzudenken. Die Schrittmacher für den Exodus der Zehntausende sind die Flüchtlinge, die von dem, wovor sie geflohen sind, nicht loskommen können. Nicht davon loskommen, das wird ihr Beruf – den ganzen Tag tun sie nichts anderes.

Natürlich wollte er jetzt lieber Arzt werden, nicht nur um der unaufhörlichen Rückschau zu entrinnen, sondern auch um den Zwistigkeiten zu entkommen, die er dadurch ausgelöst hatte, daß er in seinem letzten Roman auf den ursprünglichen Zwist zurückgriff. Nach dem Publikumserfolg seines teuflischen Aggressionsaktes jetzt die bußfertige Unterwerfung. Nun, da seine Eltern dahingegangen waren, konnte er hingehen und sie glücklich machen: vom verfemten Sohn zum jüdischen

Internisten, der dem Streit und dem Skandal ein Ende macht. Fünf Jahre büffeln, dann in der Klinik Aussätzige behandeln – und jedermann würde ihm verziehen haben. Wie einem Nathan Leopold. Wie einem Macbeth, der, nachdem er den letzten unschuldigen Kadaver in die Grube werfen ließ, Mitglied von »Amnesty International« geworden ist.

Das geht nicht, dachte Zuckerman. Nein, das wird nicht klappen. Eine wahrhaft sentimentale Illusion. Wenn du einen König mordest, einen König mordest – dann brich entweder zusammen und vernichte dich selber oder geh hin und laß *dich* krönen. Und wenn Mac Appel daran glauben muß, dann sei's drum!

»Wissen Sie, warum ich mein Magazin nicht landesweit vertreiben kann?« fragte er den Mann, der neben ihm saß. »Weil es nicht so langweilig ist wie seines.«

»Das sagten Sie bereits.«

»Hefner ist geradezu versessen auf Frauen mit großen Titten. Und zu alledem auch noch sein Geschwafel über den Ersten Zusatzartikel zur Verfassung! In *Lickety Split* ist *alles* drin. Ich bin gegen jegliche Zensur. Mein Magazin ist ein Spiegel, und wir spiegeln *alles* wider. Meine Leser sollen wissen, daß sie keinen Selbsthaß zu empfinden brauchen, wenn sie sich einen runterholen wollen. Wenn sie abspritzen, brauchen sie das nicht als Schande zu empfinden. Und sie brauchen keinen Sartre, um es zu sanktionieren. Ich bin nicht schwul, aber wir werden jetzt eine Menge über dieses Thema bringen. Wir verhelfen Ehemännern dazu, eine schnelle Nummer abzuziehen. Heutzutage wird das Blasen vor allem von verheirateten Männern praktiziert. Sind Sie verheiratet?«

»Ja, ich *bin* verheiratet. Und Vater dreier Kinder.«

»Und Sie haben das nicht gewußt?«

»Nein.«

»Tja, aus dem *Playboy* können Sie es natürlich nicht wissen. So etwas ist nichts für Hefners Leser. Und fürs *Wallstreet Journal* auch nicht. Aber in den hinteren Reihen der Kinos, in den Toiletten der Bars und draußen vor den Schnellrestaurants, wo die LKW-Fahrer parken – das sind die Örtlichkeiten in Amerika, wo das Blasen am häufigsten praktiziert wird. Das Sexualverhalten der Amerikaner verändert sich: Partnerwechsel, Fotzenlekken, Frauen bumsen öfter, verheiratete Männer lutschen an Schwänzen. Folglich spiegelt *Lickety Split* das alles wider. Sollen wir *lügen?* Ich schaue mir die Statistiken an. Es handelt sich wirklich um fundamentale Veränderungen. Aber das alles geht einem Revolutionär wie mir noch nicht weit genug. Es geht mir zu langsam. Aber immerhin hat sich im Lauf des letzten Jahrzehnts die Spermaproduktion in Amerika um mindestens zweihundert Prozent erhöht. Nur daß man davon nichts erfährt, wenn man *Business Week* liest. Sie haben vom *Playboy* gesprochen. Wenn ein Ehemann wie Sie den *Playboy* anschaut, dann sieht er sich diese Bunnies an: Die Frau ist unerreichbar für ihn, sie ist das Mädchen, das er nie haben wird. Also wedelt er sich einen ab und legt sich dann mit seiner Frau ins Bett. Aber wenn er sich die Nutten in *Lickety Split* anschaut, dann weiß er, daß er sie für einen Telefonanruf und fünfzig Piepen haben kann. Das ist der Unterschied zwischen infantiler Phantasie und der Wirklichkeit.«

»Also gut«, sagte der Mann neben ihm und begann, seine letzten Schriftstücke einzuordnen, »ich werde nach Ihrem Magazin Ausschau halten.«

»Tun Sie das«, sagte Zuckerman. Aber er wollte noch nicht damit aufhören, auch wenn dieser Typ genug davon hatte. Allmählich machte es ihm richtig Spaß, der Pornograph Milton Appel zu sein. Ein kleiner Urlaub von Nathan Zuckerman.

Das stimmte zwar nicht ganz – aber warum jetzt schon damit aufhören? »Wissen Sie, wie das mit *Lickety Split* angefangen hat?«

Keine Antwort. Offensichtlich wollte dieser Typ gar nicht wissen, wie Milton Appel mit *Lickety Split* angefangen hatte. Aber Nathan wollte es wissen.

»Früher hatte ich einen Swinging Club, da war Partnerwechsel Trumpf. Einundachtzigste Straße. ›Miltons Millenia‹. Davon haben Sie auch noch nie gehört. Da waren nur Clubmitglieder zugelassen. Keine Prostitution, niemand brauchte für Sex zu bezahlen, und es gab kein Gesetz, mit dem man mich auffliegen lassen konnte. Sex aufgrund mündlicher Übereinkunft, und das ist in New York legal. Man hat mich bloß zu Tode schikaniert. Mein Feuerlöscher sei zwölf Zoll über dem Fußboden statt sechs Zoll über dem Fußboden. Man entzieht mir die Konzession zum Ausschank von Alkohol. Plötzlich gibt's einen Rohrbruch und in den Duschkabinen kein fließendes Wasser mehr. Die Zeit war eben für so einen Club noch nicht reif. Tja, dort hatte ich einen Manager, der jetzt wegen Fälschung sitzt. Hat sechs Jahre bekommen. Ein furchtbar netter Kerl namens Horowitz. Mortimer Horowitz.« Mortimer Horowitz war der Chefredakteur von *Inquiry*. »Ebenfalls Jude. In dieser Branche gibt's viele Juden. Juden werden von der Pornographie angezogen, genau wie von den anderen Medien. Sind Sie Jude?«

»Nein.«

»Wissen Sie, die meisten erfolgreichen Pornographen sind Juden. Oder Katholiken. Sind Sie Katholik?«

»Ja«, sagte sein Nachbar, der jetzt nicht mehr versuchte, seinen Ärger zu verbergen, »ich bin Katholik.«

»Ja, ja, viele davon sind katholisch. Rebellische Katholiken. Also, Horowitz war ziemlich fett...« – das war er wirklich, dieser Dreckskerl! – »...und meistens verschwitzt, aber ich hatte Horowitz gern. Kein besonders scharfsinniger Typ, aber ein *schmuck* von der netten Sorte. Wirklich ein netter Kerl. Also, Horowitz war ein Sexprotz, und ich habe mit ihm um tausend Dollar gewettet – und jemand anders um zweitausend und noch jemand um fünftausend –, wie oft er einen Orgasmus haben kann. Er sagte, fünfzehnmal innerhalb von achtzehn Stunden. Geschafft hat er's fünfzehnmal innerhalb von *vierzehn* Stunden. Wir hatten einen Medizinstudenten dabei, der die Ejakulation kontrolliert hat. Horowitz mußte jedesmal herausziehen, damit wir nachsehen konnten. Das spielte sich in einem dunklen Hinterzimmer von ›Miltons Millenia‹ ab. 1969. Er fickt ein Weibsbild, dann schreit er, jetzt kommt's, der Medizinstudent rennt mit einer Taschenlampe hin, und wir sehen's uns an. Ich weiß noch, daß ich dastand und sagte: ›Das ist mein Leben, und es ist nicht pervers, sondern faszinierend.‹ Ich weiß noch, daß ich dachte: Wenn die *Milton Appel Story* verfilmt wird, dann wird dies eine fabelhafte Szene sein.‹ Aber was mir wirklich unter die Haut gegangen ist, das war diese Faszination. Ich dachte: ›Wir zeichnen alle möglichen Rekorde auf. Vorlagen, Treffer, Durchschnittsleistung der besten Schlagmänner. Warum nicht auch Schwanzrekorde? Da ist Horowitz mit seiner Glanzleistung, die eigentlich auf der Titelseite der *New York Times* stehen müßte, aber niemand weiß davon.‹ Das war meine Titelgeschichte in der ersten Ausgabe von *Lickety Split*. Vor vier Jahren. Hat mein Leben verändert. Wissen Sie, ein Magazin wie *Playboy* möchte ich gar nicht haben, auch nicht, wenn ich damit fünf*hundert* Millionen ...«

Die Maschine setzte mit einem Ruck auf der Landebahn auf. Zuckerman war wieder Zuckerman. Chicago! Aber er konnte einfach nicht aufhören. Es machte ihm so viel Spaß! Und wie lange hatte er keinen mehr gehabt!

Und wie lange würde es dauern, bis er wieder einmal Spaß an etwas fand. Zurück auf die Schulbank und nochmals vier Jahre büffeln.

»Da ruft doch kürzlich jemand bei mir an und fragt: ›Appel, wieviel würden Sie zahlen, wenn Sie Fotos von Hugh Hefner beim Ficken veröffentlichen könnten?‹ Er sagt, er könnte ein Dutzend Fotos beschaffen, die Hefner beim Ficken mit seinen Bunnies zeigen. Ich habe gesagt, keine zehn Cents würde ich dafür geben. ›Sie glauben wohl, es ist eine Neuigkeit, daß Hefner fickt? Beschaffen Sie Fotos, auf denen der Papst beim Ficken zu sehen ist – dann kommen wir ins Geschäft.‹«

»Hören Sie«, sagte der Mann neben ihm, »jetzt reicht's!« Und im Nu hatte er seinen Sicherheitsgurt aufgeschnallt und flüchtete, obwohl die Maschine noch die Landepiste entlangrumpelte, über den Mittelgang zu einem freien Sitzplatz. »Sir!« rief die Stewardeß. »Bleiben Sie *bitte* auf Ihrem Platz, bis wir am Flugsteig halten!«

Ohne zu warten, bis sein Gepäck auftauchte, ging Zuckerman in eine Telefonzelle und rief im Billings Hospital an. Während er darauf wartete, daß Bobby von der Sekretärin an den Apparat geholt wurde, mußte er noch ein Zehncentstück in den Schlitz werfen. Er könnte nicht einhängen und sich später zurückrufen lassen, hatte er ihr erklärt. Er sei ein alter Freund, der soeben in Chicago eingetroffen sei und sofort mit Dr. Freytag sprechen müsse. »Er ist den Korridor hinuntergegangen.« »Versuchen Sie, ihn ausfindig zu machen. Sagen sie, Nathan Zuckerman möchte ihn sprechen. Sagen Sie, es ist sehr wichtig.«

»Zuck!« sagte Bobby, als er endlich ans Telefon kam. »Zuck, das ist ja phantastisch! Wo bist du?«

»Im Flughafen. O'Hare. Soeben gelandet.«

»Ist ja großartig! Bist du hier, um eine Vorlesung zu halten?«

»Ich bin hier, um wieder die Schulbank zu drücken. Als Student. Mir hängt das Schreiben zum Hals raus, Bob. Ich hab' einen Bombenerfolg gehabt und einen Haufen Zaster verdient und ich hasse dieses ganze gottverdammte Geschäft. Ich möchte mich nie mehr damit abgeben. Ich will wirklich damit aufhören. Und das einzige, was mich, glaube ich, befriedigen könnte, ist, Arzt zu werden. Ich möchte Medizin studieren. Ich bin nach Chicago geflogen, um mich zu erkundigen, ob ich mich fürs Winterquartal im College einschreiben und die naturwissenschaftlichen Pflichtfächer absolvieren kann. Bobby, ich muß dich sofort treffen. Ich habe die Bewerbungsformulare. Ich möchte mit dir besprechen, wie ich die Sache anpacken soll. Was meinst du dazu? Ob sie mich, einen Vierzigjährigen, der keine Ahnung von moderner Naturwissenschaft hat, zulassen werden? In meinem Reifezeugnis stehen fast lauter Einser. Hartverdiente Einser, Bob. Einser von 1950 – das ist so was Ähnliches wie Dollars von 1950.«

Bobby lachte. In ihrem Studentenwohnheim war Nathan ein renommierter Late night-Entertainer gewesen, und was er jetzt am Telefon zum besten gab, war doch sicher wieder so eine Minivorstellung, die er sich in Erinnerung an alte Zeiten ausgedacht hatte. Bobby war immer ein schwächliches Bürschchen gewesen. Im zweiten Studienjahr mußte er woanders wohnen, weil er sich wegen seines Asthmas davor hüten mußte, lauthals zu lachen; ließ er sich dazu hinreißen, dann konnte er leicht einen Anfall bekommen. Wenn er Nathan draußen auf dem »Midway« auf sich zukommen sah, hob er jedesmal die Hand und flehte: »Nein, bitte nicht! Ich muß zum Kursus.«

Ja, damals hatte es einen Mordsspaß gemacht, spaßig zu sein. Jedermann hatte Nathan gesagt, er wäre ja verrückt, wenn er all das nicht aufschreiben und veröffentlichen würde. Also hatte er's getan. Und jetzt wollte er Arzt werden.

»Bob, kann ich heute nachmittag zu dir kommen?«

»Ich habe bis fünf Uhr zu tun.«

»So lange dauert's, bis ich hineingefahren bin.«

»Um sechs Uhr habe ich eine Besprechung, Zuck.«

»Dann also *eine* Stunde. Nur um Hallo zu sagen. Bob, mein Koffer ist da – also bis nachher!«

Wieder in Chicago – und mit genau den gleichen Gefühlen wie das allererste Mal. Eine neue Existenz. *So* mußte er's anpacken: kühn, resolut, furchtlos – nicht zaghaft, von Zweifeln geplagt und ständig beklommen. Bevor er die Telefonzelle verließ, genehmigte er sich, statt zum dritten Mal innerhalb von acht Stunden eine

Percodantablette zu riskieren, einen Schluck Wodka aus seiner Taschenflasche. Abgesehen von dem stechenden Schmerz, der sich von der Rückseite des rechten Ohrs durch den Nacken bis ins Fleisch der oberen Rückenpartie zog, hatte er relativ wenig ernsthafte Beschwerden. Aber gerade dieser Schmerz war ihm besonders lästig. Hätte er sich nicht so kühn, resolut und furchtlos gefühlt, dann wäre er jetzt vielleicht ein bißchen beklommen gewesen. Mit den Muskelschmerzen, den empfindlichen Stellen, der Verspannung und Verkrampfung konnte er sich abfinden, aber nicht mit diesem Schmerzensstrang, der wie Feuer brannte, das sich bei der geringsten Kopfbewegung zur Weißglut steigerte. Manchmal brannte es auch nachts weiter. Letzten Sommer hatte er neun Wochen lang darunter gelitten. Nach einer zwölftägigen Butazolidin-Kur hatten die Schmerzen etwas nachgelassen, aber mittlerweile hatte das Butazolidin seinem Magen derart zugesetzt, daß er bloß noch Reispudding vertragen konnte. Immer wenn Gloria zwei Stunden bleiben konnte, hatte sie Reispudding für ihn zubereitet. Alle dreißig Minuten, wenn der Küchenwecker läutete, sprang sie von der Spielmatte auf und rannte – in Strapsgürtel und Stöckelschuhen – in die Kochnische, um die Backröhre aufzumachen und den Reis umzurühren. Als nach einem Monat, in dem er kaum etwas anderes als Glorias Reispudding zu sich genommen hatte, keine Besserung eingetreten war, mußte er ins Mount Sinai-Krankenhaus, wo sein Verdauungskanal geröntgt wurde. Nirgendwo in seinen Gedärmen wurde ein Loch entdeckt, aber der Gastroenterologe warnte ihn davor, Butazolidin jemals wieder mit Champagner hinunterzuspülen. Das hatte sich so ergeben: aus der Kiste, die Marvin ihm zum vierzigsten Geburtstag geschenkt hatte, jedesmal eine Flasche, wenn Diana nach der Schule zu ihm kam und wenn er vergeblich versuchte, ihr *eine* Seite – oder wenigstens *einen* Abschnitt – zu diktieren. Er sah nicht ein, warum er nicht feiern sollte: Seine Karriere war vorbei, Dianas Karriere begann gerade erst – und außerdem war es Dom Pérignon-Champagner.

Er bestellte eine Limousine. Damit würde er am schnellsten und bequemsten in die Stadt gelangen, und der Chauffeur konnte ihm den Koffer tragen. Den Wagen wollte er behalten, bis er sich ein Hotel gesucht hatte.

Der Chauffeur entpuppte sich als weibliches Wesen: eine hellblonde junge Frau, ziemlich klein, stämmig, um die Dreißig. Sie hatte blendend weiße Zähne, einen schlanken Hals und eine forsche, zupackende Art, die gentlemanlike im Stil des Kammerdieners eines Gentleman war. Zu ihrer dunkelgrünen Kammgarnuniform, die wie ein Reitdreß geschneidert war, trug sie schwarze Schaftstiefel. Sie hatte eine Mütze auf, unter der ein blonder Zopf herabbaumelte.

»Zur South Side. Billings Hospital. Dort bleibe ich ungefähr eine Stunde. Sie warten auf mich.«

«Ja, Sir.«

Der Wagen setzte sich in Bewegung. Wieder in Chicago! »Darf ich etwas dazu bemerken, daß Sie nicht der Mann sind, den ich erwartet habe?«

Sie lachte herzhaft. »Wenn Sie wollen, Sir.«

»Ist das eine Nebenbeschäftigung oder Ihr Beruf?«

»Ja, das ist mein Beruf. Und in welcher Branche arbeiten Sie?« Ein forsches Mädchen!

»Pornographie. Ich gebe ein Magazin heraus. Und bin Inhaber eines Swinging Clubs. Und mache Filme. Bin nach Chicago gekommen, um Hugh Hefner zu treffen.«

»Wohnen Sie drüben in der Playboy-Villa?«

»Dieses Haus macht mich krank. Hefner und sein Hofstaat interessieren mich nicht. Die sind für mich genau wie sein Magazin – kalt und langweilig und elitär.«

Es störte sie anscheinend überhaupt nicht, daß er Pornograph war.

»Ich fühle mich dem einfachen Leben verpflichtet«, erklärte er. »Den Jungs an der Straßenecke, mit denen ich aufgewachsen bin, und den Jungs, mit denen zusammen ich in der Handelsmarine gedient habe. Deshalb bin ich in dieser Branche. Was ich nicht ausstehen kann, ist diese Scheinheiligkeit. Diese Heuchelei. Die Verleugnung unseres Schwanzes. Die Unvereinbarkeit jenes Lebens, das ich an der Straßenecke geführt habe und zu dem der Sex und das Wichsen und der ständige Gedanke an Muschis gehörten, und der Einstellung derer, die sagen, so *darf* es nicht sein. Wie verschafft man es sich – das war die Frage. Das war das einzige Problem. Das wichtigste, das es gab. Und das ist es immer noch. Es ist so ungeheuer wichtig, aber wagt man das laut zu sagen, dann ist man ein Monster. Darin zeigt sich eine antihumane Einstellung, die ich nicht ausstehen kann. Eine Verlogenheit, die mich krank macht. Wissen Sie, was ich meine?«

»Ich glaube schon, Sir.«

»Sie wissen's bestimmt. Sonst würden Sie nicht mit so einer Limousine herumfahren. Sie sind wie ich. Ich lasse mich nicht gern disziplinieren und bevormunden. Ich will nicht, daß eine weiße Linie gezogen wird, die ich nicht überschreiten soll. Weil ich sie ja doch überschreiten würde. Wenn ich als kleiner Junge in eine Keilerei geriet, dann meistens deshalb, weil es mir nicht paßte, daß jemand nein zu mir sagte. Es macht mich verrückt. Der Rebell in mir sagt: »Ihr Scheißkerle – mir hat niemand zu sagen, was ich zu tun habe.«

»Ja, Sir.«

»Das heißt nicht, daß ich gegen jede Regel opponiere, bloß weil sie existiert. Ich bin gegen Gewalttätigkeit. Ich finde es abscheulich, wenn Kinder ausgebeutet werden. Für Vergewaltigung habe ich nichts übrig. Ich wälze mich nicht im Dreck. Manche Geschichten in meinem Magazin finde ich ekelhaft. ›Omas Lollypop-Stunde‹ – ich habe diese Geschichte verabscheut. Aber ich habe gute, aufgeweckte Mitarbeiter, und solange sie nicht an die Wände pinkeln und solange sie gute Arbeit leisten, lasse ich sie tun, was sie wollen. Entweder man *läßt* sie selbständig arbeiten oder nicht. Ich bin nicht wie Sulzberger von der *New York Times*. Ich mache mir keine Sorgen darüber, was die Leute in den Vorstandszimmern des großkapitalistischen Amerika sich ausdenken. *Deshalb* ist mein Magazin bei euch hier nicht zu haben. *Deshalb* kann ich es nicht – wie Hefner das seine – landesweit vertreiben. Wenn er in puncto Erster Zusatzartikel zur Verfassung wirklich ein Fundamentalist ist, dann soll er sich doch hier im Staat Illinois dafür einsetzen und nicht bloß das Maul aufreißen. Für mich ist, im Gegensatz zu ihm, Geld nicht die wichtigste Sache der Welt. Wissen Sie, was für mich das Wichtigste ist?«

»Was denn?«

»Der Trotz. Der Haß. Die Empörung. Der Haß ist unendlich. Die Empörung ist gewaltig. Wie heißen Sie?«

»Ricky.«

»Mein Name ist Appel. Milton Appel. Reimt sich auf *je me rappelle* – das bedeutet: ich erinnere mich. Jeder da draußen ist so scheißseriös in puncto Sex, Ricky – und all diese gottverdammten Lügen! Das ist das größte Problem. Als Schuljunge habe ich im Staatsbürgerkunde-Unterricht geglaubt, Amerika sei etwas Besonderes. Als ich das erste Mal verhaftet wurde, konnte ich nicht verstehen, daß man mich festnahm, weil ich freizügig war. Als ich ins Pornogeschäft einstieg, hat man mich oft gefragt: ›Wie lange werden sie dir das erlauben?‹ Das ist doch irre! Was erlaubt man mir denn? Man erlaubt mir, Amerikaner zu sein. Ich verstoße gegen das Gesetz? Ich will nicht wie Hefner daherreden, aber ich dachte, der Erste Zusatzartikel zur Verfassung ist das Gesetz. Sind Sie nicht auch dieser Meinung?«

»Doch, Mr. Appel.«

»Und was nützt die American Civil Liberties Union? Die glauben, ich bringe die Freiheit in Verruf. Das *soll* doch zum Wesen der Freiheit gehören. Was ich tue, ist das, was Freiheit wirklich bedeutet. Nämlich: nicht Platz zu schaffen für Hefner, sondern Platz zu schaffen für *mich*. Für *Lickety Split* und ›Miltons Millenia‹ und ›Supercarnal Productions‹. Ich gebe zu, neunzig Prozent der Pornographie sind stumpfsinnig und trivial und langweilig. Das ist auch das Leben der meisten Menschen, aber niemand sagt, daß sie deshalb keine Existenzberechtigung haben. Für die meisten Menschen ist die *Wirklichkeit* langweilig und trivial. Die Wirklichkeit ist, daß man Mist macht. Oder daß man auf ein Taxi wartet. Und im Regen herumstehen muß. Gar nichts zu tun, das ist die Wirklichkeit. Oder das *Time*-Magazin zu lesen. Aber wenn die Leute ficken, dann machen sie die Augen zu und stellen sich etwas anderes vor, etwas, das nicht da ist, etwas, an das sie nicht herankommen können. Und dafür kämpfe ich, das gebe ich ihnen, und was ich tue, ist, glaube ich, meistens eine gute Sache. Ich schaue in den Spiegel und habe das Gefühl, daß ich kein Scheißkerl bin. Ich habe meine Leute nie verschaukelt – nie. Ich fliege gern Erste Klasse nach Honolulu. Ich trage gern eine Vierzehntausend-Dollar-Uhr, aber ich habe mich von meinem Geld nie tyrannisieren und manipulieren lassen. Ich verdiene mehr Geld als alle, die für mich arbeiten, weil nämlich nicht *sie* sich mit den Sorgen und Anklagen herumschlagen müssen, sondern ich. Meine Leute machen ihrem Ärger Luft, in meinem Büro. Sie schimpfen mich ein habsüchtiges Kapitalistenschwein – sie sind alle pro Fidel Castro und anti Appel –, und beschmieren meine Tür mit Graffiti, wie sie es von ihren Professoren in Harvard gelernt haben. ›Das Management saugt uns aus.‹ ›*Lickety Split* ist zu intellektuell.‹ Anarchisten von neun Uhr morgens bis fünf Uhr nachmittags, und ich bezahle die Rechnung. Aber ich lebe nicht in einer Anarchie. Ich lebe in einer korrupten Gesellschaft. Ich muß da draußen einer Welt voller John Mitchells und Richard Nixons ins Auge sehen, plus einem Psychoanalytiker, plus meiner vierten Frau, die von Scheidung redet, plus meinem siebenjährigen Sohn, der nicht in meine Fußstapfen treten wird, weil ich das nicht möchte. Für ihn wäre das nicht die Freiheit. Können Sie mir folgen?«

»Ja, Sir.«

»Vor ungefähr einem Jahr, als meine Frau anfing, von Scheidung zu reden, und bevor ich mich bereit erklärte, zum Psychoanalytiker zu gehen, legte sie sich einen Liebhaber zu, den ersten, den sie jemals hatte. Ich war am Boden zerstört. Konnte nicht damit fertigwerden.

Hat mich verrückt gemacht. Und sehr verunsichert. Ich bumse Hunderte von Frauen, und sie hat's bloß mit einem einzigen Kerl getrieben, aber es hat mich völlig aus der Fassung gebracht. Und er war ein Niemand. Sie hatte sich einen Typ ausgesucht, der älter war als ich. Und er war impotent – ich will damit sagen, daß sie sich keinen fünfundzwanzigjährigen Zuchthengst ausgesucht hatte – und trotzdem hat es mich verrückt gemacht. Der Kerl war ein Damespiel-Champion. Mortimer Horowitz. Saß immer da und starrte auf sein Damebrett. »Ich schlage jeden.« Sie wollte es so. Ich habe mich mit ihr ausgesöhnt und ihr gesagt: ›Schatz, such dir doch das nächste Mal einen Typ aus, mit dem ich's *nicht* aufnehmen kann, vielleicht einen kalifornischen Surfer.‹ Ausgerechnet einen jüdischen Nebbich hat sie sich ausgesucht, den Damespiel-Champion vom Washington Square Park. Sehen Sie, Ricky, das ist der Druck, unter dem ich stehe: Spiele soll ich spielen, stillsitzen soll ich, gedämpft sprechen, nett sein. Aber ich habe mich noch nicht dazu erweichen lassen, nett zu sein und mir die Belohnung zu verdienen, die nette Jungs erhalten – zum Beispiel, nicht eingelocht zu werden oder einen Waffenschein zu bekommen oder eine kugelsichere Weste tragen zu müssen, wenn man zum Essen ausgeht. Ich habe mich nie dazu erweichen lassen, mein Kapital sicher anzulegen. Etwas in mir sagt: ›Scheiß auf das ganze Geld!‹ Ich mag dieses Etwas in mir. Als Nixon ans Ruder kam, hätte ich mir viel ersparen können, wenn ich mein Magazin entschärft hätte. Als ›Miltons Millenia‹ schließen mußte, hätte ich merken können, wohin der Hase läuft, und sofort aus dem Geschäft aussteigen sollen. Statt dessen habe ich ›Millenia Zwei‹ eröffnet, größer und besser und schicker als mein alter Club – mit einem Fünfzehn-Meter-Swimmingpool und einer Stripteasenummer, vorgeführt von einem Transvestiten, einem wunderschönen Mädchen mit einem großen Schwengel. Und von mir aus konnte sich Nixon in den Arsch beißen. Ich sehe, wie die Schwarzen in diesem Land behandelt werden. Ich sehe die Ungerechtigkeit, und sie macht mich krank. Aber wird die Ungerechtigkeit bekämpft? Nein. Bekämpft wird der Pornograph, dieser Jidd. Aber der Pornograph, dieser Jidd, wird sich wehren. Weil ich im Innersten an das glaube, was ich tue, Ricky. Meine Angestellten lachen. Es ist zur Streitfrage meines Lebens geworden, ob Milton Appel an das glaubt, was er tut. So ähnlich wie wenn Marilyn Monroe sagte: ›Ich bin eine Schauspielerin, ich bin eine Schauspielerin.‹ Sie ist auch für ihre Titten berühmt gewesen. Ich kann den Leuten tausendmal sagen, daß ich ein seriöser Mensch bin, aber es fällt ihnen schwer, das für bare Münze zu nehmen, wenn der Staatsanwalt *Lickety Split* vorzeigt, und auf dem Titelblatt ein weißes Mädchen zu sehen ist, das einen großen schwarzen Schwanz lutscht und sich gleichzeitig mit einem Besenstiel fickt. Wir leben in einer unversöhnlichen Welt, Ricky. Wer die Gesetze übertritt, wird wahrlich als Abschaum verabscheut. Na ja, von mir aus. Aber niemand soll mir erzählen, daß der Abschaum nicht die gleiche Existenzberechtigung hat wie all jene, die nette Leute sind. Niemand soll mir das jemals erzählen! Weil nämlich auch der Abschaum menschlich ist. Für mich ist das größte Problem nicht das Geld sondern die antihumane Einstellung, die sich als ›nett‹ bezeichnet. Es ist mir egal, was mein Junge später einmal sein wird, es ist mir egal, ob er sich als erwachsener Mann Strumpfhosen anzieht. Wenn er bloß nicht ›nett‹ wird! Wissen Sie, wovor mir mehr graut als vor dem Knast? Davor, daß er eines Tages gegen einen Vater wie mich rebelliert. Dann wird's mir heimgezahlt. Die beschissene Rache der anständigen Gesellschaft: ein Sohn, der sehr, sehr, sehr nett ist – noch eine von diesen verängstigten Seelen, die, durch Hemmungen gezähmt, den Wahnsinn unterdrücken und sich nichts anderes wünschen, als mit den Herrschenden in Frieden und Eintracht zu leben.«

»Ich möchte ein zweites Leben beginnen. So schlicht und einfach ist das.«

»Und was stellst du dir darunter vor?« fragte Bobby. »Irgendwie *tabula rasa* zu machen? Das kann ich einfach nicht glauben, Zuck. Wenn du das wirklich vorhast, warum suchst du dir dann ausgerechnet einen Beruf aus, der die schwierigste und langwierigste Ausbildung erfordert? Such dir lieber einen leichteren aus, dann mußt du nicht so viel Zeit opfern.«

»Was leichter zu schaffen ist, kommt dem Bedürfnis nach einer schwierigen Aufgabe nicht entgegen.«

»Dann steig doch auf den Mount Everest.«

»Das wäre so ähnlich wie das Bücherschreiben. Man ist allein mit dem Berg und mit einem Pickel. Man ist auf sich selber angewiesen, und es ist praktisch unmöglich, es zu schaffen. Es *ist* das gleiche wie Bücherschreiben.«

»Als Arzt bist du auch auf dich selber angewiesen. Wenn du dich zu einem bettlägrigen Patienten hinunterbeugst, dann gehst du eine äußerst komplizierte, ganz spezifische Beziehung ein, auf die du dich durch jahrelange Ausbildung und Erfahrung vorbereitet hast, aber glaub mir, im Grund bist du trotzdem auf dich selber angewiesen.«

»Ich meine mit ›auf sich selber angewiesen‹ etwas anderes. So wie du es meinst, trifft es auf jeden Facharbeiter zu. Wenn *ich* auf mich selber angewiesen bin, dann untersuche ich nicht den Patienten. Ich beuge mich zwar über sein Bett, aber in diesem Bett liege ich selber. Es gibt Schriftsteller, die genau umgekehrt an die Sache herangehen, aber was ich zustande bringe, steht immer in enger Beziehung zu *meinem* Zustand. Ich höre zu, ich höre sehr genau zu, aber meinen Ausgangspunkt finde ich immer nur in meinem Innenleben – und das kann ich einfach nicht mehr ertragen. Nicht einmal das bißchen Innenleben, das mir noch geblieben ist. Subjektivität als Thema – ich hab' genug davon!«

»Ist das alles, wovor du wegläufst?«

Soll ich's ihm sagen? Kann Bobby mich heilen? Ich bin nicht hierhergekommen, um behandelt zu werden, sondern um das Behandeln zu lernen; nicht, um wieder in Schmerzen unterzugehen, sondern um mir eine neue Welt zu schaffen, in der ich aufgehen kann; nicht, um mich von jemandem versorgen und pflegen zu lassen, sondern um den Beruf zu erlernen, in dem *ich* anderen helfen kann. Wenn ich's Bobby sage, steckt er mich in die Klinik, aber ich bin hierhergekommen, um in die Schule zu gehen.

»Mein Leben als Wiederkäuer, davor laufe ich weg. Hinuntergeschluckte Erfahrung, die wieder hochkommt, um wiedergekäut und in Kunst verwandelt zu werden. An allem herumkauen, Zusammenhänge suchen – zu viel Innenleben, Bob, zu viel Wühlen in der Vergangenheit. Zu viele Zweifel, ob es überhaupt der Mühe wert ist. Täusche ich mich, wenn ich annehme, daß bei einem Anästhesisten nicht das halbe Leben aus Zweifeln besteht? Ich schau dich an und sehe einen kräftigen, selbstsicheren, bärtigen Mann, der kein bißchen daran zweifelt, daß das, was er tut, der Mühe wert ist, und daß er seine Sache gut macht. Daß du wertvolle Arbeit leistest, ist unbestreitbar. Der Chirurg schneidet den Patienten auf, um etwas Krankes zu entfernen, und daß der Patient das gar nicht spürt, ist *dir* zu verdanken. Eine klare, eindeutige Sache, unbestreitbar nützlich und genau das Richtige. Ich beneide dich darum.«

»Ja? Willst du Anästhesist werden? Seit wann?«

»Seit ich dich wiedergesehen habe. Du machst einen rundherum glücklichen Eindruck. Es muß herrlich sein! Du gehst am Abend vor der Operation zu ihnen und sagst: ›Ich heiße Bobby Freytag und werde Sie morgen mit ein bißchen Pentothal einschläfern. Ich bleibe während der Operation bei Ihnen, um mich zu vergewissern, daß mit Ihrem Organismus alles in Ordnung ist, und wenn Sie aus der Narkose aufwachen, werde ich da sein und Ihre Hand halten und dafür sorgen, daß Sie sich wohlfühlen. Hier, schlucken Sie eine von diesen Tabletten, dann schlafen Sie wie ein Baby. Ich bin Bobby Freytag und habe mein Leben lang studiert und praktiziert und gearbeitet, damit Sie sicher sein können, daß alles gutgeht.‹ Ja, ganz bestimmt, Bob – ich will auch Anästhesist werden.«

»Hör mal, Zuck, was ist eigentlich mit dir los? Du siehst miserabel aus. Du stinkst nach Gin.«

»Wodka. Im Flugzeug. Angst vor dem Fliegen.«

»Nein, du siehst viel elender aus. Deine Augen. Deine Hautfarbe. Was zum Teufel ist mit dir los?«

Nein. Diese Schmerzen durften ihm nicht noch einmal eine Beziehung vermasseln. Nicht einmal den orthopädischen Kragen hatte er angelegt – aus Angst davor, daß man ihn nicht zum Medizinstudium zulassen würde, wenn man feststellte, daß er nicht nur ein Mann von vierzig war und von moderner Naturwissenschaft nichts verstand, sondern daß er obendrein auch noch krank war. Die Bedürfnisse, nach denen die immer wiederkehrenden Schmerzen schrien, hatte er zusammen mit seinen Prismengläsern auf der Spielmatte zurückgelassen. Jetzt brauchte er nicht mehr vom Fußboden aus zu jeder Person aufzuschauen, die, schier riesenhaft groß, auf den Füßen stand. Percodan wenn nötig, Kotlers Kopfkissen (auch wenn die Chancen nur eins zu eine Million standen), ansonsten aber für alle, denen er in Chicago begegnete – bestimmt aber für Bobby und das Zulassungskomitee – eine unverwüstliche Natur, so gesund und munter wie am Tag seiner Geburt. Du mußt jeder Versuchung widerstehen, diese Beschwerden (angefangen vom ersten, anscheinend harmlosen Prickeln bis hin zur körperlichen Behinderung) deinem beneidenswerten einstigen Zimmergenossen zu schildern, auch wenn er ein von seiner Aufgabe überzeugter Schmerzdämpfer ist. Von jetzt an wird nichts mehr gegen deine Schmerzen getan, von jetzt an wird nicht mehr davon gesprochen. Entweder sind die Heilmittel noch zu primitiv oder die Ärzte wissen noch nicht genug oder du bist unheilbar. Wenn du Schmerzen hast, dann tu so, als wäre es ein Vergnügen. Sag dir jedesmal, wenn's wieder wie Feuer brennt: ›Ach, das tut gut – macht mich richtig froh darüber, daß ich noch lebe.‹ Betrachte es nicht als unsinnige Strafe sondern als unverdiente Belohnung. Betrachte es als eine chronische Ekstase, die nur insofern lästig ist, als man auch von etwas Gutem zu viel bekommen kann. Betrachte es als Fahrkarte in ein neues Leben. Stell dir vor, daß du diesem Zustand *alles* verdankst. Stell dir vor, was du willst. Vergiß diese fiktiven, nur in Büchern existierenden Zuckermans und erfinde einen neuen Zuckerman für die Wirklichkeit. Die anderen machen's auch so. Dein nächstes Kunstwerk: *du*.

»Erzähl mir etwas über die Anästhesiologie. Das muß eine wunderbar klare Sache sein. Man gibt ihnen etwas zum Einschlafen, und sie schlafen ein. Man will, daß sich ihr Blutdruck erhöht, also gibt man ihnen ein Medikament und erhöht ihren Blutdruck. Man will ihn so und so weit erhöhen, also erhöht man ihn so und so weit. Man will es und man schafft es. Hab' ich recht? Du würdest nicht so aussehen, wie du aussiehst, wenn's *nicht* so wäre. Aus A folgt B, und aus B folgt C. Du weißt, wann du recht hast, und du weißt, wann du unrecht hast. Idealisiere ich das? Du brauchst mir nicht zu antworten. Ich sehe es dir an, ich kann's spüren, ich kann's dir am Gesicht ablesen.«

Die Percodantablette, die er auf der Kliniktreppe geschluckt hatte, die dritte an diesem Tag (jedenfalls hoffte er, daß es die dritte und nicht schon die vierte war), bewirkte, daß er in einem fort redete – nur dieses Percodan brachte das zuwege: anfangs eine herrliche Benommenheit, und dann kann man zwei Stunden lang die Klappe nicht halten. Und dazu kam jetzt auch noch die freudige Erregung darüber, den ernsten, schüchternen, manierlichen Bobby von damals als ausgewachsenen, stämmigen Arzt wiederzusehen: ein pechschwarzer Bart, der seine Aknenarben kaschierte; ein Eckbüro im Billings Hospital, mit Fenstern, die auf den Midway-Rasen hinausgingen, wo sie sonntags immer Softball gespielt hatten; und Regale mit Hunderten von Büchern, die dem Romancier Zuckerman samt und sonders unbekannt waren. Allein, daß Bobby jetzt an die zwei Zentner wog, war aufregend. Damals war er noch magerer gewesen als Nathan – eine lernbegierige Bohnenstange mit Asthma, unreiner Haut und der liebenswürdigsten Veranlagung in der Geschichte der Pubertät. Er war der einzige dankbare Siebzehnjährige, dem Nathan je begegnet war. Und plötzlich war Zuckerman so stolz auf ihn, daß er sich fast wie sein Vater vorkam, Bobbys Vater, Inhaber eines Damenhandtaschengeschäfts in der Einundsiebzigsten Straße, in dem Bobby mittwochnachmittags und samstagsabends ausgeholfen hatte. Seine Augen begannen zu brennen, ihm war nach Weinen zumute – aber nein, er würde nie mit Bobbys Unterstützung rechnen können, wenn er jetzt den Kopf auf den Schreibtisch legte und sich die Seele aus dem Leib schluchzte. Dies war nicht der Ort und nicht der Moment dafür, auch wenn es ihn hier und jetzt dazu drängte, alles, was er so lange zurückgehalten hatte, mit einem Tränenstrom hinauszuspülen. Aber er hätte ja auch ganz gern jemanden erschossen. Denjenigen, der ihn so malad gemacht hatte. Der Haken war nur, daß es keinen gab, den er dafür verantwortlich machen konnte, und daß er, im Gegensatz zum Pornographen, kein Schießeisen besaß.

Die Tränen konnte er unterdrücken, aber nicht seine Redseligkeit. Abgesehen davon, daß ihn das Percodan aufputschte, hatte er ja eben erst einen Entschluß gefaßt, der einen absoluten Wendepunkt darstellte: keine Schmerzen zu haben, auch wenn er welche hatte; und so zu tun, als genösse er sie. Und damit meinte er keinen masochistischen Genuß. Es war, zumindest in seinem Fall, reiner Blödsinn, morbide heimliche Lustgefühle als Entschädigung dafür zu betrachten, daß man Schmerzen hatte. Jeder ist bestrebt, Schmerzen interessant zu machen – vor allem die Religionen, dann die Dichter, dann, um ihnen nicht nachzustehen, die Ärzte, die dabei mit der fixen Idee vom psychosomatischen Leiden aufwarten. Sie wollen den Schmerzen einen *tieferen Sinn* geben. Was haben deine Schmerzen zu bedeuten? Was verbirgst du? Was zeigst du? Was verrätst du? Nur unter Schmerzen zu leiden, ist unmöglich, du mußt auch unter dem leiden, was sie zu bedeuten haben. Tatsächlich aber sind Schmerzen weder interessant noch von tieferer Bedeutung, sie sind das *Gegenteil* von interessant, und nichts, *nichts* kann sie sinnvoll machen, es sei denn, du bist von vornherein wahnsinnig gewesen. Nichts ist der Mühe wert, Ärzte zu konsultieren, ins Krankenhaus und in Drogerien und in Kliniken zu gehen. *Nichts* ist wert, daß man sich so deprimiert und gedemütigt und hilflos fühlen muß, nicht mehr arbeiten, sich keine Bewegung verschaffen kann und um das letzte bißchen Unabhängigkeit gebracht wird. *Nichts* ist wert, daß man morgens, wenn man mit Mühe und Not das Bett gemacht hat, sofort wieder hineinkriechen muß. *Nichts* ist wert, daß man sich einen Harem halten muß, nicht einmal, wenn er aus hundert Frauen bestände, die, nur mit einem Strapsgürtel bekleidet, alle gleichzeitig Reispudding kochen. Niemand konnte ihm weismachen, daß er seit eineinhalb Jahren unter diesen Schmerzen litt, weil er überzeugt war, daß er sie verdiente. Eben weil er das nicht glaubte, war er ja so erbittert darüber.

Er reagierte keine Schuldgefühle ab – er *hatte* keine Schuldgefühle. Wäre er mit den Appels und ihren Ermahnungen einverstanden gewesen, dann hätte er dieses Buch gar nicht geschrieben. Dann wäre er gar nicht dazu imstande gewesen. Dann hätte er es gar nicht schreiben *wollen*. Zugegeben, er war des Streitens müde, aber das hieß doch nicht, daß seine Krankheit eine Kapitulation vor dem Urteilsspruch der Appels bedeutete. Er büßte doch keine Strafe oder Schuld ab. Er hatte doch nicht vier Jahre lang an dieser renommierten Universität studiert und sich rationalen Humanismus einhämmern lassen, um dann eines Tages irrationale Schuldgefühle durch körperliche Schmerzen abzubüßen. Er hatte doch nicht zwanzig Jahre lang geschrieben, hauptsächlich *über* irrationale Schuldgefühle geschrieben, um sich am Ende selber schuldig zu fühlen. Und er brauchte keine Krankheit, um Aufmerksamkeit zu erregen. Keine Aufmerksamkeit mehr erregen – darum ging es ihm jetzt; mit einer Gesichtsmaske und im weißen Kittel im Operationssaal stehen – das war sein Ziel. Er wollte nicht aus irgendeinem banalen, sentimentalen, naiven, poetischen, theologischen oder psychoanalytischen Grund ein Leidender sein – schon gar nicht, um Mortimer Horowitz Genugtuung zu verschaffen. Mortimer Horowitz war für ihn der allerbeste Grund, gesund zu bleiben. Etwas anderes kam für ihn gar nicht mehr in Frage. Er weigerte sich.

Drei (oder vier) Percodantabletten, zwei Drittel Gramm Marihuana, sechs Unzen Wodka – und schon sah er alles ganz klar und konnte nicht aufhören, zu reden. Es war vorüber. Die achtzehn Monate waren vorbei. Er hatte einen Entschluß gefaßt und damit basta. *Ich bin gesund.*

»Ich kann's noch gar nicht fassen. Ich war der große Akteur, zungenfertig und ironisch und weltklug, und du warst der ernste, pflichtbewußte, asthmatische Junge, der im Handtaschengeschäft seines Vaters aushalf. Als ich deinen Namen im Vorlesungsverzeichnis las, dachte ich: ›Also dort hält sich Bobby versteckt. Hinter dem Chirurgen.‹ Aber jetzt sehe ich einen Mann vor mir, der sich vor nichts versteckt. Der weiß, wann er recht hat und wann er unrecht hat. Der im Operationssaal keine Zeit hat, herumzusitzen und sich zu überlegen, was er als nächstes tun soll und ob es gutgehen wird oder nicht. Einen Mann, der weiß, *wie* man's richtig macht und wie man's *sofort* richtig macht. Fehler sind nicht erlaubt. Worum es geht, ist eindeutig. Leben kontra Tod. Gesundheit kontra Krankheit. Anästhesie kontra Schmerzen. Wie befriedigend das sein muß!«

Bobby lehnte sich zurück und lachte. Ein schallendes Lachen. Kein Sauerstoffmangel mehr in seiner Lunge. Er ist so gewichtig wie Falstaff. Aber nicht, weil er säuft, sondern weil er etwas Sinnvolles tut. Er wiegt so viel wie er wert ist.

»Wenn man weiß, wie man's machen muß, Zuck, dann ist es ganz einfach. Wie beim Radfahren.«

»Nein, nein. Man neigt dazu, die hohen Anforderungen, die das eigene Spezialgebiet an einen stellt, herunterzuspielen. Für dich ist es nur deshalb einfach, weil du so viel davon verstehst.«

»Apropos Spezialgebiet: In *Time* steht, daß du viermal verheiratet warst.«

»In Wirklichkeit nur dreimal. Und du?«

»Eine Frau, ein Kind, eine Scheidung.«

»Wie geht's deinem Vater?«

»Nicht besonders. Meine Mutter ist vor kurzem gestorben. Fünfundvierzig Jahre war er mit ihr verheiratet. Es ist schlimm für ihn. Die meiste Zeit ist er nicht mehr der nüchterne, gelassene Jude, der er immer war; jetzt steigen ihm schon die Tränen in die Augen, wenn er einem bloß sagt, daß Mittwoch ist. Wir haben's ziemlich schwer mit ihm. Er wohnt vorläufig bei mir. Und wie geht's deinen Eltern?«

»Mein Vater ist 1969 gestorben. Hatte sich nach einem Schlaganfall halbwegs erholt, und dann Koronarthrombose. Meine Mutter ist ein Jahr später gestorben. Gehirntumor. Ganz plötzlich.«

»Du bist also verwaist. Und derzeit ohne Ehefrau. Ist *das* dein Problem? Das Gefühl der Verlassenheit?«

»Es gibt ein paar weibliche Wesen, die sich um mich kümmern.«

»Zuck, welche Droge nimmst du?«

»Gar keine. Ich bin bloß ziemlich fertig. Die Ehefrauen, die Bücher, die Freundinnen, die Beerdigungen. Der Tod meiner Eltern war eine bittere Pille für mich. In meinen Büchern hatte ich ihn zwar jahrelang geprobt, aber ich kann's trotzdem noch nicht fassen. Vor allem aber bin ich die Schriftstellerei leid. Sie ist nicht die erhebende Erfahrung, die man uns in ›Humanities 3‹ in Aussicht gestellt hat. Ich leide an Erfahrungsmangel und nähre mich bloß noch von Wörtern. Es hat den Packesel in mir zum Vorschein gebracht, dieses Ritual, das erforderlich ist, wenn man Bücher schreibt. Außenseitern kommt es vielleicht wie ein wirklich freies Leben vor – keine festen Arbeitszeiten, Eigenständigkeit, die Chance, berühmt zu werden, die – anscheinend – freie Themenwahl. Aber hat man einmal mit dem Schreiben begonnen, dann fühlt man sich ständig eingeschränkt. Man ist an ein Thema gebunden. Es *muß* plausibel sein. Man *muß* ein Buch daraus machen. Wer praktisch jede Minute an die eigenen Grenzen erinnert werden möchte, der kann sich gar keinen besseren Beruf aussuchen. Dein Gedächtnis, deine Diktion, deine Intelligenz, deine

Sympathien, deine Beobachtungen, deine Empfindungen, dein Verständnis – alles unzulänglich. Über das, was dir fehlt, findest du mehr heraus, als du eigentlich wissen solltest. Du bist ein eingezäuntes Gehege, aus dem du immer wieder auszubrechen versuchst. Und all die Verpflichtungen, die um so härter sind, weil du sie dir selbst auferlegt hast.«

»Jedes Bauwerk ist zugleich eine Begrenzung. Tut mir leid, dir das sagen zu müssen, aber das gilt auch für die Medizin. Jeder gerät auf dem Gebiet, das er am besten beherrscht, in die Falle.«

»Weißt du, es ist ganz einfach so: Ich bin es leid, meine Erinnerungen auszuplündern und von der Vergangenheit zu leben. Aus meiner Sicht ist da nichts mehr zu holen. Falls es wirklich das war, was ich am besten konnte, existiert es nicht mehr. Ich will eine aktive Beziehung zum Leben haben, und zwar *jetzt.* Ich will eine aktive Beziehung zu mir selber haben. Ich habe es satt, alles in Literatur umzusetzen. Jetzt geht's mir um das wahre Leben, *im Rohzustand* – nicht um darüber zu schreiben, sondern um seiner selbst willen. Ich habe zu lange aus dem Koffer meines eigenen Ichs gelebt. Ich möchte aus tausenderlei Gründen neu beginnen.«

Aber Bobby schüttelte den bärtigen Kopf: versteh' ich nicht, kauf' ich dir nicht ab. »Wenn du als Schriftsteller ein bettelarmer Versager wärst und deine Bücher nicht gedruckt würden und dein Name völlig unbekannt wäre und du dich zum Beispiel auf die Sozialpädagogik verlegen würdest, wofür du bloß noch zwei Jahre studieren müßtest – okay. Wenn du dich als der Schriftsteller, der du bist, in all den Jahren viel in Krankenhäusern und bei Ärzten herumgetrieben und zwanzig Jahre lang nebenher medizinische Werke und Zeitschriften gelesen hättest... Aber du sagst ja selbst, daß du von Naturwissenschaft noch genauso wenig verstehst wie im Jahr 1950. Wenn du in all den Jahren so etwas wie ein geheimes Leben geführt hättest – aber *hast* du das? Wann ist dir denn dieser grandiose Einfall gekommen?«

»Vor zwei, drei Monaten.«

»Ich glaube, du hast ein anderes Problem.«

»Und das wäre?«

»Ich weiß es nicht. Vielleicht bist du ganz einfach erschöpft. Vielleicht solltest du ein Schild an deine Tür hängen, ›Bin zum Fischen gegangen‹, und dich für ein Jahr nach Tahiti absetzen. Vielleicht brauchst du nur einen zweiten Anlauf als Schriftsteller. Hab' ich recht oder nicht? Vielleicht solltest du öfter einen Fick haben oder sonst was.«

»Hilft nichts. Hab' ich ausprobiert. Fleischeslust mit allem Drum und Dran, aber was dabei herauskommt, ist das Gegenteil von Lust. Bumsen, auf den Mount Everest steigen, Bücher schreiben – nicht genug Kontakt mit anderen Menschen. Mailer hat für das Amt des Bürgermeisters von New York kandidiert. Kafka sprach davon, daß er gern Kellner in einem Café in Tel Aviv wäre. Ich möchte Arzt werden. Vom Ausbrechen zu träumen, ist keine Seltenheit. Das passiert den abgebrühtesten Schriftstellern. Die Arbeit laugt einen aus und laugt einen aus, und allmählich fragt man sich, ob überhaupt noch was zum Auslaugen da ist. Manche greifen zur Flasche, manche zum Gewehr. Ich ziehe ein Medizinstudium vor.«

»Bloß daß die Probleme, die dich als Schriftsteller plagen, noch genauso da sein werden, wenn du Arzt bist, das kannst du mir glauben. Auch das ›wahre Leben‹ kann einem zum Hals heraushängen. Man hat genug von all den Krebsgeschwüren, den Schlaganfällen, den Familienangehörigen, für die man schlechte Nachrichten hat. Man kann bösartige Tumore genauso satt haben wie alles andere. Glaub mir, Zuck, mir steht diese ganze Erfahrung bis *hier*. Und sie ist keineswegs so ungeheuer befriedigend, wie du dir vielleicht vorstellst. Man ist derart in Erfahrung verstrickt, daß man gar nicht mehr fähig ist, zu begreifen, was man alles durchzumachen hat. Zahl dein Lehrgeld, Zuck, und triff deine Wahl. Ich glaube allerdings, daß Zuckerman, der Arzt, kein anderer Mensch sein wird als Zuckerman, der Schriftsteller.«

»Aber dann wird es keine Abgeschiedenheit geben, keine Einsamkeit. Die *kann* es dann gar nicht geben. Die äußeren Umstände sind dafür viel zu unterschiedlich. In dieser Klinik laufen tausend Menschen herum. Weißt du, wer in meinem Arbeitszimmer herumläuft, wen ich anfassen und auffordern kann, ›Ahhh‹ zu sagen? Bücher zu schreiben ist keine sehr gesellige Angelegenheit.«

»Nicht einmal in diesem Punkt kann ich dir zustimmen. Deine Einsamkeit ist eine selbstgewählte Einsamkeit. Mit anderen zusammenzuarbeiten liegt offenbar nicht in deiner Natur. Deine Veranlagung wird sich nicht ändern, und deshalb wirst du immer nur dich selber auffordern, ›Ahhh‹ zu sagen.«

»Bob, erinnerst du dich, wie ich damals war? Du weißt verdammt gut, daß ich kein Einsiedler gewesen bin. Ich war ein lebhafter, geselliger, extravertierter Bursche. Lustig. Voller Selbstvertrauen. Ich war fast verrückt vor lauter geistiger Anregung. Dein alter Kumpel Zuck war keine in sich gekehrte Natur. Ich war einer, der darauf brannte, endlich anzufangen.«

»Und jetzt brennst du darauf, Schluß zu machen. So kommst du mir jedenfalls vor, ganz gleich, was du redest.«

»Nein, nein – ich brenne darauf, noch einmal anzufangen. Bob, ich möchte es mit dem Medizinstudium versuchen. Was zum Kuckuck ist daran so falsch?«

»Das ist nicht so etwas Ähnliches wie ein sechsmonatiger Studienurlaub. Man muß viel Zeit und viel Geld investieren. Für einen Vierzigjährigen, der nicht die erforderlichen Qualifikationen vorzuweisen hat und keine naturwissenschaftliche Begabung ist, wäre es viel zu mühsam.«

»Ich kann es schaffen.«

»Na schön, nehmen wir einmal an, du schaffst es – was ich bezweifle. Bis du in deinem Fach etwas taugst, wirst du verdammt nahe an fünfzig sein. Dann hast du zwar genug Kontakt zu anderen Menschen gefunden, aber noch keine Anerkennung. Und wie zum Teufel wird dir das schmecken, wenn du fünfzig bist?«

»Ich werde es herrlich finden.«

»Bockmist!«

»Du täuschst dich. Ich habe meine Anerkennung gehabt. Ich habe mein Publikum gehabt. Dem Publikum hat es nicht geschadet, mir aber um so mehr. Ich habe mich zu Hausarrest verurteilt. Bobby, ich bin nicht begierig darauf, zu beichten, und möchte auch nicht für einen Beichtvater gehalten werden, aber die Leute waren nur *daran* interessiert. Es war kein literarischer Ruhm, es war sexueller Ruhm – und der stinkt. Nein, ich bin gern bereit, das aufzugeben. Das beneidenswerteste Genie in der Geschichte der Literatur ist der Bursche, der die Buchstabensuppe erfunden hat. Niemand kennt seinen Namen. Es gibt nichts Anstrengenderes, als herumlaufen und sich für den Verfasser der eigenen Werke ausgeben zu müssen – ausgenommen die Anstrengung, so zu tun, als sei man nicht der Verfasser.«

»Wenn du glaubst, keine Anerkennung nötig zu haben, wie steht's dann mit den Moneten?«

»Ich habe Geld verdient. Einen Haufen Geld. Viel Zaster und viele Peinlichkeiten. Ich habe genug von beidem.«

»Nur daß du von diesem Haufen Geld den Betrag abziehen mußt, den es dich kosten wird, Medizin zu studieren und zehn Jahre lang deinen Lebensunterhalt aus eigener Tasche zu bestreiten. Du hast mich nicht davon überzeugt, daß du tatsächlich Arzt werden willst oder Arzt werden solltest, und du wirst auch das Zulassungskomitee nicht davon überzeugen.«

»Und meine guten Noten? Meine vielen Einser – verflixt noch mal! All diese Einser von 1950!«

»Zuck, als Mitglied des Lehrkörpers dieser Institution finde ich es zwar rührend, daß du immer noch stolz darauf bist, so viele Einser nach Hause gebracht zu haben, aber ich muß dir sagen, daß wir etwas anderes als Einser gar nicht in Betracht ziehen. Fragt sich nur, in welchen Fächern. Und wir lassen einen Einserschüler bestimmt nicht einfach deshalb zu, weil es sich um einen Schriftsteller handelt, der nicht mehr mit seiner Schreibmaschine allein sein will und der es leid ist, seine Freundinnen zu bumsen. Für dich mag das ein guter Grund für einen Berufswechsel sein, aber in diesem Land herrscht Ärztemangel, und wir verfügen leider nur über so und so viele Studienplätze – und so weiter und so weiter... Das würde ich dir sagen, wenn ich der Dekan der medizinischen Fakultät wäre. Jedenfalls möchte ich nicht derjenige sein, der dem Verwaltungsrat deinen Fall vortragen muß. Nicht, wie du ihn mir vorgetragen hast. Und nicht, wenn du so miserabel aussiehst. Hast du dich in letzter Zeit einmal gründlich untersuchen lassen?«

»Ich habe eine Reise hinter mir, das ist alles.«

»Klingt so, als hätte sie länger als drei Stunden gedauert.«

Bobbys Telefon läutete. »Dr. Freytag...Was ist los?... Bitte nimm dich zusammen! Beruhige dich! Gar nichts ist ihm passiert...Dad, ich weiß auch nicht, wo er ist...Er ist nicht tot, er ist bloß ausgegangen...Hör zu, komm in die Klinik und warte in meinem Büro auf mich. Dann gehe ich mit dir ins chinesische Restaurant ... Also gut, setz dich vor den Fernseher, ich bin um acht zu Hause und koche Spaghetti für uns...Es ist mir egal, was Gregory ißt...Ich weiß, er ist ein prächtiger Junge, aber es interessiert mich nicht mehr, ob er etwas ißt oder nicht. Du brauchst nicht auf Gregory zu warten. Du machst dich seinetwegen noch verrückt. Weißt du, wer mir hier am Schreibtisch gegenübersitzt? Mein alter Zimmergenosse Zuck...Nathan. Nathan Zuckerman ... Moment, du kannst mit ihm sprechen.«

Er reichte Nathan den Hörer hinüber. »Mein alter Herr. Sag ihm guten Tag.«

»Mr. Freytag? Hier ist Nathan Zuckerman. Wie geht's Ihnen?«

»Ach, heute nicht besonders. Mir geht's gar nicht gut. Ich habe meine Frau verloren. Ich habe meine Julie verloren.« Er begann zu schluchzen.

»Ich weiß. Es tut mir schrecklich leid. Bobby hat's mir erzählt.«

»Fünfundvierzig Jahre, wundervolle Jahre, und jetzt ist meine Julie von mir gegangen. Sie ist im Friedhof.

Wie kann das sein? Ein Friedhof, wo man nicht einmal ein Blümchen hinlegen kann, weil es sofort gestohlen wird. Bitte sagen Sie Bobby ... Ist er noch da? Ist er hinausgegangen?«

»Er ist da.«

»Sagen Sie ihm bitte, ich habe vergessen, ihm zu sagen ... Ich muß morgen hinausgehen. Ich muß auf den Friedhof gehen, bevor es schneit.«

Zuckerman reichte Bobby den Hörer hinüber.

»Was ist denn? ... Nein, Gregory kann nicht mit dir hinausgehen. Dad, Gregory kann den Müll nicht hinaustragen. Wir können froh sein, daß er bereit war, einen Vormittag für die Beerdigung zu opfern ... Ich weiß, daß er ein prächtiger Junge ist, aber du kannst nicht ... Was? ... Natürlich. Moment ... Zuck, er will dir etwas sagen.«

»Ja, Mr. Freytag?«

»Zuck, Zuck – endlich ist bei mir der Groschen gefallen. Entschuldigen Sie, ich bin schrecklich durcheinander. Joel Kupperman – wissen Sie noch? So hab' ich Sie immer genannt. Joel Kupperman, der Quiz-Boy.«

»Stimmt.«

»Sie haben immer alle Antworten gewußt.«

»Und ob!«

»Ja, ja, Sie und Bobby beim Lernen. Was für Studenten ihr Jungs gewesen seid! Erst heute morgen habe ich Gregory erzählt, wie sein Vater immer am Tisch gesessen und gebüffelt hat. Gregory ist ein guter Junge, Zuck.

Er muß nur auf den rechten Weg gebracht werden. Der wird bestimmt kein verlorener Sohn! Wir haben *einen* Bobby zuwege gebracht und werden auch noch einen zweiten Bobby zuwege bringen. Und wenn ich's ganz allein tun muß! Zuck, rasch noch einmal Bob, bevor ich's vergesse.«

Wieder reichte er Bobby den Hörer.

»Ja, Dad...Dad, wenn du dem Jungen noch einmal sagst, wie gern ich meine Hausaufgaben gemacht habe, wird er uns beide niederstechen...Ja, du wirst zum Friedhof gebracht...Das kann ich verstehen. Ich sorge dafür...Ich bin gegen acht zu Hause...Dad, du mußt dich damit abfinden – er kommt nicht zum Abendessen nach Hause, bloß weil du es möchtest... Weil er *oft* nicht zum Abendessen heimkommt...Ich weiß nicht, wo, aber er wird schon etwas essen. Ich bin um acht zu Hause. Du kannst fernsehen, bis ich komme. Also bis dann...«

Bobby war in letzter Zeit schwer gebeutelt worden. Scheidung von seiner depressiven Frau, Aufsässigkeit seines achtzehnjährigen Sohnes, Verantwortung für seinen zweiundsiebzigjährigen trauernden Vater, um den er sich aufs liebevollste kümmerte und der ihn zur Verzweiflung brachte. Und, seit der Scheidung, die Sorgepflicht für den Sohn. Weil Bobby infolge einer schweren Mumps, die er sich in der Pubertät zugezogen hatte, zeugungsunfähig war, hatte er – noch vor Abschluß seines

Medizinstudiums – Gregory adoptiert. Ein Baby aufzuziehen, war damals eine große Belastung für ihn, aber seine junge Frau hatte unbedingt eine Familie gründen wollen, und er war eben ein pflichtbewußter junger Mann gewesen. Seine Eltern waren natürlich von dem Tag an, als das neugeborene Kind ins Haus kam, in Gregory vernarrt. »Alle waren in ihn vernarrt – und was ist aus ihm geworden? Nichts.«

Der überdrüssige Ton, in dem Bobby das sagte, ließ freilich weniger darauf schließen, daß er hartherzig geworden war, sondern eher darauf, daß er unter alledem litt. Es war bestimmt nicht leicht für ihn, das letzte bißchen Zuneigung, das er für diesen Bengel empfand, in sich auszumerzen. Zuckermans eigener Vater hatte es erst an der Schwelle des Todes über sich gebracht, sich von seinem Sohn loszusagen. »Gregory ist borniert, er ist faul, er ist selbstsüchtig. Ein beschissener junger amerikanischer Konsument. Seine Freunde sind Nichtsnutze, genau die Typen, auf die die Autoreklame abzielt. Die reden immer bloß davon, daß sie Millionäre sein wollen, bevor sie fünfundzwanzig sind; natürlich ohne zu arbeiten. Kannst du dir vorstellen, daß damals, als wir ins College gingen, einer von uns respektvoll von Millionären gesprochen hätte? Wenn ich höre, wie er die Namen der Giganten im Rockmusikgeschäft herunterrasselt, könnte ich ihm den Hals umdrehen. Ich hätte es nie für möglich gehalten, aber wenn er sich, die Füße auf dem Tisch und eine Flasche Budweiser in der Hand, im Fernsehen zwei Baseballspiele hintereinander anschaut, dann bringt er mich sogar dazu, die ›Chicago White Sox‹ zu hassen. Ich wäre heilfroh, wenn ich ihn die nächsten zwanzig Jahre nicht mehr sehen müßte. Aber er ist ein gottverdammter Schnorrer, und es sieht ganz so aus, als hätte ich ihn für immer auf dem Hals. Angeblich hat er sich in einem College in der Innenstadt eingeschrieben, aber mir scheint, er weiß nicht einmal, in welchem. Mir sagt er, daß er nicht hingeht, weil er dort keinen Parkplatz bekommt. Wenn ich ihn auffordere, etwas zu tun, sagt er, ich soll ihn am Arsch lecken, und er habe sowieso vor, auszuziehen und bei seiner Mutter zu wohnen, weil ich so ein anspruchsvoller Pinkel sei. ›Also los, Greg‹, sage ich zu ihm, ›fahr noch heute abend zu ihr, ich bezahle das Benzin.‹ Aber sie wohnt da oben im eiskalten Wisconsin und ist ziemlich durchgedreht, und die Lümmel, mit denen er verkehrt, treiben sich alle hier herum. Und dann stelle ich fest, daß er, statt auszuziehen und nie mehr zurückzukommen, in seinem Zimmer ist und irgendein kleines Flittchen bumst. Ein Herzblatt, unser Gregory! Am Morgen nach dem Tod seiner Großmutter, als ich ihm sagte, daß sein Großvater zu uns kommen und hier wohnen wird, bis es ihm besser geht, war er außer sich vor Wut. ›Opa *hier?* Was hat Opa denn hier zu suchen? Wenn Opa hier einzieht, wo soll ich dann Marie bumsen? Ich frage dich das allen Ernstes. Antworte mir! Vielleicht bei ihr zu Hause? Während die ganze Familie zuschaut?‹ Das war zwölf Stunden nach dem plötzlichen Tod meiner Mutter. Ich war den ganzen Abend bei meinen Eltern gewesen. Sie hatten den Kartentisch im Wohnzimmer aufgestellt und gerade mit einer Partie Rommé begonnen. Nur sie beide. Plötzlich legt meine Mutter die Karten hin und sagt: ›Ich möchte nicht weiterspielen.‹ Ihr Kopf sinkt nach hinten. Aus und vorbei. Schwere Koronarthrombose. Mein alter Herr bleibt bei uns, bis das Schlimmste vorüber ist. Gregory geht aus, um sich ins Nachtleben zu stürzen, als mein Vater gerade im Pyjama vor dem Fernseher sitzt und sich die Elf-Uhr-Nachrichten ansieht. ›Wo geht er denn so spät noch hin? Bubele, wohin gehst du denn jetzt noch, um elf Uhr nachts?‹ Dem Jungen kommt das wie Suaheli vor. Ich sage: ›Dad, scher dich nicht drum.‹ ›Aber wenn er erst um elf weggeht, wann kommt er dann nach Hause?‹ Ich sage ihm, daß solche Fragen unser Vorstellungsvermögen überschreiten, man müßte ein Gehirn wie Ann Landers haben, um sie zu beantworten. Traurig, traurig. Ausgerechnet jetzt, wo er am wenigsten darauf vorbereitet ist, muß er die Wahrheit über sein Bubele erfahren. Aus dem Bubele ist ein Beutelschneider und ein Scheißbohemien geworden, von dem man nicht einmal verlangen kann, an der nächsten Straßenecke einen Liter Milch für Opas Cornflakes zu holen. Schlimm für mich, das mit ansehen zu müssen. In den vergangenen drei Wochen war das Zusammensein mit meinem alten Herrn so ähnlich wie früher, als ich als Junge in seinem Laden aushalf. Nur daß *er* jetzt der kleine Junge ist. Die

Mutter stirbt, der betagte Vater wird plötzlich der Sohn seines Sohnes. Wir sehen uns gemeinsam die Watergate-Nachrichten an. Wir essen gemeinsam zu Abend. Bevor ich morgens in die Klinik gehe, mache ich ihm sein Frühstück. Auf dem Heimweg besorge ich ihm die Kekse mit Schokoladenüberzug, die er so gern ißt. Bevor er zu Bett geht, gebe ich ihm zwei Kekse und ein Glas warme Milch. In der Nacht, als meine Mutter starb, bin ich bei ihm geblieben und habe neben ihm im Ehebett geschlafen. In der ersten Woche ist er Tag für Tag hierhergekommen und hat, während ich im Operationssaal war, an meinem Schreibtisch gesessen. Er hat meiner Sekretärin von seinem Handtaschengeschäft erzählt. Tag für Tag hat er hier in meinem Büro vier Stunden lang Zeitung gelesen, bis ich aus dem Operationssaal kam und mit ihm zum Lunch in die Cafeteria hinunterging. Nichts zwingt einen derart in die Knie wie die Hilflosigkeit eines Vaters. Darum kann ich diesem gottverdammten Burschen nicht verzeihen. Der alte Mann ist so wehrlos, aber *den* läßt das völlig kalt. Ich weiß, er ist erst achtzehn. Aber *so* gefühllos zu sein? *So* blind? Selbst bei einem Achtjährigen wäre das hundsmiserabel. Aber so liegen die Dinge nun einmal. Ich bin die ganze Zeit so sehr mit meinem Vater beschäftigt gewesen, daß ich noch kaum dazugekommen bin, an meine Mutter zu denken. Das kommt wohl erst später. Wie ist es denn für dich, keine Eltern mehr zu haben? Ich kann mich noch gut daran erinnern, wie deine Eltern und dein kleiner

Bruder mit dem Zug nach Chicago kamen, um dich zu besuchen.«

Zuckerman zog es vor, nicht schon jetzt davon zu sprechen, welcher Unterschied zwischen seinen und Bobbys familiären Problemen bestand – damit hätte er ja doch nur Anlaß zu weiteren abschätzigen Interpretationen seiner Motive gegeben. Er war immer noch verblüfft darüber, wie nüchtern und sachlich Bobby ihm widersprochen hatte. Daß er vorhatte, sein Leben zu ändern, hielt Bobby offenbar für absurd – genau wie Diana, als er, Nathan, sie aufgefordert hatte, mit nach Chicago zu kommen und hier zur Schule zu gehen.

»Wie ist einem denn zumute«, fragte Bobby, »drei, vier Jahre nach dem Tod der Eltern?«

»Sie fehlen mir.« Fehlen. Fehler. Verfehlung. Eine Gelegenheit verfehlen.

»Wie haben sie denn auf *Carnovsky* reagiert?«

In den alten Tagen hätte Zuckerman ihm die Wahrheit gesagt – damals hätte er Bobby bestimmt die halbe Nacht wachgehalten, um ihm die Wahrheit zu sagen. Aber ihm jetzt zu erzählen, daß sein Vater dieses Buch für eine Verhohnepipelung der Familie Zuckerman und der Juden überhaupt gehalten und dem Sohn das nie verziehen hatte; jetzt von der Fassungslosigkeit seiner stillschweigend leidenden Mutter zu erzählen, von ihrem verletzten Stolz, ihrer Gefühlsverwirrung und den peinlichen Situationen, denen sie sich in ihrem letzten Lebensjahr ausgesetzt sah; jetzt davon zu erzählen, daß sein

Bruder so weit gegangen war, ihn nicht nur der Verhöhnung sondern auch des Mordes zu zeihen... Nein, er hielt es nicht für angebracht, sich zwanzig Jahre nachdem Bobby und er Zimmergenossen gewesen waren, bei ihm darüber zu beklagen, daß in New Jersey niemand richtig lesen konnte.

Den Outer Drive entlang. Ricky am Steuer. Chicago bei Nacht, sagte das Percodan. Statte dem neuen Picasso und der alten Hochbahn einen Besuch ab, schau dir an, in was für superschicke Boutiquen sich die schmuddeligen Bars verwandelt haben, die du damals in deinem Tagebuch als »lebendige Wirklichkeit« bezeichnet hast. »Zuerst ein Zimmer, wo ich mich hinlegen kann. Mein Nacken. Ich muß meinen Kragen auspacken.« Aber davon wollte das Percodan nichts hören: Dein Kragen ist eine Krücke. Mit diesem Kragen um den Hals wirst du nicht Medizin studieren. »Ist Percodan denn keine Krücke?« Zugegeben, aber erst mal die eine Krücke ablegen! Du bist zurückgekehrt, aber dies ist Chicago, nicht Lourdes.

Auf dem Outer Drive kam er sich allerdings eher wie in Chartres vor. Er, der nicht hier gewesen war, als man die Türme hochgezogen hatte, sah jetzt ein komplettes Wunderwerk und eine komplette Ära vor sich, eine innerhalb von zwanzig Jahren zuwege gebrachte Legende. Rom, Athen, Angkor Wat und Machu Picchu waren erbaut worden, und *er* hatte nichts anderes getan, als seine vier Bücher zu schreiben (und zu verteidigen – stur zu verteidigen!). Wäre auch nicht erstaunlich gewesen, wenn er heute zum ersten Mal elektrisches Licht gesehen hätte. Eine Lichterschnur nach der anderen, sternförmige, quadratische, geflochtene, sich hinaufrankende Stränge aus Licht, dann eine schattenhafte Ufermauer – das und nichts anderes war das Jetzt und Hier. Und um das Rätsel all dieser Lichter, die das Dunkel chiffrierten – und das Rätsel der vier Bücher, der tausend Seiten, der dreihunderttausend Wörter, die das aus ihm gemacht hatten, was er heute war –, noch verwirrender zu machen, waren sein Blut und sein Gehirn mit all diesem synthetischen Opium durchsetzt.

Oxycodon. Das war der Wirkstoff, durch den die Benommenheit verursacht wurde. Was Eiweiß für den flaumigen Kuchen seiner Mutter gewesen war, das war Oxycodon für die Percodantabletten. Seine Kenntnisse über Oxycodon verdankte er einem medizinischen Handbuch: *Physicians' Desk Reference to Pharmaceuticals and Biologicals,* die große, blau eingebundene 25. Auflage. Ein fünfhundert Seiten umfassendes Handbuch, aus dem er sich seine Bettlektüre aussuchen konnte. Dreihundert Seiten mehr als die Ausgabe von Grays *Anatomy* auf seinem Nachttisch. Dreißig Seiten Farbaufnahmen von tausend rezeptpflichtigen Arzneimitteln, alle in Originalgröße abgebildet. Wenn er fünfhundert Milligramm Placidyl eingenommen hatte (ein Schlafmittel in gummiartigen rötlichen Kapseln und mit einem etwas beißenden Geruch und Nachgeschmack) und darauf wartete, ob wenigstens ein Milligramm die gewünschte Wirkung erzielen würde, ließ er das Licht brennen, lag mit seinem medizinischen Handbuch im Bett, um über Nebenwirkungen und Kontraindikationen nachzulesen, und kam sich wie der schläfrige Junge von früher vor, der sein Briefmarkenalbum mit ins Bett nahm, aber schon nachdem er sich durch das Vergrößerungsglas ein paar Wasserzeichen angesehen hatte, einschlummerte und dann allerdings nicht nur dreißig Minuten, sondern zehn Stunden schlief.

Die meisten abgebildeten Tabletten sahen recht alltäglich aus, so ähnlich wie Aspirin – wie das pharmazeutische Gegenstück zu den langweiligen bunten Briefmarkenserien mit den Porträts unerschütterlicher Monarchen und Gründerväter. Aber er hatte ja, während er aufs Einschlafen wartete, Zeit genug, und so sah er, wie vor vielen Jahren der junge Briefmarkensammler, die tausend Abbildungen durch, um die mit dem schönsten Dekor und den originellsten Ideen zu finden: »Wans« (gegen Übelkeit) – Zäpfchen, die wie pastellfarbene Spielzeugtorpedos aussahen; »Naqua« (eine Pille gegen Wassersucht) in Form eines Schneeflöckchens; »Quaalude-Tabletten« (ein Schlafmittel) mit Initialen wie ein Siegelring; »Decadron« (gegen Stoffwechselbeschwerden) in Form eines Zylinderhutes; »Colace-Kapseln« (gegen Verstopfung), so leuchtend wie Rubine; »Paral-Kapseln« (ebenfalls ein Schlafmittel), die wie granatförmige Burgunderfläschchen aussahen; »V-Cillin K« (gegen schwere Infektionen) – winzige weiße Straußeneier, auf die, wie bei einem Geschenk für ein Geburtstagskind, der Name »Lilly« geprägt war. Das Markenzeichen von »Antivert« war ein versteinertes Pfeilkraut, das Markenzeichen von »Ethaquin« ein versteinertes Insekt. Und das Zeichen auf den Theokintabletten war, wie Zuckerman herausfand, eine Rune. Es gab Schmerzmittel, die wie Lippenstifte für Puppenhauspüppchen aussahen (genannt »Darvon-Kapseln«) oder wie Himbeer-Pfefferminz-Dragees (»Penaphen-Pillen«) oder wie die Gußform für das Urplacebo (die kleine, rosafarbene »Talwin-Pille«). Aber keines dieser drei Schmerzmittel – und er hatte eine enorme Menge davon eingenommen – konnte ihm eine ähnliche Linderung verschaffen wie das Oxycodon, das vom Chefkoch der Endo-Laboratorien-A.G. mit einem bißchen Aspirin, einem bißchen Koffein und einem bißchen Phenacetin gemixt und mit einer Prise Homatropintherephtalat gewürzt wurde – und das Ergebnis war der auf der Zunge zergehende Muntermacher Percodan.

Wo wäre er jetzt ohne Percodan? Auf Dr. Kotlers Kissen würde er liegen und beten, statt in die Stadt zu fahren und bis Mitternacht noch viel Zeit zu haben.

Um zu mitternächtlicher Stunde nicht von Schmerzen geplagt zu werden, hatte Keats Medizin studiert (es hieß übrigens, er sei aus Gram über eine schlechte Buchbesprechung gestorben). Keats, Conan Doyle, Smollett,

Rabelais, Walker Percy, Sir Thomas Browne. Nicht das Percodan redete ihm ein, daß zwischen beiden Berufen eine geistige Verwandtschaft bestand, nein, das war eine biographische Tatsache. Tschechow. Céline. A. J. Cronin. Carlo Levi. William Carlos Williams aus Rutherford, New Jersey...

Ich hätte Bobby diese Namen aufsagen sollen. Aber dann hätte Bobby gesagt, die sind alle *zuerst* Mediziner gewesen. Nein, kein Arzt wird es mir zutrauen, weil *ich* mich zuerst für den Künstlerberuf entschied. Niemand wird glauben, daß ich es schaffen werde. Als Arzt werde ich genauso suspekt sein wie ich es als Schriftsteller gewesen bin. Und die armen, armen Patienten? Der neue Doktor ist der Verfasser von *Carnovsky* – der will mich nicht kurieren, der will bloß meine Geschichte für ein Buch ausschlachten.

»Sind Sie Feministin, Ricky?«

»Ich chauffiere bloß, Sir.«

»Verstehen Sie mich nicht falsch. Ich *mag* die Feministinnen, weil sie so verdammt borniert sind. Die reden von Ausbeutung. Was sie meistens damit meinen, ist, daß es ein Mann mit einer Frau treibt. Wenn ich im Fernsehen auftrete, wenn man mich einlädt, dort gegen die Feministinnen zu Felde zu ziehen, und wenn diese Weiber dann ein Mordstrara machen, dann sage ich zu ihnen: ›Ich weiß genau den richtigen Platz für euch, ein Land ohne Pornographie, ohne Prostitution, ohne Perversion. Es heißt Sowjetunion. Warum geht ihr nicht dorthin?‹ Meistens halten sie dann eine Weile die Klappe. Ganz gleich, wo ich hingehe, immer gibt's irgendwelche Auseinandersetzungen. Ständig wird angeklagt und gestritten. Es ist wie ein unaufhörlicher Kriegszustand. Ich bin eine gefährdete Spezies. Ständig greift man mich an. Weil ich eine Gefahr darstelle. Die größte Gefahr. Ständig fühle ich mich körperlich bedroht. Das ist keine Übertreibung. Es gibt Leute, die mir etwas antun könnten. Ich bekomme Morddrohungen, Ricky. Sie sollten die Drohbriefe sehen, die ich bekomme – in jedem zweiten steht: ›So etwas konnte nur ein Jude tun. Nur ein Itzig kann so niederträchtig sein.‹ Es ist so ähnlich wie in Vietnam, wenn abgezählt wird, welche Gefangenen exekutiert werden sollen. Man braucht bloß als ›Untermensch‹ eingestuft zu werden, und schon hält jemand die Hinrichtung für gerechtfertigt. Mit einem einzigen Schuß kann so ein Kerl die Sache erledigen. Er kann mich morgen niederknallen. Oder heute nacht. Ich möchte einen Waffenschein haben. Und zwar sofort. Ich habe zwar viele Schießeisen, aber ich möchte sie *rechtmäßig* besitzen. In New York macht mir der Bürgermeister immer noch Schwierigkeiten wegen eines Waffenscheins. Und dann fordert er mich auf, seinen Gegenkandidaten zu unterstützen. Das sagt er mir nicht direkt, o nein – aber jemand kommt in meinen Club und sagt: ›Der Bürgermeister würde es begrüßen, bla-bla-bla‹ – also tu ich's. Andernfalls würde mir die Stadtverwaltung noch mehr Steine in den Weg legen. Ich habe schreckliche Angst vor einer Entführung. In keinem Interview und keiner öffentlichen Erklärung erwähne ich meine Frau und meinen Sohn. Bei ›Lloyds of London‹ habe ich eine Kidnapping-Versicherung abgeschlossen. Aber das heißt nicht, daß man mich dazu bringen wird, aufzugeben. Aus mir wird nie ein braver, akzeptabler Pornograph wie dieser Hefner. Aus mir wird nie ein braver, akzeptabler Jude. Nie. Welcher Religion gehören Sie an?«

»Ich bin evangelisch-lutherisch.«

»Ich wollte nie protestantisch werden. Im Gegensatz zu vielen Juden. Die wollen sich assimilieren und gesellschaftliches Ansehen genießen und genauso kühl-distanziert sein wie die angelsächsisch-protestantische Oberschicht. Ich kann diesen Wunsch verstehen, aber für mich wäre das nichts. Ich kenne diese distinguierten angelsächsisch-protestantischen Typen: schöne graue Haare, Nadelstreifenanzüge und keine Pickel am Hintern. Sie sind meine Anwälte. Sie vertreten mich vor Gericht. Von Juden lasse ich mich dort nicht vertreten. Die sind zu hirnrissig. Die sind wie ich. Fallen von einem Extrem ins andere. Juden schwitzen. Diese anderen können sich beherrschen, die sind von einer Gelassenheit, die ich zu schätzen weiß. Diese Leute sind *ruhig*. Ich möchte nicht so sein. Ich könnte gar nicht so sein. Ich bin der wilde Pampas-Jude. Ich bin der Golem der U. S. A. Aber ich mag diese Typen – sie bewahren mich vor dem Kittchen. Verrückte gibt's allerdings auch bei denen genug. Sie sind Alkoholiker, ihre Frauen stecken den Kopf in den Gasofen, ihre Kinder träufeln LSD und springen aus dem Fenster, um auszuprobieren, ob sie fliegen können. Ich weiß sehr wohl, daß diese angelsächsisch-protestantischen Typen ihre Probleme haben. Was sie nicht haben, sind die Feinde, die ich habe. Ich habe den Markt abgeklappert. Alle hassen mich, alle. In New York gibt es einen Theaterclub, dem ich sehr gern beitreten würde. Der ›Inquiry Club‹. Ich liebe das Show Business und Slapstick und die alten Komiker. Aber man nimmt mich nicht in den Club auf. Die nehmen Mafiaschläger und Shylocks auf, aber *ich* werde von den jüdischen Geschäftsleuten, die den Club betreiben, abgewiesen. Ich habe mehr Feinde als Nixon. Die Polizei. Der Mob. Und dieser meschuggene, paranoide Scheißkerl Nixon gehört ebenfalls dazu. Und Bundesrichter Warren Burger. Richter Lewis Powell. Richter Harry Blackmun. Richter William Rehnquist. Richter ›Whizzer‹ All-American White. Meine eigene Frau ist mein Feind. Mein Sohn ist mein Feind. Ich habe einen Psychoanalytiker, der von meinen Feinden *bezahlt* wird. Man ist darauf aus, mich entweder kaputtzumachen, mich unter Anklage zu stellen oder mich so umzukrempeln, daß ich nicht mehr ich bin. Seit drei Monaten bin ich in Analyse. Haben Sie sich schon einmal analysieren lassen?«

»Nein, Sir.«

»Es ist schaurig, Ricky. Und es kommt nichts dabei heraus. Erst heute morgen habe ich mich bei dem

Seelenklempner darüber beschwert, daß die Sache kein Ende nimmt. Manchmal frage ich mich, ob diese Sitzungen ihr Geld wert sind. Hundert Dollar pro Sitzung! Über sechzehnhundert Dollar pro Monat. Kostspielig. Aber meine Frau ist sehr konservativ eingestellt, sie will, daß ich hingehe, also gehe ich hin. Sie ist meine vierte Frau. Sie ist konservativ und wir zanken uns ständig. Pornographie findet sie albern. Sie meint, so etwas sei unter meiner Würde. Sie sagt, ich hätte zwei Seelen in meiner Brust. Was für eine Zierde der Menschheit ich sein könnte, wenn ich ein anderer Mensch wäre! *Das* schwebt meiner Frau und dem Psychoanalytiker vor. Ich kann nicht behaupten, daß ich die Pornographie nicht allmählich leid bekommen hätte. Sie hat viel mit Zwangsvorstellungen zu tun, das ist mir klar. Ich habe es ziemlich satt, über Fotzenlecken und Schwanzlutschen zu reden, oder darüber, ob der oder der den längeren Pimmel hat. Und daß mir ständig Prozesse angehängt werden, habe ich auch allmählich satt. Und die Debatten. Es wird mir immer schwerer gemacht, mich leidenschaftlich dafür einzusetzen, daß man den Leuten gestatten soll, sich anzuschauen, wie andere ficken. Wenn jemand das möchte – warum *nicht?* Jeder Scheißkram ist bei uns zu haben – warum nicht auch *das?* Der Psychoanalytiker fragt mich: ›Weshalb geben Sie sich alle Mühe, inakzeptabel zu sein?‹ Tu ich das? Für die Leser von *Lickety Split* bin ich nicht inakzeptabel. Und auch nicht für die armen Teufel, die sich gute Pornofilme ansehen und sich einen abwedeln wollen. Und auch nicht für die Leute, die in ›Miltons Millenia Zwei‹ kommen. Ich sage *nicht,* daß man in meinen Club kommen und die Weiber aufs Kreuz legen und ficken kann. Ich habe nie gesagt, jeder kann es treiben mit wem er will. Diese Worte sind mir von all diesen verdammten faschistischen Feministinnen in den Mund gelegt worden, die ihre Väter gehaßt haben und jetzt mich hassen. Ich vertrete einen anderen Standpunkt: Alles nur in gegenseitigem Einverständnis, und weibliche Gäste nur in Herrenbegleitung zugelassen. Damit schließt man von vornherein die neunzig Prozent aus, die sagen: ›Nein, so etwas tu ich nicht‹, und lieber gleich ins Baseballstadion gehen. Wer sich ficken lassen *möchte,* der soll bekommen, was er haben will. Es ist das preisgünstigste Angebot in ganz New York. Fünfunddreißig Dollar pro Paar. Im Preis inbegriffen sind Dinner, Tanzen und Aufenthalt in den Räumlichkeiten bis vier Uhr morgens. Wenn man in New York in eine Disko geht, muß man allein schon für die Eintrittskarte fünfundzwanzig Dollar berappen. In Miltons Club bekommt man für fünfunddreißig Piepen ein Hotelzimmer und Essen. Und man kann die ganze Nacht dort verbringen. Und sich *sicher* fühlen. Ich habe den Club vor eineinhalb Jahren wiedereröffnet, und seither hat es dort noch keine Schlägerei gegeben. Nennen Sie mir eine einzige Bar in Chicago, wo es in den letzten achtzehn Monaten keine Schlägerei gegeben hat. Wer sich dort wegen einer Frau prügelt, tut es, um seinen sexuellen Frust zu kompensieren. Verdrängung macht aggressiv. Ein Mann, der sich in Miltons Club aufhält, ist, wie jeder dort weiß, *in Begleitung* einer Frau gekommen. Er kann entweder den anderen zusehen und eine Ladung abschießen, oder die Frau bumsen, die er mitgebracht hat, oder die beiden können, falls ein anderes Paar den gleichen Wunsch hat, den Partner wechseln. Wir haben kleine Zimmer für Paare, die beim Vögeln allein sein wollen, und einen großen, mit Spiegeln und einer Bar ausgestatteten Raum für Orgien. Zugegeben, ein bißchen langweilig ist das schon – hundert Leute, die alle gleichzeitig bumsen, aber was soll's? Ich behaupte ja nicht, daß es ein erstklassiges Etablissement ist. Das sind Leute, die in Jersey und Queens wohnen. Die feinen Leute kommen nicht in Miltons Club, die schauen sich das Etablissement höchstens einmal an. Die echten ›Swingers‹, sehr attraktive Typen, veranstalten private Partnerwechsel-Parties im kalifornischen Stil. In Miltons Club treffen sich nette, ziemlich simple Leute – sozusagen die Mittelklasse. Wissen Sie, wie viele von denen, die in den Club kommen, tatsächlich vögeln?«

»Nein, Sir.«

»Raten Sie mal.«

»Ich muß mich aufs Fahren konzentrieren, Sir. Sehr starker Verkehr.«

»Zwanzig Prozent. Höchstens. Achtzig Prozent schauen bloß zu. Wie beim Fernsehen. Unterhaltungsshow. Aber nicht wie in Hefners Prachtvilla, wenn er

Champagnerparties für seinen Hofstaat gibt. Ich sehe ihn und Barbi im Fernsehen und mir wird speiübel. *Ich* tue etwas für die einfachen Leute. Ich biete ihnen Unterhaltung, Information – ich verhelfe ihnen, die ein Teil unserer Wirklichkeit sind, dazu, ihre Gefühle als völlig legitim zu betrachten. Sie brauchen solchen Schmutz, um sich aufzugeilen? Na und? Sie *sind* und *bleiben* menschliche Wesen, und da draußen gibt's Millionen wie sie. Die Herrenmagazine werden von insgesamt dreißig Millionen Amerikanern gelesen. Das sind mehr, als für McGovern gestimmt haben. Wenn die Herrenmagazine einen Parteikongreß veranstaltet und einen Kandidaten nominiert hätten, dann hätte er besser abgeschnitten als George McGovern. Die Zahl der Männer, die sich Magazine kaufen, um sich einen abzuwedeln, ist größer als die Bevölkerungszahl von Holland, Belgien, Schweden, Finnland und Norwegen zusammengenommen. Und trotzdem sagt mir mein Analytiker, ich hätte bloß meine eigene Neurose institutionalisiert. Das hat Napoleon doch auch getan! Und Sigmund Freud ebenfalls! Das ist mein Problem in puncto Psychoanalyse. Natürlich möchte ich ein besserer Vater sein. Ich hab's mit einem siebenjährigen Sohn zu tun, der sehr aufgeweckt, mir sehr ans Herz gewachsen und sehr schwierig ist. Ein hochintelligenter Junge, der mich ständig nach allem fragt, was ich tue. Soll ich meinen kleinen Nathan antiautoritär oder autoritär erziehen? Ich habe keinen Schimmer. Es ist nicht meine Art, jemandem etwas zu verbieten. Aber daß ich, ein Mann, der jährlich sieben Millionen verdient und als der gefährlichste Terrorist der sexuellen Revolution gilt, keine blasse Ahnung habe, wie ich meinen Sohn erziehen soll! Ich möchte lernen, ihm ein guter Kamerad zu sein. Er soll spüren, daß ich stark bin; ich möchte, daß er mich wirklich kennenlernt und daß er seinen Spaß hat. Ich mache mir Sorgen um Nathan. Man wird ihn, weil ich sein Vater bin, in mancher Hinsicht schlecht behandeln. Aber soll ich seinetwegen mein ganzes Leben ändern? Er ist erst sieben und weiß noch nicht, wer ich wirklich bin. Er weiß, daß mich gelegentlich jemand um ein Autogramm bittet, aber in welcher Branche ich arbeite, weiß er nicht. Ich sage ihm, daß ich Filme mache und einen Nachtclub habe und ein Magazin herausgebe. Einmal wollte er sich *Lickety Split* anschauen. Ich habe gesagt: ›Das ist nichts für dich, das ist etwas für Erwachsene.‹ Er fragt: ›Was ist denn drin?‹ Ich sage: ›Bilder von Leuten, die sich lieben.‹ Er sagt: ›Ach so.‹ ›Kannst du dir vorstellen, was da mit Liebe gemeint ist?‹ ›Woher soll *ich* das wissen?‹ sagt er ärgerlich. Aber wenn er's einmal weiß, wird's für ihn schwierig werden. Wenn ich ihn von der Schule abhole, wissen die Zwölfjährigen ganz genau, wer ich bin – und das macht mir Sorgen. Aber für jemanden wie mich ist eine Psychoanalyse zu kompliziert. Widerwärtig zu sein, hat mir schon so viel eingebracht. Da redet mein Analytiker von Monogamie und von der moralischen Pflicht, die Ehe zu respektieren, aber mir kommen diese

Ideen irgendwie blödsinnig vor. Er behauptet, das sei eine Sache des gesunden Menschenverstandes. Ich frage mich: Verteidige ich eine blödsinnige, eingefleischte Neurose oder zahle ich hundert Dollar pro Stunde, damit ein professioneller Bourgeois mich einer Gehirnwäsche unterzieht? Ich habe viele Freundinnen. Denen soll ich den Laufpaß geben. Ich praktiziere Gruppensex. Damit soll ich aufhören. Ich lasse mir von meiner Vorzimmerdame einen blasen. Damit soll ich Schluß machen. Meine Frau ist sozusagen nicht auf meiner Wellenlänge – sie ist zurückhaltend und harmlos und gut und sie weiß nichts von alledem. Die Leute wollen nicht glauben, daß sie nichts davon weiß, aber sie gehört wirklich zu dieser Art Frauen, und außerdem bin ich vorsichtig. Das also ist die *Milton Appel Story:* der berüchtigtste Pornograph in Amerika, aber was sein eigenes Sexualleben betrifft, genauso verlogen wie die meisten Amerikaner. Lächerlich. Der rabiateste aller gesellschaftsfeindlichen Desperados, die Verkörperung der Geschmacklosigkeit, die Personifizierung der Orgasmus-Manie, der Oberbefehlshaber der amerikanischen Pornokratie...«

Er konnte nicht aufhören, auch wenn er gewollt hätte. *Laßt ihn reden.*

V Der Körper

Er hatte sich als Geschäftsmann mit einem Jahreseinkommen von sieben Millionen eingetragen. Er wußte noch, daß er vorher versucht hatte, als der, der er wirklich war, einen sentimentalen Spaziergang im »Loop« zu machen. Als dieser Versuch gescheitert war, hatte er sich wieder ins Auto gesetzt und sich zum Hotel Ambassador East fahren lassen. Dort waren sie beide in die Bar gegangen und hatten etwas getrunken. Soweit er sich erinnern konnte, hatte er Ricky bestürmt, mit nach New York zu kommen und seinen Rolls Royce zu fahren. Wenn Männer dieses Schlages etwas wollen, geben sie keine Ruhe, bis sie es erreicht haben. Er hatte ihr eine glänzende Zukunft als Milton Appels Chauffeuse versprochen. Sie hatte gelacht, diese gutmütige Siebenundzwanzigjährige, die erst vor ein paar Jahren aus dem ländlichen Minnesota nach Chicago gekommen war. Bemerkenswerte türkisfarbene Augen, blonder Zopf, mollige Arme wie ein vor Gesundheit strotzendes Kind. Sie hatte gelacht und nein gesagt, aber er wollte nicht nachgeben. Das bekannte pornographische Paradox: Man muß Unschuld zu schätzen wissen, um es genießen zu können, sie zu rauben. Er hatte gesagt, sie solle mit ihm im »Pump Room« zu Abend essen, dann könnten sie weiterverhandeln. Doch als er sich vorher in seinem

Zimmer waschen und umziehen wollte, hatte er sich erst einmal aufs Bett fallen lassen, um sich ein bißchen auszuruhen. Und jetzt war es Morgen. Ein trüber Wintermorgen.

Im Jahre 1949, als seine nächtlichen Heimsuchungen noch metaphorischer Art gewesen waren, hatte er oft nach Anbruch der Dunkelheit drei- oder viermal den »Loop« umrundet. Von der Orchestra Hall aus, wo der unmusikalische, mit Programmen wie »Make-Belive Ballroom« und »Your Hit Parade« aufgewachsene Junge zum ersten Mal Beethovens Fünfte gehört hatte, war er (voller Haß auf die Börsenspekulanten) hinüber zur Lasalle Street gegangen (der Anblick der Chicagoer Börse hatte ihn jedesmal in Rage gebracht) und weiter zur Randolph Street und ins kitschig bunte Downtown, das ihn immer an zu Hause erinnerte, an die Newarker Market Street: die Chop Suey-Lokale und die billigen Spezialitätenläden, die Grillrestaurants, die Schuhgeschäfte, die Musik- und Spielautomaten – alles überragt von riesigen Reklameplakaten und eingekeilt zwischen Kinopalästen. An der Kreuzung State und Lake Street stellte er sich unter die Hochbahngleise, lehnte sich an einen Pfeiler und wartete gespannt auf den Moment, in dem der Pfeiler zu vibrieren begann. Daß er, geboren in New Jersey, jetzt hier in Illinois die Hochbahn über sich hinwegbrausen hörte, erschien ihm nicht weniger rätselhaft und aufregend als die unergründlichen Geheimnisse, von denen Eugene Gant in *Von Zeit und Strom* gequält wird. *Wenn so etwas möglich ist, dann ist alles möglich.* Wobei mit »alles« natürlich nicht auch so etwas wie die Nackenschmerzen gemeint waren, die ihn jetzt, im Jahre 1973, gezwungen hatten, sich, nachdem er bloß ein paar Häuserblocks weit gegangen war, wieder ins Auto zu setzen, ins Hotel fahren zu lassen und dort, in seinen Kleidern, zehn Stunden zu schlafen.

Er hatte die ganze Nacht geträumt. Eine nackte Frau hatte er vor sich gesehen. Sie war klein und kräftig. Ihr Gesicht war schattenhaft, ihr Alter unbestimmbar, obzwar sie jugendliche Brüste hatte – grotesk hoch und kugelförmig und hart. Sie stand auf einem Podium Modell für Kunststudenten. Es war seine Mutter. Von Sehnsucht überwältigt, hatte er weitergeträumt. Sie schwebte in sein Zimmer, diesmal war es ganz eindeutig seine Mutter und niemand anders – nur, daß sie als Taube hereingeflogen kam: eine weiße Taube, zwischen deren Flügeln eine große weiße Scheibe rotierte, die wie eine Kreissäge aussah und mittels deren sie sich in der Luft halten konnte. »Streit«, sagte sie und flog durch das offene Fenster hinaus. Ans Bett gefesselt, rief er nach ihr. Er war sechs Jahre alt und rief: »Mama, ich hab's nicht so gemeint. Bitte komm zurück!«

Sie ist bei mir. Hier im »Ambassador East«, wo er sich in zweifacher Verkleidung aufhielt (eingetragen unter einem falschen Namen, dem seines schlimmsten Feindes, und in der Maske eines gefährlichen Außenseiters der Gesellschaft), hier hatte ihn um drei Uhr nachts der Geist seiner Mutter aufgespürt. Nein, das war weder dichterische Erfindung noch Wahnsinn. Irgendeine geistige Kraft seiner Mutter hatte ihren Körper überlebt. Er hatte immer zu der rationalistischen Ansicht geneigt, daß das Leben eines Menschen mit dem körperlichen Tod endet. Jetzt, um drei Uhr nachts hellwach in dem dunklen Zimmer, begriff er, daß dem nicht so ist. Es endet und es endet nicht. Es gibt eine Kraft, eine geistige Kraft, die weiterlebt, wenn der Körper tot ist, und die sich an jene klammert, die an den verstorbenen Menschen denken. Die geistige Kraft meiner Mutter hat sich hier in Chicago offenbart. Viele würden sagen, auch das sei eine rein subjektive Auffassung. Ich hätte das auch gesagt. Aber Subjektivität ist ebenfalls etwas Rätselhaftes. Gibt es bei Vögeln so etwas wie Subjektivität? Subjektivität ist bloß der Name für den Weg, auf dem sie zu mir gelangen kann. Nicht, daß ich oder sie darauf aus wäre, diesen Kontakt aufzunehmen, oder daß dieser Kontakt für immer bestehen bleiben könnte. Er ist vergänglich, wie der Körper vergänglich ist; auch das, was von ihrem Geist übrigblieb, wird sterben, aber noch ist es nicht ganz dahingegangen. Es ist in diesem Zimmer. Es ist neben diesem Bett.

»Komm näher«, flüsterte er ihr zu, »aber nicht zu nahe.«

Zu ihren Lebzeiten hat sie es nicht gewagt, mich gegen sich aufzubringen. Sie wollte von mir geliebt werden. Weil sie meine Liebe nicht verlieren wollte, hat sie nie Kritik an mir geübt oder sich mit mir gestritten. Jetzt macht es ihr nichts mehr aus, ob ich sie liebe oder nicht. Sie braucht keine Liebe und keine Unterstützung mehr, sie hat all diese Bürden hinter sich. Geblieben ist nur die Wunde, die ich ihr zugefügt habe. Und es war eine schreckliche Wunde. »Du warst intelligent genug, um zu wissen, daß Dichtung Dichtung ist, doch manches, was Nathan dafür benützt hat, ist Wahrheit gewesen, und du hast Nathan über alles geliebt...«

Er konnte nicht wissen, ob ihre Stimme wundervoll oder entsetzlich klingen würde. Er sollte es nicht erfahren. Er wartete darauf, daß sie etwas sagen würde, aber sie sagte nichts. Sie war nur da.

»Mutter, was willst du?«

Aber sie war tot. Sie wollte gar nichts.

Er wachte auf, in einer großen Penthouse-Suite mit Aussicht auf den See. Noch ehe er sich auszog, um zu duschen, rief er in Bobbys Wohnung an. Aber um acht Uhr hatte Bobbys Arbeitstag in der Klinik bereits begonnen. Von acht Uhr morgens bis acht Uhr abends, dachte er. Und nachts Notrufe.

Mr. Freytag meldete sich. Der alte Herr war gerade mit Staubsaugen beschäftigt gewesen und mußte das Gerät abstellen, um den Anrufer zu verstehen. Er sagte ihm, Bobby sei schon weggegangen.

»Morgens ist es immer schlimm für mich. Ich habe die Backröhre gereinigt und den Kühlschrank entfrostet – aber meine Julie...Ich möchte sie wieder bei mir haben.

Ist das falsch, ist das selbstsüchtig, daß ich sie wieder ganz für mich haben möchte?«

»Nein, bestimmt nicht.«

»Ich bin seit fünf Uhr auf. Gregory ist nicht heimgekommen. Ich verstehe nicht, warum Bobby ihm das durchgehen läßt. Der Junge hat nicht einmal angerufen, um seinen Vater wissen zu lassen, wo er ist. Jetzt ist es schon acht Uhr. Und es fängt zu schneien an. Ein Schneesturm kommt, einer von diesen ganz schlimmen. Jeder weiß es. In der ›Today Show‹ haben sie's gesagt. Und es steht in der Zeitung. Bloß Gregory weiß noch nichts davon. Ich soll heute vormittag hinausgehen, bevor der Sturm losbricht, aber wo ist Gregory?« Er begann zu schluchzen. »Daß jetzt schon der Schnee kommt! So bald! Zuck, ich kann's nicht ertragen. Schnee, zwei Fuß hoch.«

»Wie wär's, wenn *ich* mitginge? Wir könnten mit dem Taxi hinfahren.«

»Ich habe einen eigenen Wagen, der läuft tadellos, aber Bobby wäre wütend, wenn ich allein hinausfahren würde, zumal bei diesem Wetter. Wie gern hat sie aus dem Fenster geschaut, wenn's geschneit hat! Wie ein kleines Mädchen – immer wenn sie den ersten Schnee sah.«

»Wir fahren in Ihrem Wagen hinaus.«

»Kommt nicht in Frage. Sie haben genug anderes zu tun.«

»Ich bin um zehn bei Ihnen.«

»Aber wenn Gregory heimkommt...«

»Dann fahren Sie mit ihm. Wenn niemand zu Hause ist, dann weiß ich, daß Sie mit Gregory weggefahren sind.«

Unter der Dusche begutachtete er seinen Oberkörper. Nichts Ermutigendes festzustellen. Aber immerhin war das jetzt schon der zweite Tag, an dem *er* und nicht der Schmerz das Kommando führen würde. Die beste Methode, sich in Schmerzen zu fügen, ist, sich *nicht* in sie zu fügen. Eineinhalb Jahre Lehrzeit, aber jetzt hatte er's begriffen. Zuerst würde er mit Mr. Freytag zum Friedhof fahren und ans Grab gehen, bevor der Schnee die Verstorbene zum zweiten Mal begraben würde. Der Sohn des alten Herrn war zu beschäftigt, der Enkel war noch nicht wiederaufgetaucht, aber Zuckerman hatte Zeit und fühlte sich einigermaßen fit. Wie leicht es war, die Bedürfnisse eines Vaters zu befriedigen! Es war eine Aufgabe, auf die er bestens vorbereitet worden war – schon als kleiner Junge hatte er dafür außerordentliches Talent bewiesen. Erst als Erwachsenem war ihm die Aufgabe, die seinen anderen Talenten entsprach, immer wieder im Weg gestanden. Und wie er an *diese* Aufgabe heranging, das hatte ihn seinem Vater, seiner Mutter, seinem Bruder entfremdet. Und seinen drei Ehefrauen – weil ihm das Schreiben wichtiger war als sie, weil er sich aufopferungsvoll seinen Büchern widmete und nicht den Menschen, denen diese Bücher so manche Anregung zu verdanken hatten. Jede seiner drei Ehefrauen hatte ihm nach einiger Zeit nicht nur vorgeworfen, daß er sich völlig abgekapselt habe, sondern sich auch darüber beklagt, daß sie sich sexuell von ihm vernachlässigt fühlte. Und dann hatten ihn die unaufhörlichen Schmerzen sogar seiner schriftstellerischen Arbeit entfremdet. Auf der Spielmatte waren alle anderen Probleme, ob große oder kleine, für ihn unvorstellbar gewesen: keine erdachten Schicksale mehr, bloß noch sein eigenes, nur noch die eigenen Schmerzen. Was verhindert meine Genesung – das, was ich tue, oder das, was ich nicht tue? Was will diese Krankheit eigentlich von mir?

Solche Fragen zu stellen, war sinnlos, und dennoch hatte der Sinn seines Lebens nur noch darin bestanden, Stunde um Stunde nach dem verborgenen Sinn dieser Krankheit zu suchen. Hätte er ein Tagebuch der Schmerzen geführt, dann hätte er bloß ein einziges Wort eingetragen: Ich.

Ihm war, als er noch nach der verborgenen Bedeutung geforscht hatte, der Gedanke gekommen, ob dieses Leiden nicht vielleicht dem Zweck diente, ihm ein neues Thema zu verschaffen. Ein Geschenk der Anatomie für die entschwindende Muse. Ein schönes Geschenk! Belohnung dafür, daß nicht nur ein Patient sondern auch ein besessener Schriftsteller völlig auf dieses rätselhafte Leiden fixiert ist! Weiß Gott, was für Streiche ihm sein Körper noch spielen würde, wenn sich herausstellte, daß physische Schmerzen sich positiv auf seine schriftstellerische Arbeit auswirken konnten...

Nein, Scheidung Nummer vier: vom Fleisch und seinem unaufhörlichen Gejammer. Mach ein für allemal Schluß mit dieser Mesalliance und sei wieder dein eigener Herr! Zuerst an Sohnes Statt in den Friedhof gehen, dann Lunch mit Bobby und, falls er es arrangieren kann (und das wird er, wenn ich beim Lunch darauf bestehe) fünfzehn Minuten mit dem Dekan der medizinischen Fakultät. Begriff Bobby denn nicht, was für eine große Sache der Dekan daraus machen konnte? »Wir glauben, daß Vielfalt unseren Studenten nur nützen kann. Wir haben diesen Schriftsteller zum Medizinstudium zugelassen, und es wird für ihn, für die anderen Studenten und für uns alle eine neue, bereichernde Erfahrung sein. Wir alle werden von diesem genialen alchimistischen Experiment profitieren, das ich, Dr. Innovatius, ermöglicht habe.« Warum, zum Kuckuck, nicht? Laß mich wenigstens meinen Witz an ihm ausprobieren! Und nach dem Lunch lasse ich mich wieder im College einschreiben – fürs erste Studienquartal. Heute abend werde ich meine Laufbahn als Schriftsteller beendet und meine Zukunft als Arzt begonnen haben. Seit gestern bin ich offiziell als Patient abgemeldet. Bis dahin war ich der geistlosen Materie unterworfen. Jetzt kommt der Geist zu Wort! Ich habe Sehnsüchte, und die müssen erfüllt werden.

Er spülte eine Percodantablette mit einem Schluck Wodka hinunter, dann hob er den Hörer des neben der Toilette stehenden Telefonapparats ab und bestellte Kaffee, den man ihm heraufbringen sollte, während er sich rasierte. Von jetzt an vorsichtiger sein mit Schnaps und

Tabletten! Und Schluß mit Milton Appel, mit den primitiven Zwängen, die sein Leben überspült hatten. In dieser Limousine hatte er mehr aus sich herausgequetscht als in den letzten vier Jahren am Schreibtisch. Wie eine riesige Tube Linguistikpasta war er sich vorgekommen. Diatribe, Rechtfertigung, Anekdote, Bekenntnis, Anklage, Befürwortung, Belehrung, Philosophie, Angriff, Apologie, Schmähung – ein schäumendes Zusammenströmen von Emotion und Sprache, und das alles für einen einzigen Zuhörer. Diese Oase aus Wörtern – hinein damit in seine ausgedörrte Wüste! Je mehr Energie er verbraucht, desto mehr fließt ihm zu. Sie sind hypnotisch, diese Redewütigen! Die gehen bis zum Äußersten, und nicht bloß auf dem Papier. Die sagen einfach alles. Seine Menschlichkeit. Seine Lasterhaftigkeit. Seine Ideale. Ist dieser Kerl ein Scharlatan? fragte sich Zuckerman. Scheint es selber nicht zu wissen, weiß nicht, ob er versucht, sich schlechter oder besser zu machen, als er tatsächlich ist. Aber hat er wirklich *mehr* gesagt, als wir bereits aus *Frau Warrens Gewerbe* wissen? Die Sprache ist zwar seit Shaw deftiger geworden, aber an der weisen Erkenntnis, daß die Puffmutter moralischer ist als die kranke, scheinheilige Gesellschaft, hat sich nicht viel geändert. Sade (und nicht der Herausgeber von *Lickety Split)* ist derjenige gewesen, der mit diesem Thema bis zum Alleräußersten ging und jeden moralischen Vorwand fallen ließ – einzige Maxime: Genuß rechtfertigt alles. Vielleicht war es nur wegen der Ehefrau und wegen des Psychoanalytikers und wegen des kleinen Jungen gewesen (daß du ihn mit einem Sohn und nicht mit einer Tochter ausgestattet hast, hat ihm das Leben sehr erleichtert), jedenfalls aber hatte es der Herausgeber von *Lickety Split* nicht über sich gebracht, so weit zu gehen wie Sade. Sicher, er war Jude, und – antisemitisch gesprochen – wenn ein Jude ein Bordell betreibt, um Reibach zu machen, dann tut er so, als betreibe er einen Kinderhort für Erwachsene. Philosophisch gesprochen: Was die arme Ricky in dieser Hotelbar ertragen mußte, das war ein Heiliger in der auf Freud und seinen Kreis zurückgehenden Tradition der großen jüdischen Seelenheiler: der Wohltäter Dr. Appel, der mit missionarischem Eifer die leidende Menschheit von ihren seelischen Spannungen befreit. Die noble Aufgabe von ›Miltons Millenia‹. Seit achtzehn Monaten keine einzige Rauferei – wenn dieser Club so einschlägt wie McDonald's, könnte es das Ende des Krieges bedeuten. Trotzdem: seine moralische Halsstarrigkeit, sein leidenschaftliches Anderssein – vielleicht ist es genau das, was einen mehr als alles andere insgeheim so stolz darauf macht, Jude zu sein. Je länger ich mich mit ihm unterhalte, um so sympathischer wird er mir.

»Ich bin *seriös*«, sagte Zuckerman, als er sich im Schlafzimmer für den großen Tag anzog. »Warum fällt es den Leuten so schwer, das für bare Münze zu nehmen? Ich mußte mich an vier Privatschulen wenden, bevor Nathan aufgenommen wurde. Ein Junge mit einem Intelligenzquotienten von 167, und die ersten drei Schulen haben ihn abgewiesen. Ich bin mit ihm zu Lehrersprechstunden gegangen. Ich habe Fragen bezüglich des Stundenplans gestellt. Ich bin ein seriöser Mensch. Ich halte mich für einen seriösen Menschen. Ich habe großen Respekt vor guter Schulbildung. Ich will, daß Nathan die beste erhält. Ich kann mich noch gut erinnern, wie ich als Fünfzehnjähriger Henry Miller gelesen habe. Seitenlang war da von Mösenlecken die Rede. Ich habe die Beschreibungen von Mösen gelesen und bin mir sehr beschränkt vorgekommen. Ich hätte für die Beschreibung einer Möse nicht mehr als sechs Wörter gewußt. Das war das erste Mal, daß ich mich wegen meines dürftigen Vokabulars geschämt habe. Wenn die Lehrer mir gesagt hätten, erweitere deinen Wortschatz, dann kannst du Mösen genauso gut wie Henry Miller beschreiben, wäre ich in der Schule nicht so zurückgeblieben. Dann hätte ich die nötige Motivation gehabt. Aber mein Sohn soll zum Lernen motiviert werden. Ich würde alles für ihn tun. Erst letzte Woche habe ich mit ihm zusammen gebadet. Sie können sich nicht vorstellen, wie schön das war. Dann geh' ich zu Dr. Horowitz, und der sagt, tun Sie das lieber nicht, einem kleinen Jungen jagt der Anblick des Penis eines Erwachsenen Angst ein; das Kind fühlt sich dann minderwertig. Mir war schrecklich zumute. Auch das, sagt Horowitz, habe ich falsch gemacht. Aber ich möchte ein *Vertrauensverhältnis* zu Nathan haben. Und das habe ich. Von Mann zu Mann. *Mein* Vater hat nie hinter mir gestanden, nie. Mein Sohn soll es besser haben. Mein Vater hat mir nichts gegeben. Jetzt, wo ich Erfolg habe, ist er beeindruckt. Er sieht meinen Rolls Royce, er sieht die Leute, die für mich arbeiten, er sieht, daß ich ein Multimillionen-Haus habe und was für Kleider meine Frau trägt und in welche Schule mein Junge geht – und jetzt hält er endlich die Klappe. Aber der Junge hat einen IQ von 167, und wenn er anfängt, mich zu fragen, was ich tue – was soll ich ihm dann sagen? Sie sind der Schriftsteller, Sie sind das Genie mit den grandiosen Einfällen – sagen *Sie* mir doch, was ein Vater tun soll, *der die Antworten nicht weiß.* Aber Sie wissen die Antworten genausowenig wie ich, Sie haben keine Kinder, darum wissen Sie *gar nichts.* Sie wären bereit, für alle künftigen Zuckermans jenes höchste Gefühl der Geborgenheit abzuschaffen, das durch diese verrückte Vaterliebe geschaffen wird. Sie wären bereit, alle künftigen Zuckermans abzuschaffen! Zuckerman, der ›große Befreier‹, der dem Kinderzeugen ein Ende macht... Aber was Leiden wirklich bedeutet, weiß man erst, wenn man Kinder hat. Und was Freude wirklich bedeutet. Und Eintönigkeit und und und... Wenn er zwölf ist, wenn er mit dem Wichsen anfängt, dann kann ich ihm erklären, was für ein Geschäft ich betreibe. Aber einem Siebenjährigen? Wie erklärt man einem Siebenjährigen den unbezwingbaren Drang, abzuspritzen?

Aber ganz gleich, wieviel Spaß ihm dieses Possenspiel machte, jetzt war es Zeit, zu gehen. Als Romanfigur ist er noch längst nicht komplett, aber wer ist das schon? Dieser Meinung war Zuckerman, bis ihm drunten in der Hotelhalle der Portier sagte, daß der Wagen und die Chauffeuse auf ihn warteten. Offenbar hatte der Pornograph mit dem Schandmaul sie für die Dauer seines Aufenthalts in Chicago angeheuert.

Große Schneeflocken wehten über die Motorhaube der Limousine, als sie wieder auf den Outer Drive fuhren. Der Himmel sah ganz so aus, als müßte man jeden Moment mit dem Eintreffen des großen Schneesturms aus den Northern Plains rechnen. Und dann würde Mr. Freytags Martyrium beginnen: Winter im Mittelwesten – Blizzards, die seine Frau jede Nacht von neuem begraben würden. Das Grab von Zuckermans Mutter war im sonnigen Süden, wo die Toten nur *einmal* begraben werden. Nach ihrer Beerdigung hatte ein muskulöser Mann, der ein schmutziges T-Shirt anhatte und auf dessen Bizeps »USMC« – United States Marine Corps – tätowiert war, Zuckerman beiseitegenommen, sich als Mike, der Friedhofswärter, vorgestellt und gefragt, wie tief der Name der Verstorbenen auf dem Grabstein eingemeißelt werden sollte. Mike nahm an, daß die beiden Söhne gleich wieder nach New Jersey zurückfliegen würden, und wollte genaue Anweisungen haben. »Genauso wie der Name meines Vaters«, sagte Nathan. »Da sind die Lettern einen halben Zoll tief eingemeißelt, das ist ziemlich tief, das kann nicht jeder«, gab Mike zu bedenken. Zuckerman, noch immer schockiert über das mörderisch schnelle Wachstum des Hirntumors seiner Mutter und darüber, daß sie jetzt bereits unter der Erde lag, starrte ihn verständnislos an. Die Beerdigung war so schnell vonstatten gegangen. Eigentlich müßte so etwas wiederholt werden, dachte er. Dann könnte man beim ersten Mal einfach dastehen, ohne zu begreifen, was da vor sich geht. Und beim zweiten Mal könnte man sehen, wer am Grab steht und weint; hören, was am Grab gesagt wird; und wenigstens ein bißchen von dem begreifen, was hier geschieht. Empfindungen, die an einem offenen Grab zum Ausdruck gebracht werden, können manchmal ein Leben ändern – aber ich habe überhaupt nichts gehört. Er kam sich nicht wie ein Sohn vor, der gerade die Beerdigung seiner Mutter erlebt hat, sondern wie eine zweite Besetzung, die bei Bühnenproben die Kostüme trägt, damit man feststellen kann, wie sie im Rampenlicht wirken.

»Hören Sie«, sagte Mike, »ich kümmere mich schon darum. Ich treibe schon jemanden auf, der den Stein nicht beschädigen wird. Ich sorge dafür, daß Sie nicht übers Ohr gehauen werden. Ich weiß, Sie wollen Ihre Mutter in guten Händen wissen.« Zuckerman kapierte. Er gab Mike alle Geldscheine, die er in der Tasche stekken hatte, und versprach, sich nächstes Jahr wieder bei ihm zu melden. Aber als die Wohnung ausgeräumt und verkauft war, kam er nie wieder nach Florida. Tante Essie inspizierte den Grabstein und schrieb den beiden Söhnen, sie könnten sich darauf verlassen, daß die Friedhofsverwaltung den Rasen täglich berieseln lasse, damit die Grabstätte immer in Grün gebettet sei. Aber das konnte Nathans erstaunlich beharrlichen Kummer so wenig mildern, wie wenn man ihm versichert hätte, die Antarktis werde berieselt. Mutter ist dahingegangen. Mutter ist jetzt auch Materie. Schon fast drei Jahre, aber dieser Gedanke bedrängte ihn immer noch. Nach wie vor tauchte er plötzlich aus dem Nirgendwo auf und schaltete alle anderen Gedanken aus. Zuckermans Leben, das vorher durch die Daten seiner Eheschließungen, seiner Scheidungen und seiner Buchveröffentlichungen in Abschnitte eingeteilt war, hatte sich in zwei säuberlich voneinander getrennte Epochen gespalten: die Zeit *vor* jenen Worten und die Zeit *danach*. »Mutter ist dahingegangen«. Das Thema des Traumes, der ihn die ganze Nacht gequält hatte; die Worte, die sein kleines Double veranlaßt hatten, zu rufen: »Komm zurück, ich hab's nicht so gemeint.«

Diese Sehnsucht nach der Mutter hatte er als Sechzehnjähriger hinter sich gelassen. Ob er jetzt auch so darunter leiden würde, wenn er arbeiten könnte und gesund wäre? Ob dann auch nur etwas von alledem derart an ihm nagen würde? Alles eine Folge dieser rätselhaften Krankheit! Aber wäre er ohne diese Sehnsucht überhaupt krank geworden? Ein großer, unerwarteter Verlust kann natürlich die Gesundheit eines jeden untergraben – genau wie Auseinandersetzungen und zornige Auflehnung. Aber kann das auch noch drei oder vier

Jahre danach passieren? Und wie empfindlich bin ich eigentlich?

Ach, zu empfindlich, viel zu empfindlich, sogar für deine eigene Widersprüchlichkeit. Die Erfahrung der Widersprüchlichkeit, darin *besteht* doch die menschliche Erfahrung. Jeder hat sein Päckchen zu tragen – warum brichst *du* darunter zusammen? Ein Romanautor ohne seine unvereinbaren Hälften, Viertel, Achtel und Sechzehntel? So jemand vermag keine Romane zu schreiben. Und hat auch kein Recht dazu. Du scheidest nicht freiwillig aus, du wirst aus der Truppe ausgestoßen. Körperlich nicht geeignet, in Stücke gerissen zu werden. Hast nicht die Muskeln, hast nicht das Herz dafür.

Endlich begriff Zuckerman, daß seine Mutter seine einzige Liebe gewesen war. Und sein Wunsch, wieder zur Schule zu gehen? Nichts anderes als der Traum, jetzt, da sie dahingegangen war, wenigstens von seinen Lehrern geliebt zu werden. Dahingegangen und dennoch für ihn so gegenwärtig wie seit dreißig Jahren nicht mehr. Zurück in die Schule, zurück zu den Tagen, als es für ihn ein Leichtes war, den Anforderungen des Lebens zu genügen – zu den Tagen der innigsten Bindung, die es je für ihn gegeben hatte.

Er schluckte noch eine Percodantablette, dann ließ er durch Knopfdruck die Trennscheibe zwischen den Vorder- und Rücksitzen herunter.

»Warum finden Sie mich unausstehlich, Ricky?«

»Ich finde Sie nicht unausstehlich. Ich finde Sie interessant.«

Seit er in der Bar mit ihr verhandelt hatte, redete sie ihn nicht mehr mit »Sir« an.

»Was finden Sie an mir interessant?«

»Wie Sie die Dinge sehen. Jeder würde das interessant finden.«

»Aber Sie wollen nicht in New York für mich arbeiten?«

»Nein.«

»Sie glauben, daß ich die Frauen ausbeute, stimmt's? Daß ich sie erniedrige. Ein Mädchen, das für hundert Dollar Wochenlohn in einem Kaufhaus arbeitet, wird nicht ausgebeutet, aber ein Mädchen, das in einem Supercarnal-Film mitwirkt und fünfhundert Dollar pro Tag verdient – pro *Tag,* Ricky, – *wird* ausgebeutet. So denken Sie doch darüber, nicht wahr?«

»Ich werde nicht bezahlt, um zu denken.«

»Aber Sie *können* denken. Mit wem vögelt denn hier eine gutaussehende, unabhängige junge Frau wie Sie? In Ihrem Beruf mangelt es doch bestimmt nicht an Gelegenheit, Schwänze zu kriegen.«

»Ich weiß nicht, was Sie meinen.«

»Haben Sie einen Freund?«

»Ich bin eben erst geschieden worden.«

»Haben Sie Kinder?«

»Nein.«

»Weshalb nicht? Sie wollen keine Kinder in die Welt

setzen? Weil Mutterschaft für euch Feministinnen etwas Lästiges ist? Oder wegen der Atombombe? Ich frage Sie, Ricky, warum Sie keine Kinder haben. Wovor haben Sie Angst?«

»Hält es der Verleger von *Lickety Split* für ein Zeichen von Angst, wenn ein Ehepaar keine Kinder hat?«

»Sehr scharfsinnig! Aber warum wollen Sie mir eins auswischen? Ich habe Ihnen eine ernsthafte Frage gestellt. Ich bin ein ernsthafter Mensch. Warum nehmen Sie mir das nicht ab? Ich behaupte nicht, ein Unschuldslamm zu sein, aber ich habe Sinn für moralische Werte, ich bin ein kämpferischer Mensch und deshalb rede ich über das, wofür ich kämpfe. Warum fällt es den Leuten so schwer, das für bare Münze zu nehmen? Man hat mich gekreuzigt – ich bin ein Märtyrer am Kreuz der Sexualität. Schauen Sie nicht so spöttisch drein – es ist wahr! Ich interessiere mich für Religion. Nicht für all diese beschissenen Verbote, sondern für *Religion*. Jesus interessiert mich. Warum auch nicht? Sein Leidensweg ist etwas, wofür ich Mitgefühl empfinden kann. Wenn ich das jemandem erzähle, schaut er genauso spöttisch drein wie Sie. Egomanie. Ignoranz. Blasphemie. Wenn ich das in einer Talkshow sage, bekomme ich sofort einen Haufen Drohbriefe. Jesus selbst hat sich nie als Sohn Gottes bezeichnet. Immer nur als ›des Menschen Sohn‹, also zur menschlichen Spezies gehörig – mit allem, was dazugehört. Aber die Christen haben ihn trotzdem zum Sohn Gottes gemacht, und sie selber sind all das geworden, wogegen er gepredigt hat – ein neues Israel, aber nicht das richtige. Das neue Israel bin ich, Ricky – Milton Appel.«

Das war ihr zuviel.

»Sie und Jesus! Manche Leute glauben tatsächlich, sie könnten sich alles erlauben.«

»Warum *nicht* Jesus? Den haben sie auch gehaßt. Der Leidensmann. Leiderfahren. Appel Dolorosus.«

»Leid? Und die Lust, die Macht, der Reichtum – was ist *damit?*«

»Stimmt. Ich gebe es zu. Ich liebe die Lust. Ich liebe es, eine Ejakulation zu haben. Es ist ein starkes, wunderbares Gefühl. In der Nacht vor meinem Abflug hatte ich Sex mit meiner Frau. Sie hatte ihre Periode, ich hatte einen Ständer, also hat sie mich geblasen. Es war ein so herrliches Gefühl, daß ich danach nicht einschlafen konnte. Zwei Stunden später habe ich mir einen runtergeholt. Ich wollte dieses herrliche Gefühl noch einmal haben. Sie ist aufgewacht und hat gesehen, wie's bei mir gekommen ist, und da hat sie zu weinen angefangen. Sie kann es einfach nicht verstehen. Aber Sie verstehen das, nicht wahr? Eine Frau von Welt wie Sie!«

Keine Reaktion. Sie tat das, wofür sie bezahlt wurde: Sie chauffierte ihn. Übermenschliche Zurückhaltung, dachte Zuckerman. Die gäbe eine wunderbare Ehefrau für einen Romanautor ab.

»Sie glauben also, ich erniedrige die Frauen. Und deshalb wären Sie, auch wenn ich Ihnen ein noch so hohes

Gehalt böte, nicht bereit, mit nach New York zu kommen.«

Als sie wieder nicht antwortete, beugte sich Zuckerman vor, um ihr jedes Wort direkt ins Ohr zu sagen. »Weil Sie eine gottverdammte Feministin sind.«

»Hören Sie, Mr. Dolorosus, ich fahre jeden, der mich dafür bezahlt. Das hier ist *mein* Auto, und hier tu ich, was *ich* will. Ich bin selbstständig. Ich stehe hier in Chicago nicht bei Hefner unter Vertrag und ich will in New York nicht bei Ihnen unter Vertrag stehen.«

»Weil Sie eine gottverdammte Feministin sind.«

»Nein. Aber weil die Trennscheibe in diesem Auto nicht nur Ihretwegen sondern auch meinetwegen da ist. Weil ich *absolut nicht* an Ihrem Leben interessiert bin und bestimmt nicht nach New York gehen und mich auf diese Art Geschäft einlassen möchte. Es stinkt, wenn Sie meine ehrliche Meinung hören wollen. Und das, was am widerlichsten stinkt, ist Ihre Freimütigkeit. Sie glauben, weil Sie ganz offen darüber reden, wird das alles akzeptabel. Aber Sie machen es dadurch nicht akzeptabel sondern nur noch schlimmer. Auch ihre Freimütigkeit dient nur dazu, das alles herunterzuziehen.«

»Bin ich schlimmer als die Typen aus den Chefetagen, die Sie herumfahren und die den amerikanischen Arbeiter aufs Kreuz legen? Bin ich schlimmer als die Politiker, die Sie herumfahren, und die den amerikanischen Nigger aufs Kreuz legen?«

»Ich weiß nicht. Die meisten sind ruhig, wenn sie dahinten sitzen. Sie haben ihre Aktentaschen dabei und machen Notizen – und *wie* unangenehm sie sind und *ob* sie unangenehm sind, das weiß ich nicht. Aber bei Ihnen weiß ich's.«

»Und ich bin der übelste Typ, dem Sie je begegnet sind.«

»Wahrscheinlich. Ich kenne Sie nicht gut genug. Aber ich bin überzeugt, Ihre Frau würde das von Ihnen sagen.«

»Der übelste Typ.«

»Wahrscheinlich.«

»Meine Frau tut Ihnen leid, nicht wahr?«

»Und ob! Eine Frau, die ein normales Leben führen und ein Kind aufziehen und einigermaßen anständig leben möchte – und das mit einem Mann wie Sie! Mit einem Mann, der sich mit nichts anderem beschäftigt als mit ›Mösen‹ und ›Schwänzen‹ und ›Abspritzen‹ oder wie Sie das sonst noch nennen.«

»Mich bedauern Sie wohl auch, Ricky?«

»Sie? Nein. Sie wollen's ja nicht anders. Aber Ihre Frau möchte bestimmt kein solches Leben führen. Ihr kleiner Sohn tut mir leid.«

»Das arme Kind also auch.«

»Meiner Meinung nach sind seine Chancen gleich null, Mr. Appel. Ich glaube zwar, daß Sie den Jungen auf Ihre egomanische Weise lieben – aber aufzuwachsen und zu wissen, daß der Vater sein Geld mit so etwas verdient hat und daß er in diesem Gewerbe eine ›Berühmtheit‹

war, das ist eine schwere Belastung für sein weiteres Leben, finden Sie nicht? Als Erbe Ihres Imperiums könnte er sich natürlich ins gemachte Nest setzen. Aber schikken Sie ihn *deshalb* in die besten Privatschulen? Damit er später *Lickety Split* übernehmen kann? Mir tut Ihre Frau leid, mir tut Ihr Sohn leid, mir tun alle Leute leid, die ins Kino gehen, um sich Ihre Supercarnal-Filme anzuschauen. Ich bedaure Menschen, die so etwas nötig haben, um sich aufzugeilen. Und mir tun die Mädchen in diesen Filmen leid, wenn sie auf diese Weise ihren Lebensunterhalt verdienen müssen. Ich habe auch keine Berufsausbildung gehabt. Ich bin dafür erzogen worden, zu heiraten, aber mit meiner Ehe hat es nicht so recht geklappt. Und jetzt bin ich Chauffeuse. Eine gute sogar. Was diese Mädchen tun, um ihr Geld zu verdienen, das würde ich nie tun – nicht, weil ich Feministin bin, sondern weil es meine Freude am Sex ruinieren würde, und die ist mir viel zu wichtig, als daß ich sie kaputtmachen ließe. Ich würde die Narben zeitlebens behalten. Wissen Sie, der Schutz der Intimsphäre ist eine Sache, für die man sich genauso engagieren kann wie Sie für die Pornographie. Nein, nicht weil ich eine gottverdammte Feministin bin, finde ich Sie unerträglich, sondern weil ich ein menschliches Wesen bin. Sie erniedrigen nicht nur Frauen. Daß Sie diese Närrinnen ausbeuten, ist nur *ein* Aspekt Ihres Gewerbes. Sie ziehen *alles* herunter. Ihr ganzes Leben ist Schmutz. Und Sie machen es nur noch schlimmer, weil Sie einfach nicht die Klappe halten können.«

»Bleiben wir lieber bei den Frauen, mein liebes menschliches Wesen! Bei denen, die Ihnen so leid tun, bei denen, die zufällig keine eigene Limousine haben. Manche dieser Mädchen in meinen Filmen sind so bescheuert, daß sie nicht einmal wissen, wie man sich die Zähne putzt – aber ich zahle ihnen hundert Dollar pro Stunde. Nennen Sie *das* Erniedrigung? Tragen die Frauen unvergängliche Narben davon, wenn man ihnen Geld gibt, damit sie die Miete zahlen können? Im Filmatelier bin ich schon mit manchen Mädchen in den Waschraum gegangen und habe ihnen die *Füße* gewaschen, weil sie so schmutzig waren. Heißt *das,* Frauen erniedrigen? Wenn eine schlecht riecht, bringen wir ihr Intimpflege bei. Weil nämlich, mein liebes menschliches Wesen, manche dieser Mädchen, wenn sie von der Straße hereinkommen, widerlicher stinken als ich. Und dann besorgen wir ihnen den ganzen Kram und zeigen ihnen, was zur Intimpflege nötig ist. Die meisten von ihnen sind, wenn sie bei mir zu arbeiten anfangen, die reinsten Idioten. Wenn sie wieder gehen, haben sie zumindest eine gewisse *Ähnlichkeit* mit dem, was ich unter menschlichen Wesen verstehe. Shirley Temper allerdings kann es an Intelligenz mit jeder Bühnenschauspielerin aufnehmen. Warum arbeitet sie dann bei *mir?* Weil sie *tausend Dollar pro Tag* kassiert. *Mein Geld.* Heißt das, Frauen erniedrigen? Sie tut's, weil Theaterproduktionen am Broadway oft schon nach einer Woche abgesetzt werden, und weil sie dann wieder arbeitslos wäre. Bei *mir* hat sie immer Arbeit, wird als arbeitender Mensch respektiert und hat die Chance, die verschiedensten Rollen zu spielen. Sicher, manche dieser Mädchen sind geradezu klassische Beispiele dafür, daß es immer Frauen geben wird, die sich einen kräftigen Zuhälter suchen, der sie dann ausnimmt. Es gibt immer Menschen, die sich ausbeuten lassen und keine Eigenverantwortung übernehmen wollen. Ausbeutung gibt es überall, wo Menschen bereit sind, sich ausbeuten zu lassen. Aber Shirley sagt, scheiß drauf – obzwar sie nicht zu Jane Fondas und Gloria Steinems College-Schwesternschaft gehört. Scranton, Pennsylvania – das war Shirleys College. Scheiß drauf, hat sie gesagt, als sie sechzehn war, und dann hat sie ihrem Kassiererinnenjob im A&P-Supermarkt den Rücken gekehrt – hat den Scrantoner Slums den Rücken gekehrt, um in unserer Branche zu arbeiten, wo sie schon im ersten Jahr fünfzigtausend verdient hat. Mit *sechzehn*. Die Mädchen, die in Pornofilmen mitwirken – die meisten davon sind *stolz* auf ihre Tätigkeit. Sind *Sie* erpicht darauf, diese große Limousine zu fahren und eine Chauffeuruniform zu tragen? Diese Mädchen *sind* erpicht darauf, Ihre Mösen zu zeigen. Die genießen es, sich zur Schau zu stellen, und jemand wie Sie – Sie in Ihren Gestapostiefeln – glaubt, ihnen einreden zu müssen, daß sie so etwas nicht tun sollten? Da draußen gibt's genug Männer, die beim Anblick dieser Mädchen abspritzen. Sie genießen das. Ist das Ausbeutung? Ist das Erniedrigung? Das ist *Macht!* So, wie es in Ihrer Macht steht, Gas zu geben. Marilyn Monroe ist tot, aber immer noch holen sich Jugendliche überall in Amerika beim Anblick dieser Titten einen runter. Bedeutet das Ausbeutung der Marilyn Monroe? Nein, es bedeutet, daß sie unsterblich ist! Sie ist längst nicht mehr da, aber für Jugendliche, die damals noch gar nicht auf der Welt waren, wird sie immer das Mädchen mit dem tollen Hintern bleiben. Frauen dieses Schlages schämen sich nicht, in der Öffentlichkeit zu vögeln. Sie tun es liebend gern. Niemand wird zu irgend etwas gezwungen. Wenn sich eine Verkäuferin in der Kurzwarenabteilung von Woolworth emanzipiert fühlt, soll sie ruhig für einen Stundenlohn von zwei Dollar dort arbeiten. Bei uns herrscht kein Mangel an Arbeitskräften – es gibt so viele Frauen, die es wegen der Moneten oder weil's ihnen Spaß macht oder zur seelischen Entspannung tun wollen, daß man niemanden dazu zwingen muß. Tatsache ist, daß Frauen sich in diesem Geschäft viel leichter tun als Männer. Sie können einen Orgasmus vortäuschen, aber für den armen Kerl da vorne im Scheinwerferlicht ist es kein Honiglecken. Die Prahlhänse, die sagen: ›Hey, das wäre was für mich, ich habe einen großen Schwanz‹, die kriegen ihn dann überhaupt nicht hoch. Ausbeutung? Wenn überhaupt jemand ausgebeutet wird, dann die Männer. Die meisten Mädchen sind, so bald sie vor der Kamera stehen, auf einem Egotrip. Sicher, in meinen letzten Filmen haben auch Tiere mitgewirkt, aber niemand ist dazu gezwungen, es mit ihnen zu treiben. Chuck Raw, mein Star, ist wegen des Hundes aus seinem Vertrag ausgestiegen. ›Ich liebe Hunde‹, hat er gesagt, ›und bei so was mach' ich nicht mit, Milton. Wenn ein Rüde eine Frau fickt, dreht er durch – das kann er nicht verkraften. Jeder Hund ist als Tier erledigt, wenn's eine Frau mit ihm getrieben hat.‹ Das habe ich respektiert. Ich habe den Mut, meine Überzeugung zu vertreten, Chuck hat den Mut, sich zu seiner zu bekennen. Haben Sie immer noch nicht kapiert? Niemand legt diesen Leuten Fesseln an! Ich *befreie* sie aus ihren Fesseln! Ich bin ein Monster, das etwas zu bieten hat! Ich verändere die amerikanische Art, zu ficken, für alle Zukunft! Ich befreie dieses Land aus seinen Fesseln!«

Die dritte Percodantablette, und schon fing die Benommenheit an. Plötzlich fielen ihm keine Wörter mehr ein, alle verflogen, und er konnte keine zwei Sekunden lang zusammenhängend denken. Zu begreifen, was er dachte, kostete ihn ungeheure Anstrengung. Wenn er eine Antwort gefunden hatte, konnte er sich nicht mehr an die Frage erinnern und mußte mühsam von vorn beginnen. Jenseits des Nebels war ein Graben, und jenseits des Grabens eine luftige Leere. Fragt nicht wie, aber jenseits dieser Leere konnte er durchs Autofenster etwas sehen, das sich draußen über dem See wunderbar lautlos bewegte: fallender Schnee. Am Spätnachmittag aus der Schule in der Chancellor Avenue durch den Schnee nach Hause zu gehen – nichts, aber auch nichts ließ sich damit vergleichen. Es war das beste, was ihm das Leben zu bieten hatte. Schnee bedeutete Kindheit – beschützt, sorglos, geliebt, folgsam sein. Danach war die Verwegenheit gekommen, und nach der Verwegenheit der Zweifel, und nach dem Zweifel der Schmerz. Was können chronische Schmerzen uns lehren? Geh zur Tafel und schreib die Antwort darauf! Chronische Schmerzen lehren uns: 1. Was es bedeutet, sich wohlzufühlen. 2. Was Feigheit ist. 3. Wenigstens eine Ahnung davon zu haben, was Verurteilung zu Zwangsarbeit bedeutet. Schmerzen zu haben, ist Arbeit. Und was noch, Nathan? Was lehren sie uns vor allem? Sie lehren uns, wer das Sagen hat. Richtig. Und jetzt zählst du auf, wie man sich chronischen Schmerzen gegenüber verhalten kann. Man kann sie erdulden. Man kann dagegen ankämpfen. Man kann sie hassen. Man kann versuchen, eine Erklärung dafür zu finden. Man kann versuchen, ihnen zu entfliehen. Und wenn keine dieser Methoden Linderung verschafft? Percodan, sagte Zuckerman. Wenn nichts anderes hilft, dann zum Teufel mit dem klaren Bewußtsein als dem höchsten aller Werte! Wodka und Drogen. Daß ich so viel Wert auf das klare Bewußtsein gelegt habe, könnte mein erster Fehler gewesen sein. Betäubung hat auch viel für sich. Ich habe das nie geglaubt und zaudere immer noch, es zuzugeben. Aber es stimmt: Auf lange Sicht hat Leiden sicher eine läuternde Wirkung, aber ein bißchen Betäubung ist auch nicht schlecht. Sie macht zwar, im Gegensatz zum Leiden, keinen Helden aus dir, aber sie ist barmherzig und angenehm.

Als die Limousine vor Bobbys Haus hielt, hatte Zukkerman seine Taschenflasche bis zum letzten Tropfen geleert und war bereit für den Friedhof. Auf den Stufen vor der Haustür versuchte ein alter Mann, der eine Pelzmütze trug, einen Wettermantel und schwarze Galoschen mit Schnallen anhatte, den Schnee wegzukehren. Wenn er unten angelangt war, mußte er oben wieder anfangen, so heftig schneite es. Immer wieder stapfte der alte Mann mit seinem Besen die vier Stufen hinauf und hinunter.

Zuckerman, der ihm vom Auto aus zusah: »Es wird nicht umsonst das Tal der Tränen genannt.«

Und etwas später: »Du willst nicht Arzt werden, du willst Zauberer werden.«

Ricky ging um das Auto herum, um ihm die Tür aufzumachen. Da er kaum wußte, was er selber dachte, konnte er natürlich auch keine Überlegungen darüber anstellen, was *sie* jetzt dachte. Aber das war gut so; jetzt so abgestumpft zu sein, war ein Segen. Zumal das, was du denken würdest, daß die anderen denken, nicht das wäre, was sie wirklich denken, sondern bloß wieder eine deiner Erfindungen. Ach ja, die schlimmste Paranoia ist die ironische Paranoia. Meistens ist zwar, wenn du mit deiner Paranoia beschäftigt bist, die Ironie verflogen. Aber wenn du deine selbstgerechten Haßausbrüche für unübertrefflich komische Darbietungen hältst, dann demütigst du damit niemanden außer dich selber.

»Bin in zehn Minuten wieder da«, sagte er zu Ricky. »Ich geh bloß hinein, um mich rasch mal aufs Kreuz legen zu lassen.«

Er ging auf den alten Mann zu, der immer noch versuchte, den Schnee von den Stufen zu kehren.

»Mr. Freytag?«

»Ja? Wer sind Sie? Was ist passiert?«

Zuckerman kapierte – trotz aller Benommenheit. Wer ist tot? Wo ist der Leichnam? Was für ein schreckliches Unglück ist meinem geliebten, unersetzlichen Enkel zugestoßen? Das meinte der alte Mann damit. Sie gehören zur Geschichte einer anderen Welt, diese alten Juden – einer Geschichte, die nicht die unsere ist; ihre Art zu sein und zu lieben, ist nicht die unsere, und wir wollen auch nicht so sein wie sie, das fänden wir schrecklich – und dennoch: eben weil sie aus einer anderen Welt stammen, können wir nicht ungerührt bleiben, wenn so viel Angst aus ihren Gesichtern spricht.

»Nathan Zuckerman.« Er hatte sich einen Moment lang ungeheuer konzentrieren müssen, um sich an seinen eigenen Namen zu erinnern. »Zuck«, sagte Zukkerman. »Du meine Güte – Zuck! Aber Bobby ist nicht da. Bobby ist in der Schule. Bobbys Mutter ist gestorben. Ich habe meine Frau verloren.«

»Ich weiß.«

»Ja, natürlich! Meine Gedanken schwirren überall herum, bloß nicht dort, wo *ich* bin! Meine Gedanken ... So zerstreut!«

»Ich fahre mit Ihnen zum Friedhof.«

Mr. Freytag stolperte fast über die eigenen Füße, als er auf den Stufen einen Schritt zurückwich. Vielleicht hatte er gerochen, daß Zuckerman eine Fahne hatte. Vielleicht war er aber auch nur perplex über die lange schwarze Limousine.

»Das ist mein Wagen.«

»Zuck, was für ein Schlitten! Du liebe Güte!«

»Ich hab' das große Los gezogen, Mr. Freytag.«

»Bobby hat's mir erzählt. Ist das nicht fabelhaft? Das läßt sich hören!«

»Wir«, sagte Zuckerman. »Sollten. Jetzt. Fahren.« Wenn er wieder im Auto saß, würde er nicht zusammenbrechen.

»Aber ich muß doch auf Gregory warten.« Mr. Freytag schob seinen Ärmel hoch und sah auf seine Uhr. »Er muß jeden Moment heimkommen. Ich möchte nicht, daß er ausrutscht und hinfällt. Er rennt ständig herum. Er paßt nicht auf. Wenn dem Jungen etwas passiert! Ich muß Salz streuen, bevor er heimkommt. Wenn man Salz unter den Schnee mischt, überfriert er nicht. Es zerfrißt ihn von unten her. Zuck, Ihr Hut! Sie stehen hier ohne Hut herum!«

Drinnen ließ sich Zuckerman auf einen Stuhl fallen. Mr. Freytag redete von der Küche aus mit ihm. »Das grobe Salz...das koschere Salz...« Ein ausführlicher Vortrag über Salz.

Navahoteppiche. Teakmöbel. Noguchilampen.

Hyde Park-Stilmischung.

Aber einiges fehlte. In Augenhöhe blasse Umrisse an den Wänden: hier waren Bilder abgenommen worden. Löcher im Gips, wo Haken gewesen waren. Eigentumsübertragung. Nach der Scheidung hatte Bobbys Frau die Bilder bekommen. Die Schallplatten ebenfalls. Im Regal unter dem Plattenspieler waren nur noch vier Schallplatten mit zerfledderten Hüllen. Auch die Bücherregale im Wohnzimmer wirkten ausgeplündert. Offenbar war das einzige, was Bobby in komplettem Zustand überlassen worden war, der Sohn Gregory.

Zuckerman gab sich alle Mühe, zu sehen, wo er war – zu *sein*, wo er war –, während er eigentlich ganz woanders war. Gregorys Schlafzimmer. Mr. Freytag machte die Schranktür auf. »Er ist keiner von diesen Burschen, die man heutzutage so ungepflegt herumlaufen sieht. Er ist immer blitzsauber. Tadellos angezogen. Schauen Sie sich seine Hemden an! Die blauen aufeinandergelegt, die braunen aufeinandergelegt, die gestreiften Hemden auf der einen Seite, die karierten auf der anderen, die einfarbigen in der Mitte. Alles tadellos.«

»Ein braver Junge.«

»Im Grund ein *prächtiger* Junge, aber Bobby ist immer sehr beschäftigt, und von seiner Mutter wird der Junge leider nicht in Zaum gehalten. Sie hat sich selber ja auch nicht im Zaum halten können. Aber seit ich hier bin, rede ich ihm gut zu, und glauben Sie mir, es ist nicht

«Ich hab das Große Los gezogen» . . .

... sagt Zuckermann zur Erklärung, als Mr. Freytag seine lange, schwarze Limousine bewundert.

Aber das mit dem «Großen Los» ist meistens nur eine Redensart. In Wirklichkeit stecken viele Bemühungen, Überlegungen und finanzielle Strategien dahinter, ehe man sich eine lange, schwarze Limousine, oder wonach einem der Sinn sonst stehen mag, leisten kann ...

fruchtlos. Gestern vormittag saßen wir hier in diesem Zimmer, nur wir beide, und da habe ich ihm von seinem Vater erzählt. Wie eifrig Bobby damals gelernt hat. Und wie er im Laden aushalf. Sie hätten sehen sollen, wie aufmerksam der Junge zugehört hat! ›Ja, Opa. Ich weiß, Opa.‹ Ich habe ihm erzählt, wie ich in der Handtaschenbranche anfing, wie mein Bruder und ich mit der Schule aufgehört und in der Gerberei gearbeitet haben, weil mein Vater eine achtköpfige Familie ernähren mußte. Und daß ich damals erst vierzehn war. Und daß ich nach dem großen Börsenkrach jedes Wochenende und jeden Abend mit einem Schubkarren von Tür zu Tür gegangen bin und Handtaschen zweiter Wahl verkauft habe. Daß ich tagsüber in einer Bäckerei Sabbatstriezel geflochten habe und abends mit dem Schubkarren losgezogen bin. Und wissen Sie, was der Junge sagte, als ich ihm das alles erzählt hatte? ›Opa‹, hat er gesagt, ›du hast's schwer gehabt.‹ Bobby hat seine Aufgabe, und ich habe meine. Das ist mir klar geworden, als ich gestern mit dem Jungen sprach. Ich muß wieder Vaterpflichten übernehmen. Jemand muß es tun, und dieser Jemand bin ich.«

Er zog seinen Wettermantel aus und sah wieder auf seine Armbanduhr. »Wir warten. Noch fünfzehn Minuten, bis Punkt zehn Uhr, und wenn er dann nicht da ist, gehen wir. Ich verstehe das einfach nicht. Ich habe bei all seinen Freunden angerufen. Er ist nicht dort. Wo treibt er sich denn die ganze Nacht herum? Wo ist er denn hingefahren? Woher soll ich wissen, daß ihm nichts zugestoßen ist? Die fahren herum, aber wohin... Ob sie überhaupt wissen, wohin? Ein eigenes Auto: Fehler Nummer sechsundfünfzig. Ich habe Robert gesagt: ›Er *braucht* keinen eigenen Wagen!‹« Dann brach er in Tränen aus. Er war ein kräftiger, untersetzter Mann, ein dunkler Typ wie Bobby, nur daß sein bekümmertes Gesicht jetzt fahl wirkte. Er kämpfte mit seinem ganzen Körper gegen die Tränen an – man merkte an seinen Schultern, seinem Brustkorb und seinen fleischigen Händen, die während der großen Wirtschaftskrise Sabbatstriezel geflochten hatten, wie verhaßt ihm die eigene Schwäche war: Er sah aus, als wollte er alles in Stücke reißen. In seiner bequemen karierten Hose und dem neuen roten Flanellhemd machte er ganz den Eindruck, als ließe er sich nicht so leicht unterkriegen. Aber jetzt hatte es ihn erwischt.

Sie saßen auf Gregorys Bett, unter einem großen Poster: Porträt eines Zehnjährigen, der tätowiert war und eine Brille mit spiegelnden Gläsern trug. Das Zimmer war klein und warm, und Zuckerman wünschte sich nur noch, ins Bett zu kriechen. Er trieb auf den Wogen, die Brandung trug ihn hinauf ins Licht, dann hinab ins Wellental der Betäubung.

»Wir spielten gerade Karten. Ich habe gesagt: ›Schatzele, achte darauf, was ich ablege. Du paßt nicht auf. Diese Drei hättest du mir nicht geben dürfen. Eine Karo-Drei. Eine Karo-Drei...dann war sie hinüber. Unfaßbar. Der Urin ist herausgeflossen, aus dieser Frau, die ihr Leben lang die Reinlichkeit in Person war. Auf ihren Wohnzimmerteppich. Ich sah den Urin, und da wußte ich, es ist vorbei. Kommen Sie, ich möchte Ihnen etwas Schönes zeigen.«

Noch ein Schrank. Ein Damenpelzmantel. »Schauen Sie sich das an!« Zuckerman schaute, aber auch er war hinüber.

»Wie sie diesen Mantel gepflegt hat! Sieht noch wie neu aus. So sorgfältig hat sie *alles* gepflegt. Sehen Sie? Schwarzes Seidenfutter mit ihrem Monogramm. Die besten Hornknöpfe. Alles prima Qualität. Das einzige, was ich ihr jemals kaufen durfte. Ich hab' zu ihr gesagt: ›Wir sind jetzt keine armen Leute mehr, ich möchte dir eine Brillantnadel kaufen.‹ ›Ich brauche keine Brillantnadel.‹ ›Dann kaufe ich dir einen schönen Ring. Einen Ring mit deinem Geburtsstein. Du hast dich all die Jahre im Laden abgerackert, du hast's verdient.‹ Aber nein, ihr Ehering hat ihr genügt. Vergangenen Herbst vor zwölf Jahren, ihr fünfundfünfzigster Geburtstag, da habe ich sie buchstäblich gezwungen, mitzukommen, damit ich ihr diesen Mantel kaufen konnte. Beim Anprobieren hätten Sie sie sehen sollen – bleich wie ein Gespenst, als ob uns das um den letzten Pfennig gebracht hätte. Eine Frau, die nie etwas für sich selber haben wollte.«

»Meine auch nicht.«

Mr. Freytag schien es gar nicht gehört zu haben. Möglich, daß Zuckerman es gar nicht gesagt hatte. Möglich, daß er gar nicht wach war.

»Ich wollte diesen Mantel nicht in der leeren Wohnung lassen, wo leicht eingebrochen werden kann. Sie hat ihn aus der Aufbewahrung geholt, Zuck, an dem Tag...am selben Tag...am *Vormittag*...«

Wieder ins Wohnzimmer. Mr. Freytag stellte sich ans Fenster und sah auf die Straße hinaus. »Wir geben ihm noch fünf Minuten. Zehn.«

»Lassen Sie sich ruhig Zeit.«

»Ich weiß jetzt, daß es gewisse Anzeichen dafür gab, wie krank sie war. Oft hat sie ein Hemd bloß zur Hälfte gebügelt und sich dann eine Viertelstunde hinsetzen müssen. Ich konnte es mir nicht zusammenreimen. Ich dachte, sie ist erschöpft, weil sie Kopfweh hat. So, jetzt reicht's mir! Ich bin wütend! Von mir aus können wir jetzt gehen. Ich hole Ihnen einen Hut, dann gehen wir. Ich gebe Ihnen ein Paar Stiefel von Bobby. Wie kann ein erwachsener Mensch bei diesem Wetter ohne Kopfbedeckung und Stiefel und warmes Zeug auf die Straße gehen! Das fehlte noch, daß Sie krank werden!«

Im Auto zum Friedhof – worüber soll man da schon nachdenken? Auf dem Weg in den Friedhof, ob betäubt oder hellwach – da denkt man natürlich an das, was auf einen zukommt. Nein, das hält sich noch verborgen, das bleibt außer Sichtweite, und *du* gehst darauf zu. Krankheit ist eine Botschaft aus dem Grab. Viele Grüße: du und dein Körper, ihr seid eins – er geht, und du gehst mit. Deine Eltern sind dahingegangen, du bist der nächste. In einem langen schwarzen Wagen hinaus zum Friedhof. Kein Wunder, daß Mr. Freytag vor Schreck zurückgewichen ist: Es fehlt bloß noch der Sarg.

Der alte Mann beugte sich nach vorn und schlug die Hände vors Gesicht. »Sie ist meine *Erinnerung* gewesen.«

»Meine auch.«

»Halt!« Mr. Freytag hämmerte an die Trennscheibe. »Halten Sie da drüben! Dort!« Dann rief er Zuckerman zu: »Das ist der Laden! Der Laden meines Freundes.«

Der Wagen hielt in einer breiten, tristen Straße. Niedrige Lagerhäuser, leerstehende Läden, Autoschrottplätze an drei Straßenecken.

»Früher war er unser Hausmeister. Ein junger Mexikaner, ein lieber, netter Bursche. Er und sein Cousin haben diesen Laden gekauft. Das Geschäft geht verdammt schlecht. Immer wenn ich hier vorbeikomme, kaufe ich etwas, auch wenn ich's nicht brauchen kann. Drei reizende kleine Kinder, und der armen Frau mußten beide Brüste abgenommen werden. Sie ist erst vierunddreißig. Schrecklich!«

Ricky ließ den Motor laufen, während Mr. Freytag und Zuckerman Arm in Arm die Fahrbahn überquerten. Alles war eingeschneit.

»Wo ist Manuel?« fragte Mr. Freytag das Mädchen an der Kasse. Sie deutete nach hinten. Als Zuckerman in dem halbdunklen Laden an den Stapeln von Konservendosen vorbeiging, schauderte ihm: Wenn er jetzt zusammenbrach, würde er das alles umstoßen.

Manuel, ein rundlicher Mann mit einem fleischigen Indianergesicht, kniete auf dem Boden und stempelte den Preis auf Frühstücksflockenpackungen. Er begrüßte Mr. Freytag mit einem herzlichen Lachen. »Hey, Big Man! Was gibt's Neues, Big Man?«

Der alte Herr flüsterte ihm ins Ohr: »Ich habe meine Frau verloren.«

»O Gott, nein!«

»Nach fünfundvierzig Ehejahren. Vor dreiundzwanzig Tagen.«

»Oh, oh, nicht gut. Ist schlimm.«

»Ich bin auf dem Weg zum Friedhof. Ein Schneesturm kommt.«

»Ach, sie war so eine nette Lady. So eine gute Lady.«

»Ich möchte Salz kaufen. Das grobe, koschere Salz.«

Manuel führte ihn zu den Salzdosen. Mr. Freytag nahm zwei aus dem Regal. An der Kasse weigerte sich Manuel, sich das Salz bezahlen zu lassen. Er steckte die Dosen in eine Tüte, dann ging er in Hemdsärmeln mit den beiden in den Schnee hinaus.

Sie drückten ihm die Hand. Mr. Freytag, den Tränen nahe, sagte: »Bitte erzählen Sie's Dolores.«

»Ach, nicht gut«, sagte Manuel. »Nicht gut.«

Im Auto wollte Mr. Freytag das Fenster herunterkurbeln, weil ihm eingefallen war, daß er Manuel noch etwas zu sagen hatte. Als er keine Kurbel finden konnte, begann er, an die Scheibe zu hämmern. »Aufmachen! Ich bring's nicht auf!«

Ricky drückte auf einen Knopf, und zur Erleichterung des alten Herrn schob sich das Fenster auf. »Manuel!« rief er ins Schneegestöber hinaus. »He, Manuel, kommen Sie her!«

Der junge Lebensmittelhändler drehte sich an der Ladentür um und wischte sich erschöpft den Schnee von den dunklen Haaren. »Ja, Sir?«

»Den Schnee wegschaufeln, Manuel! Das fehlte noch, daß jemand vor dem Laden hinfällt!«

Sie fuhren weiter, und Mr. Freytag schluchzte während der ganzen Fahrt. Er hatte die Tüte mit dem koscheren Salz auf dem Schoß und umklammerte sie, als wäre es alles, was ihm jetzt noch geblieben war. Der Schnee klatschte an die Autofenster, große, wirbelnde Klumpen, und Zuckerman überlegte, ob er Ricky nicht lieber umkehren lassen sollte. Der Schneesturm war da. Aber Zuckerman kam sich wie eine leere Tischplatte vor, ein heller, saubergeschrubbter Tisch, der darauf wartet, gedeckt zu werden. Keine Kraft mehr.

Sie fuhren unter einer Eisenbahnbrücke durch, auf die in sechs verschiedenen Farben mongoloide Hieroglyphen gesprüht worden waren. »Gehässige Bastarde!« sagte Mr. Freytag angesichts dieser Verunstaltung öffentlichen Eigentums. Die Fahrbahn der Unterführung war mit Schlaglöchern übersät, und aus diesen Schlaglöchern schwappte schwärzliches Wasser. »Kriminell!«

sagte Mr. Freytag, als Ricky im Schneckentempo durch die Unterführung fuhr. »Hier fahren Leichenwagen und Trauernde durch, aber Bürgermeister Daley arbeitet in die eigene Tasche, und alles andere schert ihn einen Dreck.«

Nach der Unterführung bogen sie ab und fuhren einen steilen Bahndamm entlang, der mit verrosteten Maschinenteilen übersät war. Und drüben auf der anderen Straßenseite ein hoher schwarzer Zaun und dahinter Grabstein neben Grabstein: ein baumloser Friedhof, der sich meilenweit erstreckte – bis zum Horizont, wo ein großes, kistenförmiges Gebäude aufragte, das vermutlich nur ein Fabrikbetrieb war, von dem her aber ein so übelriechender Qualm durch das Grau des Schneesturms drang, daß man das Gebäude für etwas viel Schlimmeres als eine Fabrik hätte halten können.

»Hier!« Mr. Freytag klopfte an die Trennscheibe. »Dieses Tor!« Und erst jetzt bemerkte er, daß der Chauffeur eine Frau war. Er zupfte Nathan am Ärmel, aber Nathan war nicht mehr da. Hier draußen, wo alles endete, war auch er am Ende. Er war nicht einmal mehr eine leere Tischplatte.

Ricky, die einen schwarzen Regenschirm aufgespannt hatte, begleitete die beiden Fahrgäste zum Friedhofstor. Das gehörte zu ihrem Job, das war ihre Pflicht. Würde bewahren. Gegenüber wem auch immer.

»Ich *hatte* den Zopf gesehen, einen Frauenzopf, aber ich habe einfach nicht geschaltet.« Mr. Freytag versuchte, mit Ricky ins Gespräch zu kommen. »Vor lauter Kummer.«

»Das macht doch nichts, Sir.«

»Ein junges Mädchen. Mit einem so großen Wagen. Bei diesem Wetter!«

»Ich habe zuerst für ein Bestattungsinstitut gearbeitet. Als Fahrerin.«

»Ach wirklich? Und...und wen haben Sie dort gefahren?«

»Die Verwandten der Verstorbenen.«

»Erstaunlich.«

»Ich habe oft zu meinem Mann gesagt, die Juden müssen hellsehen können, so unglaublich schnell wissen sie Bescheid, wenn einer von ihnen gestorben ist. Die Trauernden kommen in Scharen von überallher, um die Leidtragenden zu trösten. Das war die erste persönliche Erfahrung, die ich mit Juden gemacht habe. Seitdem empfinde ich Hochachtung vor ihnen.«

Mr. Freytag brach in Tränen aus. »Ich habe drei Schuhkartons voll Beileidskarten.«

»Daran sehen Sie, wie beliebt sie war.«

»Haben Sie Kinder, junge Frau?«

»Nein, Sir. Noch nicht.«

»Sie sollten Kinder haben – unbedingt!«

Auf einem tiefverschneiten Weg gingen die beiden Männer, allein, zum jüdischen Friedhof. Seite an Seite standen sie vor einem Erdhügel und einem Grabstein mit dem Familiennamen. Jetzt kochte Mr. Freytag vor

Zorn. »Warum haben sie's nicht so gemacht, wie ich es haben wollte? Warum ist das Grab nicht eingeebnet worden? Es sieht wie ein Abfallhaufen aus! Volle drei Wochen, und jetzt schneit's, und sie haben es immer noch nicht in Ordnung gebracht! Hier ist das Grab. Ich kann's nicht fassen. Julies Grab. Ich sage diese Wörter, aber ich begreife sie nicht. Schauen Sie sich *das* an – in diesem Zustand haben die das Grab gelassen!«

Er führte Zuckerman an der Hand zum angrenzenden Familiengrab. »Hier liegt mein Bruder, daneben meine Schwägerin, und dort meine Julie...« – der Erdhügel, der wie ein Abfallhaufen aussah – »...und neben ihr werde ich liegen. Und da drüben...« – er deutete in Richtung der qualmenden Fabrik – »...im alten Teil des Friedhofs, da liegen meine Eltern und meine beiden schönen jungen Schwestern. Die eine ist mit siebzehn Jahren in meinen Armen gestorben.« Sie standen wieder vor dem Stein am Fußende der Grabstätte, auf dem »PAUL FREYTAG 1899–1970« eingraviert war. »Hast du da unten Taschen, Paul? Mein närrischer Bruder. Hat sein Geld in der Handschuhbranche verdient. War ein Pfennigfuchser. Hat sein Leben lang nur altbackenes Brot gekauft. Immer nur an sein Geld gedacht. Sein Zaster und sein Schlong. Entschuldigen Sie den Ausdruck, aber so *war* mein Bruder. Hat sich unentwegt über seine Frau hergemacht. Rücksichtslos. Nicht einmal, als sie Gebärmutterkrebs bekam, hat er sie in Ruhe gelassen. Ein kleiner Kerl, der wie ein Süßwarenhändler aussah.

Und *sie* war ein Schatz. Die Freundlichkeit in Person. Und obendrein sehr gewitzt. Beim Kartenspielen hat's keiner mit ihr aufnehmen können. Tilly, die hat immer gewonnen. Wieviel Spaß wir hatten, wir vier! 1965 hat er sein Geschäft für hunderttausend Dollar verkauft und für das Haus hat er nochmals hunderttausend bekommen. Und dann hat man ihm jährlich drei- oder viertausend bloß dafür bezahlt, daß er geblieben ist und sich um die Kontobücher gekümmert hat. Aber dieser prächtigen Frau hat er keine fünf Cents gegeben, wenn sie sich etwas kaufen wollte. Als er dann zwei Jahre lang krank war, hat er sich nicht einmal eine TV-Fernbedienung angeschafft, die es ihm erspart hätte, aufzustehen und einen anderen Sender einzustellen. Bis zuletzt hat er gespart. Bis zuletzt, Paul! Hast du auch da unten Taschen, du Geizhals? Er hat diese Welt verlassen – alle sind dahingegangen. Und ich stehe am Rand des Grabes und warte darauf, hineingestoßen zu werden. Wissen Sie, wie ich jetzt mit dem Tod lebe? Ich gehe abends zu Bett und sage: ›Es ist mir scheißegal.‹ So verliert man die Angst vor dem Tod; es ist einem scheißegal.«

Er zog Nathan wieder hinüber zu dem Haufen gefrorener Erdklumpen, unter dem seine Frau lag. »Ihr Bobby. Ihr Baby. Wie sie ihn in diesem verdunkelten Zimmer gepflegt hat! Wie schrecklich der Junge unter dieser Mumps litt! Aber daß so etwas ein ganzes Leben verändert! Ich kann's einfach nicht glauben, Zuck, es ist so unsinnig. Hätte Bobby dieses Mädchen geheiratet, wenn er sich als hundertprozentiger Mann gefühlt hätte? Niemals! Aber er hat gedacht, für etwas besseres wäre er nicht gut genug. Julies Robert nicht gut genug! Ja, ich glaube, das hat er tatsächlich gedacht. Dieser vielversprechende Junge, der so viel erreicht hat, der auf seinem Gebiet respektiert und bewundert wird – und dieser Schicksalsschlag! Mumps! Und einen Sohn, der seinem Vater sagt, er soll ihn am Arsch lecken. Der sich denkt: ›Diese Familie, diese Leute – ich bin gar nicht mit ihnen verwandt, aber wie *die* sich aufführen!‹ Der sich sagt: ›Die mit ihrer lächerlichen jüdischen Familienliebe – die kann ich doch um den Finger wickeln!‹ Wer *ist* er eigentlich? Wissen wir denn, woher er stammt? Sie wollte ein Kind haben, auf Anhieb wollte sie ein Kind haben. Also haben die beiden einen kleinen Waisenjungen adoptiert. Welche Erbanlagen treiben ihn dazu, sich Bobby gegenüber *so* zu benehmen? Ich habe einen glänzend begabten Sohn. Aber diese glänzende Begabung kann von Bobbys Genen nicht weitergegeben werden. Alles, was wir ihm mitgegeben haben, wird nicht weitervererbt, und alles, was wir *nicht* sind, alles *wogegen* wir sind... Wie soll das mit Gregory weitergehen? Leck mich am Arsch, sagt er. Zu seinem *Vater!* Ich drehe ihm den Hals um, weil er seiner Familie so viel angetan hat! Ich bringe diesen Bastard um! Ich werde ihn *töten!*«

Mit dem letzten bißchen Kraft, das Zuckerman noch aufbringen konnte, packte er den alten Mann an der Gurgel. *Er* würde töten – und nie mehr sich selber für besser halten als sein Verbrechen. Schluß mit der Ableugnung des härtesten Richterspruches: schuldig im Sinne der Anklage. »Eure geheiligten Erbanlagen! Was glauben Sie denn im Gehirn zu haben? Gene mit der Aufschrift ›JUDE‹? In diesem verrückten Gehirn soll nichts anderes sein als die angeborene jüdische Tugendhaftigkeit?«

»Aufhören!« Mr. Freytag hob die Hände, die in dikken Handschuhen steckten, und versuchte, ihn wegzuschieben. »Aufhören, Zuck!«

»Was der Junge die ganze Nacht treibt? Er lernt, wie man fickt!«

»Zuck – nicht! Zuck – die Toten!«

»*Wir* sind die Toten. Die Knochen dort unten in den Särgen, das sind die lebendigen Juden! *Die* schmeißen den Laden!«

»Hilfe!« Mr. Freytag riß sich los, lief aufs Grab zu, stolperte – und Zuckerman schlitterte hinter ihm her.

»Schnell!« rief Mr. Freytag. »Hier ist etwas passiert!« Um Hilfe schreiend rannte er davon. Der alte Mann, der erwürgt werden sollte, war verschwunden.

Ringsum nur noch dichtes Schneegestöber, nichts mehr zu sehen außer diesen gemeißelten Grabsteinen. Und seine Hände versuchten immer noch verzweifelt, diesen alten Mann zu erdrosseln. »Unsere Erbanlagen! Unser geheiligtes jüdisches Kapital!« Dann rutschten ihm die Beine weg. Er kauerte auf dem Boden und begann zu rezitieren. Begann aus voller Kehle zu rezitieren, was er auf den Grabsteinen ringsum eingemeißelt sah. »Du sollst Finkelstein ehren! Du sollst keinen Kaufman begehen! Du sollst dir kein Bildnis von Levine machen! Du sollst den Namen Katz nicht mißbrauchen!«

»Er...er...ist übergeschnappt!«

»O Herr«, rief Zuckerman und begann auf allen Vieren zu kriechen, »der Du aus der Erde hervorbringst den Abspritztrieb, der uns alle zu Affen macht, gelobt sei Dein Name!« Der schmelzende Schnee auf seinem Gesicht machte ihn fast blind, eisiges Wasser floß ihm in den Kragen, Schneematsch sickerte in seine Socken – aber er kroch weiter auf den letzten jener Väter zu, die verlangten, daß ihre Erwartungen erfüllt würden. »Freytag! Verbieter! Jetzt töte ich *dich!«*

Aber die Schaftstiefel hielten ihn zurück: zwei Reitstiefel, die mit Öl gewichst waren und den Schnee abstießen, blitzblanke, unheimlich bedrohlich wirkende Stiefel, angesichts deren auch seine bärtigen Vorfahren vorsichtig gewesen wären.

»Das...« – er lachte und spie eisige Flocken aus – *»das* soll dein Beschützer sein, Papa Freytag? Hat großen Respekt vor den Juden, was?« Mit letzter Kraft versuchte er sich aus dem Friedhof zu schleppen. »Geh mir aus dem Weg, du unschuldiges Luder!« Aber gegen Rickys Schaftstiefel kam er nicht an.

Er wachte in einer Krankenhauszelle auf. Mit seinem Mund war etwas nicht in Ordnung. Sein Kopf war riesengroß. Er war sich nur dieser hallenden Höhle bewußt, die die Innenseite seines Kopfes war. Irgend etwas, das genauso riesig war, bewegte sich fast unmerklich in diesem riesigen Kopf. Es war seine Zunge. Sein ganzer Mund, von einem Ohr bis zum andern, war bloß noch Schmerz.

Neben dem Bett stand Bobby. »Bald geht's dir wieder besser.«

Allmählich konnte Zuckerman wieder seine Lippen spüren, Lippen, die fast so angeschwollen waren wie seine Zunge. Aber unter den Lippen – nichts.

»Wir warten auf den Gesichtschirurgen. Er wird dein Kinn nähen. Die Haut auf der Unterseite deiner Kinnladen ist geplatzt. Wir wissen noch nicht, ob du dir den Kiefer gebrochen hast, aber jedenfalls kann er den Riß unter dem Kinn nähen. Dann röntgen wir die Mundpartie, um das Ausmaß der Verletzungen festzustellen. Dein Kopf wird auch geröntgt. Ich glaube nicht, daß du einen Schädelbruch hast, aber wir müssen uns natürlich vergewissern. Allem Anschein nach bist du glimpflich davongekommen: ein Riß unterm Kinn und ein paar eingeschlagene Zähne. Nichts, was wir nicht wieder in Ordnung bringen könnten.«

Zuckerman begriff überhaupt nichts – nur, daß sein Kopf immer größer wurde und nahe daran war, wegzurollen. Bobby wiederholte die Geschichte: »Du warst mit König Lear draußen auf der Heide. Du bist umgekippt. Mit dem Gesicht nach vorn, direkt auf den Stein am Fußende von Onkel Pauls Grab. Mein Vater sagt, es hat geklungen, wie wenn ein Stein aufs Pflaster fällt. Er dachte, du hättest einen Herzanfall. Dein Kinn ist mit voller Wucht aufgeprallt. Die Haut ist geplatzt. Die beiden Vorderzähne sind direkt unterhalb des Zahnfleischsaums abgebrochen. Als man dich aufhob, warst du ein paar Sekunden lang wieder bei Bewußtsein und hast gesagt: ›Moment, ich muß ein paar Zähne loswerden!‹ Dann hast du dir die Hand vor den Mund gehalten und Zahnsplitter ausgespuckt und dann bist du wieder ohnmächtig geworden. Sieht nicht nach einem Schädelbruch aus, keine intrakraniellen Blutungen, aber wir müssen uns dessen ganz sicher sein, bevor wir dich weiterbehandeln. Eine Zeitlang wird es noch weh tun, aber du wirst alles gut überstehen.«

Der Fausthandschuh, der Zuckermans Zunge war, tastete nach den Vorderzähnen, fand aber nur schwammige Zahnhöhlen. Ansonsten verspürte Zuckerman in seinem Kopf nur eine dumpfe, schwindelerregende Leere.

Geduldig versuchte es Bobby mit einer dritten Erklärung. »Du warst auf dem Friedhof. Erinnerst du dich? Du hattest meinem Vater angeboten, ihn zum Grab meiner Mutter zu begleiten. Heute morgen gegen halb zehn bist du in einem Auto zu ihm gekommen. Jetzt ist es drei Uhr nachmittags. Ihr seid zum Friedhof gefahren, der Chauffeur hat am Bahndamm gehalten, und du bist mit meinem Vater hineingegangen. Allem Anschein nach war er dann ziemlich erregt. Und du auch. Kannst du dich nicht mehr daran erinnern? Du warst ziemlich durcheinander, Zuck. Mein alter Herr dachte zunächst, du hättest einen Anfall. Der Chauffeur war eine Frau. Kräftig wie ein junger Bulle. Anscheinend hast du versucht, sie niederzuschlagen. Dabei bist du hingefallen. Sie hat dich aus dem Friedhof getragen.«

Zuckerman gab ihm durch ein schwaches Krächzen zu verstehen, daß er sich noch immer an nichts erinnern konnte. Da lag er, schwer verletzt, aber er wußte nicht, wie es passiert war. Seine Kinnbacken ließen sich einfach nicht dazu bewegen, ihm das Sprechen zu erlauben. Und sein Nacken wurde allmählich steif. Er konnte den Kopf nicht mehr bewegen. Eingekerkert.

»Bloß eine vorübergehende Amnesie. Kein Grund zur Aufregung. Kommt nicht von dem Sturz. Keine Gehirnverletzung. Es kommt von dem Zeug, das du eingenommen hast. Solche Gedächtnislücken treten vor allem dann auf, wenn man obendrein Alkohol getrunken hat. Es wundert mich nicht, daß du dich gegenüber dieser Dame so unmanierlich benommen hast. Man hat deine Taschen durchsucht. Drei Joints, an die zwanzig Percodantabletten und eine hochelegante Tiffany-Taschenflasche mit Monogramm, in der kein Tropfen NZ-Sprit mehr war. Du warst schon eine ganze Weile high. Die junge Dame hat berichtet, was du ihr alles über dich und Hugh Hefner erzählt hast. Ist das sogenannter hemmungsloser Hedonismus oder eine Art Freizeitbeschäftigung oder eine Methode, irgendwelche Beschwerden auf eigene Faust zu behandeln?«

Zuckerman entdeckte den Infusionsschlauch an seinem rechten Arm. Er spürte, wie er jenem dunklen Ort, über den er nichts wußte, zu entweichen begann. Mit dem Zeigefinger der linken Hand malte er den Buchstaben »P« in die Luft. Seine Finger funktionierten, sein Arm funktionierte. Er probierte seine Beine und die Zehen aus. Auch sie funktionierten. Unterhalb des Schlüsselbeins war sein Körper lebendig, aber er selber hatte sich in seinen Mund verwandelt. Aus Nacken und Schultern und Armen war ein Mund geworden. Und diese Höhle beherbergte seine Existenz.

»Du hast das Zeug eingenommen, um Schmerzen zu bekämpfen.«

Zuckerman brachte einen grunzenden Laut heraus – und schmeckte sein eigenes Blut. Er war von Wodka zu Blut übergegangen.

»Zeig mir, wo du Schmerzen hast! Und damit meine ich nicht deinen Mund. Die Schmerzen, die du auf eigene Faust behandelt hast, bevor diese verrückte Sache passiert ist.«

Zuckerman deutete.

»Diagnose?« fragte Bobby. »Schreib sie auf diesen Block!«

Auf dem Bett lag ein großer Notizblock, der oben eine Spirale hatte, und darauf ein Filzschreiber. Bobby zog die Kappe vom Filzschreiber und drückte ihn Zuckerman in die Hand. »Versuch nicht, zu sprechen. Das tut zu weh. Nicht sprechen, nicht gähnen, nicht essen, nicht lachen und möglichst auch nicht niesen – vorläufig jedenfalls. Schreib etwas für mich, Zuck! Das kannst du doch aus dem Effeff.«

Zuckerman schrieb nur ein einziges Wort: KEINE.

»Keine Diagnose? Und wie lange dauert das schon? Schreib's auf!«

Zuckerman zog es vor, das an den Fingern abzuzählen – nur, um sich noch einmal zu vergewissern, daß er die Finger bewegen und daß er zählen konnte und daß sein Kopf nicht weggerollt war.

»Achtzehn«, sagte Bobby. »Stunden, Tage, Monate oder Jahre?« Mit dem Filzschreiber malte Zuckerman ein M in die Luft.

»Das ist mir ein bißchen *zu* lang. Wenn du seit achtzehn Monaten Schmerzen hast, muß es dafür doch einen Grund geben.«

Das Gefühl, völlig stumpfsinnig zu sein, verflog allmählich. Zuckerman konnte sich zwar immer noch nicht erinnern, was passiert war, aber im Moment war ihm das scheißegal. Er wußte nur, daß er in eine schauderhafte Situation geraten war und daß er Schmerzen hatte. Sie waren unerträglich geworden.

Er gab ein harsches Knurren von sich. »Ja«, sollte dieses Knurren bedeuten, »höchstwahrscheinlich gibt es einen Grund dafür.«

»Jedenfalls wirst du nicht aus der Klinik entlassen, bevor wir die Ursache entdeckt haben.«

Zuckerman schnaubte und spülte wieder einen Schluck altes Blut hinunter.

»Du hast doch sicher alle Fachärzte abgeklappert?«

Mit dem Finger zeigte ihm Zuckerman, daß er immer wieder die Runde gemacht hatte. Er wurde allmählich zynisch. Zornig. Wütend. Auch ich selber hab' mir das angetan! Weil ich alle Welt zwingen wollte, mein Gejammer zu hören!

»Damit ist jetzt Schluß. Jetzt wirst du hier bei uns von sämtlichen Fachärzten untersucht. Wir werden der Sache auf die Spur kommen und dafür sorgen, daß du diese Schmerzen loswirst.«

Zuckerman hatte einen klaren, zusammenhängenden Gedanken, den ersten seit diesem Morgen. Den ersten, seit er in New York abgeflogen war. Vielleicht sogar den ersten seit achtzehn Monaten. Er dachte: Die Ärzte strotzen von Selbstvertrauen, die Pornographen strotzen von Selbstvertrauen, die bullenstarken jungen Frauen, die heutzutage Limousinen chauffieren, führen ein Leben jenseits allen Zweifels. Bei einem Schriftsteller hingegen besteht das halbe Leben aus Zweifeln. Zwei Drittel seines Lebens. Neun Zehntel. Ein neuer Tag, ein neuer Zweifel. Das einzige, woran ich nie gezweifelt habe, ist der Zweifel.

»Wir holen dich von diesem Medikamentenkarussell herunter. So lange du nicht zum Spaß darauf fährst, können wir es dir relativ leicht abgewöhnen. Abhängigkeit von Medikamenten – kein großes Problem, davon loszukommen. So bald dein Mund in Ordnung gebracht und das Trauma abgeklungen ist, gewöhnen wir dir diese Schmerztabletten und den Alkohol ab. Und den Pot auch! Das ist wirklich *kindisch,* Zuck! Du bleibst hier, als mein Patient, bis du nicht mehr davon abhängig bist. Das heißt, mindestens drei Wochen. Und keine faulen Tricks, Zuck! Eine Entziehungskur bedeutet nicht, daß man sich vor dem Abendessen zwei kleine Martinis genehmigen kann. Wir werden dir das Tablettenschlucken und das Trinken abgewöhnen und alles tun, um den Schmerzen, die dich dazu treiben, dich zu betäuben, auf die Spur zu kommen und dich davon zu befreien. Ist das klar? Ich werde diese Entziehungskur persönlich überwachen. Sie wird schrittweise und schmerzlos vonstatten gehen, und wenn du mitarbeitest und nicht mogelst, wird der Erfolg von Dauer sein. Dann bist du wieder dort, wo du warst, bevor das alles begonnen hat. Ich wollte, du hättest mir schon gestern gesagt, was mit dir los ist. Ich frage dich nicht, warum du es nicht getan hast. Darüber können wir später einmal reden. Ich hatte den Eindruck, daß mit dir etwas nicht in Ordnung ist, du bist mir verdammt überdreht vorgekommen, aber du hast es abgestritten, und auf die Idee, bei Zuckerman nach Nadeleinstichen Ausschau zu halten, bin ich gestern in meinem Büro einfach nicht gekommen. Hast du jetzt schlimme Schmerzen? Ist es die Mundpartie?«

Zuckerman gab ihm zu verstehen, daß er tatsächlich Schmerzen hatte.

»Wir müssen auf den Gesichtschirurgen warten. Du liegst noch in der Notaufnahme. Er wird herunterkommen und die Wunde säubern und dich so zusammennähen, daß kaum eine Narbe bleiben wird. Ich möchte, daß er es so gut wie irgend möglich hinkriegt. Dann werden wir ein paar Aufnahmen machen. Falls deine Mundpartie sofort behandelt werden muß, holen wir den Kieferchirurgen. Er weiß bereits, daß du hier bist. Wenn etwas wieder zusammengebastelt werden muß, ist er der Beste. Er hat das Lehrbuch geschrieben. Ich werde die ganze Zeit bei dir bleiben – aber eins nach dem andern. Gegen die Schmerzen kann ich dir jetzt noch nichts geben – nicht nachdem du heute vormittag ausgeflippt bist. Bloß keine ›Anfälle‹ mehr! Laß es wehtun. Steh's durch. Es wird vorübergehen, wie alles. Nicht von heute auf morgen, aber ewig wird's nicht dauern.«

Zuckerman nahm den Filzschreiber und kritzelte so ungeschickt wie ein ABC-Schütze fünf Wörter auf den Notizblock: KANN NICHT DREI WOCHEN BLEIBEN.

»Warum nicht?«

KURSBEGINN 4. JAN.

Bobby riß das Blatt vom Block, faltete es einmal zusammen und steckte es in die Tasche seines Arztkittels. Dann begann er, sich mit der flachen Hand übers bärtige Kinn zu streichen – ärztliche Gelassenheit –, aber der

Blick, mit dem er den Patienten musterte, verriet nichts als Ärger. »Er fragt sich«, dachte Zuckerman, »was ist bloß aus dem geworden?«

Ein Arzt namens Walsh erschien in Zuckermans Zelle; wieviel Zeit vergangen war, seit Bobby ihn alleingelassen hatte, wußte Zuckerman nicht. Ein großer dürrer Mann in den Fünfzigern, mit einem langen, zerfurchten Gesicht, spärlichen grauen Haaren und einer heiseren Raucherstimme. Während er redete, zog er immer wieder an seiner Zigarette. »Wissen Sie«, sagte er und lächelte anzüglich, »wir verarzten hier unten jährlich dreißigtausend Menschen, aber meines Wissens sind Sie der erste, der von seiner Chauffeuse über die Schwelle getragen wurde.«

Zuckerman schrieb auf das leere Blatt: JEDER KRANKE BRAUCHT EINE MUTTER.

Walsh zuckte die Achseln. »Gewöhnlich kommen sie auf den Knien hereingekrochen oder werden – im Koma – auf einer Bahre hereingerollt. Insbesondere solche Ausgeflippten wie Sie. Die junge Dame sagt, Sie haben eine tolle Nummer abgezogen, bevor Sie im Traumland gelandet sind. Sie waren, scheint's, ganz schön groggy. Was hatten Sie denn alles intus?«

WAS IHR GEFUNDEN HABT. PERCODAN WODKA POT. SCHMERZSTILLER.

»Ja, das haut hin. Wenn's die Jungfernfahrt ist, genügen drei oder vier Percodantabletten und zwei Highballs, und schon ist man, falls man nicht besonders widerstandsfähig ist, ausgeflippt. Erst nimmt man zu viel gegen die Schmerzen ein, dann steckt man die Matratze in Brand oder läßt sich von einem Bus überfahren. Kürzlich wurde nachts einer eingeliefert, der war auch so angeschlagen wie Sie und noch ganz groggy. War rücklings vier Stufen hinuntergefallen. Das einzige, was an ihm *nicht* kaputt gewesen ist, waren seine Zähne. *Sie* sind glimpflich davongekommen. Bei einem derart heftigen Aufprall hätte viel Schlimmeres passieren können. Ein schwerer Schädelbruch zum Beispiel. Oder Sie hätten sich Ihre gottverdammte Zunge abbeißen können.«

WIE WEIT WAR ICH HINÜBER?

»Sie waren total weggetreten, Freundchen. Sie haben nur noch schwach geatmet. Sie hatten sich überall vollgekotzt, und Ihr Gesicht war ein Schlamassel. Wir haben Ihnen Blut abgezapft, um festzustellen, was Sie eingenommen hatten. Wir haben Ihnen den Magen ausgepumpt, Ihnen ein Antinarkotikum injiziert, Sie wieder zum Atmen gebracht und dann an den Tropf gehängt. Jetzt warten wir auf den Chirurgen. Wir haben die Wunde gesäubert, und jetzt müssen Sie sich – falls Sie immer noch darauf aus sind, Mädchen anzumachen – von ihm zusammenflicken lassen.«

NOTAUFNAHMEARZT ZU SEIN – WIE IST DAS? MAN WEISS NIE, WAS HEREINKOMMT. ERFORDERT RASCHE REAKTION. VIEL FACHWISSEN.

Dr. Walsh lachte. »Schreiben Sie ein Buch oder sonst

was?« Er hatte ein merkwürdig schrilles Lachen und ein großes Aufgebot an fahrigen Gesten. Ein Arzt mit Zweifeln. Irgendwo *mußte* es ja einen geben. Man hätte ihn für den Krankenträger halten können – oder für einen Psychiatriepatienten. Seinen Augen war anzusehen, daß er entsetzliche Angst hatte. »Ich komme nicht zum Lesen, aber die Schwester hat gewußt, wer Sie sind. Bevor Sie hier herauskommen, will sie ein Autogramm von Ihnen. Sie sagt, wir haben jetzt eine Berühmtheit hier.«

FRAGE ERNSTGEMEINT. Er versuchte, an etwas anderes als an den Schmerz von Ohr zu Ohr zu denken. WILL MEDIZIN STUDIEREN. NOTAUFNAHME-ARZT – LOHNENDE AUFGABE?

»Verdammt aufreibend, auf diese Weise sein Brot zu verdienen – wenn Sie's genau wissen wollen. Gewöhnlich ist man nach sieben Jahren in diesem Job völlig ausgebrannt. Aber wieso wollen *Sie* Medizin studieren? Sie sind doch ein berühmter Schriftsteller. Sie haben diese schmutzigen Bücher geschrieben.«

SIE RETTEN SICHER VIELEN DAS LEBEN. HARTE ARBEIT, DIE SICH LOHNT.

»Vermutlich. Natürlich sind jeden Tag drei, vier Fälle dabei, wo man gespannt ist, wie's weitergeht. Ich kann nicht behaupten, daß jeder hier einigermaßen gut über die Runden kommt – so ist es nicht. Aber nehmen wir zum Beispiel Sie. Sie werden bewußtlos eingeliefert und nach drei, vier Stunden kommen Sie langsam wieder zu sich. Manche wachen *nie mehr* auf. Hören Sie mal, wollen Sie mich etwa auf den Arm nehmen? Nach allem, was ich gehört habe, schreiben Sie diese komischen Bestseller – haben Sie vielleicht vor, mich als Romanfigur zu verwenden?«

WIE SIND SIE NOTAUFNAHMEARZT GEWORDEN?

Wieder ein schrilles Lachen. »Drogenabhängigkeit«, sagte er und dann bekam er einen entsetzlichen Hustenanfall, der ihn geradewegs aus dem Zimmer zu katapultieren schien. Einen Moment später hörte Zuckerman ihn draußen im Gang rufen: »Wo zum Kuckuck habt ihr den Diabetiker hingebracht?«

Er hatte keine Ahnung, wieviel Zeit vergangen war, als Walsh wieder bei ihm aufkreuzte. Der Doktor hatte etwas Dringendes zu sagen, er wollte etwas klären, bevor er (beziehungsweise der Schriftsteller) wieder an die Arbeit ging. Wenn er schon in einem komischen Bestseller landen sollte, dann wollte er Zuckerman lieber nicht auf falsche Gedanken kommen lassen.

Eine Büchermaschine, dachte Zuckerman, *das* sehen die Leute in mir, wenn sie mit mir reden. Und so entsetzlich das ist – sie haben recht. Eine Büchermaschine, die Lebensgeschichten verschlingt, auch, Dr. Walsh, meine eigene.

»Fast jeder Notaufnahmearzt hat seine eigenen Probleme am Hals gehabt. Alkoholismus. Psychische Störungen. ›Ich nicht sprechen Englisch.‹ Na ja, bei mir war es das Demerol. Percodan vertrage ich nicht, Morphium vertrage ich nicht, ja nicht einmal Alkohol. Aber Demerol... Gut, daß Sie noch nicht auf Demerol gekommen sind. Ist sehr beliebt bei unsereinem, wenn die Schmerzen einfach nicht aufhören wollen. Hebt die Stimmung ungemein. Entspannt einen. Keine Probleme mehr.«

WAS WAR IHR PROBLEM?

»Also gut.« Jetzt war ihm der Ärger deutlich anzumerken. »Ich sag's Ihnen, Zuckerman, weil Sie's unbedingt wissen wollen. Ich hatte drüben in Elgin eine Praxis. Eine Frau, ein Kind und eine Praxis. Bin nicht damit zu Rande gekommen. Sie werden das verstehen, sonst wären Sie nicht hier gelandet. Deshalb bin ich demerolsüchtig geworden. Das war vor zehn Jahren. Mein großes Problem im Umgang mit Patienten ist, jemandem auf längere Sicht aus einer gefährlichen Situation herauszuhelfen. Hier unten in der Notaufnahme zünden wir einfach die Lunte an und rennen davon. Wir dämmen die Gefahr ein Weilchen ein – das ist alles. Aber wenn man droben in den Stationen einen schweren Fall zu behandeln hat, muß man immer auf den richtigen Knopf drükken. Und man darf die Fassung nicht verlieren, wenn man jemanden sterben sieht. Ich kann das nicht. Mit meiner Vergangenheit und in meinem Alter – fast schon sechzig – kann ich froh sein, diese Stelle zu haben.«

Zuckerman schien es trotzdem das Beste zu sein, was ein Mensch sich nur wünschen konnte – die Erfüllung des Strebens nach Selbstbefreiung. Als Walsh wieder hinausgegangen war, versuchte Zuckerman, sich diese Achtundvierzig-Stunden-Wochen vorzustellen, um zu vergessen, in was für einem Zustand sein Mund war. Autounfälle. Motorradunfälle. Stürze. Verbrennungen. Schlaganfälle. Koronarthrombosen. Überdosen. Stichwunden. Schußwunden. Bißwunden von Hundezähnen. Bißwunden von Menschenzähnen. Entbindungen. Wahnsinnsanfälle. Nervenzusammenbrüche. Ja, das ist *Arbeit.* Sie werden auf Tragbahren hereingebracht, und du hältst sie am Leben, bis der Chirurg kommt und sie wieder zusammenflickt. Du schaffst sie von der Tragbahre herunter, dann kannst du wieder verschwinden. Dich in Vergessenheit bringen. Gibt es eine bessere Möglichkeit, der Doppeldeutigkeit zu entgehen? Wenn ihm der Dekan der medizinischen Fakultät sagen würde: »Nein, kein Studienplatz – nicht für jemanden mit Ihrer Vergangenheit und in Ihrem Alter, und schon gar nicht nach der Nummer, die Sie hier abgezogen haben«, dann würde er ihm antworten, daß er ja nur einer von jenen Notaufnahmeärzten werden wollte, die selber einmal Suchtprobleme gehabt und exemplarische Zweifel vorzuweisen hätten. Und daß nichts ihn glücklicher machen würde.

Es war dunkel in Chicago, als der Gesichtschirurg erschien. Er entschuldigte sich für die Verspätung – er habe in diesem Blizzard von Homewood in die Klinik fahren müssen. Dann nähte er ihn hier in der Notaufnahme zusammen, nähte die Rißwunde von innen her, damit später nur eine haarfeine Narbe bleiben würde. »Wenn's Ihnen recht ist« sagte er (ein Scherz, um die Stimmung des Patienten zu heben), »straffen wir die Haut an dieser Stelle ein bißchen und ersticken das Doppelkinn im Keim. Erhält Sie jung für die Damen.« Zuckerman hatte keine Ahnung, ob er örtlich betäubt worden war. Möglich, daß er nur deshalb nicht spürte, wie er genäht wurde, weil ihm *alles* so weh tat.

Die Röntgenaufnahmen zeigten, daß der Kiefer an zwei Stellen gebrochen war. Daraufhin wurde der Kieferchirurg heruntergerufen, und ungefähr um die Abendessenszeit wurde Zuckerman im Rollstuhl in den Operationssaal gefahren. Der schon recht bejahrte Chirurg erklärte ihm vorher alles, schilderte mit gedämpfter Stimme – wie ein Fernsehreporter bei einem Tennismatch – den gesamten Verlauf der Operation. Zwei Frakturen, erklärte er; eine Biegungsfraktur, die von der Stelle, wo die Vorderzähne abgebrochen waren, bis zur Kinnspitze verlief, und eine Fraktur oben am Scharniergelenk. Da die Bruchstellen am Kinn ziemlich ungünstig lägen, müsse er direkt unterhalb des Kinns einen kleinen Einschnitt machen, um sie von innen her zu justieren; dann werde er einige Löcher bohren und den Knochen mit feinem Draht zusammenbinden. Am Scharniergelenk sei keine Operation nötig. Man werde lediglich an seinem Gebiß Metallschienen anbringen und sie mit kreuzweise verlaufenden Gummibändern befestigen – mehr sei nicht erforderlich, um diese Fraktur so zu heilen, daß er wieder einen gleichmäßigen Biß haben werde. Wenn er nach dem Erwachen aus der Narkose ein leicht würgendes Gefühl empfände, brauchte er sich keine Sorgen zu machen – das käme nur von den Gummibändern, durch die sein Mund »mehr oder weniger zusammengeklemmt« werde. Man werde sie so bald wie möglich lockern. Und dann wurde Zuckerman zum zwanzigsten Mal an diesem Tag versichert, daß er, wenn sein Gesicht in Ordnung gebracht worden sei, wieder tolle Erfolge bei den Weibern verbuchen könnte.

»Ja, es ist ein glatter Bruch, aber für meinen Geschmack nicht glatt genug.« Das war das letzte, was Zuckerman den Chirurgen sagen hörte. Bobby, der gekommen war, um ihn zu anästhesieren, klopfte ihn auf die Schulter. »Auf nach Xanadu, Zuck!« Und dann verschwand er zur Melodie von »...nicht glatt genug«.

Bobby war dagewesen, um ihn einzuschläfern, und Bobby war bei ihm im Zimmer, als er wieder zu sich kam, aber als irgendwann in der Nacht die Wirkung des Xylocains nachließ, war Zuckerman allein – und erst jetzt machte er die Erfahrung, *wie* furchtbar Schmerzen sein können. Er hatte keine Ahnung gehabt.

Eines der Ablenkungsmanöver, die ihm helfen sollten, von einer Minute bis zur nächsten durchzuhalten, bestand darin, daß er sich, wie von einer Richterbank aus, mit »Mr. Zuckerman« anredete. Diesen alten Mann um die Grabsteine zu jagen, war das Dümmste, was Sie je getan haben, Mr. Zuckerman. Sie haben die falschen

Fenster geöffnet und die falschen Türen geschlossen, Sie haben den falschen Gerichtshof über Ihr Gewissen Recht sprechen lassen. Sie sind Ihr halbes Leben lang in einem Versteck und viel zu lange ein Sohn geblieben – Sie, Mr. Zuckerman, haben sich auf die unglaublichste Weise zum Sklaven der Peinlichkeit und der Schamlosigkeit gemacht, und dennoch hätten Sie keine größere, unverzeihlichere Dummheit begehen können, als auf einem Friedhof, mitten in einem Schneesturm, einen pensionierten Handtaschenhändler herumzujagen, der verständlicherweise entsetzt war, als ihm aufging, daß dem Stammbaum seiner Familie der Goi aufgepfropft wurde, der alles verdirbt. Diesem Katzenjammer-Karamasow, diesem kleinkarierten Pontifex so viel Schmerz zuzufügen, ihn bis zur völligen Erschöpfung zu quälen, ihn wie ein Götzenbild in tausend Scherben zu schlagen ... Aber Sie mußten ja Gregorys unveräußerliche Rechte verteidigen, die Handlungsfreiheit eines jungen Scheißkerls, den Sie, Mr. Zuckerman, auf den ersten Blick widerlich fänden. Mir scheint, Mr. Zuckerman, daß Sie von dem Weg abgekommen sind, den Sie damals einschlugen, als Thomas Mann vom Altar blickte und Sie sich aufgefordert fühlten, ein berühmter Mann zu werden. Ich verurteile Sie dazu, daß Ihnen der Mund zugeklemmt wird.

Als sich dieses Ablenkungsmanöver als untauglich erwies – und danach auch der Versuch, in Gedanken alle Passagen aus den *Canterbury Tales* aufzusagen, an die er sich noch von der Schule her erinnerte –, hielt er seine eigene Hand und stellte sich vor, jemand anders hätte danach gefaßt. Sein Bruder, seine Mutter, sein Vater und seine Ehefrauen saßen abwechselnd an seinem Bett und hielten seine Hand. Die Schmerzen waren unbeschreiblich. Hätte er den Mund öffnen können, dann hätte er geschrien. Nach fünf Stunden wäre er, wenn er sich zum Fenster hätte schleppen können, hinausgesprungen. Nach zehn Stunden ließen die Schmerzen allmählich nach.

Einige Tage lang war er nichts anderes als ein zerbrochener Mund. Er sog an einem Trinkhalm und er schlief – das war alles. Saugen war doch eigentlich die einfachste Sache der Welt, niemandem mußte das erst einmal beigebracht werden. Aber weil seine Lippen so wund und die Schwellungen ringsherum so schlimm waren, und weil er den Trinkhalm nur seitlich in den Mund nehmen konnte, war er nicht einmal imstande, richtig zu saugen, sondern mußte immer erst tief Luft holen, damit das Zeug in ihn hineintröpfeln konnte. Auf diese Weise nahm er Karottensuppe, püriertes Obst und ein milchiges Getränk mit Bananengeschmack zu sich, das besonders nahrhaft sein sollte und so widerlich süß war, daß er davon Brechreiz bekam. Wenn er nicht gerade breiiges Zeug saugte oder schlief, forschte er mit der Zunge in seinem Mund umher. Das einzige, was existierte, war diese Mundhöhle. Er machte darin allerlei Entdeckungen. Dein Mund ist, was *du* bist. Sehr viel näher kann man an das, was man von sich selber halten soll, nicht herankommen. Das Gehirn steht einem im Weg. Kein Wunder, daß der orale Geschlechtsverkehr so beliebt geworden ist. Deine Zunge ist in deinem Mund, und dein Mund bist du. Er ließ seine Zunge umherwandern, um festzustellen, was sich hinter den Metallschienen und den Gummibändern tat. Über die wunde Kuppel des Gaumens, hinunter zu den leeren weichen Zahnhöhlen und dann zu der Stelle unterhalb des Zahnfleischsaums, wo man ihn aufgeschnitten und mit Draht zusammengeflickt hate. Für seine Zunge war es so etwas wie die Fahrt flußaufwärts ins *Herz der Finsternis*. Die geheimnisvolle Stille, das große Schweigen – und die Zunge bewegt sich, conradisch-magisch angezogen, auf Kurtz zu. Ich bin der Marlow meines Mundes.

Unter dem Zahnfleischsaum waren winzige Splitter vom Kieferknochen und von den abgebrochenen Zähnen gewesen, und der Arzt hatte, bevor er den Bruch richtete, eine ganze Weile herumgestochert, um sämtliche Splitter herauszuholen. Das Einsetzen der neuen Vorderzähne stand Zuckerman noch bevor. Er konnte sich nicht vorstellen, jemals wieder in etwas zu beißen. Und schon der Gedanke, jemand könnte sein Gesicht berühren, war entsetzlich. Einmal schlief er volle achtzehn Stunden und konnte sich danach nicht erinnern, daß man währenddessen seinen Blutdruck gemessen und die Infusionsnadeln ausgewechselt hatte.

Eine junge Nachtschwester kam herein und wollte ihn mit der *Chicago Tribune* aufmuntern. »Sie sind wirklich ein bekannter Mann!« sagte sie und wurde vor Aufregung ein bißchen rot. Er gab ihr zu verstehen, daß sie die Zeitung neben seine Schlaftablette legen sollte. Mitten in der Nacht (dieser oder einer anderen Nacht?) griff er schließlich nach der Zeitung und warf unter der Bettlampe einen Blick darauf. Sie war genau über einer Klatschspaltennotiz gefalzt.

Das Neueste von unserem Berühmtheitenchauffeur: Wie schnell die Zeit vergeht! Rebell der Sechziger Jahre, Romanautor Nathan (»Carnovsky«) Zuckerman erholt sich im Billings Hospital von einer kosmetischen Operation. Ein bißchen Zwick-Zwack und eine kleine Straffung für den Romeo um die Vierzig, dann zurück ins »Elaine«, zurück in die New Yorker Szene. Nathan kreuzte inkognito in Chicago auf, um am Abend vor dem Lifting im »Pump Room« zu feiern.

Eine Grußkarte von Mr. Freytag traf ein. Auf dem Absenderaufkleber mit der Aufschrift »Mr. und Mrs. Harry Freytag« hatte er das »und Mrs.« durchgestrichen. Diesen Strich zu ziehen, mußte ihm sehr schwergefallen sein. Die Aufschrift der Karte lautete: »Bitte beeilen und bald gesund werden!« Auf der Rückseite hatte Mr. Freytag einige persönliche Zeilen beigefügt.

Lieber Nathan,

Bobby hat mir vom Tod Ihrer lieben Eltern erzählt, wovon ich nichts gewußt hatte. Der furchtbare Schmerz, den Sie als

Sohn empfinden, erklärt alles, was geschehen ist – mehr gibt es dazu nicht zu sagen. Auf den Friedhof zu gehen, war für Sie das Allerschlimmste. Wenn ich das nur vorher gewußt hätte! Hoffentlich habe ich nicht durch irgend etwas, das ich dort gesagt habe, alles noch unerträglicher für Sie gemacht.

Sie haben sich in der Welt einen Namen gemacht – dazu gratuliere ich Ihnen von ganzem Herzen. Aber Sie sollten wissen, daß Sie für Bobbys Dad nach wie vor Joel Kupperman (»Der Quiz-Boy«) sind und immer bleiben werden. Bitte beeilen und bald gesund werden!

Herzliche Grüße von den Freytags
Harry, Bobby und Greg

Der letzte der altmodischen Väter. Und wir, dachte Zuckerman, die letzten der altmodischen Söhne. Wer von denen, die nach uns kommen, wird noch begreifen können, daß im ausgehenden zwanzigsten Jahrhundert, in dieser riesigen, lax gewordenen, aus den Fugen geratenen Demokratie, ein Vater – und noch dazu einer ohne höhere Bildung und ohne gesellschaftlichen Rang und Einfluß – das Format eines Vaters in einer Kafka-Erzählung haben konnte? Nein, die guten alten Zeiten sind fast schon vorbei, die Zeiten, als ein Vater, ohne es zu wissen, einen Sohn wegen seines Verbrechens zu einer schweren Strafe verurteilen und als es zu einer qualvollen Verstrickung führen konnte, die Autorität zu lieben und zu hassen.

Ein Brief von der Studentenzeitung *The Maroon* wurde ihm gebracht. Die Redakteure wollten ihn zu dem Thema befragen, welche Chancen solche Romane, wie er sie schrieb, in der postmodernen Ära eines John Barth und Thomas Pynchon überhaupt noch hätten. Da sie annähmen, daß er sich wegen seiner Operation zur Zeit nicht sehen lassen wolle, wären sie dankbar, wenn er die zehn Fragen auf beiliegendem Blatt beantworten würde – so kurz oder so ausführlich, wie es ihm genehm sei.

Nett von ihnen, daß sie darauf verzichteten, ihn an Ort und Stelle auszuquetschen! Er fühlte sich noch nicht fit genug für die gesellschaftlichen Vergnügungen, die einem als Schriftsteller geboten werden.

1. Warum setzen Sie Ihre schriftstellerische Arbeit fort? 2. Was wollen Sie mit Ihrem Werk sagen? 3. Fühlen Sie sich als Mitstreiter in einem Nachhutgefecht für eine untergehende Tradition? 4. Hat sich Ihre Berufsauffassung auf Grund der Ereignisse in den letzten zehn Jahren wesentlich verändert? O ja, das hat sie, sagte Zuckerman und landete sofort wieder unterm Zahnfleisch.

Am vierten Morgen stand er auf und sah in den Spiegel. Bis dahin hatte er daran kein Interesse gehabt. Sehr blaß, sehr mitgenommen. Pflaster unterm Kinn. Hohle Wangen, um die ihn so mancher Filmschauspieler beneidet hätte. Und rings um das Pflaster lauter weiße Bartstoppeln. Und noch kahler geworden. Vier Tage in Chicago hatten vier Monate trichologische Behandlung nutzlos gemacht. Die Schwellung hatte nachgelassen, aber der Kiefer sah entsetzlich schief aus, und unter den

Stoppeln war eine schlimme Quetschung zu sehen. Purpurrot wie ein Muttermal. Seine Lippen waren aufgesprungen und hatten sich ebenfalls verfärbt. Und vorne hatte er tatsächlich eine Zahnlücke. Jetzt erst merkte er, daß seine Brille weg war. Auf dem Friedhof bis zum Frühling neben Bobbys Mutter unter dem Schnee begraben. Um so besser! Vorläufig wollte er gar nicht so genau sehen, was für raffinierte Streiche einem die Ironie des Schicksals spielen kann. Er selber hatte ja auch einmal als großer Spötter gegolten, aber auf derart teuflische Einfälle wäre er nie gekommen. Auch ohne Brille konnte er deutlich genug erkennen, daß er nicht so aussah wie jemand, der auf Draht ist. Bloß hinterher kein Buch darüber schreiben, dachte er. Es muß ja nicht aus *allem* ein Buch werden. Nicht *daraus* auch noch!

Als er wieder im Bett lag, dachte er: Das Schlimme ist nicht, daß aus allem ein Buch werden *muß,* sondern daß aus allem ein Buch werden *kann.* Und daß es überhaupt erst als Leben zählt, wenn ein Buch daraus geworden ist.

Dann die Genesungseuphorie – und die Lockerung der Gummibänder. In den Wochen nach der erfolgreichen Operation, als er freudig erregt darüber war, daß ihm von Tag zu Tag etwas weniger Schmerzmittel verabreicht wurden und daß er, zum zweitenmal innerhalb von vierzig Jahren, lernte, mit den Lippen und der Zunge und dem Gaumen einfache einsilbige Wörter zu formen, wanderte er – in Bademantel und Pantoffeln und mit seinem weißen Bart – in der Klinik umher. Kein

Wort, das er mit seiner geschwächten Stimme sprach, klang abgenützt – alle Wörter kamen ihm wunderbar frisch und sauber vor, und das orale Debakel lag hinter ihm. Er versuchte, alles zu vergessen, was sich in der Limousine, auf dem Friedhof, im Flugzeug abgespielt hatte. Er versuchte, alles zu vergessen, was seit damals geschehen war, als er zum ersten Mal nach Chicago kam, um aufs College zu gehen. *Ich war sechzehn und habe in der Hochbahn »...shantih, shantih, shantih« geträllert. Das ist das letzte, woran ich mich erinnere.*

Die Assistenzärzte, die das erste Jahr ihres Klinikpraktikums absolvierten, junge Männer Mitte Zwanzig, die sich einen Schnurrbart zugelegt und vom anstrengenden Tag-und-Nacht-Dienst dunkle Ringe unter den Augen hatten, kamen nach dem Abendessen zu ihm ins Zimmer, um sich vorzustellen und mit ihm zu plaudern. Sie kamen ihm wie arglose Kinder vor. So, als wären sie, nachdem ihnen das akademische Diplom überreicht worden war, in die falsche Richtung gegangen und Hals über Kopf wieder in der zweiten Grundschulklasse gelandet. Sie brachten ihm ihre *Carnovsky*-Exemplare zum Signieren und fragten allen Ernstes, ob er an einem neuen Buch arbeite. Was Zuckerman von *ihnen* wissen wollte, war, wie alt ihr ältester Kommilitone in der Medical School gewesen sei.

Er begann, sich um postoperative Patienten zu kümmern, half ihnen aus dem Bett, rollte die Infusionsgalgen vorsichtig durch den Korridor. »Zwölfmal rundherum«, ächzte ein verzweifelter Sechzigjähriger, dessen Kopf frisch verbunden war. Am unteren Ende seines Rückgrats waren dort, wo der Verschluß seines Kittels aufgegangen war, dunkle Leberflecken zu sehen. »Zwölfmal rund ums Stockwerk«, erklärte er Zuckerman. »Das soll eine Meile sein.« »Aber heute«, sagte Zuckerman mit steifen Kinnladen, »müssen Sie die Meile noch nicht schaffen.« »Ich habe ein Seafood-Restaurant. Essen Sie gern Fisch?« »Sehr gern.« »Wenn's Ihnen besser geht, müssen Sie einmal dort essen. Berühmt für Hummer. ›Al's Dock – *where lobsters are the Maine thing.*‹ Buchstabiert M-a-i-n-e. Sie bekommen von mir ein Dinner spendiert. Alles ganz frisch. Eins hab' ich gelernt: keinen tiefgefrorenen Fisch servieren. Bei manchen Gästen könnte man's riskieren, weil sie den Unterschied nicht merken. Aber man *muß* frischen Fisch servieren. Das einzige, was wir tiefgefroren beziehen, sind Krabben. Was sind *Sie* denn von Beruf?« O Gott – soll ich jetzt meine Nummer abziehen? Nein, in unserem geschwächten Zustand wäre das für uns beide zu beunruhigend. Diese Maske aufzusetzen, war kein Kinderspiel: Während er es genossen hatte, diese übersprudelnde Vorstellung zu geben, waren all die Gespenster und Wahnvorstellungen nur noch unnachgiebiger geworden. Was eine neue Zwangsvorstellung zu sein schien, mit der die alten Zwangsvorstellungen ausgetrieben werden könnten, war nichts anderes als die alten fixen Ideen, die ihn übermütig so weit trieben, wie es überhaupt nur ging. Wirklich *so* weit? Sei dir da bloß nicht so sicher! Aus dieser Richtung kommt unheimlich viel Gefühlsaufruhr. »Arbeitslos«, sagte Zuckerman. »Ein aufgeweckter junger Kerl wie Sie?« Zuckerman zuckte die Achseln. »Bloß ein vorübergehender Rückschlag.« »Sie sollten ins Seafoodgeschäft einsteigen.« »Vielleicht.« »Sie sind jung ...« Und plötzlich würgte der Gastronom die Tränen hinunter, kämpfte er gegen das Mitleid an, das er als Rekonvaleszent für alles Verwundbare empfand, einschließlich seiner selbst und seines verbundenen Kopfes. »Ich kann Ihnen nicht beschreiben, wie es gewesen ist. An der Schwelle des Todes. Sie können das nicht verstehen. Wie man sich ans Leben klammert ... Man überlebt«, sagte er, »und plötzlich sieht man alles neu, *alles* ...« – und sechs Tage später starb er an einem Hämatom.

Das Schluchzen einer Frau – und Zuckerman blieb wie angewurzelt vor der Tür ihres Zimmers stehen. Er überlegte, was er tun sollte – *Was ist mit ihr los? Wie kann man ihr helfen?* –, als plötzlich eine Krankenschwester herauskam, an ihm vorbeistürmte und recht vernehmlich murmelte: »Manche Leute glauben, sie werden hier gemartert.« Zuckerman spähte hinein. Er sah graumelierte Haarsträhnen auf dem Kopfkissen und eine Taschenbuchausgabe von *David Copperfield,* die aufgeschlagen auf der Brust der Patientin lag. Sie war ungefähr in seinem Alter und hatte ihr eigenes, blaßblaues Nachthemd an, dessen schmale Träger fast lächerlich attraktiv wirkten. Man hätte meinen können, sie habe sich einen Moment hingelegt, ehe sie an einem Sommerabend zu einer Dinnerparty ging. »Kann ich Ihnen irgendwie...« »Das darf doch nicht wahr sein!« schrie sie. Er ging auf das Bett zu und flüsterte: »Was ist denn passiert?« »Die wollen mir den Kehlkopf herausschneiden! Verschwinden Sie!«

Im Aufenthaltsraum der Station für Hals-, Nasen- und Ohrenleiden beobachtete er die Verwandten von Patienten, die gerade operiert wurden. Er setzte sich hin und wartete mit ihnen. Immer saß irgend jemand am Kartentisch und legte Patiencen. Trotz aller Sorgen versäumte keiner, die Karten gut zu mischen. Eines Nachmittags kam Walsh, der Notaufnahmearzt, in diesen Aufenthaltsraum und entdeckte Zuckerman, der mit einem gelben Schreibblock auf dem Schoß dasaß, bisher aber nur »Liebe Jenny« geschrieben hatte. Liebe Diana. Liebe Jaga. Liebe Gloria. Meistens saß er da und strich Wörter aus, die in jeder Hinsicht fehl am Platz waren: *zermürbt...Selbstverachtung... der Behandlung überdrüssig... die Manie des Krankseins... der Terror der Torheit... überempfindlich gegen jede unvermeidliche Einschränkung... in Anspruch genommen bis zum Ausschluß alles anderen...* Nichts klang einigermaßen glaubwürdig – es war eine manierierte, gestelzte Briefstimme, die den Ton großer Aufrichtigkeit bloß nachäffte und in der – bestenfalls – zum Ausdruck kam, daß er davor zurückscheute, alles schwarz auf weiß zu erklären. Er konnte nicht verhehlen, daß er es, als er darniederlag, nicht geschafft hatte, Versäumtes wiedergutzumachen, aber er konnte sich deswegen nicht entschuldigen oder schämen. Er besaß keine innere Überzeugungskraft mehr. Sobald er sich hinsetzte und zu schreiben begann, kam eine andere Erklärung heraus, die ihn vor seinen eigenen Worten schaudern machte. Mit seinen Büchern war es das gleiche gewesen: ausgeklügelte Verkleidungen, Retourkutschen, Antworten auf Vorwürfe und, aus purem Zorn, Verschärfung des Konflikts – während er in Wirklichkeit ernsthaft bestrebt war, *verstanden* zu werden. Unaufhörlich der Öffentlichkeit ausgesetzt zu sein – was für ein Fluch! Der beste Grund dafür, nie mehr ein Buch zu schreiben.

Als sie im Lift nach unten fuhren, zog Walsh genüßlich am letzten Rest seiner Zigarette – genüßlich, dachte Zuckerman, und wohl auch ein bißchen verächtlich mir gegenüber.

»Wer hat denn nun Ihren Kiefer gerichtet?«

Zuckerman sagte es ihm.

»Nur das beste ist gut genug, was? Wissen Sie, wie *der* zu einem Halbgott in Weiß geworden ist? Hat vor vielen Jahren bei diesem berühmten Franzosen studiert. Hat an Affen experimentiert. Hat ihnen das Gesicht mit einem Baseballschlagholz eingeschlagen und dann die Frakturen studiert.«

Um dann darüber zu schreiben? Ist ja noch barbarischer als die Themen, die in mein Fach schlagen. »Ist das wahr?«

»Daß er es auf diese Weise so weit gebracht hat? Fragen Sie mich nicht. Mit eingeschlagenen Gesichtern hat Gordon Walsh noch nicht viel zu tun gehabt. Wie steht's denn mit der Fünf-Dollar-Angewohnheit, Mr. Zuckerman? Hat man Ihnen das Percodan schon abgewöhnt?«

Wegen dieser Angewohnheit bekam Zuckerman zweimal täglich ein Getränk serviert, das so aussah und auch so schmeckte wie Sprudel mit Kirschsaft und das er seinen »Schmerzcocktail« nannte. Es wurde ihm regelmäßig – frühmorgens und spätnachmittags – von der Krankenschwester gebracht, die für seine Entwöhnungskur zuständig war. Zur vorgeschriebenen Zeit und nicht als Schmerzmittel getrunken, sollte es ihm die Chance verschaffen, »umzulernen« und sein »Problem« anders zu sehen. »Unseren täglichen Fix gib uns heute«, sagte sie, während Zuckerman folgsam das Glas leerte. »Wir nehmen doch wohl nicht klammheimlich etwas ein, Mr. Z.?« Obwohl er in den ersten Tagen ohne Tabletten und Wodka scheußlich zitterig und nervös gewesen war – manchmal so wacklig, daß er bereits überlegt hatte, ob ihm vielleicht irgend jemand in der Klinik helfen würde, gegen Bobbys Vorschriften zu verstoßen – lautete seine Antwort nein. »Mr. Z. schummelt nicht«, versicherte er der Schwester. »Braver Junge«, sagte sie und beendete das Pseudoverführungsspielchen damit, daß sie dem artigen Patienten verschwörerisch zublinzelte. Das wechselnde mengenmäßige Verhältnis zwischen Wirkstoffen und Kirschsaft war nur dem Klinikpersonal bekannt. Der Cocktail war das Kernstück von Bobbys Entwöhnungsplan, der darauf abzielte, innerhalb von sechs Wochen Zuckermans Bedarf an Medikamenten auf null herunterzuschrauben. Aber nicht nur seine körperliche Abhängigkeit von Schmerzmitteln sondern auch das »Schmerzverhaltenssyndrom« sollte stufenweise abgebaut werden.

Was die Ermittlung der Ursache der für sein Verhalten mitverantwortlichen Schmerzen betraf, so war damit noch nicht begonnen worden. Bobby wollte nicht, daß Nathan, dessen Gemütszustand nach den letzten eineinhalb Jahren eine taktvolle Spezialbehandlung erforderte, verwirrt und deprimiert sein würde, wenn zu viele Finger zu vieler Ärzte an ihm herumfummelten, um dahinterzukommen, was mit ihm nicht in Ordnung war. Zuckerman sollte seine ganze Energie zunächst einmal darauf verwenden, seine Abhängigkeit von Schmerzmitteln und die durch seine Gesichtsverletzungen verursachte, an seinen Kräften zehrende traumatische Schädigung zu überwinden, zumal die Schlußbißstellung der Zähne nicht so war, wie sie sein sollte, und die abgebrochenen Vorderzähne erst noch ersetzt werden mußten.

»So weit, so gut«, erwiderte Zuckerman auf Walshs Frage nach seiner Angewohnheit.

»Na, warten Sie erst mal ab, bis Sie nicht mehr unter Überwachung stehen. Kein bewaffneter Einbrecher knackt eine Bank, solange er noch auf Staatskosten verpflegt wird. Das passiert erst, wenn er wieder draußen ist.«

Im Erdgeschoß stiegen sie aus und gingen zur Notaufnahmestation. »Bei uns ist gerade eine Achtundachtzigjährige eingeliefert worden. Der Krankenwagen war hingeschickt worden, um ihren einundachtzigjährigen Bruder abzuholen. Schlaganfall. Die Sanitäter brauchten bloß ein bißchen zu schnuppern, dann haben sie die alte Frau auch gleich mitgenommen.«

»Was haben sie denn gerochen?«

»Das werden Sie schon sehen.«

Die Frau hatte nur noch ein halbes Gesicht. Die eine Wange bis hinauf zur Augenhöhle und die eine Seite des Kiefers waren vom Krebs zerfressen. Es hatte vor vier Jahren mit einem Hautbläschen begonnen, und seither hatte sie ihr Gesicht auf eigene Faust mit Quecksilbersalbe behandelt und einen Verband angelegt, den sie jede Woche erneuerte. Sie und ihr Bruder hatten in einem einzigen Zimmer gehaust, sie hatte für ihn gekocht und geputzt, aber keiner von den Nachbarn und Ladeninhabern, niemand, der den Verband sah, hatte nachgesehen, was darunter war, und einen Arzt geholt.

Sie war eine schmächtige, sehr schüchterne und sehr höfliche alte Frau – arm, aber eine Dame. Als Zuckerman zusammen mit Walsh hereinkam, zog sie das Kliniknachthemd über ihren nackten Hals, schlug die Augen nieder und sagte: »Guten Tag, Sir.«

Walsh stellte ihr seinen Begleiter vor. »Das ist Dr.

Zuckerman. Unser Krankenhaushumanist. Er möchte es sich einmal ansehen, Mrs. Brentford.«

Zuckerman hatte einen Krankenhausbademantel und Pantoffeln an, sein Bart wirkte noch kein bißchen würdevoll, er hatte eine Zahnlücke und den Mund voller Metallschienen. Trotzdem sagte die alte Frau: »Ja, natürlich. Vielen Dank.«

Walsh erklärte ihm den Fall. »Wir haben den Wundschorf entfernt und eine Stunde lang Eiter dräniert. Alles schön sauber gemacht für Sie, Doc.« Dann führte er den Krankenhaushumanisten ans Kopfende des Bettes und leuchtete mit einer Taschenlampe auf die Wunde.

Das Loch in der Wange der alten Frau war so groß wie ein Fünfundzwanzigcentstück. Durch dieses Loch konnte Zuckerman die Zunge sehen, die sich nervös hin und her bewegte. Ein Teil des Kieferknochens lag frei, ein Zollbreit so weiß und blank wie Emaille. Alles andere, bis hinauf zur Augenhöhle, war ein einziger Klumpen rohes Fleisch. Wie man es beim Metzger als Katzenfutter bekommt. Zuckerman versuchte, den Geruch nicht einzuatmen.

Draußen auf dem Gang bekam Walsh vor Lachen einen Hustenanfall. Als er sich wieder gefangen hatte, sagte er: »Sie sehen ja ganz grün aus, Doktor. Vielleicht sollten Sie doch lieber bei Ihren Büchern bleiben.«

Jeden Vormittag wurden die großen Behälter aus Segeltuch, die in den Gängen standen, mit der Wäsche vollgestopft, die nachts von Patienten verschmutzt worden war. Schon seit Wochen sah sich Zuckerman immer wieder diese Behälter an und immer wenn er an einem vorbeiging, war er versucht, einem sonderbaren Verlangen nachzugeben. Aber erst am Morgen nach Walshs Spöttelei, als gerade niemand in der Nähe war, der ihn hätte fragen können, was zum Kuckuck er denn hier treibe, tauchte er beide Arme in das Durcheinander aus Bettlaken, Nachthemden und Handtüchern. Er hatte nicht damit gerechnet, daß so vieles davon so feucht war. Seine Kräfte verließen ihn, Galle stieg ihm in den Mund – ihm war, als hätte er die Arme bis zu den Ellbogen in Blut getaucht. Ihm war, als hielte er das faulige Fleisch des Gesichtes von Mrs. Brentford in den Händen. Vom anderen Ende des Korridors her hörte er den Aufschrei einer Frau – jemandes Mutter oder Schwester oder Tochter –, den Schrei einer Überlebenden. »Sie hat uns gepiesackt! Sie hat uns geschlagen! Mit was für Schimpfwörtern sie uns traktiert hat! Und dann ist sie eingegangen.« Wieder eine Katastrophe – jeden Augenblick, hinter jeder Wand, *gleich nebenan* die schlimmsten Qualen, die man sich vorstellen kann; Schmerzen, die erbarmungslos und unabdingbar wirklich sind; Jammer und Leiden, gegen die es sich wahrlich mit aller Kraft zu kämpfen lohnt. Er wollte Mrs. Brentfords Arzt werden. Er wollte Kieferchirurg werden. Er wollte Anästhesiologie studieren. Er wollte Entgiftungskuren verordnen und seinen Patienten mit seiner eigenen erfolgreichen Entwöhnung ein Beispiel geben.

Und dann rief ihm jemand auf dem Korridor zu: »He, Sie! Ist was mit Ihnen?« Zuckerman blieb bis zu den Schultern eingetaucht in die Bettlaken der Genesenden, der Leidenden, der Sterbenden und jener, die in der vergangenen Nacht gestorben waren – und seine Hoffnung war so tief wie die Gebundenheit an sein fernes, aber unverzichtbares Zuhause. *Das ist das wahre Leben. Mit echten Zähnen und Klauen.*

Von diesem Tag an begleitete er die jungen Assistenzärzte, die auf einen Sprung zu ihm ins Zimmer kamen, auf ihrem abendlichen Rundgang. Jeder Patient hatte vor etwas anderem Angst. Jeder erzählte dem Arzt, was er wissen wollte. Niemandes Geheimnis war eine Schande – alles wurde offenbart und alles stand auf dem Spiel. Und immer hatte man es mit einem wirklichen und sehr tückischen Feind zu tun. »Wir mußten ihnen die Haare ein bißchen stutzen, um alles gründlich zu säubern.« »Das macht doch nichts«, sagte die massige Schwarze mit dem Babygesicht. Der Assistenzarzt drehte behutsam ihren Kopf auf die Seite. »War es sehr tief, Doktor?« »Wir haben alles herausgeholt«, sagte der Assistenzarzt und zeigte Zuckerman die lange genähte Wunde unter dem öligen Verband dicht hinter dem Ohr. »Jetzt brauchen Sie sich keine Sorgen mehr zu machen.« »Wirklich nicht? Dann ist es ja gut.« »Ganz bestimmt.« »Und...und Sie sehen wieder nach mir?« »Darauf können Sie sich verlassen.« Er drückte ihr die Hand, und während sie beruhigt auf ihrem Kissen lag, ging er – mit Zuckerman, dem Assistenzarztassistenten, im Schlepptau – hinaus. Was für ein Beruf! Die väterliche Verbundenheit mit den Bedrückten, die unmittelbare menschliche Beziehung! Diese unentbehrliche Tätigkeit, dieser unentwegte Kampf gegen die Krankheit – und *er* hatte sich fanatisch darauf verlegt, allein mit seiner Schreibmaschine im Zimmer zu hocken!

Beinahe so lange wie er Patient war wanderte Zuckerman durch die Gänge der Universitätsklinik. Tagsüber streifte er allein durch das rege Getriebe und schmiedete Pläne, nachts machte er mit den Assistenzärzten die Runde durch die stillen Stockwerke – als glaubte er immer noch, er könnte sich losketten von einer Zukunft als Einzelgänger und von einem Körper, der seiner war.

Paul Auster

Paul Auster, geboren 1947 in Newark / New Jersey, gilt in Amerika als eine der großen literarischen Entdeckungen der letzten Jahre. Er studierte Anglistik und vergleichende Literaturwissenschaft an der Columbia University und verbrachte danach einige Jahre in Paris. Heute lebt er in New York.

Die New York-Trilogie *Roman*
(rororo 12548)
«Eine literarische Sensation!»
Sunday Times

Mond über Manhattan *Roman*
Deutsch von Werner Schmitz
(rororo 13154)
«Paul Auster ist der vielleicht bedeutendste amerikanische Autor der letzten Jahre; seine literarischen Qualitäten suchen auch hierzulande ihresgleichen.»
Deutschlandfunk

Smoke. Blue in the Face
Zwei Filme
(rororo 13666)

Die Erfindung der Einsamkeit
Deutsch von Werner Schmitz
256 Seiten. Gebunden und als rororo 13585

Mr. Vertigo *Roman*
Deutsch von Werner Schmitz
320 Seiten. Gebunden
«Paul Auster, einer der bekanntesten Vertreter der jüngeren amerikanischen Schriftstellergeneration, scheint seinen europäischen Kollegen weit voraus zu sein: So einfach kann hier noch niemand von der Verwirrtheit der Welt erzählen.»
Süddeutsche Zeitung

rororo Literatur

Das rote Notizbuch
Deutsch von Werner Schmitz
64 Seiten. Pappband
Paul Auster hat in seinem roten Notizbuch über viele Jahre Ereignisse aus seinem Leben und dem Leben von Freunden festgehalten – daraus sind dreizehn unglaubliche Geschichten entstanden.

Die Musik des Zufalls *Roman*
Deutsch von Werner Schmitz
256 Seiten. Gebunden und als rororo 13373

Im Land der letzten Dinge
Roman
Deutsch von Werner Schmitz
200 Seiten. Gebunden und als rororo 13043
«Ein ausgezeichnetes, höchst lesbares Buch. Paul Auster hat sowohl der modernen Literatur als auch unserer Sicht der Welt eine Dimension hinzugefügt.»
The Boston Globe

Leviathan *Roman*
Deutsch von Werner Schmitz
320 Seiten. Gebunden

Richard Brautigan

«**Richard Brautigan** hat Humor, Witz von einer zum Sarkasmus neigenden Art, teils eingefärbt mit einem Hauch Melancholie, aber letztlich im Ton einer auffallenden Gutmütigkeit, Sanftheit. Mitgefühl nicht als tolle Geste, sondern als Verbundenheit mit den Verlierern des Alltags.» *Kulturjournal*
Richard Brautigan, 1935 geboren, wurde mit seinen Geschichten über Nacht zum Kultautor der amerikanischen Campus-Jugend. Er starb im September 1984 in Bolinas, Kalifornien.

Ein konföderierter General aus Big Sur
(rororo 12626)
Das grandiose Debüt des Kultautors Richard Brautigan.

Forellenfischen in Amerika
Roman
(rororo 12619)
«Keiner hat die Maschine im Garten, den Ausverkauf der Natur, den Sündenfall der modernen Industriegesellschaft so realistisch und gleichermaßen phantastisch, so vordergründig und gleichermaßen hintersinnig, so sentimental und gleichermaßen humorvoll beklagt wie Brautigan.» *Frankfurter Allgemeine Zeitung*

Der Tokio-Montana-Express
Roman
(rororo 12638)

Die Abtreibung *Eine historische Romanze 1966*
(rororo 12615)

Das Hawkline Monster
(rororo 12631)

3208/3

Träume von Babylon *Ein Detektivroman 1942*
(rororo 12637)

Ende einer Kindheit *Roman*
(rororo 13124)

Japan bis zum 30. Juni *Gedichte*
(rororo 13112)

Die Rache des Rasens
Geschichten
(rororo 13125)

Sombrero vom Himmel *Ein japanischer Roman*
(rororo 13126)

In Wassermelonen Zucker
Roman
(rororo 13110)

Die Pille gegen das Grubenunglück von Springhill & 104 andere Gedichte
(rororo 13111)

Willard und seine Bowlingtrophäen *Ein perverser Kriminalroman*
(rororo 13127)

rororo Literatur

Romane und Erzählungen

Peter Høeg
Fräulein Smillas Gespür für Schnee *Roman*
(rororo 13599)
Fräulein Smilla verfolgt die Spuren eines Mörders bis ins Eismeer Grönlands. «Eine aberwitzige Verbindung von Thriller und hoher Literatur.» *Der Spiegel*

Denis Belloc
Suzanne *Roman*
(rororo 13797)
«Suzanne» ist die Geschichte von Bellocs Mutter: Das Schicksal eines Armeleutekinds in schlechten Zeiten. «Denis Belloc ist der Shootingstar der französischen Literatur.» *Tempo*

Ray Loriga
Vom Himmel gefallen *Roman*
(rororo 13903)
Ray Loriga, Jahrgang 1967, lebt in Madrid. In seinem mit Bitterkeit und schwarzem Humor getränkten Roman verfolgen Polizei und Medienmeute einen jugendlichen Killer quer durch Spanien.

Andre Dubus
Ehebruch und anderes *Vier Novellen*
(rororo 13744)
Stimmen vom Mond *Roman*
(rororo 12446)
Sie leben jetzt in Texas *Short Stories*
(rororo 13925)
Zehn klassische Short Stories von Andre Dubus über Menschen, die versuchen, mit aufrechtem Gang das Leben zu bewältigen. «Seine Geschichten sind bewegend und tief empfunden.» *John Irving*

rororo Literatur

Daniel Douglas Wissmann
Dillingers Luftschiff *Roman*
(rororo 13923)
«Dillingers Luftschiff» ist eine romantische Liebesgeschichte und zugleich eine verrückte Komödie voll schrägem Witz, unbekümmert um die Grenzen zwischen Literatur und Unterhaltung.

Michael Frayn
Sonnenlandung *Roman*
(rororo 13920)
«Spritziges, fesselndes, zum Nachdenken anregendes Lesefutter. Kaum ein Roman macht so viel Spaß wie dieser.» *The Times*

Radek Knapp
Franio *Erzählungen*
(rororo 13760)
Die Erzählungen von Radek Knapp wurden als bestes Debüt des Jahres mit dem «aspekte»-Literaturpreis des ZDF ausgezeichnet. «Dieser Autor hat Witz, Pfiff, Humor!»
Marcel Reich-Ranicki

3287/3

rororo Biographien

Lebensläufe

Charlotte Chandler
Ich, Fellini *Mit einem Vorwort von Billy Wilder*
(rororo 13774)
«Ich habe nur ein Leben, und das habe ich dir erzählt. Dies ist mein Testament, denn mehr habe ich nicht zu sagen.» *F. Fellini zu C. Chandler*

Werner Fuld
Walter Benjamin
(rororo 12675)
«Ein Versuch, der angesichts der Bedeutung Benjamins wohl längst überfällig war.» *Die Presse, Wien*

Bernard Gavoty
Chopin
(rororo 12706)
«Ich selbst bin immer noch Pole genug, um gegen Chopin den Rest der Musik hinzugeben.» *Friedrich Nietzsche*

Virginia Harrard
Sieben Jahre Fülle *Leben mit Chagall*
(rororo 12364)

Ulrike Leonhardt
Prinz von Baden genannt Kaspar Hauser
(rororo 13039)
«Ulrike Leonhardt scheint das Geheimnis um Kaspar Hauser endgültig gelüftet zu haben.»
Süddeutsche Zeitung

Linde Salber
Tausendundeine Frau *Die Geschichte der Anaïs Nin*
(rororo 13921)
«Mit leiser Ironie, einem lebhaften Temperament und großem analytischen Feingefühl.» *FAZ*

Donald A. Prater
Ein klingendes Glas. Das Leben Rainer Maria Rilkes
(rororo 12497)
In diesem Buch wird «ein Mosaik zusammengetragen, das als die genaueste Biographie gelten kann, die heute über Rilke zu schreiben möglich ist». *Neue Zürcher Zeitung*

Carola Stern
Der Text meines Herzens *Das Leben der Rahel Varnhagen*
(rororo 13901)
«Ich möchte mir Flügel wünschen» *Das Leben der Dorothea Schlegel*
336 Seiten. Gebunden

«Das Leben eines jeden Menschen ist ein von Gotteshand geschriebenes Märchen.»
Hans Christian Andersen

3285/4

Film und Fernsehen

John Updike
Die Hexen von Eastwick
(rororo 12366)
Updikes amüsanten Roman über Schwarze Magie, eine amerikanische Kleinstadt und drei geschiedene Frauen hat George Miller mit Cher, Susan Sarandron, Michelle Pfeiffer und Jack Nicholson verfilmt.

Hubert Selby
Letzte Ausfahrt Brooklyn
(rororo 1469)
Produzent: Bernd Eichinger
Regie: Uli Edel
Musik: Mark Knopfler

E. Beleites / E. Theophil
Männerpension *Das Buch zum Film von Detlev Buck*
(rororo 13933)
Die ungemein komische Story über zwei Knastbrüder und die Liebe – verfilmt mit Detlef Buck und Til Schweiger in den Hauptrollen.

Dieter Wedel / Sven Böttcher
Held *Roman nach dem Fernsehfilm «Der Schattenmann» von Dieter Wedel*
320 Seiten und 16 Seiten vierfarbige Tafeln. Klappenbroschur
(Wunderlich Verlag)

Oliver Sacks
Awakenings – Zeit des Erwachens
(rororo 8878)
Ein fesselndes Buch – ein mitreißender Film mit Robert De Niro.

Alice Walker
Die Farbe Lila
(rororo neue frau 5427)

rororo Unterhaltung

Boileau / Narcejac
Tote sollten schweigen *Der Roman zum Film «Diabolisch» mit Sharon Stone und Isabelle Adjani*
(rororo 13894)
Das Autorenduo lieferte mit diesem Buch die Vorlage zu einem atemberaubenden Film von Erfolgsproduzent Marvin Worth.

Quentin Tarantino & Allison Anders / Alexandre Rockwell / Robert Rodriguez
Four Rooms *Das Buch zum Film*
(rororo 13955)
Gemeinsam mit drei anderen Regisseuren inszenierte Oskar-Preisträger Quentin Tarantino («Pulp Fiction») diesen furiosen Kultfilm mit Tim Roth, Bruce Willis, Madonna und Antonio Banderas.